Ein Meer von Glück

Nora Roberts

Rebeccas Traum

Nora Roberts

Das Spiel geht weiter

MIRA® TASCHENBUCH

3. Auflage: August 2021
Neuausgabe im MIRA Taschenbuch
Copyright © 2021 für die deutsche Ausgabe by MIRA Taschenbuch
in der HarperCollins Germany GmbH, Hamburg

© 1989 by Nora Roberts
Originaltitel: »Impulse«
Erschienen bei: Silhouette Books, Toronto

© 1998 by Nora Roberts
Originaltitel: »The Winning Hand«
Erschienen bei: Silhouette Books, Toronto

Published by arrangement with
HARLEQUIN ENTERPRISES II B.V./SARL

Umschlaggestaltung von Zero Werbeagentur, München
Umschlagabbildung von Thawornnurak, sumroeng chinnapan,
Daniel J. Rao / Shutterstock
Satz von GGP Media GmbH, Pößneck
Druck und Bindung von GGP Media GmbH, Pößneck
Printed in Germany
ISBN 978-3-7457-0118-0

www.mira-taschenbuch.de

Nora Roberts

Rebeccas Traum

Roman

Aus dem amerikanischen Englisch von
Michaela Rabe

1. Kapitel

Rebecca wusste, es war verrückt. Aber genau das war es, was sie daran reizte. Es war gegen jede Vernunft und widersprach eigentlich ihrem Wesen. Aber sie erlebte gerade die aufregendste Zeit ihres Lebens. Vom Balkon ihrer Suite aus hatte sie einen wundervollen Ausblick auf das tiefblaue Wasser des Ionischen Meeres. Die Sonne ging gerade unter und warf leuchtend rote Strahlen über das nur leicht bewegte Wasser.

Korfu. Allein schon der Name klang geheimnisvoll und verlockend. Und sie war hier, wirklich hier. Sie, Rebecca Malone, eine nüchtern denkende und ebenso handelnde Frau, die sich vorher nie mehr als ein paar Hundert Kilometer von Philadelphia entfernt hatte, war in Griechenland! Und zwar auf Korfu, einem der bevorzugten Ferienparadiese Europas.

Aber so hatte sie es sich auch vorgestellt. Nur vom Besten, solange es eben ging. Dazu war sie fest entschlossen.

Rebeccas Chef hatte sie ungläubig angesehen, als sie ihm von ihrem Vorhaben erzählte und ihm anschließend die Kündigung überreicht hatte. Ihr war klar gewesen, dass er für ihren Entschluss niemals wirkliches Verständnis aufbringen würde. Rebecca arbeitete bei einer der besten Steuerberatungsfirmen Philadelphias als Buchhalterin. Sie bekam ein ansehnliches Gehalt und hatte gute Aufstiegschancen.

Auch ihre Freunde hatten sich sehr gewundert, dass sie diesen Job aufgab, ohne einen besseren gefunden zu haben.

Aber Rebecca hatte sich um all dies nicht gekümmert. Als ihr letzter Arbeitstag gekommen war, hatte sie ihren

Schreibtisch aufgeräumt, ihre Sachen eingepackt und war gegangen.

Als sie dann auch noch ihre Wohnung mitsamt der Einrichtung innerhalb einer Woche verkauft hatte, zweifelten wirklich einige Freunde und Bekannte an ihrem Verstand.

Aber Rebecca hatte sich niemals klarer bei Verstand gefühlt.

Nun besaß sie tatsächlich nicht mehr, als in einen Koffer passte. Sie hatte keinerlei Verpflichtungen und seit sechs Wochen keine Rechenmaschine und Steuerbelege mehr zu Gesicht bekommen.

Zum ersten Mal, und vielleicht zum letzten Mal in ihrem Leben, war sie völlig frei und ungebunden. Sie stand nicht unter Zeitdruck, brauchte morgens ihren Kaffee nicht in Eile hinunterzustürzen und nach der Uhr zu leben. Sie hatte nicht einmal einen Wecker eingepackt. Sie besaß gar keinen mehr. Verrückt? Nein! Rebecca schüttelte den Kopf und lachte. Sie war entschlossen, das Leben in vollen Zügen zu genießen, solange es nur irgend ging.

Der Tod ihrer Tante Jeannie war der Wendepunkt in ihrem Leben gewesen. Völlig unerwartet stand Rebecca ohne jeden weiteren Verwandten in der Welt allein da.

Tante Jeannie hatte ihr Leben lang hart gearbeitet. Sie war immer pünktlich gewesen, immer zuverlässig. Ihre Stellung als Leiterin einer Bibliothek war ihr einziger Lebensinhalt gewesen. Sie hatte niemals auch nur einen Tag gefehlt oder auch nur ein Mal ihre Pflicht nicht erfüllt. Sie war ein Mensch gewesen, der seine Versprechen immer einhielt und auf den man sich verlassen konnte.

Mehr als nur ein Mal hatte man Rebecca gesagt, sie ähnle ihrer Tante sehr. Sie war zwar erst vierundzwanzig, aber sie war ebenso korrekt und solide wie ihre unverheiratete Tante. Tante Jeannie hatte gerade zwei Monate Zeit gehabt, Reisepläne zu schmieden und ihr wohlverdientes Rentenalter zu genießen. Dann war sie im Alter von fünfundsechzig Jahren gestorben. Mehr Zeit war ihr nicht geblieben, die Früchte ihres langen Arbeitslebens zu genießen.

Zuerst hatte Rebecca außer großer Traurigkeit nichts verspürt. Doch nach und nach war ihr klar geworden, dass sie das gleiche Schicksal erwartete, wenn sie weiterlebte wie bisher. Sie arbeitete, schlief und aß allein in ihrer schönen Wohnung, die sie von ihrer Tante geerbt hatte. Sie besaß einen kleinen Kreis netter Freunde, auf die sie sich in schwierigen Zeiten verlassen konnte. Rebecca war ein Mensch, der sich immer zu helfen wusste. Sie würde niemals jemanden mit ihren Problemen belasten – sie hatte nämlich keine.

Irgendwann begriff sie dann, dass sie ihr Leben ändern musste. Und sie tat es.

Es war eigentlich kein Davonlaufen gewesen, eher ein »Sichbefreien« von vielen Zwängen und starren Gewohnheiten. Bisher hatte sie immer getan, was man von ihr erwartete. Sie hatte immer versucht, wenig Aufhebens um ihre Person zu machen. Während ihrer Schulzeit war sie ein eher schüchternes Mädchen gewesen, das lieber las, als mit ihren Altersgenossen herumzutollen. Als sie dann aufs College ging, wollte sie Tante Jeannies Erwartungen erfüllen und saß noch mehr über ihren Büchern als vorher.

Rebecca hatte schon immer gut mit Zahlen umgehen können, und zudem war sie sehr gewissenhaft. Was lag da näher, als dies zu ihrem Beruf zu machen? Es war eine Arbeit gewesen, die ihr entsprach und Spaß machte. Sie hatte nie von einem anderen Leben geträumt.

Und nun war sie dabei, sich selbst kennenzulernen, die Rebecca Malone, die sie nicht kannte. In den Wochen oder Monaten, die vor ihr lagen, wollte sie mehr über sich erfahren. Außerdem war sie entschlossen, sich so zu akzeptieren und zu mögen, wie sie war.

Wenn ihr Geld aufgebraucht sein würde, würde sie sich einen neuen Job suchen und wieder die vernünftige, praktische Rebecca werden. Aber bis zu diesem ungewissen Zeitpunkt würde sie reich sein, ohne Verpflichtung und bereit, alles auf sich zukommen zu lassen. Und plötzlich merkte sie, dass sie Hunger hatte.

Stephanos sah Rebecca, als sie das Restaurant betrat. Sie war eigentlich keine wirkliche Schönheit. Schöne Frauen sah man jeden Tag. Aber an dieser war etwas, was ihn faszinierte. Sie ging stolz und aufrecht, als gehöre ihr die Welt.

Stephanos betrachtete die Fremde genauer. Sie war schlank und besaß eine gute Figur und helle Haut. Sie muss gerade angekommen sein, dachte er. Das weiße Strandkleid ließ Schulter und Rücken frei und stand in aufregendem Gegensatz zu dem pechschwarzen, kurz geschnittenen Haar.

Sie blieb stehen und holte Luft, wie es schien. Dann lächelte sie dem Kellner zu und ließ sich von ihm an einen freien Tisch führen. Stephanos gefiel ihr Gesicht. Es wirkte fröhlich, intelligent und offen. Besonders beeindruckend fand er ihre Augen. Sie waren von einem blassen, beinahe durchsichtigen Grau. Aber in ihrem Ausdruck war absolut nichts Blasses. Wieder lächelte die Frau dem Kellner zu und sah sich im Raum um. Sie machte auf ihn den Eindruck, als wäre sie in ihrem Leben nie glücklicher gewesen als jetzt.

Schließlich trafen sich ihre Blicke.

Rebecca schaute rasch in eine andere Richtung, als sie bemerkte, dass der hochgewachsene, gut aussehende Mann an der Bar sie ansah. Sie wurde oft von Männern bewundernd betrachtet, aber diese Blicke machten sie verlegen. Sie wusste nie, wie sie damit umgehen sollte. Um ihre Verwirrung zu verbergen, nahm sie die Speisekarte zur Hand.

Eigentlich hatte Stephanos gehen wollen, aber impulsiv

entschied er sich anders. Er winkte den Kellner heran und sprach ein paar Worte mit ihm. Der Kellner nickte und verschwand. Gleich darauf brachte er eine Flasche Champagner an Rebeccas Tisch.

»Mit der besten Empfehlung von Mr. Nikodemos«, sagte er und deutete unauffällig mit dem Kopf zur Bar.

Rebecca sah überrascht hinüber. »Also, ich …«, stammelte sie. Doch dann riss sie sich zusammen. Eine Frau von Welt durfte sich doch nicht von einer Flasche Champagner aus dem Gleichgewicht bringen lassen.

Warum sollte sie das Geschenk eines ausgesprochen attraktiven Mannes nicht annehmen? Und vielleicht sogar ein wenig mit ihm flirten?

Fasziniert beobachtete Stephanos das wechselnde Mienenspiel auf dem Gesicht der Unbekannten. Kurz zuvor hatte er noch ein Gefühl der Langeweile empfunden. Plötzlich war es wie weggeblasen.

Als sie die Hand leicht hob und ihm zulächelte, ahnte er nicht, dass ihr Herz heftig schlug. Er nahm es nur als eine Geste des Dankes – und als Einladung, an ihren Tisch zu kommen.

Als er auf ihren Tisch zukam, bemerkte Rebecca erst, wie blendend dieser Mann aussah. Er war schlank und hochgewachsen und hatte dichtes blondes Haar. Seine Haut war sonnengebräunt, und an seinem Kinn entdeckte sie eine kaum sichtbare Narbe. Es war ein ausdrucksstarkes Gesicht mit einem Kinn, das Willensstärke und Energie ausdrückte. Die Augen des Mannes waren dunkelblau.

»Guten Abend, ich bin Stephanos Nikodemos.« Er sprach ohne Akzent, mit tiefer voller Stimme.

»Hallo. Ich heiße Rebecca, Rebecca Malone.« Rebecca hob zur Begrüßung die Hand. Zu ihrer Überraschung führte er sie an den Mund. Die Berührung seiner warmen Lippen war wie ein Hauch. Unwillkürlich zog Rebecca die Hand schnell wieder zurück. »Vielen Dank für den Champagner.«

»Er schien mir Ihrer Stimmung zu entsprechen.« Er sah ihr forschend ins Gesicht, so als erwarte er etwas von ihr. »Sind Sie allein?«

»Ja.« Vielleicht war es ein Fehler, dies zuzugeben, aber wenn sie ihr Leben genießen wollte, musste sie eben Risiken eingehen. »Möchten Sie nicht ein Glas mit mir trinken?«

Stephanos setzte sich ihr gegenüber. Als der Kellner einschenken wollte, bedeutete er ihm, er würde es selbst tun. »Sind Sie Amerikanerin?«, fragte er, nachdem er beide Gläser mit dem perlenden Getränk gefüllt hatte.

»Sieht man das nicht?«

»Nein, ich hatte eher gedacht, Sie seien Französin, bis ich Ihre Stimme hörte.«

»Wirklich?« Rebecca fühlte sich geschmeichelt. »Ich komme gerade aus Paris.« Sie musste sich zwingen, sich nicht ans Haar zu fassen. Sie hatte es in Paris schneiden lassen.

Stephanos hob das Glas, und sie stießen an. Rebeccas Augen leuchteten.

»Waren Sie geschäftlich dort?«, fragte er.

»Nein, nur zum Vergnügen.« Was für ein schönes Wort, dachte sie. Vergnügen. »Es ist eine wundervolle Stadt.«

»Ja, das stimmt. Fliegen Sie öfter dorthin?«

Rebecca lächelte. »Nicht oft genug. Und Sie?«

»Ab und zu.«

Beinahe hätte sie neidvoll aufgeseufzt. »Fast wäre ich noch länger dortgeblieben, aber ich hatte mir vorgenommen, auch noch Griechenland zu sehen.«

Sie war allein, ein wenig rastlos und reiselustig. Vielleicht hatte sie ihn deswegen angezogen, denn er war nicht anders. »Ist Korfu Ihr erstes Reiseziel, oder waren Sie schon anderswo in Griechenland?«

»Nein, ich bin direkt nach Korfu gekommen.« Rebecca trank einen Schluck. Sie hatte das Gefühl zu träumen. Griechenland, Champagner und dann noch dieser Mann … »Es ist wundervoll, viel schöner, als ich es mir vorgestellt habe.«

»Ah, dann sind Sie zum ersten Mal hier?« Er konnte nicht sagen, warum er sich darüber freute. »Wie lange werden Sie bleiben?«

»Solange es mir gefällt.« Rebecca lächelte über das Gefühl der Freiheit, das sie empfand. »Und Sie?«

Er hob das Glas. »Voraussichtlich wohl länger, als ich eigentlich geplant hatte.« Als dann der Kellner neben ihnen am Tisch auftauchte, bestellte Stephanos auf Griechisch. »Wenn Sie gestatten, suche ich Ihnen Ihr erstes Mahl auf dieser Insel aus«, sagte er höflich.

Rebecca trank einen weiteren Schluck Champagner. »Ja, sehr gern. Vielen Dank.«

Es war so einfach. So einfach, hier zu sitzen, Neues zu erfahren und zu erleben. Sie hatte völlig vergessen, dass sie diesen Mann überhaupt nicht kannte, und sie hatte auch vergessen, dass sie nur für eine begrenzte Zeit auf diese Art würde leben können. Sie sprachen über nichts Bedeutsames, sondern redeten über Paris, das Wetter und den Wein. Trotzdem kam es Rebecca so vor, als wäre es die interessanteste Unterhaltung, die sie je geführt hatte.

Stephanos Nikodemos sah sie währenddessen an, als würde er es ebenfalls genießen, sich mit ihr eine Stunde lang über gänzlich Belangloses zu unterhalten.

Rebecca hatte das Gefühl, der Mann ihr gegenüber wollte einfach nur ihre Gesellschaft beim Essen und nichts weiter. Deswegen erklärte sie sich auch sofort einverstanden, als er nach dem Essen einen Strandspaziergang vorschlug. Wie konnte man einen solchen Abend besser beenden als mit einem Spaziergang im Mondlicht?

»Von meinem Balkon aus habe ich vorhin eine Weile aufs Meer geschaut«, sagte sie und streifte sich die Schuhe ab, als sie den Strand erreicht hatten. »Ich hätte nicht gedacht, dass es noch schöner aussehen könnte als bei Sonnenuntergang.«

»Das Meer wechselt seinen Ausdruck im Licht – wie das Gesicht einer Frau«, meinte er nachdenklich. »Deswegen fühlen sich die Männer auch zu ihm hingezogen.«

»Ja? Fühlen Sie sich vom Meer angezogen?«

»Ich habe viel Zeit auf dem Wasser verbracht. In meiner Kindheit habe ich an dieser Küste gefischt.«

Beim Essen hatte Stephanos ihr erzählt, dass er mit seinem Vater viel zwischen den Inseln umhergereist war. »Es muss aufregend gewesen sein, von einem Ort zum anderen zu reisen, jeden Tag etwas anderes zu sehen.«

Er zuckte mit den Schultern. Stephanos wusste nicht zu sagen, ob die Rastlosigkeit in ihm angeboren oder eine Gewohnheit aus seiner Jugendzeit war. »Nein, schlecht war es nicht.«

»Ich reise gern.« Lachend warf Rebecca ihre Schuhe auf den Sand und ging ans Wasser. Der Champagner und auch das sanfte Mondlicht wirkten leicht berauschend auf sie. Die Brandung schwappte gegen ihren Rock und nässte den Saum. »In einer solchen Nacht wie heute kann ich mir gar nicht vorstellen, einmal wieder nach Hause zu gehen.«

Sie steckt voller Lebensfreude, fuhr es Stephanos durch den Sinn. Ihre Gesichtszüge strahlten eine Lebhaftigkeit aus, die bewundernswert ist. »Wo ist Ihr Zuhause?«, fragte er.

Sie blickte ihn über die Schulter an. »Ich habe mich noch nicht entschieden. Aber jetzt will ich erst einmal schwimmen.« Mit einem Hechtsprung war sie unter der Wasseroberfläche verschwunden.

Stephanos blieb beinahe das Herz stehen, als er sie nicht mehr sah. Er hatte gerade seine Schuhe ausgezogen, um ihr nachzuspringen, als sie wieder auftauchte.

Sie lachte, und das silberne Mondlicht ließ ihr Haar schimmern. Das Wasser lief ihr in Bächen über die Wangen, und die Tropfen glitzerten wie Diamanten auf ihrer Haut. Sie bot einen hinreißenden Anblick.

»Es ist herrlich! Kühl und sanft und wundervoll ...«

Kopfschüttelnd ging Stephanos tief genug ins Wasser, damit sie seine Hand ergreifen konnte. Sie ist vielleicht ein wenig verrückt, aber gerade das gefällt mir an ihr, dachte er.

»Sind Sie immer so impulsiv?«

»Ich versuche es. Sie nicht?« Sie fuhr sich mit den Fingern durch das nasse Haar. »Oder schicken Sie fremden Frauen immer Champagner an den Tisch?«

»Wie ich auch antworte, es wird mich in Schwierigkeiten bringen«, lachte er. »Hier.« Stephanos legte ihr sein Jackett um die Schultern. »Sie sind bezaubernd, Rebecca«, sagte er weich.

Er rückte ihr das Jackett am Hals zurecht, und sie sah ihn an. »Ich bin nass«, erwiderte sie dann.

»Und schön«, sagte er leise. Sanft zog er sie an sich. »Und faszinierend.«

Darüber musste Rebecca lachen. »Das glaube ich zwar nicht, aber trotzdem vielen Dank.« Seine Augen hatten einen besonderen Ausdruck angenommen, der sie erregte. Ihre Haut begann zu prickeln, als sein Blick an ihren vom Meerwasser feuchten Lippen hängen blieb. Sie standen dicht beieinander, so dicht, dass ihre Körper sich berührten. Rebecca begann zu zittern, und sie wusste, es hatte nichts mit ihrer nassen Kleidung und dem leichten Wind zu tun ...

»Ich glaube, ich muss mich umziehen.«

Ihre offensichtliche Unbefangenheit, beinahe Naivität, fesselte Stephanos. Er fühlte, dass er sich mit dem heutigen Abend nicht zufriedengeben würde. Er wollte mehr ... Er wollte diese Frau besser kennenlernen.

»Wir sehen uns wieder.«

»Ja.« Rebeccas Herz schlug heftig. »Die Insel ist ja nicht sehr groß.«

Er lächelte und ließ ihre Hand los. Rebecca empfand Erleichterung und Bedauern zugleich. »Morgen. Ich habe morgen früh zuerst etwas Geschäftliches zu erledigen. Um elf Uhr bin ich sicher fertig damit. Falls es Ihnen recht ist, werde ich Ihnen dann Korfu zeigen.«

»Einverstanden. Wir können uns in der Hotelhalle treffen.« Es fiel Rebecca schwer, zurückzutreten, aber sie tat es. »Gute Nacht, Stephanos.«

Dann vergaß sie, sich wie eine Frau von Welt zu benehmen, und rannte zum Hotel zurück.

Stephanos sah ihr nach. Sie verwirrte ihn, weil er sie nicht verstand – und er wollte sie haben. Er kannte diese Gefühle natürlich. Rebecca war jedoch die Erste, die sie so rasch und so heftig in ihm geweckt hatte.

Aus einem plötzlichen Einfall heraus hatte er ihr den Champagner geschickt, und nun war sie für ihn zu einem Geheimnis geworden, das er lösen wollte – und musste. Er lachte leise vor sich hin, dann bückte er sich und hob die Schuhe auf, die sie vergessen hatte.

Seit vielen Monaten hatte er sich nicht mehr so lebendig gefühlt.

Stephanos gehörte nicht zu den Männern, die ihre Pläne über den Haufen warfen, nur um den Tag mit einer Frau zu verbringen.

Vor allem nicht mit Frauen, die er kaum kannte. Er war zwar ein wohlhabender, aber auch ein viel beschäftigter Mann. Er war es gewöhnt, hart zu arbeiten, und es machte ihm Spaß, Verantwortung zu übernehmen.

Sein Zeitplan für Korfu sah keine freie Zeit vor. Normalerweise hielt er Geschäftliches und Vergnügen strikt getrennt. Und doch war er plötzlich damit beschäftigt, Termine zu verschieben, nur um auch noch den Nachmittag für Rebecca freizuhaben.

Aber er hatte eine Ausrede für sich bereit. Jeder Mann würde eine Frau besser kennenlernen wollen, die bei einer Flasche Champagner mit ihm geflirtet und sich bei einem Strandspaziergang in voller Kleidung ins Wasser geworfen hatte.

»Ich habe das Treffen mit Theoharis auf heute Abend um halb sechs verlegt.« Stephanos' Sekretärin schrieb rasch ein paar Notizen auf ihren Block. »Er wird hier ins Hotel in die Suite kommen. Ich habe bereits ein paar Kleinigkeiten zu essen und eine Flasche Ouzo bestellt.«

»Sie sind wie immer ausgesprochen tüchtig, Eleni.«

Sie lächelte und strich sich eine vorwitzige Locke wieder hinter das Ohr. »Ich versuche es.«

Als Stephanos aufstand und ans Fenster trat, blieb sie abwartend stehen.

Sie arbeitete nun schon fünf Jahre für ihn, bewunderte seine Energie und seinen Geschäftssinn. Anfangs war sie ein wenig in ihn verliebt gewesen, aber glücklicherweise für sie beide war sie ohne Schaden darüber hinweggekommen. Viele, die sie kannten, rätselten, in welcher Beziehung sie wohl zueinander standen. Aber obwohl sie beinahe freundschaftlich miteinander umgingen, blieb besagte Beziehung auf das Geschäftliche beschränkt.

»Rufen Sie Mitsos in Athen an. Er möchte den Bericht bis fünf Uhr per Telex schicken. Und ich möchte auch von Lereau aus Paris bis um fünf gehört haben.«

»Soll ich ihn anrufen, damit er es nicht vergisst?«

»Wenn Sie es für notwendig halten.« Rastlos schob er die Hände in die Hosentaschen. Warum bin ich auf einmal so unzufrieden?, überlegte er. *Ich bin reich, geschäftlich äußerst erfolgreich und frei.* Als er hinaus aufs Meer schaute, erinnerte es ihn plötzlich an Rebeccas Haut. »Schicken Sie bitte Blumen in Rebecca Malones Suite, Eleni. Wildblumen, nichts Elegantes. Heute Nachmittag.«

Eleni machte sich einen Vermerk. Sie war neugierig, diese Rebecca Malone kennenzulernen. Stephanos hatte ihr erzählt, dass er gestern Abend mit einer Amerikanerin gegessen hatte. »Und was soll auf der Karte stehen?«

»Nur mein Name.« Stephanos hielt nicht viel von großen Worten.

»Kann ich noch etwas für Sie tun?«

»Ja.« Er wandte sich um und lächelte sie freundlich an. »Nehmen Sie sich eine Stunde frei, und gehen Sie ein bisschen an den Strand«, schlug er ihr vor.

Eleni stand auf. »Irgendwie werde ich es wohl einrichten können, danke. Einen schönen Nachmittag, Stephanos«, sagte sie lächelnd.

Stephanos hatte vor, diesen Nachmittag zu einem schönen Erlebnis werden zu lassen.

Als Eleni gegangen war, warf er einen Blick auf seine Armbanduhr. Es war eine Viertelstunde vor elf. Er hätte eigentlich noch etwas erledigen können. Stattdessen nahm er Rebeccas Schuhe zur Hand.

Nach längerem Überlegen entschied Rebecca sich für eine mit großen Blüten bedruckte, weich fallende Hose und eine weiße Wickelbluse aus feinem Leinen mit einem auffallend großen Kragen, der Rebeccas schönes Dekolleté betonte. Sie hatte keine große Auswahl, da alle ihre Kleider gut in einen Koffer passten. Allerdings hatte sie auf ihrer Reise quer durch Europa hier und dort etwas Schickes gesehen und gekauft. Jedes einzelne Kleidungsstück unterschied sich grundlegend von den gedeckten Farben und dem schlicht-eleganten Stil, den sie in der Firma getragen hatte.

Rebecca wusste nicht, wo sie den Tag verbringen würde, aber es machte ihr nicht das Geringste aus.

Der Tag hatte schon herrlich begonnen. Als sie aufwachte, fühlte sie immer noch die Wirkung des Champagners. Aber ein appetitliches Frühstück und ein Bad hatten die Benommenheit sogleich vertrieben. Noch immer fiel es ihr schwer zu glauben, dass sie mit ihrer Zeit anfangen konnte, was sie wollte – und dass sie den gestrigen Abend mit einem Mann verbracht hatte, den sie kaum kannte.

Tante Jeannie hätte bestimmt die Hände über dem Kopf zusammengeschlagen und sie besorgt an die Gefahren erinnert, denen eine alleinstehende Frau ausgesetzt war.

Aber ganz bestimmt würden einige ihrer Freundinnen gern an ihrer Stelle gewesen sein, wenn sie wüssten, dass sie mit diesem beeindruckenden Mann im Mondschein spazieren gegangen war.

Wenn sie sein Jackett nicht als Beweis gehabt hätte, vielleicht hätte Rebecca geglaubt, sie habe alles geträumt. Wie oft hatte sie sich heimlich in ihren Träumen vorgestellt, an einem romantischen Ort mit einem faszinierenden Mann bei Mondlicht und sanfter Musik zusammen zu sein?

Aber die Wirklichkeit war ganz anders gewesen. Noch immer konnte sie sich sehr gut an dieses kribbelnde, beunruhigende Gefühl erinnern, das sie in seiner Nähe erfüllt hatte. Als sein voller sinnlicher Mund nur einige wenige Zentimeter von ihrem entfernt gewesen war und der Champagner sie empfänglicher für erotische Stimmungen gemacht hatte …

Und wenn er sie geküsst hätte? Wie hätten seine Lippen geschmeckt?

Unwillkürlich strich sie sich über den Mund. Schon nach diesem ersten Abend war Rebecca sicher, dass Stephanos ein erfahrener und sicher auch einfühlsamer Mann war. Wie hätte sie sich jedoch verhalten?

Sicherlich wäre sie fürchterlich unsicher und verlegen gewesen, wenn er sie einfach geküsst hätte. Kopfschüttelnd griff sie nach der Haarbürste und fing an, sich die Haare zu bürsten.

Aber er hatte sie wiedersehen wollen.

Rebecca war sich nicht ganz sicher, ob sie nun enttäuscht sein sollte, weil er sie nicht geküsst hatte, oder nicht. Natürlich hatte sie früher schon andere Männer geküsst. Sie wurde allerdings das erregende Gefühl nicht los, dass es mit Stephanos völlig anders sein würde.

Und es konnte sein, dass sie mehr von ihm wollte, mehr geben würde, als sie je einem Mann gegeben hatte …

Warum machst du dir eigentlich solche Gedanken? fragte sie sich und seufzte leise. Sie hatte nicht vor, sich mit ihm auf eine kurzfristige Affäre einzulassen. Weder mit ihm noch mit irgendeinem anderen Mann. Selbst die »neue« Rebecca Malone fand keinen Gefallen an solchen Abenteuern. Aber, wer weiß? Vielleicht würde sich doch eine Beziehung entwickeln, an die sie sich noch erinnern würde, wenn sie Griechenland schon längst wieder verlassen hatte.

Rebecca warf einen letzten prüfenden Blick in den Spiegel. Sie war mit ihrem Aussehen zufrieden. Sie sah auf die Uhr. Noch ungefähr eine Viertelstunde. Erst wollte sie hinuntergehen und in der Hotelhalle auf ihn warten. Dann überlegte sie es sich anders. Sie wollte nicht den Eindruck erwecken, als könne sie sein Kommen kaum erwarten.

Da klopfte es an der Tür.

»Hallo.« Stephanos sah sie lächelnd an, als sie die Zimmertür öffnete. Er streckte ihr die Schuhe entgegen. »Ich dachte, Sie bräuchten sie vielleicht.«

Rebecca lachte bei dem Gedanken an ihr ungewöhnliches Bad gestern Abend. »Ich habe noch gar nicht bemerkt, dass

ich sie am Strand vergessen habe. Kommen Sie doch herein.«
Sie nahm die Schuhe und stellte sie in den Schrank. Dann
drehte sie sich wieder um. »So, ich bin fertig. Meinetwegen
können wir gehen.«

»Ich bin mit dem Jeep gekommen«, meinte Stephanos. »Einige Straßen bei uns sind nicht gerade im besten Zustand.«

»Ach, davor habe ich keine Angst«, lachte Rebecca. Sie
nahm ihre Strandtasche und einen breitkrempigen Hut gegen
die Sonne. Dann erinnerte sie sich an etwas und öffnete den
Schrank noch einmal. »Hier. Ihr Jackett. Mit vielem Dank zurück. Ich habe vergessen, es Ihnen gestern Abend zu geben.«
Sie hängte sich die Tasche über die Schulter. »Macht es Ihnen
etwas aus, wenn ich ein wenig fotografiere?« Fragend sah sie
Stephanos an.

»Nein, warum?«

»Gut, weil ich gern Fotos mache. Manchmal kann ich kaum
aufhören.« Sie lachte.

2. Kapitel

Als Rebecca neben Stephanos im Jeep saß und durch die Landschaft fuhr, machte sie Bilder von den Schafen, den Eseln, den schwarz gekleideten alten Frauen und den silbern schimmernden Kronen uralter Olivenbäume.

Schließlich machten sie eine kleine Pause, nicht weit vom Meer. Steil fiel der Abhang neben der Straße bis zum Meer ab. Unten leuchteten die weiß gekalkten und ziegelgedeckten Häuser eines kleinen Dorfes in der grellen Sonne. Die Luft war klar und voller unbekannter Düfte. Rebecca wusste, diese Stimmung würde sie nicht mit ihrer Kamera einfangen können, und sie legte sie wieder in ihre Tasche.

Versonnen schaute sie auf das tiefblaue Meer hinaus. Fischerboote lagen vor der Küste, und große, weiß-grau gefiederte Möwen kreisten mit schrillem Schrei dicht über den Kuttern. Am Strand lagen weit ausgebreitet die Netze der Fischer zum Trocknen.

»Es ist wunderschön. Alles wirkt ruhig und voller Frieden. Ich stelle mir vor, wie die Frauen in den alten Öfen ihr Brot backen, und sehe die heimkommenden Fischer vor mir. Es duftet nach warmem Brot und dem Salz des Meeres«, sagte Rebecca verträumt. »Hier sieht es aus, als habe sich in den letzten hundert Jahren nichts verändert.«

»Das hat es sich auch kaum. Wir hängen an den alten Dingen.« Stephanos sah nun selbst hinab auf das Meer. Es freute ihn, dass Rebecca sich an so schlichten Sachen begeistern konnte.

»Ich habe die Akropolis bisher nur auf Abbildungen gesehen, aber ich kann mir nicht vorstellen, dass sie sehr viel beeindruckender ist als dies hier«, meinte sie und hob das Gesicht in den Wind. Es war ein unvergesslicher Eindruck, den sie von hier mitnehmen würde – die unvergleichliche Aussicht, der würzige Geruch des Meeres ... und dieser Mann neben ihr. Sie wandte sich um. »Ich habe Ihnen noch gar nicht dafür gedankt, dass Sie sich die Zeit nehmen, mir all dies zu zeigen.«

Er ergriff ihre Hand, führte sie diesmal aber nicht an seine Lippen, sondern hielt sie nur fest. »Es gefällt mir, das Gewohnte durch die Augen eines anderen Menschen zu sehen. Durch Ihre Augen.«

Auf einmal schien Rebecca der Rand des Kliffs zu nahe und die Sonne zu heiß zu sein. Reichte allein seine Berührung, um diese seltsamen Gefühle in ihr auszulösen? Rebecca schaffte es mit Mühe, ein Lächeln zustande zu bringen und ihre Stimme normal klingen zu lassen.

»Wenn Sie jemals nach Philadelphia kommen sollten, würde ich mich gern revanchieren«, erwiderte sie charmant.

Stephanos hatte das Gefühl, in ihren Augen kurz den Ausdruck von Furcht zu entdecken. Ja, sie schien verletzlich zu sein. Bislang hatte er es sorgsam vermieden, nähere Bekanntschaften mit Frauen einzugehen, die ihm ängstlich erschienen waren.

»Versprochen ist versprochen«, antwortete er lächelnd.

Sie stiegen wieder in den Jeep und fuhren weiter die holprige Straße entlang, die sie immer weiter bergauf führte. Stephanos zeigte ihr auch einige der seltenen wilden Bergziegen Griechenlands. Oft kamen sie auch an großen Schafherden vorbei, die sich auf den kargen Bergweiden mühsam ihr Futter suchten. Und überall blühten wunderschöne Wildblumen, die Rebecca noch nie vorher gesehen hatte.

Mehrere Male bat sie ihn anzuhalten, damit sie fotografieren konnte. Voller Entzücken beugte sie sich über die zartblauen sternförmigen Blüten eines niedrigen Busches, der zwischen Felsspalten wuchs. Stephanos wurde klar, wie lange er diese kleinen und doch so wichtigen Dinge um sich herum nicht mehr wahrgenommen hatte.

Immer wieder warf er einen verstohlenen und bewundernden Blick auf Rebecca, die mit im Wind flatternden Haaren im Sonnenlicht stand und eine Blüte oder einen knorrigen Baum fotografierte.

Oft führte die Straße an steil in die Tiefe abfallenden Kliffs entlang, aber Rebecca empfand seltsamerweise keine Angst bei dem Blick in die gähnende Tiefe.

Sie hatte das Gefühl, ein völlig anderer Mensch zu sein. Lachend hielt sie ihren Strohhut fest, als der Fahrtwind ihn fortzuwehen drohte. Sie hatte sich in ihrem Leben noch nie so frei und lebendig gefühlt.

»Die Landschaft ist atemberaubend schön!«, rief sie gegen den Wind und den Lärm des Motors an. »So etwas Wundervolles habe ich noch nicht gesehen.«

Rebecca holte ihre Kamera immer wieder heraus und fotografierte, aus einem plötzlichen Einfall heraus, Stephanos. Gegen die grelle Sonne trug er zwar eine Sonnenbrille, aber keinen Hut. Stephanos bremste und hielt an. Dann bat er Rebecca um die Kamera und machte ebenfalls ein Foto von ihr.

»Hungrig?«, fragte er, als er sie ihr wiedergab.

Rebecca strich sich eine Haarsträhne aus dem Gesicht. »Wie ein Bär.«

Er beugte sich hinüber, um ihr die Tür zu öffnen. Dabei berührte er Rebecca, und sie empfand diese Berührung wie einen elektrischen Schlag. Unwillkürlich zuckte sie zurück. Er bemerkte es und nahm seinen Arm wieder fort. Sein Gesicht war nicht weit von ihrem entfernt, und in seinen blauen

Augen lag ein besonderer Ausdruck. Dann hob er langsam die Hand und strich Rebecca leicht über die Wange. Es war kaum wie ein Hauch.

»Hast du Angst vor mir?« Er duzte sie jetzt, und Rebecca kam es völlig natürlich vor.

»Nein.« Es stimmte, sie hatte keine Angst vor ihm. »Sollte ich Angst vor dir haben?« Das Du ging ihr ganz leicht von den Lippen, wie sie verwundert feststellte.

Stephanos lächelte nicht. Durch die getönten Gläser seiner Sonnenbrille sah Rebecca, dass er sie forschend anblickte. »Ich bin mir da nicht ganz sicher.«

Als er sich wieder zurücklehnte, schien Rebecca erleichtert zu sein. Er las es in ihren Augen.

»Wir werden erst ein wenig gehen müssen«, wechselte er dann schnell das Thema und griff nach dem Picknickkorb auf dem Rücksitz.

Ziemlich verwirrt stieg Rebecca aus. Meine Güte, dachte sie, ich benehme mich ja wie ein Teenager. *Sobald Stephanos mir näher kommt, fange ich an zu zittern.*

Stephanos hob den Korb heraus und trat neben Rebecca. Er ergriff ihre Hand, und sie ließ es geschehen.

Schweigend gingen Rebecca und Stephanos den schmalen Pfad entlang, der unter uralten knorrigen Olivenbäumen entlangführte. Nur ab und zu fiel ein Sonnenstrahl durch die dichten Kronen der gewaltigen Bäume. Das Meer war hier nicht mehr zu vernehmen, nur manchmal drang dünn der schrille Schrei einer Möwe zu ihnen herüber. Diese Gegend schien unbewohnt zu sein. Rebecca war aufgefallen, dass sie schon seit einiger Zeit niemandem mehr begegnet waren.

Endlich blieb Stephanos vor einem grasbewachsenen Fleck unter einem riesigen Olivenbaum stehen.

»Gefällt dir dieser Platz?«

»Oh, es ist bezaubernd hier.« Rebecca sah sich um. Dann nahm sie die Decke aus dem Korb und breitete sie auf dem spärlichen Gras aus. »Ich habe schon lange kein Picknick mehr gemacht. Und noch nie in einem Olivenhain.« Da fiel ihr etwas ein. »Dürfen wir uns hier eigentlich aufhalten?«

»Ja, ganz bestimmt.« Er lachte.

»Wieso bist du dir da so sicher?«, erkundigte sich Rebecca zweifelnd. »Kennst du denn den Besitzer?«

»Der Besitzer bin ich.« Er zog behutsam den Korken aus der Weinflasche.

»Oh!« Rebecca sah sich noch einmal um. »Es klingt sehr romantisch … einen eigenen Olivenhain zu besitzen.«

Stephanos sah sie nur an, sagte aber nichts. Wenn sie wüsste, wie viele ich davon noch besitze, dachte er amüsiert. Aber für ihn hatte es nichts mit Romantik zu tun, sie brachten ihm Gewinn und ernährten ihn. Er reichte Rebecca ein gefülltes Glas und stieß mit ihr an.

»Dann auf die Romantik«, sagte er lächelnd.

Rebecca kämpfte gegen die aufsteigende Schüchternheit an und senkte die Lider.

»Ich hoffe, du bist hungrig. Es sieht alles sehr verlockend aus«, sagte er und holte die restlichen Sachen aus dem Korb. Es gab schwarze glänzende Oliven, Schafskäse, kaltes Lamm und frisches Weißbrot. Dazu mehrere Sorten Obst.

Rebecca fühlte, dass sie sich langsam entspannte.

»Du hast mir eigentlich sehr wenig von dir erzählt«, meinte Stephanos. »Ich weiß kaum mehr, als dass du aus Philadelphia stammst und gern reist.«

Was soll ich ihm erzählen? dachte Rebecca. *Einen Mann wie ihn wird die Lebensgeschichte der Rebecca Malone sicherlich langweilen.* So wählte sie einen Mittelweg zwischen Wunsch und Wirklichkeit, weil sie Stephanos auch nicht anlügen wollte.

»Es gibt tatsächlich nicht viel mehr zu erzählen. Ich wuchs in Philadelphia auf. Meine Eltern starben, als ich noch ein Teenager war, und meine Tante Jeannie nahm mich bei sich auf. Sie hat sich sehr liebevoll um mich gekümmert, und ich konnte den schweren Verlust besser ertragen.«

»Es ist schlimm, seine Eltern so früh zu verlieren. Es nimmt einem die Kindheit«, meinte Stephanos voller Mitgefühl.

Er steckte sich einen der schlanken Zigarillos an, die er rauchte. Er selbst hatte seinen Vater mit sechzehn verloren und erinnerte sich noch zu gut, wie schrecklich es gewesen war, plötzlich als Vollwaise in der Welt dazustehen. Seine Mutter war gestorben, als er noch ein kleiner Junge gewesen war. Er konnte sich an sie nicht mehr erinnern.

»Ja.« Rebecca fühlte, dass er sie verstand, und sie empfand auf einmal ein warmes Gefühl für ihn. »Vielleicht reise ich deswegen so gern. Immer, wenn man an einen neuen, unbekannten Ort kommt, wird man in gewisser Weise wieder zum Kind.«

»Dann suchst du also nicht nach einem Ort, an dem du zu Hause sein kannst?«

Rebecca warf ihm rasch einen Blick zu. Stephanos hatte sich gegen den Stamm des Olivenbaumes gelehnt und rauchte genüsslich sein Zigarillo. Er beobachtete sie.

»Ich weiß nicht, wonach ich suche«, bekannte Rebecca offen.

»Gibt es einen Mann in deinem Leben?«

Sie zuckte mit den Schultern. »Nein.«

Stephanos ergriff ihre Hand und zog Rebecca dichter zu sich heran. »Keinen einzigen?«

»Nein, ich …« Sie war nicht sicher, was sie sagen sollte. Unerwartet hob er ihre Hand und küsste die Handinnenfläche. Der Kuss erregte Rebecca stark, und sie zuckte unwillkürlich zurück.

»Du bist sehr empfindsam, Rebecca.« Langsam senkte er ihre Hand wieder, ließ sie jedoch nicht los. »Wenn es keinen gibt, müssen die Männer in Philadelphia aber ziemlich blind sein.«

»Ich war immer zu beschäftigt.«

Er verzog leicht den Mund. »Zu beschäftigt?«

»Ja.« Rebecca waren diese Fragen peinlich, so entzog sie ihm die Hand und wechselte das Thema. »Das Essen schmeckt wundervoll, Stephanos.« Aus Unsicherheit fuhr sie sich mit den Fingern durch das Haar. »Weißt du, was ich jetzt tun möchte?«

»Nein, sag es mir.«

»Noch ein Foto machen.« Sie sprang auf und fühlte sich augenblicklich sicherer. Lächelnd sagte sie: »Es soll eine Erinnerung an mein erstes Picknick in einem Olivenhain sein, verstehst du? Also, du kannst dort sitzen bleiben, das Licht ist ausreichend, und ich bekomme auch die Bäume dort drüben noch mit aufs Bild.«

Amüsiert drückte Stephanos sorgfältig sein Zigarillo aus. »Wie viele Filme hast du eigentlich noch?«, fragte er dann lächelnd.

»Dies ist der letzte, den ich bei mir habe. Im Hotel habe ich aber noch weitere.« Rebecca lachte. »Ich habe dich schließlich gewarnt.«

»Das stimmt.« Stephanos sah ihr zu, wie sie mit geübten Bewegungen den Apparat bediente, und war beeindruckt. Sie war völlig versunken in ihre Tätigkeit, murmelte etwas vor sich hin und warf dann den Kopf zurück, dass die Haare flogen. Stephanos spürte plötzlich einen Druck in der Magengegend.

Wie sehr ich diese Frau begehre, dachte er. Dabei hatte sie offensichtlich bewusst nichts getan, um sein Verlangen zu entfachen. Sie hatte heute weder mit ihm geflirtet noch ihn sonst in irgendeiner Weise herausgefordert. Und dennoch …

Zum ersten Mal in seinem Leben lockte ihn eine Frau, die ihm nur ein Lächeln geschenkt hatte und mehr nicht.

Während sie die Kamera sorgfältig einstellte und immer wieder durch den Sucher schaute, erzählte sie munter, als sei überhaupt nichts gewesen. Aber sie konnte Stephanos nicht täuschen. Er hatte es gesehen. Ihr Blick hatte ihr Verlangen gezeigt, als er ihre Hand geküsst hatte.

»Jetzt fehlt nur noch der Selbstauslöser«, erklärte sie, ohne Stephanos' Gedanken auch nur zu ahnen. »Bleib ruhig auf deinem Platz sitzen. Ich komme gleich herübergelaufen, und wenn alles gut geht, sind wir beide auf dem Foto.« Schließlich drückte sie auf den Auslöser und rannte auf Stephanos zu.

»Eigentlich müsste alles richtig eingestellt sein, gleich wird es …«, begann Rebecca, aber weiter kam sie nicht. Stephanos riss sie an sich und verschloss ihr den Mund mit seinen Lippen.

Die Welt um Rebecca herum hatte sich plötzlich verändert. Stephanos' Lippen versprachen ihr alles. Sie schmeckten wie wilder Honig, und Rebecca genoss es, diesen Geschmack zu kosten, immer und immer wieder. Es war genauso, wie sie es sich in ihren kühnsten Träumen ausgemalt hatte. Erregung stieg in Rebecca auf, und sie vergaß alles andere.

Leidenschaft überfiel sie mit einer Macht, der sie nichts entgegenzusetzen hatte. Langsam hob sie die Hand zu seinem Gesicht. Sie ist bezaubernd und voller Sehnsucht nach Zärtlichkeit, fuhr es Stephanos durch den Sinn. Es hatte ihn ein wenig überrascht, dass sie ihm gar keinen Widerstand entgegensetzte. Gleichzeitig verstärkte dies seine Erregung nur noch. Aber er hatte genau den kurzen Moment des Zögerns gespürt, bevor sie ihm ihre Lippen öffnete.

Als sie ihm nun sanft über den Rücken strich, seufzte er kaum vernehmbar auf. Es war eine Geste voller Zärtlichkeit, die sein Herz plötzlich schneller schlagen ließ. Es war mehr als nur reine Leidenschaft, was sie ihm jetzt gab. Sie gab ihm Hoffnung.

Er flüsterte zärtliche Worte. Und obwohl sie griechisch waren, verstand Rebecca doch den Sinn. Es war unglaublich erregend für sie, die gehauchten Worte mehr zu spüren als zu hören.

Eine nie gekannte Mischung aus Zärtlichkeit, Verlangen und Erregung breitete sich in ihr aus und ergriff Besitz von ihr. Sie drängte sich an Stephanos.

Er sah ihrem Gesicht an, was in ihr vorging, und es berührte ihn tief. Ihm war, als seien sie füreinander geschaffen, als er sie in den Armen hielt. Es kam ihm so vor, als kannten und liebten sie sich schon sehr, sehr lange.

Rebecca begann zu zittern. Wie konnte es angehen, dass sie seine Umarmung, seine Küsse als etwas so Natürliches, Vertrautes empfand? Wie war es möglich, dass sie gleichzeitig Geborgenheit und Angst in seiner Umarmung empfinden konnte? Sie klammerte sich an ihn.

Immer wieder flüsterte er ihr zärtliche Worte zu, und sie merkte, dass sie ihm ebenfalls Liebkosungen zuflüsterte, die nur für seine Ohren bestimmt waren.

Aber plötzlich bekam sie Angst vor der Macht der Gefühle, die sie in ihren Bann geschlagen hatten. Sie befürchtete, jede Kontrolle über sich zu verlieren. Unwillkürlich begann sie dagegen anzukämpfen wie eine Ertrinkende.

Stephanos bemerkte es. Er löste seine Hände von ihr und sah sie an. Rebeccas Gesicht schien auf einmal verändert. Leidenschaft lag in ihrem Blick, sie hielt die Lippen leicht geöffnet und atmete heftig. Aber er sah auch den Ausdruck von Furcht, und als er sie wieder berührte, spürte er, dass sie bebte.

Es war ihm klar, dass sie nicht spielte.

»Stephanos, ich ...«

Aber er ließ sie nicht weitersprechen, sondern zog sie wieder an sich, überwältigt von ihrem Ausdruck und seinen eigenen Gefühlen. Und Rebecca hatte ihm nichts entgegenzusetzen.

Diesmal küsste er sie anders. Kann es sein, dass ein Mann so verschieden küssen kann? dachte Rebecca wie benommen. Nun war es ein Kuss voller Zärtlichkeit, immer wieder anders und doch ewig gleich. Seine Lippen baten mehr, als dass sie verlangten. Sie gaben, anstatt zu nehmen. Rebecca fühlte, wie ihre Furcht verflog. Voller Vertrauen schmiegte sie sich an ihn, und er spürte dieses Vertrauen sogleich.

Es beeindruckte ihn so sehr, dass er sie sanft losließ. Er wusste, er musste es tun, sonst würden sie miteinander schlafen, ohne ein Wort miteinander gesprochen zu haben. Er richtete sich auf und zog ein Zigarillo aus seiner Brusttasche. Rebecca sah ihn stumm an und stützte sich Halt suchend am rauen Stamm des Olivenbaums ab.

Es waren nur einige wenige Momente gewesen, aber Rebecca kam es vor, als seien Stunden vergangen. Ihr war ein wenig schwindlig, und wie um sich davon zu überzeugen, dass sie nicht träumte, berührte sie ihre Lippen. Noch immer konnte sie den Druck von Stephanos' Mund darauf fühlen. Nein, es war kein Traum, und in Zukunft würde nichts mehr so sein, wie es einmal gewesen war.

Stephanos schaute hinaus auf die wilde staubige Landschaft und fragte sich, was er hier eigentlich tat. Wütend auf sich selber, sog er tief den Rauch seines Zigarillos ein. Die Gefühle, die er eben empfunden hatte und auch immer noch stark empfand, waren etwas völlig Neues für ihn. Und es waren äußerst beunruhigende Gefühle, musste er sich eingestehen. Normalerweise bevorzugte er das Gefühl, frei zu sein – und er spürte, dass er es nicht mehr war. Als er seine widerstreitenden Empfindungen einigermaßen unter Kontrolle hatte, wandte er sich wieder Rebecca zu. Er war entschlossen, sich nichts anmerken zu lassen.

Rebecca stand einfach nur da. Helle Sonnenstrahlen, die ihren Weg durch das dichte Blätterdach gefunden hatten, bildeten ein bizarres Schattenmuster auf ihrem Körper. In ihren Augen war weder Abweisung noch Einladung zu lesen. Sie bewegte sich nicht. Unbewegt wie eine antike Statue stand sie da und sah ihn unverwandt an.

Sie sieht aus, als wüsste sie genau die Antworten auf die Fragen, die ich mir stelle, dachte Stephanos. »Es ist spät geworden.«

Rebecca fühlte einen bitteren Geschmack im Mund, ließ sich aber nichts anmerken. »Du hast recht.« Jetzt erst bewegte sie sich wieder. Sie ging hinüber zur Kamera und nahm sie hoch. »Ich werde noch ein letztes Erinnerungsfoto machen«, sagte sie mit erzwungener Leichtigkeit.

Da packte Stephanos sie hart am Arm und riss sie herum. Sie hatte ihn nicht kommen hören.

»Wer bist du?«, fragte er leise. »Und was bist du?«

»Ich weiß nicht, was du meinst – und ich weiß auch nicht, was du von mir willst.« Rebecca zwang sich, Stephanos anzusehen.

Er zog sie heftig an sich. »Du weißt genau, was ich will.«

Rebeccas Herz schlug heftig. Aber es war keine Furcht, die sie seltsamerweise empfand, sondern Verlangen. Sie hätte sich nicht vorstellen können, einmal ein solch unbeherrschtes Verlangen für einen Mann zu empfinden. Und das gleiche Begehren entdeckte sie in seinen Augen, als sie ihn jetzt offen anblickte.

»Ein Nachmittag genügt bei mir nicht.« Reicht er wirklich nicht? fragte sie sich zweifelnd und wusste eigentlich schon die Antwort. »Ein nettes Picknick unter Olivenbäumen und ein Spaziergang im Mondschein sind zu wenig für mich.«

»Zuerst bist du die personifizierte Versuchung, und dann bist du die reine Unschuld, die sich empört, weil man ihr zu nahe gekommen ist. Tust du das, um mich um den Finger zu wickeln, Rebecca?«

Rebecca schüttelte den Kopf, und sein Griff wurde fester.

»Den Eindruck habe ich aber. Seit ich dich das erste Mal gesehen habe, gehst du mir nicht mehr aus dem Kopf.« Einen Moment schwieg er, dann sah er sie herausfordernd an. »Ich möchte mit dir schlafen – hier, im Sonnenlicht«, sagte er dann rau.

Rebecca errötete tief. Weniger, weil seine direkte Art sie verlegen machte, sondern vielmehr, weil er genau das ausdrückte, was auch sie sich wünschte. Ein Bild stieg vor ihrem inneren Auge auf. Sie sah sich und Stephanos nackt auf dieser Decke liegen, spürte seine Liebkosungen und stellte sich vor, wie sie sich unter dem Olivenbaum liebten …

Aber was würde dann sein? Auch wenn sie bereits viel weiter gegangen war, als sie sich hätte vorstellen können, so wollte sie doch Antworten auf einige Fragen haben.

»Nein.« Es kostete sie allen Mut, dieses eine Wort auszusprechen. »Nicht, solange ich unsicher bin und du böse bist.« Rebecca holte tief Luft. »Du tust mir weh, Stephanos. Ich glaube nicht, dass du es absichtlich tust, oder?«

Langsam gab er ihren Arm frei. Es stimmte, er war wütend, aber nicht, weil sie ihn zurückwies. Er kam nicht damit zurecht, dass sie dieses ungezügelte Verlangen in ihm auslöste. Er konnte es nur mit Mühe beherrschen.

»Lass uns gehen«, sagte er gepresst.

Ich kann es mir einfach nicht leisten, von morgens bis abends nur an eine Frau zu denken, die ich kaum kenne und noch viel weniger verstehe, versuchte Stephanos sich einzureden. Er hatte Berichte durchzuarbeiten, Entscheidungen zu fällen und an seine Geschäfte zu denken. Ein paar einfache Küsse konnten ihn doch nicht um den Verstand bringen …

Aber diese Küsse waren eben leider alles andere als schlicht gewesen, das wusste er genau.

Wütend schob Stephanos den Stuhl zurück und stand von seinem Schreibtisch auf. Er ging hinüber zur Verandatür und öffnete sie. Eine frische Brise wehte herein, die ihm guttat. Für einen Moment konnte er die auf dem Schreibtisch liegende Arbeit vergessen.

In den letzten Tagen hatte er sich seinen Geschäften nur mit Mühe widmen können. Immer wieder musste er die Gedanken an Rebecca zurückdrängen. Alles hing an ihr. Im Grunde genommen hielt ihn hier auf Korfu nichts mehr.

Stattdessen hätte er in Richtung Athen, London oder auf Kreta andere Geschäfte erledigen können. Trotzdem hatte er nicht daran gedacht, Korfu zu verlassen. Aber er hatte auch keinen Versuch unternommen, Rebecca wiederzusehen.

Sie war für ihn anders als andere Frauen. Die Gefühle, die er in ihren Armen empfunden hatte, waren neu für ihn gewesen. Sich zu einer attraktiven Frau hingezogen zu fühlen war für ihn etwas völlig Natürliches. Aber dass dieses Empfinden bei ihm Beunruhigung, Verwirrung und sogar Zorn auslöste, war eine völlig neue Erfahrung für Stephanos. Und er spürte, dass ihm die wenigen leidenschaftlichen Momente unter dem Olivenbaum nicht genügten. Er wollte Rebecca näher kennenlernen. Dennoch zögerte er, sie anzurufen.

Sie war auf eine merkwürdige Art und Weise … geheimnisvoll. Vielleicht konnte er sie deswegen nicht aus seinem Kopf vertreiben. Oberflächlich gesehen schien Rebecca eine lebenslustige und attraktive Frau zu sein, die ihr Leben genoss. Aber da gab es die Anzeichen von Schüchternheit und Unschuld, die nicht zu diesem Bild passen wollten. Gerade diese scheinbaren Widersprüche in ihrem Leben reizten ihn besonders.

Oder war es einfach ein Trick von ihr? Eine Masche, um sich interessant zu machen? Stephanos kannte Frauen und auch Männer, die zu solchen Mitteln griffen. Er verurteilte dies nicht, auch wenn er für sich persönlich so etwas ablehnte. Nein, er konnte sich nicht vorstellen, dass Rebecca zu diesen Mitteln griff – es passte einfach nicht zu ihr.

Als er sie das erste Mal geküsst hatte, war es ihm gewesen, als wären sie schon seit langer, langer Zeit Geliebte. Rebecca war ihm auf eine verwirrende Art vertraut gewesen.

Dabei kannte er sie überhaupt nicht.

Das sind doch alles Tagträume und Fantasien, sagte er sich schließlich. Es führte zu nichts, und er hatte auch keine Zeit für so etwas. Stephanos lehnte sich gegen das Geländer, zündete sich ein Zigarillo an und schaute hinaus in die Unendlichkeit des Meeres.

Wie immer zog es ihn magisch an. Plötzlich erinnerte er sich wieder der Ereignisse aus seiner Jugend, als das Leben noch unbeschwert gewesen war. Wie kurz war jene Zeit des Glücks gewesen. Nur selten ließ er Gedanken daran zu. Es waren Momente wie diese, in denen er auf das schimmernde Wasser hinausblickte und sein Blick sich am Horizont verlor. Sein Vater hatte ihm vieles beigebracht. Zu fischen, das Reisen zu genießen und sich wie ein Mann zu benehmen.

Fünfzehn Jahre sind es nun her, dass er gestorben ist, dachte Stephanos, und ein verlorenes Lächeln glitt um seinen Mund. Aber er vermisste ihn noch immer, vermisste seine Gesellschaft und sein Lachen. Sie waren sowohl Vater und Sohn als auch Freunde gewesen, und ein starkes Band hatte sie verbunden. Es war die stärkste Bindung, die Stephanos je gehabt hatte. Aber sein Vater war gestorben – auf See und in den besten Mannesjahren, so wie er es sich immer gewünscht hatte. Vor nichts hatte sein Vater mehr Angst gehabt, als im Alter siech und krank auf den Tod warten zu müssen.

Ganz sicher hätte Rebecca ihm gefallen. Er hatte immer einen Blick für schöne Frauen gehabt. Er hätte ihn ermuntert, eine schöne Zeit mit ihr zu verbringen. Aber Stephanos war nicht mehr der Junge von damals. Er war ein Mann geworden, der versuchte, die Folgen seines Handelns abzuschätzen.

Da sah Stephanos sie. Rebecca kam aus dem Wasser, ihr Körper war nass und schimmerte im hellen Licht der Sonne. In den vergangenen Tagen hatte ihre Haut eine leichte Bronzefärbung angenommen, die ihr ausgesprochen gut stand. Stephanos nahm den Anblick in sich auf und spürte wieder dieses Verlangen nach ihr. Ungewollt presste er die Finger zusammen und zerbrach dabei das Zigarillo. Wie konnte diese Frau nur solche Gefühle in ihm hervorrufen?

Rebecca blieb stehen. Die Wassertropfen liefen an ihrem wohlgeformten Körper hinab, und sie streckte sich ausgiebig in der Sonne. Er war sicher, dass sie ihn nicht gesehen hatte. Es konnte also keine Absicht sein, um ihn zu reizen. Aber dennoch konnte er sich dieser Wirkung nicht entziehen. Sie trug einen knapp sitzenden Tanga, dessen Oberteil ihre festen runden Brüste aufregend betonte. Er hatte das Gefühl, dass sie sich und ihren Körper in diesem Augenblick einfach nur genoss und nicht daran dachte, welch erregendes Bild sie bot. Sie wirkte wie ein schlankes junges Raubtier, und nichts hatte ihn je so fasziniert wie Rebecca in diesem Moment.

Nun strich sie sich mit den Fingern durch das feuchte Haar und hob den Kopf gegen die Sonne, dabei lächelte sie. Unwillkürlich holte Stephanos Luft und atmete dann langsam wieder aus. Die Erregung, die ihn erfüllte, war schmerzlich, und plötzlich stieg Zorn in ihm auf. Er wusste nicht, was er getan hätte, wenn Rebecca in diesem Moment bei ihm gewesen wäre.

Er beobachtete, wie Rebecca ein langes T-Shirt aus ihrer Badetasche holte, es anzog und gleich darauf barfuß auf den Eingang des Hotels zuging.

Stephanos blieb noch eine Weile reglos auf dem Balkon stehen und wartete, dass sein Verlangen nach ihr nachließ. Dennoch blieb selbst dann noch eine Sehnsucht nach ihr zurück, die ihn immer mehr beunruhigte und zornig werden ließ.

Ich sollte einfach nicht mehr an sie denken, sagte er sich. Sein Instinkt warnte ihn, dass sein Leben niemals mehr so sein würde wie vorher, wenn er sich weiter mit ihr einließ. Er musste sie einfach als eine vorübergehende Verwirrung begreifen, etwas, dem es nur zu widerstehen galt. Er musste sich zwingen, nicht mehr an sie zu denken, sich wieder auf seine Arbeit zu konzentrieren. Er hatte schließlich Verpflichtungen und Aufgaben, die erledigt werden wollten, und konnte seine Zeit nicht für irgendwelche Fantasien vergeuden. Stephanos schlug wütend mit der Faust auf das Geländer und ging ins Zimmer zurück.

Es gibt aber Zeiten im Leben, dachte er dann, wo ein Mann dem Schicksal vertrauen und ohne zu zögern einfach ins kalte Wasser springen sollte …

3. Kapitel

Rebecca hatte kaum die Tür hinter sich geschlossen, als es klopfte. Die Sonne und das Wasser hatten sie angenehm müde gemacht, aber alle Gedanken an ein kleines Schläfchen wichen schlagartig, als sie öffnete und Stephanos vor ihr stand.

Er sah atemberaubend aus. Sein Haar war vom Wind zerzaust, und er blickte sie kühl an. Um seinen Mund lag ein eigenartiger Zug. Seit ihrem gemeinsamen Picknick hatte Rebecca oft an ihn gedacht, und nicht nur tagsüber. Sie spürte, wie ihr Herz schneller schlug, und sie musste sich zur Ruhe zwingen.

»Hallo, Stephanos, ich wusste nicht, ob du noch auf Korfu warst.«

Gelogen habe ich damit nicht, redete sie sich ein, auch wenn sie sich an der Rezeption vergewissert hatte, dass Stephanos noch nicht abgereist war. Aber gesehen hatte sie ihn mit eigenen Augen tatsächlich nicht.

»Ich sah dich vom Strand kommen.«

»Oh!« Unbewusst zupfte sie am Saum ihres T-Shirts. »Ich kann einfach nicht genug von der Sonne und dem Meer haben. Aber möchtest du nicht hereinkommen?«

Stephanos antwortete nicht, sondern trat ein und schloss die Tür mit einem kräftigen Ruck. Rebeccas mühsam gewahrte Haltung begann ins Wanken zu geraten.

»Ich habe dir noch gar nicht für die Blumen gedankt.« Sie deutete auf den bunten Frühlingsstrauß in der Vase am Fenster. Dann verschränkte sie die Arme vor der Brust.

»Sie ... sie sind so schön, und ... ich hatte gedacht, ich würde dir schon irgendwo begegnen, vielleicht im Speisesaal oder am Strand.« Sie brach ab, als Stephanos die Hand hob und ihr Haar anfasste.

»Ich hatte viel zu tun.« Er sah sie an. Seine Augen erschienen ihr wie kühles Quellwasser. »Geschäftlich.«

Rebecca fürchtete einen Augenblick, nicht sprechen zu können. Doch dann schaffte sie es doch, herauszubringen: »Einen schöneren Platz zum Arbeiten hättest du dir nicht aussuchen können.«

Er trat einen Schritt auf sie zu. Sie duftete betörend nach Meerwasser und Sonne. »Die Hotelanlage und die Insel gefallen dir also?« Er nahm ihre Hand, und sie ließ es geschehen, auch wenn eine eigentümliche Schwäche sich in ihrem Körper ausbreitete.

»Ja, sogar sehr.«

»Vielleicht möchtest du die Insel auch einmal aus einer anderen Perspektive kennenlernen?« Um zu sehen, wie sie reagierte, berührte er sie zart mit dem Mund. Sie verwehrte es ihm nicht, sondern blieb stehen. Aber er spürte trotzdem, dass sie auf der Hut war.

»Was meinst du damit?«, fragte Rebecca gepresst.

»Verbringe den Tag morgen mit mir auf meinem Boot.«

»Wie bitte?«

Er lächelte. »Hast du Lust mitzukommen?«

Wohin du willst, dachte sie. »Ich habe noch keine Pläne gemacht«, sagte sie jedoch nur.

»Gut.« Als er dicht bei ihr stand, hob sie spontan die Hand, als wolle sie ihn abwehren, ließ die Hand dann aber wieder sinken. »Wir treffen uns morgen früh. Ist dir neun Uhr recht, Rebecca?«

Ein Boot. Er hatte tatsächlich von einem Boot gesprochen. Rebecca holte tief Luft und versuchte mit aller Macht, sich zusammenzureißen. Sie wunderte sich über sich selbst. Tagträumereien, weiche Knie und dann noch ein nicht zu unterdrückendes Verlangen ... Das alles passte so gar nicht zu ihr. Aber es war ein wundervolles Gefühl.

»Ja, ich freue mich schon darauf.« Sie versuchte ganz locker zu wirken, als sie ihn anlächelte. So, als käme es jeden Tag vor, dass man sie zu einer Fahrt auf dem Mittelmeer einlud.

»Also bis morgen früh.« Stephanos ging zur Tür, wandte sich aber noch einmal um. »Und vergiss deine Kamera nicht.«

Kaum hatte er die Tür hinter sich geschlossen, tanzte sie vor Freude durch das Zimmer und musste sich bemühen, dabei nicht laut zu jubeln.

Stephanos hatte von einem Boot gesprochen, und Rebecca hatte sich einen kleinen Kabinenkreuzer vorgestellt. Stattdessen stand sie nun auf dem Mahagonideck einer schneeweißen Jacht von bestimmt dreißig Meter Länge.

»Auf dieser Jacht kann man ja richtig leben!«, entfuhr es ihr ungewollt. Im nächsten Moment wünschte sie sich, sie hätte vorher überlegt. Aber Stephanos lachte nur.

»Ich wohne auch oft darauf.«

»Willkommen an Bord, Sir.« Ein weiß uniformierter Mann in mittleren Jahren begrüßte Stephanos respektvoll und legte die Hand an den Mützenschirm. Er sprach mit britischem Akzent.

»Hallo, Grady. Dies ist mein Gast, Miss Malone.«

»Hallo, Madam.« Rebecca bemerkte, dass er sie mit einem Blick einschätzte, obwohl an seiner kühlen britischen Haltung nichts auszusetzen war.

»Legen Sie bitte ab, wenn alles fertig ist, Grady«, gab Stephanos Anweisung.

»Aye, aye, Sir.«

Stephanos nahm Rebeccas Arm. »Möchtest du dir das Boot einmal anschauen?«, fragte er sie lächelnd.

»Oh ja, sehr gern.« Rebecca konnte es immer noch gar nicht fassen, dass sie sich an Bord einer solch luxuriösen Jacht befand. Es kostete sie einiges an Überwindung, die Kamera in der Handtasche zu lassen und nicht gleich loszufotografieren.

Stephanos führte sie hinunter zu den elegant ausgestatteten Kabinen. Es gab vier Stück, und alle waren sehr geräumig. Rebecca hatte vorhin die Bemerkung über die Größe des Schiffes unbedacht getan, aber es stimmte: Hier konnte man wirklich längere Zeit leben.

Es gab außerdem auch noch eine große, rundum verglaste Kabine, von der man einen herrlichen Ausblick auf das Meer hatte. Dort konnte man liegen, wenn die Sonne zu heiß brannte oder wenn es regnete.

Rebecca hatte solche Jachten natürlich schon in Zeitschriften gesehen, und manche ihrer ehemaligen Kunden hatten eine solche besessen. Aber noch niemals hatte sie sich auf einer solchen Jacht befunden, obwohl sie immer davon geträumt hatte.

Diese Kabine war offensichtlich für einen Mann eingerichtet worden. Schwere Ledersessel, holzgetäfelte Wände und gedämpfte Farben gaben dem Raum ihr Gepräge. An den Wänden hingen Regale voller Bücher, und in einer Ecke stand eine teure Stereoanlage.

»Man könnte fast glauben, sich in einem Haus zu befinden«, meinte Rebecca mehr zu sich. Aber ihr entgingen auch die festen Türen und die schweren Läden vor den Fenstern nicht, die bei schwerem Wetter die Scheiben schützten.

Wie mochte es wohl bei Sturm auf dieser Jacht sein, wenn die Brecher gegen den Rumpf schlugen, der Wind den Regen gegen die Bullaugen peitschte und das Schiff gefährlich schwankte?

Als sich genau in diesem Moment das Deck unter ihr senkte, stieß sie einen leisen Schreckensschrei aus. Stephanos ergriff ihren Arm, um sie zu stützen.

»Wir haben bereits abgelegt«, erklärte er ihr. Dann sah er sie fragend an. »Hast du Angst vor Schiffen, Rebecca?«

»Nein, ich habe mich nur ein wenig erschreckt.« Rebecca konnte natürlich nicht zugeben, dass ihre einzige Erfahrung mit Schiffen ein Ausflug in einem Zweierkanu in einem Ferienlager gewesen war. Ihr war ein wenig übel, und sie hoffte, dass es sich bald wieder geben würde. »Können wir wieder nach oben gehen? Ich würde gern zusehen, wie wir uns vom Land entfernen«, bat sie, da sie etwas frische Luft brauchte.

Es half. Kaum stand Rebecca wieder an Deck, fuhr ihr der frische Wind ins Gesicht, und die leichte Übelkeit verschwand. Rebecca lehnte sich gegen die Reling und schaute zu, wie die Insel langsam kleiner und die Küstenlinie undeutlich wurde. Jetzt konnte sie der Versuchung nicht mehr widerstehen. Sie holte die Kamera heraus und machte eine ganze Reihe Aufnahmen.

»Es ist schöner als zu fliegen«, sagte sie nach einer Weile. »Hier ist alles viel greifbarer.« Sie deutete hinauf zum blauen Himmel. »Sieh nur, die Möwen verfolgen uns.«

Aber er schaute nicht nach oben, sondern sah Rebecca unverwandt an. »Bist du immer mit ganzem Herzen dabei, wenn dir etwas gefällt?«

»Ja.« Rebecca versuchte sich das Haar aus dem Gesicht zu streichen, aber der Fahrtwind trieb es immer wieder zurück. Sie lachte und hob das Gesicht zur Sonne. »Oh ja.«

Ihr Anblick war unwiderstehlich. Stephanos fasste sie um die Taille und wirbelte sie herum. Die Berührung löste sogleich wieder dieses beunruhigende Gefühl aus, und er sah ihrem Gesicht an, dass es ihr nicht anders erging als ihm.

»Alles?« Langsam glitten seine Hände etwas tiefer, und er

zog sie so dicht zu sich heran, dass sich ihre Schenkel gegeneinander pressten.

»Ich weiß nicht.« Rebecca legte ihm die Hände auf die Schultern, ohne es recht zu bemerken. »Ich habe noch nicht alles ausprobiert.«

Aber sie wollte alles ausprobieren, jetzt, wo er sie so festhielt, wo der tiefblaue Himmel sich über ihnen spannte und das Meer silbern in der Sonne schimmerte. Sie schmiegte sich an ihn.

Da fluchte Stephanos kaum hörbar vor sich hin. Rebecca fuhr zurück, als hätte er sie angefahren. Unsicher sah sie ihn an. Stephanos nahm ihre Hand und nickte dem Steward zu, der gerade mit den Drinks erschienen war.

»Vielen Dank, Victor. Ich brauche Sie nicht mehr.«

Stephanos' Stimme klang beherrscht, aber Rebecca spürte dennoch die unterdrückte Erregung, als Stephanos sie zu einem der Sessel führte.

Was mag er bloß von mir denken? dachte Rebecca. *Er braucht mich nur leicht zu berühren, und schon werfe ich mich ihm in die Arme.*

Aber auch Stephanos hatte seine Probleme. Sein Körper befand sich in Aufruhr. Er konnte sich nicht erinnern, in Gegenwart einer Frau jemals Mühe gehabt zu haben, einen klaren Kopf zu bewahren. Er wusste, wie man eine Frau verführte, und hatte auf diesem Gebiet genügend Erfahrungen gesammelt. Aber jedes Mal, wenn er sich in Rebeccas Nähe befand, verließen ihn alle seine Erfahrung und Weltläufigkeit in diesen Dingen. Er kam sich wie ein unerfahrener junger Bursche vor, der völlig den Verstand verlor, wenn er die Frau seines Herzens sah.

Stephanos schaute Rebecca in die Augen. Wie schon im Olivenhain hatte er auch diesmal das Gefühl, diese wundervollen ausdrucksstarken Augen schon sehr lange zu kennen …

Um sich abzulenken, nahm er ein Zigarillo heraus. Er wusste, diese Vorstellung widersprach aller Logik und dem gesunden Menschenverstand, aber dennoch hatte er das Gefühl, es stimmte. Er fühlte, dass das Verlangen nach ihr ihn immer mehr beherrschte.

»Ich möchte dich besitzen, Rebecca.«

Rebecca hatte das Gefühl, ihr bliebe das Herz stehen. Sie hob das Glas und trank einen Schluck, um sich wieder in die Gewalt zu bekommen. »Ich weiß.«

Sie schien so kühl zu sein, und Stephanos beneidete sie um ihre lässige Haltung. »Kommst du mit in meine Kabine?«

Rebecca sah Stephanos an. Ihr Herz und ihr Körper gaben eine ganz andere Antwort als ihr Verstand. Es erschien so einfach, so natürlich, Ja zu sagen ... Wenn es einen Mann gab, dem sie sich ganz hingeben wollte, dann stand er jetzt neben ihr.

Aber auch wenn sie Philadelphia verlassen hatte und ein neues Leben versuchte – selbst hier konnte sie ihre strenge Erziehung nicht vergessen. »Ich kann nicht.«

»Du kannst nicht?« Stephanos zündete sich sein Zigarillo an. Er fand es befremdlich, dass sie hier standen und über das Miteinanderschlafen redeten, als handle es sich um das Wetter. »Oder willst du nicht?«, fragte er dann gedehnt.

Rebecca atmete einmal tief durch. Langsam stellte sie ihr Glas ab. »Ich möchte, aber ich kann nicht.« Sie sah ihn mit großen Augen an. »Ich möchte wirklich sehr gern, aber ...«

»Aber?«

»Ich kenne dich kaum.« Rebecca nahm wieder das Glas, weil sie plötzlich nicht mehr wusste, wo sie ihre Hände lassen sollte.

»Nein?«

»Nun, ich kenne deinen Namen, weiß, dass du Olivenhaine besitzt und das Meer liebst. Das ist aber nicht genug.«

»Dann werde ich dir mehr erzählen.«

Rebecca wagte ein Lächeln. »Ich weiß nicht einmal, was ich fragen sollte.«

Stephanos lehnte sich im Sessel zurück. Er fühlte, dass die Spannung ebenso schnell wich, wie sie gekommen war. Es ist wirklich erstaunlich, dachte er verwundert, ein Lächeln von ihr genügt.

»Glaubst du eigentlich an das Schicksal, Rebecca? Daran, dass irgendetwas Unvorhergesehenes, etwas Unerwartetes oder irgendein kleines, unbedeutendes Ereignis dein Leben von Grund auf verändert?«

Rebecca dachte an den Tod ihrer Tante und die Entscheidungen, die sie danach völlig unvorhergesehen getroffen hatte. »Ja. Ja, daran glaube ich.«

»Gut.« Er schaute hinaus aufs Meer und sagte dann wie nebenbei: »Ich hatte beinahe vergessen, dass ich es auch tue – bis ich dich allein am Tisch sitzen sah.«

Es gibt mehrere Wege, jemanden zu verführen, dachte Rebecca. Ein Blick oder Worte konnten genauso verführerisch sein wie Zärtlichkeiten. In diesem Moment verlangte es sie mehr als je zuvor nach ihm – und mehr, als sie es sich hätte vorstellen können.

Um etwas Abstand zu gewinnen, wandte sie sich ab und stellte sich wieder an die Reling.

Er empfand selbst ihr Schweigen erregend. Sie hatte gesagt, sie wüsste zu wenig über ihn. Aber er wusste ja noch viel weniger von ihr. Und es machte ihm nicht das Geringste aus. Vielleicht war es gefährlich, gefährlicher als er dachte, aber auch dies machte ihm nichts aus.

Stephanos sah zu ihr hinüber. So, wie sie jetzt an der Reling stand, mit flatternden Haaren, war es ihm völlig egal, wer sie war und woher sie kam oder was sie getan hatte.

Langsam stand Stephanos auf, ging zu ihr hinüber und stellte sich neben sie. Er schaute ebenfalls aufs Meer hinaus.

»Als ich jung war, noch sehr jung, da gab es einen solchen Moment, der mein Leben verändert hat«, begann er. »Mein Vater liebte das Meer über alles. Die See war sein Leben, und auf dem Meer ist er gestorben.« Stephanos schien mehr zu sich selbst zu sprechen. Rebecca wandte den Kopf und sah ihn an. »Ich war damals zehn oder elf Jahre alt. Vater und ich gingen zusammen am Strand entlang. Er blieb stehen, tauchte die Hand ins Wasser, ballte sie zur Faust und öffnete sie wieder. ›Du kannst es nicht halten‹, sagte er. ›Egal, wie oft du es auch versuchst oder wie sehr du es auch liebst. Es wird dir immer wieder zwischen den Fingern zerrinnen.‹«

»Er hatte recht damit«, antwortete Rebecca nachdenklich.

»Ja, dann aber nahm er den Sand in die Hand. Er war feucht und klebte an der Haut. ›Aber dies hier‹, sagte er, ›dies kann man festhalten.‹ Wir haben später nie wieder darüber gesprochen. Als dann die Zeit gekommen war, wandte ich der See den Rücken zu und richtete meine Kraft und Aufmerksamkeit auf das Land.«

»Es war richtig, oder?«

»Ja.« Stephanos hob die Hand und spielte mit einer ihrer Haarsträhnen. »Ja, ich habe mich richtig entschieden.« Dann sah er sie an. »Du hast so schöne, ruhige Augen, Rebecca. Haben sie bereits genug gesehen, damit du weißt, was für dich richtig ist?«, fragte er.

»Ich glaube, ich habe meine Augen erst sehr spät geöffnet«, erwiderte Rebecca leise. Da war wieder dieses beunruhigende Gefühl, und Rebecca wollte zurückweichen, aber sie war zwischen ihm und der Reling gefangen.

»Du zitterst ja, wenn ich dich anfasse.« Langsam strich er ihr mit den Fingern über den Arm, dann verschränkten sich ihre Hände miteinander. »Weißt du eigentlich, wie erregend das ist?«

Rebecca fühlte plötzlich eine süße Schwäche in den Beinen. »Stephanos, ich meinte es ernst, was ich vorhin gesagt habe …« Er küsste sie hauchzart auf die Stirn. »Ich kann nicht, ich muss erst …«, wieder fühlte sie seine Lippen, diesmal federleicht auf dem Kinn, »… erst einmal nachdenken«, endete sie leise.

Stephanos fühlte, wie sich ihre Finger in seiner Hand entspannten. »Als ich dich das erste Mal küsste, ließ ich dir keine Wahl.« Er begann ihr Gesicht mit Küssen zu bedecken, vermied es aber dabei, ihren Mund zu berühren. »Aber diesmal hast du sie.«

Seine Lippen waren wie ein Hauch, sie spürte sie kaum. Trotzdem brachten seine Liebkosungen sie halb um den Verstand. Rebecca wusste, sie brauchte Stephanos nur von sich zu stoßen, dann hätte alles ein Ende – aber genau dies wollte sie eigentlich gar nicht.

Die Wahl? wiederholte sie in Gedanken. *Habe ich überhaupt eine Wahl?*

»Nein, die habe ich nicht«, flüsterte sie kaum hörbar, bevor er sie auf die Lippen küsste.

Keine Wahl, keine Vergangenheit und auch keine Zukunft. Nur das Jetzt. Rebecca genoss seine Gegenwart, sein Verlangen und seinen Hunger. Seine Küsse wurden fordernder, beinahe verzweifelt. Sie fühlte sein Herz heftig schlagen, als er in ihr Haar griff und ihr sanft den Kopf zurückbog. So hatte sie noch kein Mann geküsst, und niemand hatte sie darauf vorbereitet, dass sie diese fordernde Art auch noch erregen würde. Rebecca stöhnte auf, als Stephanos mit der Zunge ihren Mund erforschte.

Stephanos' Erregung wuchs ebenfalls. Ihr Duft und das Verlangen, das sie ausstrahlte, steigerten seine Leidenschaft. Sie war ganz Frau und doch so anders als alle Frauen, die er kennengelernt hatte. Rebecca atmete heftiger und stöhnte leise auf, als er sie herausfordernd auf die weiche und empfindliche Haut ihres Halses küsste.

Rebecca hatte das Gefühl, zu Boden sinken zu müssen, wenn Stephanos sie nicht gehalten hätte. Noch niemals hatte sie sich so schwach, so verletzlich gefühlt wie jetzt in diesem Augenblick. Sie hatte das Empfinden, ausgeliefert zu sein. Die See war spiegelglatt, aber in Rebecca tobte ein Sturm. Mit einem Seufzer, der wie ein Schluchzen klang, schlang sie die Arme um ihn.

Es war die Hilflosigkeit dieser Geste, die ihn wieder zur Vernunft brachte. Ich muss den Verstand verloren haben, dachte er erschrocken. *Es hätte nicht viel gefehlt, und ich hätte sie hier genommen, ohne Rücksicht auf ihre Wünsche oder die Folgen.*

Stephanos schloss die Augen und hielt Rebecca nur fest.

Vielleicht habe ich wirklich den Verstand verloren, dachte er weiter. Selbst als die Erregung langsam nachließ, fühlte er etwas anderes, Tieferes in sich aufsteigen und wachsen. Es erschien ihm viel gefährlicher als alles, was er vorher empfunden hatte.

Er wollte sie besitzen – und zwar für immer.

Schicksal, ging es ihm durch den Kopf, während er ihr Haar streichelte. Es sah so aus, als hätte er sich in Rebecca verliebt, ohne es bemerkt zu haben. Wie war das möglich? Er war doch nur wenige Stunden mit ihr zusammen gewesen.

In der Vergangenheit war es ihm schon passiert, dass er eine Frau gesehen und sie gleich begehrt hatte. Auch Rebecca würde er bekommen. Aber er würde sie nicht wieder hergeben.

Vorsichtig trat er einen Schritt zurück. »Vielleicht hat keiner von uns die Wahl«, sagte er leise und schob die Hände tief in die Hosentaschen. »Und wenn ich dich jetzt hier noch einmal anfasse und dich küsse, dann würde ich dir auch keine mehr lassen ...«

Rebecca brachte zuerst kein Wort hervor. Ihre Kehle war wie zugeschnürt. Sie strich sich das Haar aus ihrem Gesicht und gab sich keine Mühe, das Beben in ihrer Stimme zu verbergen. »Ich würde auch gar keine wollen …«

Da sah sie, dass seine Augen sich verdunkelten, aber sie wusste nicht, dass er die Hände in den Taschen zu Fäusten ballte.

»Du machst es mir sehr schwer.«

Noch nie hatte ein Mann sie auf diese Weise begehrt, das wusste sie. Und vielleicht würde sie auch niemand jemals wieder so begehren. »Es tut mir leid, das wollte ich nicht.«

»Nein.« Er zwang sich, sich zu entspannen. »Das habe ich auch nicht angenommen. Das ist auch eines der Dinge an dir, die mich so faszinieren und anziehen. Ich will dich, Rebecca.« Einen kurzen Moment lang glaubte er so etwas wie Panik in ihren Augen zu lesen – aber auch Erregung. »Und weil ich das weiß und du ebenfalls, tue ich mein Bestes, um dir noch ein wenig Zeit zu geben.«

Rebecca fand ihren Humor wieder. »Ich weiß nicht, ob ich dir dankbar oder böse sein sollte«, sagte sie lächelnd.

Zu seiner Überraschung musste Stephanos ebenfalls lachen. Er strich ihr mit dem Finger über die Wange. »Ich würde dir nicht empfehlen fortzulaufen, *mátia mou*. Ich würde dich doch finden.«

Sie war sich dessen nur allzu gut bewusst. Ein Blick in sein Gesicht überzeugte sie. »Dann will ich dir lieber dankbar sein«, lachte sie.

»Das freut mich.« Er war sich klar, dass er Geduld aufbringen musste. Und zwar sehr schnell. »Hast du Lust zu baden? Nicht weit von hier gibt es eine hübsche kleine Bucht. Wir sind schon beinahe dort.«

Das Wasser wird mich ein wenig abkühlen, dachte Rebecca. »Eine tolle Idee!«

Das Wasser war erfrischend kühl und kristallklar. Mit einem Seufzer des Wohlgefühls ließ sich Rebecca hineingleiten.

In Philadelphia würde sie jetzt an ihrem Schreibtisch sitzen, den Rechner bedienen, und über ihrer Stuhllehne würde ordentlich ihre Kostümjacke hängen. Wie immer würden die Papierstapel auf ihrem Schreibtisch säuberlich geordnet daliegen.

Die allzeit zuverlässige und korrekte Miss Malone.

Aber stattdessen schwamm sie im kühlen Wasser des Mittelmeeres, und Akten und Papiere waren Welten fort von ihr. Hier, nur einen Meter weit von ihr entfernt, gab es den Mann, der sie alles über ihre Bedürfnisse lehrte, ihre Wünsche und die Verletzlichkeit des Herzens.

Sie bezweifelte, ihm jemals sagen zu können, dass er der einzige Mann war, der sie durch eine kurze Berührung beinahe um den Verstand gebracht hätte. Ein Mann wie er würde natürlich sofort erraten, dass er es mit einer völlig unerfahrenen Frau zu tun hatte.

Aber er wird es nicht herausfinden, dachte sie. *Denn wenn er mich in seinen Armen hält, fühle ich mich nicht schwach und unerfahren. Ich finde mich schön, begehrenswert und ein wenig verrucht.*

Sie hatte die ganze Zeit Wasser getreten, aber nun tauchte sie mit einem Lachen unter. Sogleich empfand sie ein unglaubliches Gefühl des Freiseins. Ach, wer hätte gedacht, dass ich mich jemals so fühlen würde? ging es ihr durch den Kopf.

»Braucht es immer so wenig, um dich zum Lachen zu bringen?«

Rebecca strich sich die Haare aus dem Gesicht. Stephanos trat neben ihr Wasser. Seine Haut hatte einen Goldschimmer, und das Wasser rann in kleinen Bächen über seine breite Brust. Die Sonnenstrahlen ließen sein feuchtes Haar schimmern, und seine Augen hatten die gleiche Farbe wie das Meer. Es fiel ihr sehr schwer, nicht die Hand auszustrecken und Stephanos zu streicheln.

»Eine abgelegene Bucht, ein wunderschöner Himmel, kristallklares Wasser und ein interessanter Mann – so wenig scheint mir das nicht zu sein.« Sie schaute hinüber zu den Kämmen der Berge. »Ich habe mir eins versprochen – was auch immer geschehen mag, ich werde nichts mehr als sicher annehmen.«

In ihren Worten lag ein trauriger Unterton, der ihn berührte. »War es ein Mann, der dir wehgetan hat, Rebecca?«, fragte er sanft nach einem kurzen Moment.

Sie verzog leicht den Mund, aber er konnte nicht ahnen, dass sie im Stillen lächeln musste. Natürlich hatte sie auch Verabredungen mit Männern gehabt. Sie waren zumeist nett und freundlich verlaufen. Ein- oder zweimal hatte sie auch mehr als freundschaftliches Interesse für einen von ihnen verspürt, aber sie war zu schüchtern gewesen, um mehr daraus werden zu lassen.

Mit Stephanos war es allerdings völlig anders. Weil ich ihn liebe, dachte sie glücklich. Sie wusste nicht, warum, und auch nicht, wieso es so schnell gekommen war. Aber sie liebte ihn, wie eine Frau einen Mann nur lieben konnte.

»Nein, es gibt keinen.« Rebecca legte sich auf den Rücken, schloss die Augen und vertraute darauf, dass das salzige Wasser sie tragen würde. »Der Tod meiner Eltern war ein solcher Schlag für mich, dass ich von einem Tag auf den anderen erwachsen wurde, obwohl ich damals noch so jung war.«

Als sie schwieg, forderte Stephanos sie leise auf, weiterzusprechen.

»Meine Tante Jeannie war ein sehr freundlicher und praktischer Mensch, und sie liebte mich. Aber sie hatte vergessen, was es bedeutete, ein junges Mädchen zu sein. Nach ihrem Tod begriff ich plötzlich, dass ich nie jung gewesen war, nie Dummheiten wie andere junge Leute in meinem Alter begangen hatte. Da entschloss ich mich, all dies nachzuholen.«

Sie bot ein schönes Bild. Das schwarze Haar schwamm auf dem Wasser, und ihr nasser bronzefarbener Körper schimmerte wie mit Diamanten bedeckt im Licht der hellen Sonne. Sie war keine Schönheit, dafür waren ihre Züge nicht ebenmäßig genug. Aber sie war faszinierend in ihrem Aussehen, ihrer Ausstrahlung und ihrer Art, wie sie alles mit offenen Armen aufnahm, was ihr über den Weg lief.

Stephanos schaute sich in der kleinen Bucht um, als hätte er sie lange Jahre nicht mehr gesehen. Er konnte die Sonnenstrahlen auf der Wasseroberfläche tanzen sehen, die kleinen Wellen, die sich durch ihre Bewegungen um Rebecca herum ausbreiteten. Etwas weiter weg lag der schmale Sandstrand. Bunte Schmetterlinge flatterten darüber hin, ansonsten war er leer. Es herrschte Stille, beinahe eine unwirkliche Stille, nur die leichten Wellen schlugen mit einem immer gleichen Geräusch ans Ufer.

Und er fühlte sich entspannt und eins mit sich und seiner Umgebung. Vielleicht habe ich auch vergessen, was es bedeutet, jung und verrückt zu sein, dachte er.

Aus einem Impuls heraus hob er die Hand und drückte Rebecca unter Wasser.

Hustend kam sie wieder an die Oberfläche und schüttelte sich das Wasser aus den Haaren. Stephanos lachte sie nur an und trat weiter Wasser.

»Es hat mich gereizt. Es war so einfach.«

Sie hob den Kopf und sah ihn herausfordernd lächelnd an. »Das nächste Mal wird es nicht so leicht sein, das kannst du mir glauben.«

Sein Lächeln wurde breiter. Als er sich dann bewegte, tat er es mit der Eleganz und Geschwindigkeit eines Delfins. Rebecca hatte gerade noch Zeit, Luft zu holen, dann trat sie nach ihm. Er packte ihr Fußgelenk, aber sie war bereit.

Anstatt sich zu wehren, als er sie unter Wasser zog, schlang sie die Arme um seinen Oberkörper und verwickelte ihn in einen Unterwasserringkampf.

»Wir sind quitt«, rief sie prustend und lachend, als sie beide wieder auftauchten. Sie rieb sich das Wasser aus den Augen.

»Wie kommst du denn darauf?«

»Wenn wir auf einer Matte gerungen hätten, hättest du mit dem Rücken am Boden gelegen«, klärte sie ihn auf.

»Gut, einverstanden.« Er fühlte, wie sich ihre Beine ineinander verschlangen. »Aber jetzt würde ich gern etwas anderes machen.«

Rebecca wusste, er würde sie gleich küssen. Sie sah es in seinen Augen, und sie war zu ihrer Bestürzung nur allzu gern bereit, sich küssen zu lassen.

»Stephanos?«

»Ja?« Seine Lippen waren nur noch Zentimeter von ihrem Mund entfernt. Dann fand er sich plötzlich unter Wasser wieder, und seine Arme waren leer. Im ersten Moment war er verärgert. Als er auftauchte, sah er jedoch Rebecca wenige Meter entfernt bis zu den Schultern im Wasser stehen. Ihr Gelächter klang zu ihm herüber.

»Es war so einfach!«, rief sie ihm übermütig zu.

Stephanos warf sich ins Wasser und legte los. Er schwamm, als wäre er im Wasser geboren worden. Auch Rebecca war keine schlechte Schwimmerin. Beinahe wäre es ihr gelungen, ihm zu entwischen, aber sie musste immer noch lachen und schluckte dabei Wasser. Als sie nach Luft rang, fühlte sie kräftige Arme um ihre Taille. Stephanos schleppte sie erbarmungslos in seichteres Wasser.

»Ich gewinne gern.« Rebecca sah ein, es war sinnlos, ihm entkommen zu wollen. Sie hob die Hand zum Zeichen, dass sie aufgab. »Ich weiß, es ist eine Schwäche. Manchmal mogle ich deswegen sogar beim Canasta.«

»Beim Canasta?«

Er konnte sich diese lebhafte, sexy Frau in seinen Armen nur schwerlich bei einer gemütlichen Canastapartie vorstellen.

»Ja, leider, ich kann einfach nichts dagegen tun. Ich habe da keine Disziplin«, tat sie zerknirscht und legte den Kopf an seine Schulter.

»Mir geht es manchmal ähnlich.«

Ehe sie sich's versah, hatte er sie mit einem kräftigen Stoß von sich geworfen, und sie flog durch die Luft. Mit lautem Klatschen landete sie wieder im Wasser und ging prustend unter.

Gleich darauf tauchte sie wieder auf. »Das habe ich wohl verdient«, meinte sie lachend und watete zum Ufer. Dort legte sie sich so hin, dass sie halb im erfrischenden Wasser lag. Der feine weiße Sand klebte ihr an Haut und Haaren, aber sie kümmerte sich nicht darum.

Stephanos folgte ihr langsam und legte sich dann neben sie. Sie griff nach seiner Hand.

»Ich kann mich nicht erinnern, wann ich einen schöneren Tag verlebt habe«, sagte sie träumerisch.

Er sah auf ihre Hände und wunderte sich, dass diese stille Geste zugleich beruhigend und erregend auf ihn wirkte.

»Er ist schon fast vorbei.«

»Meinetwegen bräuchte er niemals zu enden.«

4. Kapitel

Rebecca meinte es aufrichtig. Sie wünschte, dieser Tag möge niemals vergehen. Es war so traumhaft. Blauer Himmel, das Meer. Mit Stephanos zu lachen, ihn zu betrachten. Im klaren kühlen Wasser zu baden. Stunden, die endlos erschienen. Es war noch gar nicht so lange her, dass es völlig anders gewesen war. Auf die Tage waren Nächte gefolgt, und dann wieder die Tage – in monotoner, langweiliger Folge.

»Hast du eigentlich jemals das Bedürfnis verspürt, vor etwas davonzulaufen?«, fragte sie nach einer Weile.

Stephanos legte sich zurück und schaute hinauf zum Himmel, an dem einige Schäfchenwolken dahinzogen. Wie lange habe ich eigentlich nicht mehr so gelegen und in den Himmel gesehen? fuhr es ihm kurz durch den Sinn.

»Wohin?«

»Irgendwohin. Fort von dem, was ist, weil du fürchtest, es könnte bis in alle Ewigkeiten so bleiben.« Auch Rebecca legte sich zurück und schloss dann die Augen. Sie konnte sich zu Hause sehen, wie sie pünktlich um sieben Uhr fünfzehn ihre erste Tasse Kaffee aufbrühte und genau um neun Uhr die erste Akte im Büro aufschlug. »Einfach verschwinden und dann irgendwo als ein ganz anderer Mensch wieder auftauchen, wo dich keiner kennt.«

»Du kannst kein anderer Mensch werden.«

»Oh doch, das kannst du.« Plötzlich bekam ihre Stimme einen drängenden und beinahe beschwörenden Unterton. »Manchmal muss man es tun.«

Stephanos spielte mit ihrem Haar. »Wovor läufst du davon?«

»Vor allem. Ich bin ein Feigling.«

Er richtete sich halb auf und sah ihr ins Gesicht. In ihren schönen Augen las er Begeisterung. »Das glaube ich nicht.«

»Aber du kennst mich doch gar nicht.« Ein Ausdruck des Bedauerns tauchte kurz auf ihrem Gesicht auf, dann machte er einer gewissen Unsicherheit Platz. »Und ich bin nicht sicher, ob ich es überhaupt möchte.«

»Glaubst du wirklich, ich kenne dich nicht? Es gibt Dinge im Leben, die keine Monate oder Jahre brauchen, damit man sie versteht. Ich sehe dich an, Rebecca, und plötzlich ist alles so einfach. Ich kann nicht sagen, warum ich so empfinde, aber so ist es eben. Ich kenne dich.« Er beugte sich zu ihr hinunter und hauchte ihr einen Kuss auf die Nase. »Und ich mag das, was ich sehe.«

»Ja? Wirklich?«, fragte sie lächelnd.

»Meinst du, ich verbringe einen ganzen Tag mit einer Frau nur deshalb, weil ich mit ihr schlafen will?«, fragte er.

Rebecca zuckte mit den Schultern, sagte aber nichts.

Er sah, dass sie leicht errötete, und es amüsierte ihn. Wie vielen Frauen gelang es schon, einen Mann mit ihren Küssen fast zum Wahnsinn zu bringen und dann zu erröten? »Aber mit dir zusammen zu sein, Rebecca, ist ein sehr besonderes Vergnügen.«

Sie lachte leise vor sich hin und malte mit dem Finger Kreise in den feuchten Sand. Was würde er wohl sagen oder denken, wenn er wüsste, wer ich in Wirklichkeit bin? dachte sie. Aber es spielt überhaupt keine Rolle, beruhigte sie sich dann, denn sie wollte sich den schönen Tag nicht verderben lassen. Und auch nicht das, was zwischen ihnen war.

»Das ist das schönste Kompliment, das ich je bekommen habe«, sagte sie lächelnd.

Als er sich wieder aufrichtete und sie beunruhigt ein wenig zur Seite rutschte, sagte er sofort: »Nein, ich werde dich nicht mehr berühren. Zumindest jetzt im Augenblick nicht.«

»Das ist eigentlich nicht das Problem.« Rebecca hob den Kopf und schloss die Augen. Sie genoss die Wärme der Sonne auf ihrer Haut. »Im Gegenteil, ich möchte ja gerade, dass du mich berührst – und zwar so sehr, dass es mir Angst macht.«

Er sah sie an, und ein besonderer Ausdruck zeigte sich in seinen Augen, aber er sagte nichts.

Sie setzte sich aufrecht hin und nahm all ihren Mut zusammen. Sie wollte ehrlich sein und hoffte, dabei keinen allzu naiven Eindruck zu hinterlassen. »Stephanos, ich gehöre nicht zu den Frauen, die gleich mit jedem Mann schlafen, der ihnen gefällt. Bitte versteh, es geht alles so rasch. Aber ich fühle auch, dass es nicht oberflächlich ist.«

Stephanos fasste sie am Kinn und drehte ihren Kopf, sodass sie ihn ansehen musste. Seine Augen waren tiefblau wie die See und für Rebecca ebenso geheimnisvoll. Er traf eine schnelle Entscheidung, obwohl ihm der Gedanke schon den ganzen Tag im Kopf herumgegangen war.

»Nein, das ist es auch nicht«, erwiderte er. »Rebecca, ich muss morgen nach Athen. Komm mit mir.«

»Nach Athen?«, fragte sie erstaunt.

»Geschäftlich. Ein Tag, höchstens zwei. Ich würde mich freuen, wenn du mitkämst.« Er hatte mehr Angst, als er sich eingestehen wollte, sie könne fort sein, wenn er zurückkehrte.

»Ich …« Sie wusste nicht, wie sie sich entscheiden sollte. Würde es richtig sein, mitzugehen?

»Du sagtest doch, du hättest vor, Athen zu besuchen, oder?« Er war entschlossen, sie auf jeden Fall zum Mitkommen zu überreden, jetzt, da sich die Idee in seinem Kopf festgesetzt hatte.

»Ja, aber ich möchte nicht im Wege sein, wenn du zu tun hast.«

»Es würde mich viel mehr von meiner Arbeit ablenken, wenn du hierbliebest.«

Sie sah ihn mit einem Blick an, in dem Schüchternheit und Verlockung zugleich lagen. Er hatte Mühe, sein Verlangen zu unterdrücken und sie nicht auf der Stelle im feinen Sand zu lieben. Aber er hatte ihr ja versprochen, ihr Zeit zu geben. Vielleicht brauche auch ich ein wenig Zeit, dachte er.

»Du wirst deine eigene Suite haben. Du bist zu nichts verpflichtet, Rebecca. Ich möchte nur deine Gesellschaft.«

»Ein oder zwei Tage ...«, sprach sie unentschlossen halblaut vor sich hin.

»Es ist überhaupt kein Problem, deine Suite hier bis zu deiner Rückkehr zu halten.«

Bis zu meiner Rückkehr, dachte sie irritiert. *Er hat nicht von seiner gesprochen.* Wenn er Korfu morgen verließ, würde sie ihn möglicherweise niemals wiedersehen. Er bot ihr einen oder zwei weitere Tage an. Vergiss nicht, du wolltest doch nichts mehr als garantiert ansehen, erinnerte sie sich dann. Niemals mehr.

Aber er hatte ja recht. Sie wollte Athen sehen, bevor sie Griechenland wieder verließ. Normalerweise wäre sie allein dorthin gereist. Noch vor ein paar Tagen hätte es nichts Schöneres für sie gegeben, als frei und ungebunden durch die Stadt zu streifen, sich Sehenswürdigkeiten anzusehen und Menschen kennenzulernen.

Aber die Vorstellung, ihn bei sich zu haben, wenn sie zum ersten Mal die Akropolis sah, mit ihm zusammen durch die Straßen zu schlendern, erschien ihr viel verlockender und änderte alles.

»Ich würde sehr gern mitkommen.« Sie sprang rasch auf und verschwand mit einem eleganten Kopfsprung im Wasser.

Athen war weder Ost noch West, weder Orient noch Europa. Es gab hohe Gebäude und moderne, elegante Geschäfte in breiten Avenuen. Aber ebenso gab es schmale Gassen mit heruntergekommenen Häusern mit winzigen Läden, in denen man alles kaufen konnte. Die Stadt war laut und hektisch, und doch besaß sie einen unvergleichlichen Charme.

Rebecca verliebte sich auf den ersten Blick in sie.

Paris war ihr wie eine verführerische Frau erschienen, und auch London hatte sie nicht unbeeindruckt gelassen. Aber an Athen verlor sie ihr Herz.

Stephanos hatte den ganzen Morgen über Geschäfte zu erledigen, und so nutzte sie die Gelegenheit, die Stadt zu erkunden. Das Hotel, in dem sie wohnten, bot zwar allen erdenklichen Luxus, aber es zog Rebecca hinaus auf die Straßen und zu den Menschen. Seltsamerweise fühlte sie sich nicht wie eine Fremde, sondern wie jemand, der nach langer, langer Zeit von einer Reise wieder nach Hause zurückkehrte. Athen hatte auf sie gewartet und war bereit, sie willkommen zu heißen.

Bald hatte sie die *plaka*, die Altstadt unterhalb der Akropolis, erreicht. Enge Gassen voller Touristen und Einheimischer, Tavernen, aus denen es verlockend duftete – und dann sah sie die Akropolis! Es war ein Anblick, den sie nicht wieder vergessen würde. Fasziniert und voller Ehrfurcht schaute sie hinauf zu den jahrtausendealten Bauten mit ihren marmornen Säulen.

Bald hatte sie auch den Zugang gefunden, an dem sich trotz der frühen Stunde schon Urlauber drängten. Rebecca ließ sich dadurch jedoch nicht stören. Der Großartigkeit der Tempelanlage konnte die Betriebsamkeit keinen Abbruch tun. Rebecca war so beeindruckt, dass sie die Kamera an der Schulter hängen ließ und gar nicht daran dachte zu fotografieren.

Sie würde niemandem mitteilen können, wie es war, hier zwischen den Säulen zu stehen, an einem Ort, der den alten griechischen Göttern geweiht gewesen war. Die Akropolis hatte Jahrtausende überstanden, Naturgewalten getrotzt und Kriegen und der Zeit widerstanden. Aber noch immer spürte man die Heiligkeit dieses Platzes. Rebecca erwartete beinahe die Göttin Pallas Athene, Schutzherrin der Stadt Athen, mit ihrem schimmernden Helm und dem Speer hier zu sehen.

Rebecca war zuerst enttäuscht gewesen, dass Stephanos an diesem ersten Morgen in Athen nicht bei ihr sein konnte. Nun aber war sie froh, allein zu sein. So konnte sie einfach auf einem Säulenrest sitzen, alles in sich aufnehmen und musste ihre Eindrücke und Gefühle nicht erläutern.

Sie stand nach einer Weile wieder auf und wanderte durch die Tempel. Sie fühlte, sie hatte sich verändert. Es waren nicht nur die Orte, an denen sie gewesen war, das Neue, das sie gesehen hatte. Nein, es war Stephanos und alles, was sie dachte, fühlte und sich wünschte, seit sie ihn kennengelernt hatte.

Vielleicht ging sie bald wieder nach Philadelphia zurück, aber sie würde nie wieder die Rebecca Malone sein, die sie vorher gewesen war. Wenn sich jemand einmal richtig verliebte, vollkommen und von ganzem Herzen, dann war er danach ein anderer Mensch.

Sie wünschte, es wäre einfacher, so wie es vielleicht für andere Frauen war. Ein attraktiver Mann, zu dem man sich körperlich hingezogen fühlte. Aber an Stephanos hatte sie, ebenso wie an Athen, ihr Herz verloren. Beide waren seltsamerweise zu einem Teil ihres Lebens geworden.

Aber wie kann ich denn sicher sein, dass ich ihn liebe, wenn ich noch nie verliebt gewesen bin? fragte sie sich verunsichert. *Zu Hause in Philadelphia hätte ich zumindest eine Freundin, mit der ich darüber sprechen könnte.*

Sie musste lachen. Wie oft hatte sie sich die endlosen Erzählungen der verliebten Freundin anhören müssen – die berauschenden Erlebnisse, die Enttäuschungen und die Faszination. Manchmal hatte sie sie darum beneidet, und manchmal war sie sehr froh gewesen, dass ihr Leben frei von diesen Irritationen gewesen war. Aber immer hatte sie sich bemüht, Verständnis aufzubringen oder die Unglückliche zu trösten, wenn wieder einmal alles zu Ende war.

Es war schon ziemlich seltsam, dass sie für sich selbst in einer ähnlichen Situation keinen guten Rat wusste.

Alles, woran sie denken konnte, war, dass ihr Herz schneller schlug, wenn er sie anfasste, ihre Freude und auch die Panik, die sie jedes Mal empfand, wenn er sie anblickte. Wenn sie mit ihm zusammen war, konnte sie an das Schicksal glauben und daran, dass es gleich gestimmte Seelen gab.

Aber das war nicht genug. Zumindest hätte sie es einer anderen Frau als Rat gegeben. Anziehung und Leidenschaft waren nicht genug. Und doch gab es keine Erklärung, warum sie dennoch anders empfand, wenn sie mit ihm zusammen war.

Es klang alles so einfach – wenn man das Schicksal als Erklärung annehmen konnte. Und dennoch verspürte sie neben all der Freude auch ein unbestimmtes Schuldgefühl.

Rebecca konnte es einfach nicht abschütteln, und sie wusste, sie konnte es auch nicht länger ignorieren.

Sie war nicht die Frau, für die sie sich ausgab. Nicht die welterfahrene, weit gereiste Frau, die das Leben nahm, wie es gerade kam. Egal, wie viele Bindungen sie auch löste, sie würde doch immer Rebecca Malone bleiben. Was würde Stephanos von ihr denken und für sie empfinden, wenn er wüsste, wie ihr Leben bislang verlaufen war?

Und wie sollte sie es ihm sagen?

Nur noch ein paar Tage mehr, sagte sie sich, als sie langsam wieder die Akropolis verließ. Es mochte eigensüchtig sein, vielleicht auch gefährlich, aber sie wollte einfach nur noch ein paar Tage mehr.

Es war später Nachmittag, als Rebecca ins Hotel zurückkehrte. Da sie es nicht erwarten konnte, Stephanos zu sehen,
ging sie sogleich hinauf zu seiner Suite. Sie hatte heute so viel
gesehen und erlebt, dass sie ihm alles erzählen wollte. Aber
ihr Lächeln verblasste augenblicklich, als nicht Stephanos,
sondern eine gut aussehende junge Frau die Tür öffnete. Sie
stellte sich als Stephanos' Sekretärin Eleni vor.

»Hallo, Miss Malone.« Selbstbewusst und elegant, bat
Eleni sie mit einer Handbewegung herein. »Bitte, kommen
Sie herein. Ich werde Stephanos sagen, dass Sie hier sind.«

»Ach, ich möchte nicht stören.« Unsicher rückte Rebecca
ihre Tasche zurecht. Sie kam sich plötzlich unscheinbar und
dumm vor.

»Aber Sie stören doch nicht, Miss Malone. Sind Sie gerade
zurückgekommen?«

»Ja, ich …« Jetzt erst wurde Rebecca bewusst, dass ihr Gesicht erhitzt und ihre Haare zerzaust waren. Eleni dagegen
war ein Bild an Gepflegtheit und Eleganz. »Vielleicht sollte
ich doch wieder gehen …«, sagte sie unschlüssig.

»Bitte, setzen Sie sich doch. Ich bringe Ihnen gleich einen
Drink.« Eleni deutete auf einen Stuhl. Sie ging zu der kleinen
Bar und schenkte Rebecca ein Glas mit eisgekühltem Orangensaft ein. Dabei lächelte sie vor sich hin. Sie hatte erwartet,
Stephanos' geheimnisvolle Bekannte wäre glatt, beherrscht
und eine wahre Schönheit. Sie war erfreut, dass Rebecca so
gar nicht diesem Bild entsprach. Sie war dagegen ein wenig
unsicher und ganz offensichtlich verliebt.

»Hat Ihnen die Stadt gefallen?«, fragte sie, als sie Rebecca
das Glas reichte.

»Ja, sogar sehr.« Rebecca nahm das Glas entgegen und versuchte sich zu entspannen. Ich bin ja eifersüchtig, wurde ihr
bewusst, und sie konnte sich nicht erinnern, dieses Gefühl jemals zuvor empfunden zu haben. Aber wer würde auf sie nicht

eifersüchtig sein, dachte sie, als sie Eleni zum Telefon gehen, nein, schreiten sah. Die Griechin sah wirklich atemberaubend gut aus, sie wirkte selbstbewusst und tüchtig. Außerdem stand sie in einer Beziehung zu Stephanos, von deren Art Rebecca nichts wusste. Wie lange kannte sie ihn schon? Und wie gut?

»Stephanos kommt gleich«, meinte Eleni, als sie den Hörer wieder auflegte. »Seine Konferenz ist gerade zu Ende.« Sie goss sich ebenfalls etwas Orangensaft ein und setzte sich Rebecca gegenüber in einen Sessel. »Athen hat Ihnen also gefallen.«

»Ich liebe es.« Rebecca wünschte, sie hätte sich zumindest die Haare gekämmt und ein wenig Make-up aufgelegt, bevor sie hierhergekommen war. Sie trank einen Schluck Orangensaft. »Ich hatte eigentlich keine bestimmte Vorstellung von der Stadt, aber ich bin begeistert und beeindruckt.«

»Für die Europäer ist es schon halber Orient, während die Orientalen Athen als Europa ansehen.« Eleni lächelte. Sie schlug die schlanken Beine übereinander und lehnte sich zurück. »Athen ist Griechenland, und ganz besonders trifft dies auf den Athener zu.« Sie sah Rebecca über den Rand ihres eisbeschlagenen Glases an. »Die Menschen schätzen Stephanos oft ebenso ein, und dabei ist er nur er selbst.«

»Wie lange arbeiten Sie schon für ihn?« Rebecca war froh, dass Eleni ihr Gelegenheit zu dieser Frage gegeben hatte.

»Fünf Jahre.«

»Dann müssen Sie ihn sehr gut kennen.«

»Besser als manch anderer. Er ist ein anspruchsvoller und großzügiger Arbeitgeber und ein interessanter Mann. Ich liebe meine Arbeit und reise glücklicherweise gern.«

Rebecca spielte mit dem Glas in ihren Händen. »Ich wusste gar nicht, dass das Geschäft mit Oliven so viele Reisen erfordert.«

Eleni sah sie ein wenig überrascht an, aber sie ließ sich nichts anmerken. Bis eben hatte sie nicht gewusst, ob die

Amerikanerin von Stephanos oder von seinem Geld fasziniert war. Nun kannte sie die Antwort.

»Wenn Stephanos etwas tut, dann tut er es auch sehr sorgfältig«, meinte sie lächelnd. »Hat er mit Ihnen eigentlich schon über die Abendgesellschaft heute gesprochen?«

»Er sagte etwas von einem Geschäftsessen.«

Eleni lächelte sie zum ersten Mal offen an. »Es wird zwar nur eine kleine, aber dafür umso exklusivere Gesellschaft sein.«

Rebecca griff unwillkürlich an ihre Haare, und Eleni deutete diese Geste richtig.

»Falls Sie irgendetwas für den Abend benötigen, ein passendes Kleid oder einen Friseur ... im Hotel finden Sie beides«, sagte sie hilfsbereit.

Rebecca musste an die Freizeitkleidung denken, die sich in ihrer kleinen Reisetasche befand. Sie hatte für die zwei Tage nicht mehr mitgenommen, weil sie nicht mit einem derartigen Anlass gerechnet hatte. »Ich brauche alles.«

Eleni stand auf und lächelte sie verständnisvoll an. »Ich werde mich darum kümmern.«

»Vielen Dank, aber ich möchte Sie nicht von Ihrer Arbeit abhalten«, wehrte Rebecca verlegen ab.

»Es gehört zu meinen Pflichten, dafür zu sorgen, dass Sie sich wohlfühlen«, entgegnete Eleni. Da öffnete sich die Tür, und Stephanos kam herein. Eleni nahm sofort ihr Glas und ihren Notizblock und verließ mit einem freundlichen Nicken zu Rebecca das Zimmer.

»Du warst lange fort«, wandte sich Stephanos an Rebecca.

»Ach, ich habe so viel Interessantes gesehen, da verging die Zeit wie im Flug. Athen ist eine wundervolle Stadt.« Sie wollte aufstehen, aber er war mit zwei schnellen Schritten bei ihr und zog sie hoch. Im nächsten Augenblick fühlte sie seine Lippen auf ihrem Mund. Er küsste sie mit hungriger Leidenschaft. Sie wehrte sich nicht dagegen, sondern ergab sich seinen Zärtlichkeiten.

Stephanos stöhnte leise. Wie kann man sich so sehr nach einer Frau sehnen wie ich mich nach ihr? dachte er. Den ganzen Morgen über hatte er sich nur unter großen Schwierigkeiten auf seine Geschäfte konzentrieren können. Seine Gedanken schweiften immer wieder ab, und er hatte an ihre Lippen, ihre Brüste und ihre Leidenschaft denken müssen. Als sie dann immer noch nicht zurückkehrte, hatte er sich Sorgen um sie gemacht wie nie zuvor um einen Menschen. Er konnte sich ein Leben ohne sie gar nicht mehr vorstellen. Undenkbar, wenn sie eines Tages nicht mehr da wäre …

Aber dazu wird es nicht kommen, schwor er sich. Sie gehört zu mir – und ich zu ihr, dachte er. *Ich brauche sie.*

Aber er durfte nicht vollends den Verstand verlieren. Mit Mühe unterdrückte er seine aufsteigende Erregung und löste sich von Rebecca.

Sie hielt immer noch die Augen geschlossen, ihre sinnlichen Lippen waren leicht geöffnet. Seufzend schlug sie schließlich die Lider auf.

»Ich …« Sie holte tief Luft und atmete langsam wieder aus. »Ich sollte wohl des Öfteren einmal einen Stadtbummel machen«, sagte sie lächelnd.

Da bemerkte Stephanos, dass er ihren Arm fest umklammerte. Sofort lockerte er den Griff. »Ich wäre lieber dabei gewesen«, sagte er gepresst.

»Aber du hattest doch zu tun. Außerdem, sicherlich hättest du dich gelangweilt. Es wäre nichts für dich gewesen, in alle Läden mit mir zu gehen und dir Sehenswürdigkeiten anzusehen, die du schon lange kennst.« Rebecca lachte. Sie bemerkte seine Anspannung nicht.

»Nein, bestimmt nicht.« Er konnte sich nicht vorstellen, dass er sich jemals in ihrer Gegenwart langweilen würde.

»Ich wäre wirklich gern bei deinem ersten Tag in Athen mit dir zusammen durch die Straßen gegangen.«

»Es war, als käme ich nach Hause zurück«, sagte sie versonnen. »Alles war so beeindruckend, und ich konnte nicht genug bekommen.« Sie deutete auf ihre Schultertasche. »Es ist so ganz anders als alles, was ich bisher kennengelernt habe. Auf der Akropolis habe ich nicht ein einziges Foto gemacht. Ich fühlte, ich würde das Besondere dort nicht mit der Kamera einfangen können und versuchte es deshalb auch gar nicht. Dann wanderte ich durch die Straßen der Altstadt, und mir fielen überall die älteren Männer auf, die mit diesen seltsamen rosenkranzähnlichen Ketten spielten. Warte mal, wie heißen sie noch …?« Es fiel ihr nicht mehr ein.

»*Komboloi*«, half er ihr.

»Ja, und ich stelle mir vor, wie sie vor den *kafenions* sitzen und die Passanten betrachten. Tag für Tag, Jahr um Jahr.« Sie setzte sich und freute sich, dass sie ihm von ihren Eindrücken berichten konnte. »Und dann gab es diese Unmengen von Geschäften, die Souvenirs anboten. Die meisten haben mir allerdings nicht gefallen, vor allem die kitschigen Kopien der antiken Statuen.«

Stephanos setzte sich neben sie. »Wie viele hast du denn davon gekauft?«

»Beinahe eine für dich«, lachte sie und suchte dann in ihrer Tasche. »Aber dann habe ich es mir doch anders überlegt und dir ein anderes Geschenk mitgebracht.«

»Ein Geschenk?«

»Ja, ich habe es in einem winzigen Geschäft in einer kleinen Seitengasse gefunden. Es war ein düsterer, etwas schmuddeliger Laden – aber voll von faszinierendem Krimskrams. Der Besitzer sprach ein wenig Englisch, und ich hatte ja mein ›Griechisch für Reisende‹ dabei. Aber bald wurde es schwierig, sich zu verständigen. Schließlich nahm ich dies hier.«

Rebecca zog eine s-förmig gebogene, zierliche Porzellanpfeife heraus, die mit Abbildungen von wilden Ziegen verziert war. Ein langer, glänzend polierter Stiel mit einem Mundstück aus Messing befand sich daran.

»Es erinnerte mich an die Bergziegen, die wir auf Korfu gesehen haben«, erklärte sie Stephanos, während er sich die Pfeife genauer ansah. »Ich dachte, sie würde dir vielleicht gefallen, wenn ich dich auch noch nie habe Pfeife rauchen sehen.«

Stephanos sah auf und lachte. »Normalerweise rauche ich auch nicht Pfeife, und ganz besonders nicht aus einer solchen.«

»Eigentlich sollte es auch mehr als Dekorationsstück dienen«, meinte Rebecca etwas verwirrt durch seine Bemerkung. »Der Mann versuchte mir noch etwas zu erklären, aber ich habe ihn leider nicht verstehen können. Eine solche Pfeife habe ich vorher auch noch nie gesehen.«

»Da bin ich aber erleichtert.« Als sie ihn verwundert ansah, beugte er sich vor und strich ihr leicht über die Lippen. »*Mátia mou*, dies ist eine Haschischpfeife.«

»Eine Haschischpfeife?« Verblüfft sah sie ihn an und betrachtete dann voller Neugier die schlanke Pfeife. »Wirklich? Ich meine, haben die Leute diese Pfeife wirklich zum Haschischrauchen benutzt?«

»Unzweifelhaft. Und zwar eine ganze Menge Leute sogar. Ich schätze, die Pfeife ist mindestens einhundertfünfzig Jahre alt.«

»Nein, so etwas. Es ist wohl kein besonders geeignetes Geschenk für dich, nicht wahr?«

»Warum denn nicht? Jedes Mal, wenn ich es mir ansehe, werde ich an dich denken.«

Verunsichert sah Rebecca ihn an, aber dann sah sie das Funkeln in seinen Augen und war beruhigt. Sie lächelte. »Vielleicht hätte ich dir besser eine Statue der Pallas Athene aus Plastik schenken sollen«, scherzte sie.

Er stand auf und zog sie mit sich hoch. »Ich fühle mich geehrt, dass du mir überhaupt etwas mitgebracht hast«, sagte er lächelnd, und sein Griff wurde auf einmal fester. »Ich möchte viel Zeit mit dir verbringen, Rebecca. Es gibt so vieles, was ich von dir wissen möchte.« Er sah sie forschend an. »Was sind deine Geheimnisse?«

»Nichts, was von Interesse für dich wäre.«

»Du irrst dich. Morgen werde ich herausfinden, was ich wissen will.« Er bemerkte kurz einen sonderbaren Ausdruck in ihren Augen. Andere Männer, dachte er und spürte, dass er eifersüchtig war. »Also, keinerlei Ausflüchte mehr. Ich will alles von dir, ohne Ausnahme. Alles. Verstehst du?«

»Ja, aber ...«

»Morgen.« Er unterbrach sie einfach und war ihr plötzlich fremd in seiner bestimmenden Art. »Ich habe jetzt geschäftlich etwas zu tun, was ich leider nicht verschieben kann. Ich hole dich um sieben Uhr heute Abend ab.«

»Gut.«

Bis morgen ist es noch lange hin, dachte sie. *Bis dahin werde ich Zeit genug haben, mir zu überlegen, was ich ihm sage.* Vor »morgen« kam erst einmal der heutige Abend. Und heute Abend würde sie noch einmal all das sein, was sie sein wollte, alles, was er von ihr erwartete.

»Ich muss jetzt gehen.« Bevor er sie noch einmal berühren konnte, beugte sie sich schnell zu ihrer Tasche hinunter, die auf dem Boden stand, und hob sie auf. Als sie schon an der Tür war, drehte sie sich noch einmal zu ihm um.

Er hatte sich nicht gerührt.

»Stephanos, du wirst möglicherweise enttäuscht sein, wenn du mehr von mir erfährst«, sagte sie ruhig. Dann wandte sie sich schnell ab und schloss die Tür hinter sich.

Stephanos stand da und sah ihr mit gerunzelter Stirn nach.

5. Kapitel

Aufgeregt schaute Rebecca immer wieder in den Spiegel, sie war schrecklich nervös. Die Frau, die ihr entgegensah, war ihr nicht fremd. Aber es war eine völlig veränderte Rebecca Malone.

Lag es an der Frisur? Rebecca hatte sich das Haar von der geschickten Hotelfriseurin ein wenig stylen lassen. Oder war es das Kleid aus leuchtend rotem, mit schwarzen Schleifchen bedrucktem Stoff, dessen raffiniert drapierte Korsage die Schultern frei ließ? Der weite Rock wurde durch einen schwarzen Tüllpetticoat in Form gehalten. Dazu trug Rebecca eine schwarze Feinstrumpfhose und rote hochhackige Satinpumps. Nein, es war mehr als nur das. Mehr als ein gekonntes Make-up, ungewohnte Kleidung und geschicktes Styling. Es lag an ihren Augen. Es war nicht zu übersehen. Die Frau, die ihr aus dem Spiegel entgegenblickte, war bis über beide Ohren verliebt.

Was sollte sie dagegen tun? Was konnte sie tun? Rebecca wusste, es gab Dinge im Leben, die waren nicht zu ändern. Aber würde sie auch stark genug sein, mit den Folgen ihres Handelns zu leben?

Als es an der Tür klopfte, warf sie einen letzten Blick in den Spiegel, holte tief Luft und ging zur Tür. Heute Nachmittag war alles viel zu schnell gegangen.

Als sie aus Stephanos' Suite in ihre zurückgekommen war, hatte sie dort bereits eine lange Liste der von Eleni getroffenen Termine vorgefunden. Eine Massage, eine Gesichtsbehandlung, Friseur und dazu eine Karte des Managers der hoteleigenen Boutique. Sie hatte gar keine Zeit gehabt, lange zu überlegen. Nicht über den kommenden Abend und auch nicht über das Morgen, die Zukunft.

Vielleicht ist es besser so, dachte sie. *Wenn ich meinem Gefühl vertraue, wird sicher alles gut gehen.*

Sie sieht aus wie eine Sirene, dachte Stephanos, als sie vor ihm stand. Hatte er jemals gedacht, sie sei keine Schönheit? In diesem Moment glaubte er, noch niemals eine Frau gesehen zu haben, die ihn mehr gefesselt hatte.

»Du bist unvergleichlich, Rebecca«, sagte er. Er griff nach ihren Händen und blieb so einen Moment auf der Türschwelle stehen.

»Warum? Weil ich so pünktlich fertig bin?«

»Weil du niemals das bist, was ich erwartet habe.« Er führte ihre Hand an seine Lippen. »Und immer das, was ich mir wünsche.«

Sein Kompliment machte sie sprachlos, und sie war froh, als er die Tür hinter ihnen schloss und sie zum Fahrstuhl führte. Auch Stephanos sah anders aus als sonst. Normalerweise war er mit lässiger Eleganz gekleidet, aber heute Abend trug er einen Smoking, der ihm ausgezeichnet stand.

»So, wie du aussiehst, Rebecca, ist es fast eine Sünde, dich nur zu einem Geschäftsessen mitzunehmen«, meinte er, während sie auf den Fahrstuhl warteten.

»Ach, ich freue mich aber schon darauf, deine Geschäftsfreunde kennenzulernen.«

»Geschäftspartner«, berichtigte er sie mit einem seltsamen Lächeln. »Wenn du einmal arm gewesen bist und vorhast, es nie wieder zu sein, dann machst du dir im Geschäftsleben keine Freunde.«

Rebecca runzelte die Stirn. Diese Seite kannte sie gar nicht an ihm. War er hartnäckig im Durchsetzen seiner geschäftlichen Ziele? Ja, dachte sie, das ist er ganz bestimmt mit allem, was ihm gehört.

»Aber Feinde?«, fragte sie nun.

»Im Geschäftsleben gelten die gleichen Regeln für alle. Man unterscheidet nicht zwischen Freund und Feind. Mein Vater hat mich mehr als nur das Fischen gelehrt, Rebecca. Er brachte mir auch bei, erfolgreich zu sein, auf ein Ziel zuzugehen und es zu erreichen. Und er lehrte mich, nicht nur zu vertrauen, sondern auch, wie weit dieses Vertrauen gehen darf.«

»Ich bin niemals arm gewesen, aber ich stelle es mir schrecklich vor.«

»Es macht stark.« Der Fahrstuhl war angekommen, und mit einem leisen Zischen öffneten sich automatisch die Türen. »Wir haben eine verschiedene Herkunft, aber glücklicherweise bewegen wir uns nun auf derselben Ebene.«

Wie verschieden wir in Wirklichkeit sind, davon hast du keine Ahnung, dachte Rebecca bedrückt. Er hatte von Vertrauen gesprochen. Wie gern hätte sie ihm jetzt die Wahrheit gestanden. Gestanden, dass sie keine eleganten Partys kannte und nicht das Leben des Jetset führte, wie er von ihr annehmen musste. Ich bin eine Betrügerin, dachte sie niedergeschlagen, und wenn er es herausfindet, dann wird er mich auslachen und mich verlassen. Aber dennoch wollte sie, dass er alles erfuhr.

»Stephanos, ich möchte dir …«, begann sie fast verzweifelt, als sie den Fahrstuhl wieder verließen.

»Hallo, Stephanos, wie ich sehe, hast du wieder eine der schönsten Frauen an deiner Seite«, unterbrach sie da eine leutselige Männerstimme.

»Hallo, Dimitri.«

Sie blieben stehen. Rebecca sah einen Mann Ende vierzig mit klassischen griechischen Zügen. Sein schon ergrautes

Haar stand in reizvollem Gegensatz zu seiner gebräunten Haut. Er trug einen beeindruckenden Schnauzbart, und wenn er lächelte, zeigte er ebenmäßige, glänzend weiße Zähne.

»Es war sehr freundlich von dir, uns einzuladen, Stephanos, aber noch viel freundlicher wäre es, mich deiner reizvollen Begleiterin vorzustellen«, sagte er lächelnd.

»Rebecca Malone – Dimitri Petropolis.«

Er hatte einen festen Händedruck. »Ich freue mich, Sie kennenzulernen, Miss Malone«, begrüßte er Rebecca lächelnd. »Halb Athen ist neugierig darauf, die Frau kennenzulernen, die mit Stephanos gekommen ist.«

»Eine nette und charmante Übertreibung«, meinte Rebecca lächelnd. »Athen scheint mir ziemlich arm dran zu sein, was Neuigkeiten betrifft«, entgegnete sie.

Er sah sie einen Moment erstaunt an, dann lachte er breit. »Ich bin sicher, Sie werden uns mit einer Fülle von Neuigkeiten versorgen.«

Stephanos schob seine Hand unter ihren Ellbogen. Er bedachte Dimitri mit einem ziemlich scharfen Blick. Rebecca verstand. Er mochte mit Dimitri über Ländereien verhandeln, aber was sie betraf, duldete er keine Konkurrenz.

»Du wirst uns einen Moment entschuldigen, Dimitri. Ich möchte Rebecca gern ein Glas Champagner anbieten.«

»Oh, natürlich.« Amüsiert strich sich Dimitri über den Schnauzbart und sah den beiden nach.

Als Stephanos von einer kleinen Abendgesellschaft gesprochen hatte, hätte Rebecca niemals vermutet, er hätte damit über einhundert Leute gemeint. Nachdenklich nippte sie an ihrem Champagner und hoffte nur, sie würde gerade heute nicht in ihre alte Schüchternheit zurückfallen. Oft genug hatte sie auf Partys kaum den Mund aufbekommen. Aber heute Abend soll mir das nicht passieren, versprach sie sich.

Im Laufe des Abends lernte sie Dutzende von Leuten kennen und versuchte die einzelnen Namen zu behalten, aber es war hoffnungslos. Trotzdem fühlte sie sich unter all den fremden Menschen ausgesprochen wohl. Keiner von ihnen gab ihr auch nur einmal zu verstehen, dass sie nicht zu ihnen gehörte. Sie plauderte selbstbewusst und charmant und wurde offensichtlich bewundert.

Vielleicht gab es die neue Rebecca Malone tatsächlich.

Die allgemeine Unterhaltung drehte sich um Hotels und Ferienanlagen. Rebecca fand es seltsam, dass sich so viele Menschen dieser Branche heute Abend hier befanden. Von Olivenfarmern hatte sie eigentlich überhaupt nichts gesehen.

»Du siehst so aus, als amüsiertest du dich gut«, hörte sie da Stephanos' Stimme hinter sich und drehte sich um.

»Ja, es gibt hier so viele interessante Leute.«

»Interessant. Und ich hatte gedacht, du würdest dich hier langweilen.«

»Nein, überhaupt nicht.« Rebecca trank den letzten Schluck Champagner und stellte das Glas beiseite. Sofort erschien ein Kellner und bot ihr ein volles an.

Stephanos sah ihr lächelnd zu, als sie es dankend annahm. »Dann bist du also gern auf Partys?«

»Manchmal. An dieser gefällt mir, dass ich einige deiner Geschäftspartner kennenlernen kann.«

Stephanos wandte den Kopf und bemerkte, dass man sie beobachtete und über sie sprach. »Sie werden über dich in den kommenden Wochen noch genug zu reden haben, habe ich den Eindruck.« Er lachte.

Rebecca lachte ebenfalls und sah sich um. Alle Geladenen waren teuer und elegant gekleidet, und die Frauen trugen Kleider nach dem neuesten Schnitt und kostspieligen Schmuck. Hier waren die Reichen und Erfolgreichen versammelt, da gab es keinen Zweifel.

Stephanos hatte seine Gäste in den Festsaal des Hotels geladen. Dezent in Weiß und Rosé gemusterte Stofftapeten bedeckten die Wände, und der edle Parkettfußboden glänzte wie ein Spiegel. Von der Decke hing ein eindrucksvoller Kronleuchter, dessen geschliffene Kristalle prächtig funkelten. Und an den Wänden gaben vergoldete Leuchter zusätzlich sanftes Licht. Die Tische waren mit blütenweißen Damasttischtüchern gedeckt. Die Blumengestecke harmonierten mit dem wundervollen feinen Porzellan, und das silberne Besteck schimmerte im Kerzenlicht.

»Es ist wirklich ein sehr schönes Hotel«, meinte Rebecca anerkennend. »Alles ist unaufdringlich elegant, und die Bedienung ist erstklassig.« Sie lächelte Stephanos an. »Ich muss sagen, ich bin hin- und hergerissen zwischen dem Hotel auf Korfu und diesem hier.«

»Vielen Dank.« Als Rebecca ihn erstaunt anblickte, lachte er leise. »Sie gehören mir.«

»Was gehört dir?« Sie begriff nicht sofort.

»Die Hotels«, erwiderte er lakonisch und führte sie zu Tisch.

Während der ersten Viertelstunde brachte sie so gut wie kein Wort heraus, und wenn sie etwas sagte, wusste sie schon gleich darauf nicht mehr, was es gewesen war.

An dem Tisch saßen sie zu acht. Dimitri hatte die Tischkarten so getauscht, dass er neben Rebecca sitzen konnte. Rebecca aß mit wenig Appetit, versuchte ein oberflächliches Gespräch in Gang zu halten, aber sie kam sich auf einmal unerträglich einfältig vor.

Er war nicht nur wohlhabend, sondern reich.

Was würde er von ihr denken, wenn er erfuhr, wer und was sie in Wirklichkeit war? Würde er ihr jemals wieder vertrauen? Das Essen schmeckte ihr auf einmal nicht mehr. Würde Stephanos sie für eine der Frauen halten, die es auf reiche, unverheiratete Männer abgesehen hatten? Dass sie sich ihm absichtlich aufgedrängt hatte?

Sie zwang sich, zu ihm hinüberzusehen, und bemerkte, dass sein Blick auf sie gerichtet war. Er musste sie schon eine ganze Weile beobachtet haben. Rasch spießte sie ein Stück Lammfleisch auf ihre Gabel und schob es sich in den Mund.

Warum kann er nicht ein normaler Mann sein? dachte sie mit einem Anflug von Verzweiflung. Jemand, der zum Beispiel in einem der Touristenhotels arbeitet. Warum hatte sie sich in jemanden verliebt, der in einer ganz anderen Welt lebte?

»Haben Sie uns in Gedanken bereits verlassen?«

Rebecca fuhr zusammen und sah, dass Dimitri sie anlächelte. Sie errötete. »Es tut mir leid.«

»Eine schöne Frau braucht sich niemals zu entschuldigen, wenn sie sich in ihren Gedanken verliert«, meinte er charmant und tätschelte ihre Hand. Er ließ sie länger dort als notwendig. Stephanos sah stirnrunzelnd zu ihm hin, und er sah es auch. Freundlich lächelnd blickte er zurück. Es machte ihm Spaß, Stephanos ein wenig zu ärgern.

»Verraten Sie mir, wie haben Sie Stephanos kennengelernt?«, wandte er sich wieder an Rebecca.

»Wir trafen uns auf Korfu.« Rebecca musste an das erste Essen mit Stephanos denken und wie schön es gewesen war.

»Ah, laue Nächte und Tage voller Sonnenschein. Sind Sie auf Urlaub hier?«

»Ja.« Sie vertiefte ihr Lächeln. »Stephanos hat mir einiges von Korfu gezeigt.«

»Ja, er kennt es gut, ebenso wie viele andere Inseln unserer Heimat. In ihm ist etwas von einem Zigeuner.« Er sagte es freundlich, nicht herablassend.

Sie hatte es auch schon gespürt. Machte das nicht gerade einen Teil der Faszination aus, die von ihm ausging? »Kennen Sie ihn schon lange?«

»Nun, wir haben eine sehr lange dauernde geschäftliche Beziehung. Ich würde es als freundschaftliche Rivalität bezeichnen. Er hat schon ziemlich früh über umfangreichen Landbesitz verfügt.« Er machte eine ausladende Handbewegung. »Und wie Sie sehen, hat er es verstanden, mehr daraus zu machen. Ich glaube, er besitzt auch in Ihrer Heimat zwei Hotels.«

»Wie bitte? Dort auch?« Rebecca hob ihr Glas und trank schnell einen Schluck.

»Ja, deswegen hatte ich auch angenommen, er würde Sie von dort her kennen – und Sie wären alte Freunde.«

»Nein.« Rebecca nickte schwach, als der Kellner den nächsten Gang servierte. »Wir kennen uns erst ein paar Tage.«

»Wie immer ist Stephanos sehr schnell und von gutem Geschmack.« Dimitri ergriff wieder Rebeccas Hand und bemerkte amüsiert, dass Stephanos' Gesicht sich verdüsterte. »Wo wohnen Sie in den USA?«

»In Philadelphia, im Bundesstaat Pennsylvania.« Entspann dich endlich, befahl sie sich. *Entspann dich – und genieß den Abend.* »Es liegt im Nordwesten.«

Stephanos war wütend, dass Rebecca ungeniert mit einem anderen Mann flirtete. Aber er ließ sich nichts anmerken. Sie aß kaum von den verschiedenen Gängen, die aufgetragen wurden, sondern schenkte Dimitri des Öfteren ihr scheues Lächeln, das auch er so aufregend fand. Nicht ein einziges Mal zog sie ihre Hand zurück, wenn Dimitri ihre berührte, oder wich zur Seite, wenn er sich zu ihr herüberbeugte.

Stephanos konnte sogar den Duft ihres Parfüms an seinem Platz wahrnehmen, und das machte alles nur noch schlimmer. Ebenso wie ihr leises Lachen, wenn Dimitri ihr etwas ins Ohr flüsterte.

Und dann standen die beiden auf, und Dimitri führte sie zur Tanzfläche.

Stephanos saß da und versuchte seine zunehmende Eifersucht unter Kontrolle zu bekommen. Er beobachtete, wie die beiden nach der romantischen Musik tanzten. Sie tanzten sehr eng miteinander, und Rebeccas Gesicht war nur eine Handbreit von Dimitris entfernt. Stephanos wusste, wie es war, sie in den Armen zu halten und ihren Duft zu spüren, sich in ihren Augen zu verlieren und den Wunsch zu haben, die halb geöffneten Lippen zu küssen ...

Stephanos war, was seine Geschäfte und das Land betraf, sehr strikt in seinen Eigentumsbegriffen. Aber niemals hatte er diese auf Frauen übertragen. Man durfte Menschen nicht als Besitz betrachten. Jedoch sah nur ein Dummkopf dabei zu, wenn ein anderer Mann sich an die Frau heranwagte, an die er sein Herz schon verloren hatte.

Mit einem unterdrückten Fluch stand er auf, ging auf die Tanzfläche und legte Dimitri die Hand auf die Schulter.

Dimitri begriff sofort. Er sah Rebecca bedauernd an und gab sie frei. »Also, dann bis später«, sagte er zu ihr und verschwand.

Bevor Rebecca auch nur etwas sagen konnte, hatte Stephanos sie heftig in die Arme gezogen. Sie wehrte sich nicht, sondern überließ sich ohne zu überlegen seiner Führung. Vielleicht ist dies alles nur ein Traum, dachte sie. *Aber wenn es einer ist, dann will ich jeden Moment genießen, bis ich aufwache.*

Stephanos spürte, dass sie sich an ihn schmiegte. Ihre Wangen berührten sich, und sie spielte sanft mit seinen Haaren. Hatte sie auch so mit Dimitri getanzt? Die Antwort kannte er. Ich bin wirklich ein Dummkopf, dachte er, dass ich mich so benehme. Aber er war es gewöhnt, um etwas zu kämpfen. Warum sollte es in diesem Fall anders sein?

Am liebsten hätte er sie auf die Arme genommen und hinausgetragen, sich einen stillen, abgeschiedenen Platz gesucht und mit ihr geschlafen.

»Gefällt es dir hier?«, fragte er stattdessen.

»Oh ja.« Ich will jetzt nicht daran denken, wer er ist, dachte sie. Die Nacht wird schnell genug vorüber sein, und dann wird mich die Wirklichkeit wieder einholen. Sie wollte den Augenblick genießen und sich nur einfach den Gefühlen hingeben, die sie für ihn empfand. »Sogar sehr gut.«

Sie hatte diese wenigen Worte in einem solch träumerischen Ton gesagt, dass es ihn wie einen Hieb traf. »Offensichtlich hast du dich blendend mit Dimitri verstanden.«

»Hmm, ja. Er ist ein ausgesprochen netter Mann, finde ich.«

»Und es ist dir nicht schwergefallen, aus seinen in meine Arme zu kommen?«

Erst jetzt durchdrang der Sinn seiner letzten Sätze ihre Freude. Sie blieb stehen und sah ihn prüfend an. »Ich verstehe nicht, was du damit sagen willst, Stephanos.«

»Ich glaube, du verstehst es doch.«

Rebecca fand seine Unterstellungen so absurd, dass sie beinahe losgelacht hätte, aber ein Blick in sein verschlossenes, grimmiges Gesicht belehrte sie eines Besseren. Plötzlich empfand sie einen leichten Druck in der Magengegend.

»Falls ich dich tatsächlich richtig verstanden haben sollte, dann halte ich dich für unmöglich. Vielleicht sollten wir lieber an den Tisch zurückgehen«, erwiderte sie verärgert.

»Damit du wieder bei ihm sein kannst?«

Kaum waren die Worte heraus, bedauerte Stephanos sie schon. Es war unfair und außerdem sehr dumm, was er gesagt hatte.

Rebecca versteifte sich, und ihr Gesicht wurde ausdruckslos. »Dies ist wohl nicht der richtige Ort für derlei Diskussionen«, erwiderte sie kühl.

»Damit hast du wohl recht.« Er war ebenso wütend auf sich wie auf sie, als er sie von der Tanzfläche zog.

»Was soll das? Was hast du vor?« Rebecca war inzwischen über den ersten Ärger hinweggekommen und blieb vor dem Fahrstuhl stehen. Schweigend und ohne Widerstand zu dulden, hatte Stephanos sie bis hierher gebracht.

»Ich bringe dich an einen geeigneteren Ort für unsere Diskussion!« Damit schob er sie in den Fahrstuhl, dessen Türen sich gerade vor ihnen geöffnet hatten. Dann drückte er den Knopf.

»Du hast Gäste«, erinnerte sie ihn, aber er bedachte sie mit einem Blick, der nichts Gutes verhieß. »Ich möchte gern gefragt werden, ob ich gehen möchte, und nicht wie ein störrisches Maultier hinter dir hergezerrt werden«, fuhr sie ihn an.

Als dann der Fahrstuhl hielt und sich öffnete, streifte sie seine Hand heftig ab und betrat den Flur. Sie hatte vor, in ihre Suite zu gehen und ihm die Tür vor der Nase zuzuschlagen.

Aber sie kam nicht weit. Kaum hatte sie zwei, drei Schritte getan, war er bei ihr, und es blieb ihr keine andere Wahl, als ihm in seine Suite zu folgen, wollte sie die Situation nicht noch verschlimmern.

»Ich will nicht mit dir reden«, sagte sie, als er die Tür hinter ihnen geschlossen hatte. Sie fühlte, wie sie vor Zorn zu beben begann.

Er erwiderte zunächst nichts, sondern löste seine Krawatte und öffnete dann die obersten beiden Knöpfe seines Hemdes. Als Nächstes ging er zu der Bar und schenkte zwei Gläser Cognac ein. Stephanos wusste, er verhielt sich völlig unbeherrscht, aber er konnte nichts dagegen tun. Es war eine völlig neue Erfahrung für ihn. Aber davon hat es mehrere gegeben, seit ich Rebecca kennengelernt habe, dachte er.

Er ging zu ihr zurück und stellte ein Glas neben sie. Hin- und hergerissen zwischen seinen Gefühlen, wusste er nicht, ob er sie anschreien oder vor ihr auf die Knie fallen sollte.

»Du bist mit mir nach Athen gekommen und nicht mit Dimitri oder einem anderen Mann«, sagte er hart.

Rebecca wagte nicht, den Cognacschwenker zu berühren, sie fürchtete, er würde ihr aus den Händen fallen, so sehr zitterten diese.

»Ist das in Griechenland so – dass es einer Frau verboten ist, mit einem anderen Mann zu sprechen?« Seltsamerweise klang ihre Stimme klar und fest.

»Sprechen?« Stephanos sah noch immer, wie dicht Dimitris Wange neben ihrer gewesen war. Dimitri war ein erfahrener und gewandter Mann. Er entstammte der gleichen Schicht wie wohl auch Rebecca. Vor Generationen erworbenes Vermögen, behütete Kindheit und gute Erziehung. »Erlaubst du jedem Mann, der mit dir spricht, dich in den Armen zu halten und zu berühren?«

Rebecca wurde blass. Wütend schüttelte sie den Kopf. »Was ich tue und mit wem, geht nur mich und keinen anderen etwas an.«

Stephanos nahm das Glas und trank langsam einen Schluck. »Du irrst.«

»Wenn du glaubst, du kannst über mich verfügen, nur weil ich mit dir hierhergekommen bin, dann täuschst du dich. Ich bin ein selbstständiger Mensch, Stephanos.« Niemand hat das Recht, mir zu sagen, was ich tun soll, dachte sie verärgert. *Ich treffe meine Entscheidungen selbst.* Mit verstärktem Mut sah sie ihn herausfordernd an. »Ich gehöre niemandem, auch dir nicht. Niemandem. Und ich mag es nicht, wenn man mir etwas befiehlt oder mich zu etwas zwingt, was ich nicht will. Ebenso wenig mag ich es, wenn man mich drängt.«

Damit drehte sie sich um. Da fühlte sie seine Hände auf ihren Schultern und spürte seinen Atem auf ihrem Nacken.

»Du wirst nicht zu ihm zurückgehen.«

»Du würdest mich nicht davon abhalten können, wenn es das wäre, was ich wollte.« Zornig sah sie ihn über die Schulter an. »Aber ich habe nicht die Absicht, wieder hinunterzugehen, weder zu Dimitri noch zu sonst jemandem.« Sie riss sich los. »Du weißt ja nicht, was du sagst! Warum sollte ich wohl mit ihm zusammen sein wollen, wenn ich in dich verliebt bin?«, entfuhr es ihr.

Erst da begriff sie, was sie gerade gesagt hatte! Verlegen fuhr sie herum und versuchte sich aus seinem Griff zu befreien. »Lass mich zufrieden! Oh, lass mich zufrieden!«, rief sie aufgeregt aus.

»Glaubst du, ich könnte dich jetzt gehen lassen?« Stephanos sah sie an und entdeckte das Verlangen in ihren Augen. »Wie lange habe ich auf diese Worte gewartet.« Er küsste sie, bis ihr Widerstand nachließ und sie ruhig in seinen Armen lag. »Du machst mich noch verrückt«, flüsterte er ihr ins Ohr. »Egal, ob du bei mir bist oder nicht.«

»Bitte.« Verwirrt senkte Rebecca den Kopf. »Bitte, lass mich nachdenken.«

»Nein, du darfst mich um alles bitten, nur nicht um mehr Zeit.« Stephanos zog sie an sich und barg das Gesicht in ihrem Haar. »Glaubst du, ich mache mich bei jeder Frau zum Narren?«

Rebecca stöhnte auf, als seine Lippen ihren Mund berührten. »Ich kenne dich nicht, und du kennst mich nicht.«

»Doch, das tue ich.« Stephanos sah ihr in die Augen. »Als ich dich zum ersten Mal sah, hatte ich das Gefühl, dich schon lange zu kennen. Ich spürte ein heftiges Verlangen nach dir. Ich wollte dich besitzen.«

Rebecca fühlte, dass er die Wahrheit sagte. Trotzdem schüttelte sie den Kopf. »Es geht nicht.«

»Ich habe dich von Anfang an geliebt, Rebecca.« Er sah, dass sie blass wurde.

»Ich will nicht, dass du etwas behauptest, was nicht stimmt oder dessen du dir nicht sicher bist.«

»Aber hast du es denn nicht gefühlt, als ich dich das erste Mal küsste?«

Als er die Bestätigung in ihren Augen las, packte er sie unwillkürlich fester. Er spürte, dass ihr Herz genauso rasend schlug wie seines. »Glaub mir, Rebecca. Es kommt mir vor, als seist du wieder zu mir zurückgekehrt.« Als sie den Mund öffnete, um zu antworten, hob er die Hand. »Sag nichts mehr. Ich möchte dich heute Nacht besitzen.«

Als sie seine Lippen auf ihrem Mund fühlte, war Rebecca auf einmal bereit, ihm alles zu glauben. Ihre Gefühle für ihn waren stärker als ihre Vernunft.

In seiner Umarmung lag keine Zärtlichkeit. Es war, als hätten sich zwei Liebende lange nicht gesehen. Wild und leidenschaftlich umarmten sie einander, und Rebecca erwiderte Stephanos' Liebkosungen auf eine Weise, die sie nie für denkbar gehalten hätte. Ungeduldig streifte sie ihm das Jackett von den Schultern.

Ja, er war zu ihr zurückgekommen … Aber war es nicht verrückt, wirklich daran zu glauben? Gut, dann werde ich eben heute Nacht verrückt sein, fuhr es Rebecca durch den Sinn.

Stephanos kostete ihre Haut mit den Lippen und sog tief den betörenden Duft ein. Rebecca in den Armen zu halten trieb ihn fast zum Wahnsinn. Er genoss es, mit den Lippen und den Händen ihr Verlangen zu steigern, und ihr Stöhnen erregte ihn. Er wollte sie hilflos in seinen Armen machen, irgendetwas Primitives hatte von ihm Besitz ergriffen und ließ ihn nicht wieder los. Und Rebecca drängte sich an ihn, um ihn zu kühneren Liebkosungen zu ermuntern.

Suchend ließ Rebecca die Hand zu seinem Gürtel hinabgleiten, zog das Hemd aus der Hose und fuhr mit den Fingern unter den dünnen Stoff.

Wie schön ist es, ihn zu fühlen, dachte sie benommen, während sie unter seinen Küssen aufstöhnte.

Im nächsten Moment hob er sie hoch und trug sie zum Bett.

Sanft fiel silbriges Mondlicht durch das Fenster und tauchte das Zimmer in ein unwirkliches Licht. Aber es war kein Traum.

Eng umschlungen fielen Rebecca und Stephanos zusammen auf das Bett.

Sie wirkt so sensibel, so verletzlich, dachte Stephanos. Eigentlich hätte er ihr zeigen müssen, wie tief er für sie empfand, aber seine Leidenschaft ließ es nicht zu, behutsamer vorzugehen. Auch Rebecca schien von dieser Leidenschaft besessen zu sein. Ungeduldig begann sie sein Hemd aufzuknöpfen. Als Stephanos ihr das Kleid vom Körper streifte, wand sie sich aufreizend und herausfordernd, als könne sie es kaum erwarten, nackt vor ihm zu liegen.

Sein Mund schien überall zu sein, berührte jede Stelle ihres erhitzten Körpers. Rebecca bog sich dem Geliebten entgegen. Sie hatte alle Bedenken und Vorbehalte vergessen und wollte Stephanos nur noch spüren. Keuchend und stöhnend umarmten sie sich voll heftiger Leidenschaft. Rebecca war bereit, Stephanos alles zu geben, was er von ihr fordern würde.

Und sie begriff, dass dies die Liebe war, die wirkliche Liebe, die nichts mehr forderte, sondern nur geben wollte. Sie klammerte sich mit beinahe verzweifeltem Verlangen an ihn.

Stephanos hatte das Empfinden, ihre Haut vibriere unter seinen Händen. Immer wieder sog er Rebeccas Duft ein, und er fühlte, dass sie jetzt bereit war, ihn zu lieben. Sie lag unter ihm, die Augen geschlossen.

Dann konnte er sein Verlangen nicht mehr beherrschen. Mit ungezügelter Leidenschaft kam er zu ihr und war so berauscht, dass er ihren kleinen Schrei kaum vernahm. Da begriff er und wollte zurück, aber sie ließ es nicht zu. Sie wurden eins und vergaßen im wilden Wirbel der Lust alles um sich herum.

Überwältigt lag Rebecca da und hielt die Augen geschlossen. Nichts und niemand hatte sie auf das vorbereitet, was sie eben in Stephanos' Armen erlebt hatte. Niemand hatte ihr gesagt, wie tief Leidenschaft und wie überwältigend Erregung sein konnten, wenn man liebte. Wenn sie es gewusst hätte, sie hätte schon vor vielen Jahren alles hinter sich gelassen und sich auf die Suche nach dem Mann ihrer Träume gemacht …

Stephanos lag ebenfalls da und verfluchte sich insgeheim. Sie war unschuldig gewesen – so rein wie eine Quelle, und er hatte sie benutzt, genommen und ihr wehgetan.

Voller Abscheu vor sich selbst, richtete er sich auf und griff nach einem Zigarillo. Eigentlich hätte er jetzt einen Cognac gebrauchen können, aber er wagte es nicht, aufzustehen.

Die Flamme des Feuerzeugs erleuchtete die Dämmerung des Raumes wie ein Blitz. Für einen winzigen Moment war Stephanos' düsteres Gesicht sichtbar.

»Warum hast du es mir nicht erzählt, Rebecca?«

Langsam öffnete Rebecca die Augen. Sie schwamm immer noch auf einer Welle der Glückseligkeit. »Was?«

»Warum hast du mir nicht erzählt, dass du noch nie mit einem Mann zusammen gewesen bist? Dass dies … dass ich dein erster Mann sein würde?«

Ein anklagender Unterton lag in seiner Stimme. Jetzt erst wurde Rebecca sich bewusst, dass sie völlig nackt war. Sie errötete und versuchte sich das Laken über den Körper zu ziehen. Sie hatte das Gefühl, eine kalte Dusche bekommen zu haben.

»Ich habe nicht daran gedacht«, flüsterte sie.

»Du hast nicht daran gedacht?« Sein Kopf fuhr herum. »Meinst du nicht, ich hätte ein Recht darauf gehabt, es vorher zu erfahren? Glaubst du wirklich, dies wäre geschehen, wenn ich geahnt hätte, dass du noch unberührt warst?«

Rebecca hatte wirklich nicht darüber nachgedacht. Es hatte für sie einfach keine Rolle gespielt. Er war der Erste, und er würde auch der Einzige bleiben. Aber nun begriff sie schmerzlich, dass manche Männer nicht gern mit unerfahrenen Frauen schliefen. Sie empfand plötzlich tiefe Niedergeschlagenheit.

»Du hast gesagt, du liebst mich und dass du mich begehrst. Alles andere zählt für mich nicht.«

Rebeccas Stimme zitterte, und ein Schluchzen lag darin. Stephanos konnte es nicht überhören, und er fühlte sich schrecklich schuldig.

»Doch, es zählt für mich«, antwortete er gepresst, stand auf und ging in den Nebenraum, um sich nun doch noch einen Cognac einzuschenken.

Als sie allein war, atmete Rebecca bebend aus. Natürlich hatte er etwas anderes erwartet – nämlich eine erfahrene Frau. Er hatte angenommen, sie wäre erwachsen und wüsste, auf welches Spiel sie sich eingelassen hatte. Worte wie Liebe und Verlangen konnten durchaus verschiedene Bedeutung haben. Ja, er hatte gesagt, er liebte sie, aber er hatte anscheinend etwas anderes damit gemeint als sie.

Sie hatte sich lächerlich und ihn wütend gemacht. Und sie hatte eine Affäre begonnen, die nur auf Träumen aufgebaut war.

Du hast ganz bewusst das Risiko auf dich genommen, erinnerte sie sich, als sie aufstand. Nun bezahl auch den Preis dafür.

Stephanos hatte sich inzwischen ein wenig beruhigt, auch wenn der Ärger noch nicht ganz überwunden war, als er zum Schlafzimmer zurückging. Er hatte sich vorgenommen, alles wiedergutzumachen und ihr zu zeigen, wie schön es sein konnte. Und wie schön es in einer solchen Situation sein musste. Danach würden sie sich dann unterhalten, ernsthaft und vernünftig.

»Rebecca?«

Aber als er sich im Raum umsah, fand er ihn verlassen vor.

6. Kapitel

Rebecca war gerade dabei, ihre Kleider in ihre Reisetasche zu packen, als es an der Tür klopfte. Sie hatte sich ihren Morgenmantel übergezogen. Es klopfte noch einmal, und sie wischte sich die Tränen aus dem Gesicht, fest entschlossen, nicht zu öffnen. Noch einmal wollte sie sich nicht demütigen lassen.

»Rebecca?« Stephanos' Geduld war schnell erschöpft, und er schlug heftig gegen die Tür. »Rebecca, mach auf.«

Sie versuchte das laute Klopfen zu ignorieren und packte weiter. Geh, dachte sie, ich will dich nicht mehr sehen. *Ich werde mir ein Taxi zum Flughafen nehmen und dann mit der nächsten Maschine abfliegen, egal wohin.* Ohne dass sie es bemerkte, rannen ihr die Tränen die Wangen hinab.

Da hörte sie Holz brechen und rannte in den Flur.

So wütend wie jetzt hatte Rebecca Stephanos noch nie gesehen. Sprachlos sah sie von ihm zu dem zersplitterten Türrahmen und dann wieder zu ihm.

In diesem Moment tauchte Eleni mit schreckverzerrtem Gesicht hinter ihm auf. Sie hielt ihren Morgenmantel vor der Brust zusammen.

»Stephanos, was ist geschehen? Ist …?«

Er fuhr herum und sagte heftig ein paar Sätze auf Griechisch zu ihr. Eleni sah ihn mit großen Augen an, warf Rebecca einen verständnisvollen Blick zu und ging zu ihrem Zimmer zurück.

»Glaubst du, du kannst so einfach vor mir davonlaufen?« Stephanos schloss die beschädigte Tür voller Schwung.

»Ich wollte …« Rebecca räusperte sich. »Ich wollte allein sein.«

»Mir ist es ganz egal, was du willst.« Er wollte auf sie zugehen, blieb aber stehen, als er tiefe Furcht in ihren Augen sah. Es traf ihn wie ein Schlag. »Ich habe dich einmal gefragt, ob du Angst vor mir hättest. Jetzt weiß ich, dass du sie hast.«

Rebecca stand reglos da, und ihr liefen unentwegt die Tränen die Wangen hinab. Sie wirkte wehrlos und entsetzt zugleich.

Stephanos sah sie an. »Ich werde dir nie mehr wehtun, ich verspreche es. Komm, wir gehen hinein.« Er schob sie ins Wohnzimmer. »Setz dich doch.«

Als sie nur stumm den Kopf schüttelte und stehen blieb, sagte er: »Aber ich werde mich setzen.«

»Ich weiß, du bist wütend auf mich«, begann sie. »Ich will mich auch gern entschuldigen, falls es hilft. Aber ich möchte allein sein.«

Er blickte sie mit zusammengekniffenen Augen an. »Du willst dich entschuldigen? Wofür?«

»Für …« Was erwartet er denn? dachte sie gedemütigt. Sie verschränkte die Arme vor der Brust. »Für das, was geschehen ist … dafür, dass ich es nicht vorher gesagt habe … Nun, wofür du willst«, fügte sie schließlich hilflos hinzu, als sie wieder weinen musste. »Nur lass mich allein.«

»Gütiger Himmel.« Stephanos strich sich müde über das Gesicht. »Ich kann mich nicht erinnern, jemals in meinem Leben so schlecht gehandelt zu haben.« Er stand auf, blieb aber sofort stehen, als sie zurückwich. »Ich weiß, du willst nicht, dass ich dich anfasse. Aber vielleicht hörst du mir wenigstens zu?« Seine Stimme war rau.

»Es gibt nichts mehr zu sagen. Ich verstehe, was du empfindest, und möchte es dabei belassen.«

»Ich habe dich in einer Weise behandelt, die unentschuldbar ist.«

»Ich will keine Entschuldigungen hören.«

»Rebecca ...«

»Ich will es nicht.« Sie sprach nun mit erhobener Stimme. »Es ist allein meine Schuld.« Als er einen weiteren Schritt tat, rief sie von Furcht erfüllt aus: »Nein, nein! Ich will nicht, dass du mich berührst. Ich könnte es einfach nicht ertragen!«

Langsam atmete er aus. »Du verstehst es, Salz in die Wunden zu streuen.«

Aber sie schüttelte den Kopf und begann im Zimmer auf und ab zu gehen. »Am Anfang habe ich gedacht, es würde keine Rolle spielen. Ich wusste nicht, wer du warst oder dass ich mich in dich verlieben würde. Nun aber habe ich zu lange damit gewartet und dadurch alles verdorben.«

»Wovon redest du eigentlich?«

Vielleicht war es wirklich das Beste, ihm jetzt schonungslos die Wahrheit zu sagen. »Du hast einmal gesagt, du würdest mich kennen. Aber so ist es nicht, denn ich habe dich angelogen, schon vom ersten Augenblick an.«

Stirnrunzelnd sah er sie an. »Wann hast du gelogen?«, fragte er langsam und setzte sich wieder.

»Von Anfang an.« Er las tiefes Bedauern in ihren Augen. »Außerdem habe ich heute Abend herausgefunden, dass du mehrere Hotels besitzt.«

»Das war kein Geheimnis. Was hat das mit uns zu tun?« Verständnislos schaute er sie an.

»Es würde auch keine Rolle spielen, wenn ich nicht vorgegeben hätte, etwas zu sein, was ich gar nicht bin.« Resigniert ließ sie die Hände sinken. »Nachdem wir miteinander geschlafen hatten, begriff ich eins: Von mir getäuscht, hattest du Gefühle für mich entwickelt, eine Frau, die es im Grunde genommen nicht gibt!«

»Aber du stehst doch vor mir, Rebecca. Du existierst.«

»Nein, nicht so, wie du denkst.«

Nun bereitete er sich auf das Schlimmste vor. »Was hast du denn getan? Bist du aus den USA geflohen?«

»Nein ... Ja.« Rebecca lachte traurig auf. »Ja, ich bin davongelaufen. Ich komme aus Philadelphia, wie ich dir schon gesagt habe. Dort habe ich mein Leben lang gelebt. Bin dort zur Schule gegangen und habe gearbeitet.« Sie suchte in ihrem Morgenmantel nach einem Taschentuch. »Ich bin Buchhalterin.«

Stephanos blickte sie an, während sie sich die Nase putzte. »Wie bitte?«, fragte er verständnislos.

»Ich sagte, ich bin Buchhalterin«, stieß Rebecca hervor, wandte sich ab und stellte sich mit dem Rücken zu ihm ans Fenster.

»Ich kann mir dich schwer beim Zusammenzählen von Zahlenkolonnen vorstellen, Rebecca. Aber wenn du dich hinsetzen würdest, könnten wir vielleicht darüber sprechen.«

»Hörst du nicht, ich bin Buchhalterin! Bis vor einigen Wochen arbeitete ich noch als Angestellte für ›McDowell, Jableki und Kline‹ in Philadelphia.«

»Gut, aber was hast du denn nun getan? Kundengelder unterschlagen?«

Da konnte Rebecca nicht anders. Sie warf den Kopf in den Nacken und lachte lauthals los. »Nein, ich habe in meinem ganzen Leben noch nichts Unrechtes getan«, sagte sie, nachdem sie sich wieder beruhigt hatte. »Ich habe noch nicht einmal einen Strafzettel für Falschparken erhalten. Ich habe nichts getan, was über das Normale hinausging – bis vor ein paar Wochen.«

»Wie meinst du das?«

»Ich habe niemals weite Reisen unternommen, noch nie hat mir ein Mann eine Flasche Champagner an den Tisch geschickt, ich bin niemals im Mondschein am Mittelmeer mit einem Mann spazieren gegangen – und habe auch nie einen Geliebten gehabt.«

Er sagte nichts, sondern blickte Rebecca nur verblüfft an.

»Ich hatte einen gut bezahlten und interessanten Job, und mein Auto war bar bezahlt. Ich hatte mein Geld gut angelegt, um im Alter versorgt zu sein. Meine Freunde kannten mich immer nur als sehr zuverlässig. Sie wussten, sie konnten auf Rebecca zählen. Wenn sie einen Rat oder jemanden brauchten, der ihre Katze pflegte, mussten sie nicht lange überlegen. Ich kam nie zu spät zur Arbeit oder ging fünf Minuten früher zu Mittag, wie viele meiner Kollegen.«

»Sehr lobenswert« war sein einziger Kommentar.

»Also genau der Typ Angestellte, den du gern einstellen würdest, kann ich mir vorstellen.«

Er lachte vor sich hin, denn er hatte ganz andere Geständnisse erwartet. Er hatte mit der Existenz eines Ehemanns oder sogar mehrerer gerechnet, oder damit, dass sie vielleicht sogar wegen einer Jugendsünde einmal im Gefängnis gesessen hatte. Stattdessen erfuhr er nun von ihr, dass sie eine Buchhalterin gewesen war, die ihre Pflichten ernst nahm.

»Ich habe nicht das Bedürfnis, dich einzustellen, Rebecca.«

»Du wirst deine gute Meinung über mich sowieso gleich ändern, wenn du den Rest hörst.«

Stephanos schlug die Beine übereinander und lehnte sich zurück. »Ich kann es kaum erwarten, wenn ich ehrlich bin.«

»Meine Tante starb unerwartet vor ungefähr drei Monaten.«

»Das tut mir leid. Ich weiß, wie es ist, wenn man jemanden verliert, der einem nahesteht.«

»Sie war meine einzige Verwandte.« Rebecca stieß die Balkontüren auf. Gleich darauf erfüllte die laue würzige Nachtluft den Raum. »Ich konnte anfangs nicht begreifen, dass sie plötzlich nicht mehr da war. Es kam so ohne jede Vorwarnung, weißt du? Aber es blieb mir nichts anderes übrig, trotz meines Kummers alles in die Hand zu nehmen – die Beerdigung, die Regelung der Erbschaftsangelegenheiten. Tante Jeannie war zeitlebens ein ordentlicher und nüchterner Mensch gewesen. So fand ich alles an seinem Platz. Man hat mich übrigens oft mit meiner Tante verglichen.«

Da Stephanos merkte, dass sie noch nicht fertig war, sagte er nichts, sondern sah sie interessiert weiter an.

»Aber schon sehr bald nach ihrem Tod geschah etwas Seltsames mit mir. Eines Tages dachte ich über mein Leben nach und fand es schrecklich langweilig.« Sie strich sich eine Haarsträhne aus dem Gesicht. »Ich war eine korrekte und fleißige Angestellte, wie meine Tante es gewesen war, besaß etwas Geld und hatte eine Reihe guter Freunde. Ich sah in die Zukunft und wusste, selbst in zehn, zwanzig Jahren würde mein Leben noch immer so aussehen wie heute. Da konnte ich es nicht mehr ertragen.«

Sie drehte sich wieder zu ihm um. Die leichte Brise erfasste den hauchdünnen Stoff des Morgenmantels und wehte ihn um ihre Beine. »Ich kündigte und verkaufte alles.«

»Du hast alles verkauft?«, fragte er ungläubig.

»Ja, alles, was ich besaß – mein Auto, meine Wohnung, Möbel, Bücher, Geschirr. Alles. Ich wechselte den Erlös in Reiseschecks ein, ebenso wie das kleine Erbe, das ich von meiner Tante bekommen hatte. Es waren Tausende von Dollars. Für dich mag es keine große Summe sein, aber ich hatte mir nie vorstellen können, jemals frei über so viel Geld verfügen zu dürfen.«

»Warte einmal.« Stephanos hob die Hand, weil er nicht sicher war, alles richtig verstanden zu haben. »Du willst mir erzählen, du hast alles, was du besessen hast, zu Geld gemacht? Wirklich alles?«

Rebecca war sich noch niemals dümmer vorgekommen, aber sie sah ihn trotzig an. »Ja, bis hin zu meinen Kaffeetassen.«

»Erstaunlich«, sagte er leise vor sich hin.

»Ich kaufte mir neue Kleider, neue Koffer und flog nach London. Erster Klasse. Ich hatte nie zuvor in einem Flugzeug gesessen.«

»Du warst noch nie geflogen und hast gleich einen Transatlantikflug gebucht?«

Sie hörte nicht die Bewunderung in seiner Stimme, sondern für sie klang es wie Belustigung. »Ja, ich wollte einmal etwas anderes sehen als das Gewohnte. Jemand anderer sein. So stieg ich im ›Ritz‹ ab. Danach flog ich weiter nach Paris, um mir die Haare schneiden zu lassen.«

»Du bist zum Haareschneiden nach Paris geflogen?« Er konnte es nicht fassen, hütete sich aber zu lächeln.

»Ich hatte von einem berühmten Haarstylisten gehört, und so flog ich eben hin.« In Philadelphia war sie ihr Leben lang zu derselben Friseurin gegangen, aber das brauchte er ja nicht zu wissen. Sicher würde es ihn auch nicht sonderlich interessieren. »Anschließend flog ich direkt hierher nach Griechenland. Und traf dich. Wir lernten uns kennen, und ich ließ den Dingen einfach ihren Lauf.« Tränen stiegen ihr in die Augen. »Du warst so interessant, und ich fühlte mich gleich zu dir hingezogen. Du schienst dich auch für mich zu interessieren – zumindest für die, für die du mich hieltest. Ich hatte noch nie eine Liebschaft. Noch nie hat mich ein Mann so angesehen wie du.«

Stephanos überlegte sich seine Worte sehr gut, ehe er sprach. »Willst du ausdrücken, ich sei für dich so etwas wie ein Abenteuer gewesen – ähnlich wie dein spontaner Flug nach Paris zum Haareschneiden?«

Sie würde ihm niemals erklären können, was er ihr wirklich

bedeutete. »Erklärungen und Entschuldigungen spielen in diesem Augenblick keine Rolle mehr. Aber es tut mir leid, Stephanos. Es tut mir alles sehr leid.«

Stephanos sah nicht die Tränen in ihren Augen, er hörte nur ihr Bedauern. »Willst du dich dafür entschuldigen, dass du mit mir geschlafen hast, Rebecca?«, fragte er langsam.

»Ich entschuldige mich für alles, was du willst. Ich wollte, ich könnte wiedergutmachen, was ich getan habe. Mir fällt aber nicht ein, wie. Es sei denn, ich stürzte mich aus diesem Fenster.«

»Ich glaube nicht, dass du zu solch drastischen Mitteln greifen musst. Es würde vielleicht reichen, wenn du dich für eine Weile ruhig hinsetzen würdest.«

Rebecca schüttelte den Kopf und blieb stehen, wo sie war. »Ich kann heute Abend nicht mehr weiter darüber sprechen, Stephanos. Es tut mir leid. Du hast ein Recht, böse auf mich zu sein.«

Er stand ungeduldig auf. Dann sah er, dass Rebecca blass war und verletzlich wirkte. Ich habe sie vorher nicht anständig behandelt, dachte er betroffen. *Ich sollte es wenigstens jetzt tun.*

»Gut, dann morgen, wenn du dich ausgeruht hast.« Er wollte schon auf sie zugehen, unterließ es dann aber doch. Es würde Zeit brauchen, wenn er ihr beweisen wollte, dass es auch andere Wege gab, jemanden zu lieben. Zeit, um sie zu überzeugen, dass Liebe mehr als ein Abenteuer sein konnte. »Du sollst wissen, dass es mir leidtut, was heute Abend geschehen ist. Aber auch darüber können wir morgen sprechen.« Obwohl er ihr am liebsten über die blasse Wange gestrichen hätte, tat er es nicht. »Ruh dich aus.«

Seine Fürsorglichkeit tat ihr weh. Sie nickte nur stumm.

Stephanos ging und machte vorsichtig die beschädigte Tür hinter sich zu.

Seine Worte klangen ihr noch lange in den Ohren. Er bedauerte alles, was heute Abend geschehen war. Also auch, dass er mit ihr geschlafen hatte.

Sie konnte jetzt tatsächlich nur noch eins tun. Aus seinem Leben verschwinden.

Natürlich lag es an ihr. Rebecca hatte mindestens ein halbes Dutzend vielversprechender Anzeigen gefunden, aber nicht eine einzige davon hatte sie ernsthaft interessiert. Wie konnte sie auch? In den vergangenen zwei Wochen hatte sie nur an eines denken können ... Stephanos. Unlustig unterstrich sie dennoch die entsprechenden Anzeigen.

Was mochte er empfunden haben, als er zurückgekommen war und sie nicht mehr vorgefunden hatte?

Missmutig schaute sie hinaus aus dem Fenster ihrer kleinen Mietwohnung. Sie hatte sich die ganzen Tage vorgestellt, er würde fieberhaft nach ihr suchen und dabei keine Kosten scheuen. Aber die Wirklichkeit ist leider nicht so romantisch, sagte sie sich seufzend. Bestimmt war er erleichtert, dass sie von sich aus das Weite gesucht hatte und wieder aus seinem Leben verschwunden war.

Und nun war es an der Zeit, wieder Ordnung in ihr Leben zu bringen.

Das Wichtigste, eine Wohnung, besaß sie bereits. Es war ein hübsches Zweizimmerapartment mit einem kleinen Garten. Es gefiel ihr besser als ihre alte Wohnung, die in einem Neubau im fünften Stock gelegen hatte.

Dieses Apartment lag zwar schon fast außerhalb der Stadt, aber sie konnte hier am Morgen die Vögel singen hören. Es gab einen wundervollen Ausblick auf alte Eichen und grüne Ahornbäume. Zudem konnte sie in ihrem Garten Blumen pflanzen und ein wenig Gemüse ziehen.

Rebecca hatte sich auch ein paar Möbel gekauft, wobei es

sich wirklich nur um wenige handelte. Ein Bett, ein schöner alter Tisch und ein Stuhl. Schränke hatte sie nicht zu kaufen brauchen, da es in der Wohnung Einbauschränke gab.

Früher hatte sie sich eine ganze Wohnungseinrichtung auf einmal gekauft, inklusive Vorhängen. Aber nun tat sie das, was sie sich früher immer heimlich gewünscht hatte – ein schönes Stück für die Wohnung zu suchen und dann zu kaufen. Und nicht, weil es haltbar und praktisch war, sondern weil es ihr gefiel.

Es hatte sich viel geändert in ihrem Leben – und auch sie hatte sich verändert. Sogar die Haare trug sie jetzt anders als früher. Unwillkürlich fuhr ihre Hand hinauf zu ihrem Kopf. Rebecca würde niemals mehr die Frau sein, die sie noch vor so kurzer Zeit gewesen war …

Oder vielleicht anders ausgedrückt – sie würde die Frau sein, die sie eigentlich immer gewesen war, die sie aber nie hatte annehmen wollen.

Aber warum sitze ich dann hier und kreise Anzeigen ein, die mich eigentlich nicht interessieren, fragte sie sich selbstkritisch. *Warum plane ich eine Zukunft, die ich mir gar nicht wünsche?* Vielleicht würde sie nie den Mann bekommen, den sie sich so sehr erträumte. Es würde keine Picknicks unter Olivenbäumen, keine romantischen Spaziergänge und keine Nächte voller Leidenschaft mehr geben. Aber sie hatte immer noch ihre Erinnerungen – und ihre Träume. Es würde kein Bedauern geben, was Stephanos betraf. Nicht jetzt und auch nicht in der Zukunft.

Sie war stärker als früher, sicherer und freier. Und das Wichtigste war, sie hatte es alles allein geschafft!

Rebecca lehnte sich im Stuhl zurück. Nichts reizte sie weniger, als wieder ins Büro zu gehen und Zahlenkolonnen zu addieren, Gewinn und Verlust auszurechnen.

Ich werde es auch nicht, dachte sie plötzlich entschlossen. Sie würde sich nicht auf der Jagd nach einem guten Job und ihrer Karriere von anderen abhängig machen. Nein, sie würde selbst eine Firma eröffnen. Natürlich würde es eine sehr kleine sein, zumindest am Anfang. Warum nicht? Sie hatte die Kenntnisse und die nötige Erfahrung – und auch den Mut dazu.

Es würde nicht einfach sein. Und riskant. All ihr verbliebenes Geld würde gerade für das Anmieten des Büros, dessen Einrichtung und Anzeigen reichen.

Voller Begeisterung sprang sie auf und suchte nach einem Notizblock. Sie wollte zuerst eine Liste aufstellen. Nicht nur von den Dingen, die sie erledigen musste, sondern auch derjenigen, die sie anrufen wollte. Sie überlegte sogar, ob sie sich an ihre früheren Arbeitgeber wenden sollte. Es bestand eine winzige Chance, dass man sie an Kunden empfehlen würden, um sie nicht abweisen zu müssen.

Es klopfte an der Tür.

»Einen Augenblick, bitte.« Rasch kritzelte sie ihren letzten Gedanken auf den Block, dann eilte sie zur Tür und öffnete.

Es war Stephanos.

Noch ehe Rebecca sich von ihrer Überraschung erholt hatte und etwas sagen konnte, hatte er sie zur Seite gedrängt und die Tür hinter sich zugeschlagen.

»Was hattest du eigentlich vor?« Zornig sah er sie an. »Wolltest du mich zum Wahnsinn treiben, oder hast du dir nichts dabei gedacht?«

»Ich … ich …« Rebecca kam erst gar nicht dazu, nach den richtigen Worten zu suchen. Er riss sie einfach in die Arme, und dann fühlte sie seine Lippen auf ihrem Mund. Es war kein sanfter, sondern ein harter, fordernder Kuss. Rebecca ließ den Block zu Boden fallen und schlang die Arme um seinen Hals, ohne lange zu überlegen. Aber da schob Stephanos sie auch schon wieder unsanft von sich.

»Was für ein Spiel spielst du eigentlich, Rebecca?«, fragte er böse, nachdem er sich wieder von ihr gelöst hatte, und begann im Raum auf und ab zu wandern. Er war unrasiert, seine Kleidung war zerknittert – und doch war es der schönste Anblick, den Rebecca sich vorstellen konnte.

»Stephanos, ich …«

»Ich habe zwei Wochen und sehr viel Mühe aufgewandt, um dich zu finden«, unterbrach er sie. »Ich dachte, wir hätten vereinbart, uns noch einmal zu unterhalten. Ich war ziemlich überrascht, als ich erfuhr, dass du nicht nur Griechenland, sondern sogar Europa wieder verlassen hattest.« Er fuhr herum und sah sie scharf an. »Warum?«

Rebecca hatte Mühe, ihm zu antworten. »Weil … weil ich es für das Beste hielt zu gehen«, sagte sie schließlich.

»So, das dachtest du?« Er trat einen Schritt auf sie zu und wirkte sehr zornig. »Für wen denn?«

»Für dich. Für uns beide.« Rebecca ertappte sich dabei, dass sie nervös mit den Aufschlägen ihres Morgenmantels spielte, und ließ die Hände sinken. »Ich wusste, du warst böse auf mich, weil ich dich angelogen hatte. Du hattest es längst bereut, dich mit mir eingelassen zu haben. Deswegen war ich sicher, es wäre besser für uns, wenn ich …«

»Davonliefe?«

Sie hob trotzig das Kinn. »Gehen würde.«

»Du hast gesagt, du liebst mich.«

Rebecca schluckte. »Ich weiß.«

»War auch das eine Lüge?«

»Bitte nicht«, flüsterte sie und sah ihn flehentlich an. »Stephanos, ich habe nicht mehr damit gerechnet, dich jemals wiederzusehen. Ich bin gerade dabei, etwas aus meinem Leben zu machen, etwas, das nicht nur vernünftig ist, sondern mich auch zufrieden und glücklich machen kann. In Griechenland war ich ebenfalls glücklich, aber ich habe nicht darüber nachgedacht, ob es richtig war, was ich tat. Die Zeit mit dir war …«

»War was?«

Rebecca drehte sich wieder zu ihm herum. Ihr war zumute, als hätte es die vergangenen zwei Wochen überhaupt nicht gegeben. Wieder stand sie vor ihm und versuchte zu erklären, was so schwer zu erklären war.

»Es war das Schönste, das Wichtigste und das Kostbarste, was ich je erfahren habe. Ich werde es niemals vergessen, Stephanos. Und ich werde für diese wenigen Tage immer dankbar sein.«

»Dankbar.« Er wusste nicht, ob er wütend sein oder lachen sollte. Er trat zu ihr und nahm ihr Gesicht in beide Hände. »Dankbar wofür? Dafür, dass ich mit dir geschlafen habe? Eine schnelle und kurze Affäre ohne jede Folgen?«

»Nein.« Sie sah ihm ins Gesicht. »Bist du den weiten Weg hierhergekommen, damit ich mich noch schuldiger fühle?«

»Ich bin hierhergekommen, weil ich das zu Ende führen will, was ich angefangen habe, Rebecca.«

»In Ordnung«, sagte sie und holte tief Luft. »Wenn du mich jetzt loslässt, dann können wir miteinander reden. Möchtest du einen Kaffee?«

»Hast du dir neues Kaffeegeschirr gekauft?«

»Ja.« War das Humor, was sie in seinen Augen las? »Aber ich habe nur einen Stuhl. Du kannst dich ja darauf setzen, während ich in die Küche gehe und Kaffee koche.«

Er nahm ihren Arm. »Ich will keinen Kaffee, ich will keinen Stuhl und auch keine nette Unterhaltung.«

Rebecca seufzte. »Also gut, Stephanos. Was willst du?«

»Dich. Ich dachte, das hätte ich hinreichend klargemacht.« Er sah sich in dem Zimmer um. »Ist es das, was du möchtest? Ein paar Räume, in denen du allein lebst?«

»Ich will das Beste aus meinem Leben machen. Ich habe mich bereits bei dir entschuldigt. Mir ist klar, dass ich dich ...«

»... betrogen habe«, vollendete er ihren Satz. Dann hob er den Zeigefinger. »Diesen Punkt wollte ich geklärt haben. In welchem Punkt hast du mich getäuscht?«

»Dadurch, dass ich dich habe glauben lassen, ich sei jemand, der ich gar nicht war.«

»Du bist keine schöne, interessante Frau? Keine leidenschaftliche Frau?« Erstaunt sah er sie an. »Rebecca, ich bin kein unerfahrener Teenager. Ich glaube einfach nicht, dass du mich in jener Beziehung so sehr hättest täuschen können.«

Er will mich absichtlich durcheinanderbringen, dachte Rebecca. »Ich habe dir doch gesagt, was ich getan habe.«

»Was du getan hast – und wie du es getan hast.« Bei den letzten Worten hob er wieder die Hand und begann ihren Hals zu streicheln. Sein Zorn hatte ihre Knie nicht zum Zittern gebracht, aber nun fühlte sie, wie sie bebten. »Du bist nach Paris geflogen, um dir die Haare schneiden zu lassen. Du hast deinen sicheren Job aufgegeben, um fortan dein Leben zu genießen. Du hast mich fasziniert.« Er küsste sie und zog sie an sich. »Meinst du, es wäre dein bisheriges Leben gewesen, das mich an dir so fasziniert hat?«

»Du warst böse auf mich.«

»Ja, böse, weil ich annahm, ich wäre nur ein Teil deines Experiments gewesen. Und nicht nur böse, sondern fürchterlich wütend, kann ich dir sagen.« Noch einmal küsste er sie leidenschaftlich und fordernd. »Wütend, weil ich nur benutzt werden sollte. Soll ich dir sagen, wie wütend? Ich konnte die letzten zwei Wochen nicht arbeiten, nicht denken, weil ich dich überall vor mir sah – und dich doch nirgendwo finden konnte!«

»Ich musste gehen.« Rebecca schob ihre Finger unter sein Hemd. Sie wollte ihn nur noch ein Mal spüren, ihn berühren. »Als du sagtest, du bedauertest es, mit mir geschlafen zu haben …« Da erst bemerkte sie, was sie tat, und trat hastig einen Schritt zurück.

Er schaute sie einen Moment wortlos an, dann fluchte er leise vor sich hin und ging wieder rastlos auf und ab. »Ich hätte nie gedacht, dass ich mich jemals so dumm benehmen könnte. Ich habe dich in jener Nacht in einer ganz anderen Weise verletzt, als ich selbst angenommen hatte. Und dann verhielt ich mich weniger diplomatisch als bei einem meiner unwichtigsten Geschäfte.« Er sprach nicht weiter. Zum ersten Mal sah Rebecca, wie abgespannt er aussah.

»Du siehst müde aus. Komm, setz dich. Ich werde dir etwas zu essen und zu trinken bringen.«

Einen Moment lang presste er die Finger auf die Augen. »Du hast mich schwachgemacht, Rebecca. Und du hast mir gezeigt, dass ich doch nicht der Mann bin, der keinen Fehler mehr begeht. Ich bin erstaunt, dass du mir überhaupt noch gestattest, einen Fuß in deine Wohnung zu setzen. Du hättest eher ...« Er brach ab, weil sein Zorn auf einmal verraucht war.

Alles, was er jemals im Leben wirklich brauchte, las er in ihren Augen. Ein Mann bekommt nicht oft so viele Chancen, glücklich zu werden, dachte er.

»Rebecca, ich habe niemals bedauert, mit dir geschlafen zu haben. Es war nur die Art, wie es geschehen ist. Zu viel Verlangen und zu wenig Verständnis für dich. Ich werde es immer bedauern, dass es beim ersten Mal zu viel Hitze, aber keine Wärme gegeben hat.« Er nahm ihre Hand und küsste sie zart.

»Für mich war es wundervoll, Stephanos.«

»In gewisser Weise, ja.« Sie ist immer noch so unschuldig, dachte er. *Noch immer so großzügig und bereit zu vergeben.* »Ich war weder geduldig noch zärtlich zu dir, so wie jede Frau es beim ersten Mal erwarten darf.«

Rebecca spürte Hoffnung in sich aufsteigen. »Das hat mir nichts ausgemacht.«

»Aber es ist wichtig, wichtiger, als ich dir zu sagen vermag. Nachdem du mir alles gesagt hattest, zählte es sogar noch viel mehr. Wenn ich getan hätte, was ich eigentlich hatte tun wollen, dann wärest du nicht fortgegangen. Aber ich dachte, du brauchtest mehr Zeit, bevor ich dich wieder berühren durfte.« Er küsste ihre Fingerspitzen. »Lass mich dir jetzt zeigen, was ich dir damals zeigen wollte.« Stephanos sah ihr tief in die Augen. »Willst du?«

»Ja.« Es gab für sie nun keine andere Antwort mehr.

Stephanos nahm sie auf die Arme. »Vertraust du mir?«, fragte er rau.

»Ja.«

»Rebecca, ich möchte dich noch etwas fragen …«

»Was denn?«

»Hast du ein Bett?«

Rebecca fühlte, wie ihr das Blut ins Gesicht stieg, obwohl sie lachen musste. »Dort drüben, in dem Zimmer.«

Stephanos trug Rebecca langsam ins andere Zimmer. Die Sonne schien auf das Bett, als er sie langsam daraufgleiten ließ und sich zu Rebecca legte. Und dann küsste er sie – sanft und voller Zärtlichkeit. Rebecca lag nur da und genoss es, endlich wieder seine erregenden Liebkosungen zu spüren.

Sie hatte mit ihm die Verzweiflung erlebt, die die Liebe mit sich bringen konnte, und auch die Hitze der Leidenschaft. Aber nun zeigte er ihr, was Liebe noch bedeutete.

Und sie stand ihm in nichts nach.

Stephanos hatte geglaubt, er würde sie lehren, nicht er selbst etwas lernen müssen. Aber er lernte etwas, und ihr Verlangen war so stark wie beim ersten Mal. Diesmal ließen sie sich jedoch Zeit.

Rebecca atmete heftiger, als sie nackt nebeneinanderlagen. Sie verstand nun und fühlte sich stark und sicher. Sie zitterte, aber es war keine Furcht, sondern die Erwartung, die sie zittern ließ. Unter seinen erregenden Liebkosungen bog sie sich ihm entgegen. Als er dann mit den Lippen ihre Knospen umschloss, stöhnte sie auf.

Stephanos tat alles, um ihre Erregung zu steigern und ihr Verlangen zu schüren, bis sie seinen Namen rief und sich unter seinen Händen aufbäumte.

Stephanos kam zu ihr und fühlte, wie ein Beben über ihren Leib lief. »Sag mir, dass du mich liebst. Sieh mich – an und sag es mir«, flüsterte er heiser.

Rebecca öffnete die Augen. Sie vermochte kaum zu atmen, als sie sich im selben Rhythmus zu bewegen begannen, so als seien sie eins. Sie sah ihm in die Augen und hatte das Gefühl, sich darin zu verlieren.

»Ich liebe dich, Stephanos.«

Dann hatte sie das Gefühl zu fallen, immer schneller und immer tiefer, hinab bis auf den tiefsten Grund und wieder bis in die höchsten Höhen. Und er war immer bei ihr ...

Schließlich lagen sie still und schwer atmend da. Stephanos streichelte Rebeccas Haar und fühlte langsam seine Erregung abflauen. Sie war unschuldig, und dennoch hatte sie in ihm eine Leidenschaft erweckt, wie er sie noch bei keiner Frau erlebt hatte. Aber es war mehr als Leidenschaft, er war eins mit ihr in Körper und Herz gewesen.

»Wir haben dies alles schon einmal erlebt«, flüsterte er. »Fühlst du das auch?«

Sie nahm seine Hand und spielte damit. »Ich habe niemals an so etwas geglaubt – bis ich dich kennenlernte. Wenn ich mit dir zusammen bin, habe ich das Gefühl, ich erinnere mich an etwas, was weit zurückliegt.« Sie hob den Kopf und sah ihn an. »Ich kann es mir nicht erklären.«

»Vielleicht sollte man gar nicht versuchen, alles zu erklären. Ich liebe dich, Rebecca, und das ist genug für mich.«

Sie strich ihm zart über die Wange. »Ich möchte nicht, dass du etwas sagst, was du nicht empfindest«, meinte sie unsicher.

»Wie kann eine Frau einerseits so klug und zugleich so dumm sein?« Stephanos schüttelte in gespielter Verzweiflung den Kopf und rollte sich dann auf sie. »Kein Mann fliegt von einem Kontinent zum anderen, um eine Frau zu suchen, damit er mit ihr schlafen kann – und sei es auch noch so schön. Ich liebe dich wirklich. Und auch wenn es mich für eine gewisse Zeit ziemlich verwirrt hat, so habe ich mich doch inzwischen daran gewöhnt.«

»Verwirrt?«

»Nun ja, ich habe mich all die Jahre für einen Mann gehalten, der wirklich frei ist. Doch dann kommt eine Frau daher, die all ihren Besitz verkauft und ihren guten Job aufgibt, nur um auf Korfu Fotos von wilden Bergziegen zu machen.«

»Ich habe nicht vor, mich in dein Leben einzumischen.«

»Du hast es bereits getan.« Stephanos lächelte, als sie sich ihm zu entziehen versuchte. »Die Ehe schafft, verglichen mit dem Junggesellenleben, eine gewisse Unfreiheit, aber sie gibt auch viele neue Freiheiten.«

»Was soll das heißen?«

»Ich möchte, dass du meine Frau wirst, und zwar sehr bald. Am liebsten sofort.«

»Ich habe nie gesagt, dass ich dich heiraten will.«

»Nein, aber du wirst es.« Er begann sie wieder zu streicheln. »Ich kann sehr überzeugend sein.«

»Ich brauche Zeit zum Nachdenken«, brachte sie mühsam hervor, weil sie erneut diese süße Erregung spürte. »Stephanos, die Ehe ist eine ernsthafte Angelegenheit.«

»Der Meinung bin ich auch. Tödlich ernst.« Er zwinkerte ihr zu. »Vielleicht sollte ich dich warnen. Ich habe nämlich beschlossen, jeden Mann umzubringen, der dich länger als zwanzig Sekunden lang ununterbrochen ansieht.«

»Wirklich?« Rebecca lachte.

Stephanos sah sie mit einem Lächeln an, das ihr Herz schneller schlagen ließ. »Ich kann dich nicht wieder gehen lassen. Ich kann und will es nicht. Komm mit mir zurück. Heirate mich, Rebecca.«

»Stephanos ...«

Er legte ihr den Zeigefinger auf die Lippen. »Ich weiß, worum ich dich bitte. Du hast bereits Pläne für ein neues Leben gemacht. Wir sind nur einige wenige Tage zusammen gewesen, aber ich kann dich glücklich machen. Ich kann dir auch versprechen, dass ich dich mein Leben lang lieben werde. Ich schwöre dir, du wirst es niemals bereuen.«

Sie küsste ihn sanft. »Ich habe mich immer gefragt, was ich finden werde, wenn ich einmal wirklich meine Augen aufmache. Ich habe dich gefunden, Stephanos.« Sie lachte glücklich auf und schlang die Arme um ihn. »Wann reisen wir ab?«

Nora Roberts

Das Spiel geht weiter

Roman

Aus dem amerikanischen Englisch von
Emma Luxx

1. Kapitel

Als der Motor ihres Wagens eine Meile vor Las Vegas stotterte und schließlich endgültig aufgab, erwog Darcy Wallace ernsthaft, einfach zu bleiben, wo sie war, und unter der erbarmungslosen Wüstensonne zu verdorren. Sie hatte noch genau 9 Dollar 37 in der Tasche und eine lange Fahrt hinter sich, die nirgendwohin führte.

Dass sie diese klägliche Summe überhaupt noch besaß, war pures Glück, denn am vergangenen Abend hatte man ihr in einem Imbiss gerade außerhalb von Utah die Handtasche gestohlen. Das aufgeweichte Hühnchensandwich war wohl die letzte Mahlzeit für sie gewesen, und das Zehncentstück, das sie zufällig noch in ihrer Hosentasche gefunden hatte, auch das letzte Wunder, auf das sie hoffen konnte.

Ihren Job und ihr Zuhause in Kansas hatte sie aufgegeben. Sie hatte keine Familie mehr und nichts, wohin sie zurückkehren konnte. Ihr war nichts anderes übrig geblieben, als ihre wenigen Habseligkeiten zu packen und alles hinter sich zu lassen.

Nach Westen war sie nur gefahren, weil ihre Kühlerhaube in diese Richtung gezeigt hatte, und sie hatte es als ein Zeichen genommen. Sie hatte sich ein Abenteuer versprochen, eine ganz persönliche Odyssee – und ein neues, besseres Leben.

Nur von all den Frauen zu lesen, die der Welt mutig die Stirn boten und sich ihren eigenen Weg suchten, war nicht mehr genug gewesen. Es war Zeit, selbst etwas in Angriff zu nehmen.

Wenn sie geblieben wäre, wäre sie in ihren alten Trott zurückgefallen. Wieder. Sie hätte getan, was man ihr sagte. Wieder. Und wäre ihr restliches Leben von unerfüllten Träumen und nagender Reue verfolgt worden.

Doch jetzt, eine lange Woche, nachdem sie sich mitten in der Nacht davongeschlichen hatte, begann sie sich zu fragen, ob ihr nicht einfach nur ein ganz normales Dasein bestimmt war. Vielleicht hätte sie sich mit dem, was das Leben ihr bot, zufriedengeben und den Blick gesenkt halten sollen, anstatt ständig nachsehen zu wollen, was hinter der nächsten Wegbiegung liegen mochte.

Mit Gerald hätte sie ein gutes Leben erwartet, um das viele Frauen sie beneidet hätten. Ein Leben in einem hübschen Heim, mit vollen Kleiderschränken, die der Frau eines wohlhabenden Mannes angemessene Garderobe beherbergten, einem Sommerhaus in Bar Harbor und Winterurlauben in tropischen Gefilden.

Sie hätte nur das tun müssen, was man ihr sagte. Wann man es ihr sagte. Sie hätte nur ihre Wünsche und Sehnsüchte ein für alle Mal begraben müssen. Es hätte ihr eigentlich nicht schwerfallen dürfen. Schließlich hatte sie ihr ganzes Leben lang nichts anderes getan.

Doch es war ihr schwergefallen.

Darcy schloss die Augen und legte die Stirn aufs Lenkrad. Was hatte Gerald nur an ihr gefunden? Es gab nichts Besonderes an ihr. Sie war intelligent und vernünftig, ja, und hatte ein Durchschnittsgesicht. Ihre eigene Mutter hatte sie oft genug so beschrieben. Dabei glaubte sie nicht einmal, dass es so sehr körperliche Anziehung von Geralds Seite war. Auch wenn es ihm wohl gefiel, dass sie klein und zierlich war. Leicht zu dominieren.

Himmel, er machte ihr Angst!

Sie erinnerte sich an seinen Tobsuchtsanfall, als sie sich ihr schulterlanges Haar abgeschnitten hatte. Wie eine Herrenfrisur.

Also mir gefällt es, dachte sie mit einem Anflug von Trotz, während sie sich durch die kurzen goldbraunen Locken fuhr. *Und es ist mein Haar.*

Glücklicherweise waren sie noch nicht verheiratet gewesen. Er hatte kein Recht gehabt, ihr zu sagen, wie sie auszusehen, sich zu kleiden und zu benehmen hatte. Und wenn sie nicht aufgab, würde er dieses Recht auch nie bekommen.

Sie hätte seinen Heiratsantrag gar nicht erst annehmen dürfen. Sie war nur so müde gewesen, so ängstlich, so durcheinander. Auch wenn ihr schon bald darauf die ersten Zweifel gekommen waren und sie ihm schließlich den Ring zurückgegeben hatte, waren ihr sein Zorn und der Tratsch, der mit der ganzen Sache unweigerlich einherging, nicht erspart geblieben. Aber dann hatte sie herausgefunden, dass er verantwortlich dafür war, dass sie ihren Job verloren hatte und ihr die Kündigung ihres Apartments ins Haus geflattert war.

Er hatte sie verändern wollen. Und du hättest ihm diesen Gefallen fast getan, dachte sie, während sie sich mit dem Handrücken den Schweiß vom Gesicht wischte.

Zum Teufel damit, entschied sie und rang sich schließlich dazu durch, auszusteigen. Dann hatte sie eben nur noch knappe zehn Dollar, keinen fahrbaren Untersatz und eine Meile Fußmarsch vor sich. Sie hatte es geschafft, Gerald zu entkommen. Und sie war endlich, mit dreiundzwanzig Jahren, ganz auf sich gestellt.

Ihren Koffer ließ sie im Wagen und nahm nur die vollgestopfte Einkaufstasche mit, die alles enthielt, was ihr wirklich wichtig war. Dann machte sie sich zu Fuß auf den Weg. Sie hatte die Brücken hinter sich abgebrochen. Jetzt würde sie endlich sehen, was hinter der nächsten Ecke lag.

Darcy brauchte eine Stunde, um an ihr Ziel zu gelangen. Sie hätte nicht erklären können, warum sie weiter an der Landstraße 15 entlangtrottete, fort von der verstreuten Ansammlung von Motels und auf die glitzernde Skyline von Las Vegas zu. Sie wusste nur, dass sie dort sein wollte, wo all die bunten Lichter blinkten.

Die Sonne schickte sich an, hinter den westlichen Spitzen der roten Berge zu versinken. Darcys unaufhaltsam wachsender Hunger hatte sich in einen dumpfen Schmerz verwandelt. Sie erwog, irgendwo eine Pause einzulegen, um einen Happen zu essen und sich ein bisschen auszuruhen, aber es hatte etwas Beruhigendes an sich, einfach monoton einen Fuß vor den anderen zu setzen, den Blick auf die spektakulären Hoteltürme gerichtet, die in der Ferne glitzerten.

Wie sie wohl von innen aussahen? Sie malte sich eine knisternde Atmosphäre aus, mit einem Anflug von Verruchtheit, in der das Spielfieber sich umtrieb. Sie würde sich in einer dieser mit allem Prunk ausgestatteten Lasterhöhlen einen Job suchen und bei jeder Show in der ersten Reihe sitzen.

Oh, wie sehr hungerte sie danach, neue Erfahrungen zu sammeln und zu leben!

Sie wollte die Menschen sehen, den Lärm hören und den Trubel empfinden. Alles genau das Gegenteil ihres bisherigen Lebens. Am meisten aber sehnte sie sich danach, zu fühlen – starke, aufwühlende Gefühle, überschäumende Freude, prickelnde Erregung. Und über all das würde sie schreiben, beschloss sie, während sie das Gewicht der großen Tasche auf ihrer Schulter verlagerte, in der sich ihre Notizbücher und Manuskriptseiten befanden, die sich plötzlich in Steine verwandelt zu haben schienen. Sie würde sich ein kleines Zimmer nehmen und dort nach der Arbeit all ihre Erlebnisse zu Papier bringen.

Dann hatte sie die Stadt erreicht. Vor Erschöpfung stolperte sie über einen Bordstein, aber sie fing sich gerade noch. Die Straßen waren dicht bevölkert, jeder schien irgendwohin zu müssen. Jetzt, in der Abenddämmerung, blinkten und funkelten die Lichter der Stadt, schienen jeden zu locken. *Komm näher, versuch dein Glück.*

Sie erblickte Touristenfamilien – Väter in kurzen Hosen, die bloßen Beine verbrannt von der unbarmherzigen Sonne, Kinder mit staunenden großen Augen, Mütter, leicht hektisch und aufgeregt von den vielen Eindrücken.

Darcys eigene goldbraune Augen waren groß und wirkten trübe vor Müdigkeit. Ein von Menschenhand gemachter Vulkan brach in einiger Entfernung aus, zog Zuschauer an und entlockte ihnen erstaunte Ausrufe. Der Tumult übertönte das seltsame Summen, das sie ständig hörte.

Verwundert und verwirrt wanderte sie ziellos umher, bestaunte die riesigen nachgebauten römischen Statuen, blinzelte ins Neonlicht, schlenderte an Springbrunnen vorbei, die Wasser in wechselnden Farben ausspien. Es war ein Märchenland, laut und knallig, bunt und unverfroren, und sie fühlte sich so verloren wie Alice im Wunderland.

Darcy fand sich vor zwei riesigen Türmen wieder, weiß schimmernd wie der Mond, die durch eine gewölbte Brücke mit Hunderten von Fenstern verbunden waren. Der Gebäudekomplex war von einem Meer wilder exotischer Blumen umgeben, in dessen Mitte ein kristallklarer See lag, der aus einem rauschenden Wasserfall gespeist wurde.

Der Eingang des Hotels wurde von einem überdimensionalen Indianerhäuptling auf einem goldenen Hengst bewacht. Sein Gesicht und seine entblößte Brust waren aus glänzendem Kupfer. Sein prächtiger Kriegsschmuck war mit glitzernden roten, blauen sowie grünen Steinen besetzt. In der Hand hielt er einen Speer mit einer feuerrot blinkenden Spitze.

Er ist schön, schoss es ihr durch den Kopf, so stolz und furchtlos.

Sie hätte schwören mögen, dass die dunkelgrünen Augen der Statue jetzt aufblitzten und sie anschauten. Ja, sie herausforderten, das Gebäude zu betreten und ihr Glück zu wagen.

Darcy betrat das »Comanche« mit weichen Knien und schwankte bei dem Schwall kühler Luft, der ihr entgegenschlug, gleich wieder einen Schritt zurück.

Die Eingangshalle war großartig. Die Steinplatten des Fußbodens waren in einem kühnen geometrischen Muster in Smaragdgrün und Saphirblau gelegt. Aus Ton- und Kupfertöpfen wuchsen majestätisch Kakteen und Palmen. Die riesigen Tische waren mit herrlichen Blumenarrangements geschmückt, der Duft der Lilien war so süß, dass er ihr die Tränen in die Augen trieb.

Darcy ging weiter, hingerissen von einem Wasserfall, der an einer Steinwand herab in einen Teich mit bunten Fischen fiel. Unzählige Kristalllüster schienen goldenes Licht zu sprühen. Das Hotel war ein Dschungel aus Farben und Licht, heller und leuchtender als jede Realität, die sie je erlebt, und jeder Traum, den sie je geträumt hatte.

Es gab Geschäfte, deren Auslagen in den Schaufenstern ebenso glitzerten wie die Kronleuchter. Sie beobachtete eine elegante Blondine, die sich zwischen zwei Brillantcolliers zu entscheiden versuchte wie andere Menschen zwischen zwei Sorten Äpfeln.

Ein Kichern arbeitete sich in ihrer Kehle empor, aber Darcy presste die Hand auf den Mund. Dies war weder der richtige Ort noch der richtige Zeitpunkt, um aufzufallen. Sie gehörte nicht hierher, in eine so elegante und glamouröse Umgebung.

Sie bog um die nächste Ecke und spürte plötzlich, wie sich in ihrem Kopf alles zu drehen begann, als die vielfältigen Geräusche aus dem Casino an ihr Ohr drangen. Gebimmel und Stimmengewirr, das metallische Klimpern, wenn Münzen auf Münzen trafen.

Überall standen dicht gedrängt die Spielautomaten, in denen sich alles Mögliche und in allen erdenklichen Farben drehte. Vor den Automaten standen oder saßen Menschen, die die Münzschlitze mit Münzen aus kleinen weißen Plastikeimerchen fütterten. Darcy beobachtete eine Frau, die gerade einen großen roten Knopf an der Maschine drückte, darauf wartete, dass das sich drehende Blatt zum Stillstand kam, und dann einen Freudenschrei ausstieß, als drei gleiche Symbole in einer Reihe standen. In schneller Folge spuckte der Automat Münzen aus.

Hier konnte man seinen Spaß haben. Hier gab es die Möglichkeit zu gewinnen oder zu verlieren. Und hier war Leben, laut, chaotisch und wild.

Sie hatte noch nie in ihrem Leben gespielt, nicht um Geld. Geld war etwas, was man verdiente, sparte und worauf man gut aufpasste. Dennoch schienen ihre Finger sich selbstständig zu machen und glitten in die Tasche, wo ihre letzten zerknitterten Scheine an ihrer Haut förmlich zu pulsieren schienen.

Wenn nicht jetzt, wann dann? fragte sie sich, während ein weiteres unbändiges Kichern in ihr aufstieg. Wozu waren 9 Dollar 37 gut? Ich könnte mir etwas zu essen kaufen, überlegte sie, während sie unschlüssig an ihrer Unterlippe nagte. Und dann?

Als sie wie eine Schlafwandlerin den Gang zwischen den Automaten entlanglief, war ihr leicht schwindlig, und in ihren Ohren ertönte ein seltsames Klingeln, während sie die Leute an den Automaten eulenhaft anblinzelte. Sie sind alle entschlossen, sich auf ihr Glück zu verlassen, dachte sie. Deshalb waren sie hier.

War sie nicht auch deshalb hier?

Und dann sah sie ihn. Er stand allein, groß, knallig bunt und faszinierend. Er war größer als sie, und auf seiner breiten Front prangten stilisierte Sterne und Monde. Sein Arm war fast so dick wie ihrer und hatte am Ende einen leuchtend roten Knopf zum Anfassen.

Er nannte sich »Comanche Magic«.

JACKPOT! flammte es darüber diamantweiß auf. An einem schwarzen Streifen blinkten rubinrote Lämpchen auf. Darcy starrte fasziniert auf die Zahl, die innerhalb des blinkenden Rechtecks aufleuchtete.

1.800.079,37 Dollar.

Was für eine merkwürdige Summe! 9 Dollar und 37 Cents, dachte sie, während sie erneut das Geld in ihrer Tasche befingerte. Vielleicht war es ein Zeichen.

Wie viel es wohl kostete? Sie trat näher, blinzelte ein paarmal rasch hintereinander, um einen klaren Blick zu bekommen, und bemühte sich, die Anleitung zu entziffern. Es handelte sich um einen Automaten, der das ganze Geld, mit dem ihn die Spieler fütterten, anhäufte und irgendwann alles auf einen Schlag ausspuckte.

Sie konnte für einen Dollar spielen, las sie, aber den Jackpot würde sie nicht knacken können, selbst wenn es ihr gelänge, die Sterne und Monde an den drei Balken entlang aufzureihen. Um wirklich ins Spiel zu kommen, würde sie dreimal drei Dollar berappen müssen. Praktisch alles, was sie besaß.

Ergreif deine Chance, schien eine Stimme ihr ins Ohr zu flüstern.

Sei kein Dummkopf. Diese Stimme war missbilligend und streng, eine Stimme, die sie nur allzu gut kannte. *Du kannst nicht dein ganzes Geld zum Fenster hinauswerfen.*

Leb ein bisschen. Das Geflüster klang aufreizend und verführerisch. *Worauf wartest du noch?*

»Ich weiß es nicht«, murmelte sie. »Und ich habe es satt zu warten.«

Langsam, die Augen starr auf die herausfordernde Front des Automaten gerichtet, begann Darcy, in ihrer Hosentasche zu graben.

Ohne den Blick von den Tischen zu nehmen, zeichnete Mac MacGregor-Blade einen Zettel ab, den eine Angestellte ihm hinhielt. Der Mann auf Platz drei an dem Hunderter-Tisch würde seinen Verlust nicht so leicht verschmerzen. Wenn du an dem Hunderter-Tisch spielen willst, musst du wissen, wie man spielt, dachte Mac, als der Geber eine Sieben aufdeckte.

Mac hob unauffällig eine Hand und winkte einen der Aufpasser zu sich herüber. »Behalten Sie ihn im Auge«, murmelte er. »Er könnte uns Scherereien machen.«

»Ja, Sir.«

Problematische Situationen zu entdecken und entsprechend damit umzugehen war Mac zur zweiten Natur geworden. Er war ein Spieler in der dritten Generation, und seine Instinkte waren gut ausgeprägt. Sein Großvater Daniel MacGregor hatte ein Vermögen mit waghalsigen Unternehmungen gemacht. Daniels erste Liebe waren Immobilien gewesen, er kaufte und verkaufte sie immer noch, obwohl er schon über neunzig war.

Macs Eltern hatten sich in einem Casino an Bord eines Schiffes kennengelernt. Seine Mutter hatte dort als Kartengeberin am Blackjack-Tisch gejobbt, und sein Vater war schon immer ein Spieler gewesen. Es hatte sofort gefunkt zwischen den beiden, wobei keiner von ihnen gewusst hatte, dass Daniel mit dem Hintergedanken an eine spätere Heirat bei ihrer Bekanntschaft die Finger mit im Spiel gehabt hatte.

Justin Blade war damals bereits Besitzer des »Comanche« in Las Vegas und eines weiteren Spielcasinos in Atlantic City gewesen. Serena MacGregor war erst seine Geschäftspartnerin geworden, dann seine Ehefrau.

Beim erstgeborenen Sohn floss von Geburt an Spielerblut in den Adern.

Jetzt, mit knapp dreißig, stand das »Comanche« in Vegas unter Macs Leitung. Seine Eltern hatten es ihm anvertraut. Er würde dafür sorgen, dass sie es nicht bereuen mussten.

Es lief gut, weil er dafür sorgte, dass es gut lief. Es war ein ehrliches Casino, weil es schon immer ein ehrliches Casino gewesen war. Und es warf Gewinn ab, weil es ein Blade-MacGregor-Unternehmen war.

Er glaubte fest ans Gewinnen – auf saubere Art.

Ein Lächeln zuckte um seine Lippen, als er eine Frau an einem der Fünfdollartische sich selbst zu ihrem Gewinn gratulieren sah. Manche gewannen, die meisten nicht. Das Leben war ein Spiel, und der Vorteil lag immer beim Haus.

Mac war ein hochgewachsener Mann. Elegant und lässig bewegte er sich in seinem maßgeschneiderten Anzug zwischen den Tischen. Das Erbe seiner Komantschen-Vorfahren zeigte sich in seiner bronzefarbenen Haut und dem dichten schwarzen Haar, das ein schmales, wachsames Gesicht einrahmte und den Kragen seines eleganten Jacketts umspielte.

Nur seine blauen Augen, die waren schottisch. Tief wie ein See und genauso undurchdringlich.

Als ein Stammgast ihn anhielt, huschte ein charmantes Lächeln über sein Gesicht. Er wechselte ein paar freundliche Worte mit dem Mann, dann ging er eilig weiter. In seinem Büro wartete jede Menge Arbeit auf ihn.

»Mr. Blade?«

Er schaute auf und blieb stehen, als eine der Kellnerinnen auf ihn zukam. »Ja?«

»Ich komme gerade von den Automaten.« Die Kellnerin verlagerte das Gewicht ihres Tabletts und versuchte, nicht sehnsüchtig aufzuseufzen, als Mac sie mit einem Blick aus diesen dunklen blauen Augen bedachte. »An dem großen ist eine Frau. Sie sieht ziemlich fertig aus, Mr. Blade. Nicht gerade sauber und scheint ziemlich durcheinander. Vielleicht hat sie ja irgendwas genommen. Sie starrt die ganze Zeit nur den Automaten an und murmelt unverständliches Zeug vor sich hin. Ich dachte schon, ich sollte vielleicht den Sicherheitsdienst rufen.«

»Ich sehe mir die Frau an.«

»Sie ist ... also, na ja ... fast ein bisschen mitleiderregend. Kein Strichmädchen«, fügte die Kellnerin hinzu. »Aber sie ist entweder krank oder zugedröhnt.«

»Danke, ich kümmere mich darum.«

Mac änderte die Richtung und begab sich in den Automatenwald anstatt zu seinem Privatlift. Der Sicherheitsdienst konnte sich um alle Probleme kümmern, die den Ablauf im Casino zu stören drohten. Aber das hier war sein Besitz, und er kümmerte sich immer selbst um sein Eigentum.

Ein paar Meter weiter fütterte Darcy den Geldschlitz mit ihren letzten drei Dollar. Du bist verrückt, schalt sie sich, während sie sorgfältig den Geldschein glättete, den der Automat wieder ausgespuckt hatte. Dann steckte sie ihn ein weiteres Mal in den Schlitz. *Du hast völlig den Verstand verloren.* Aber, Herr im Himmel, es war ein wunderbares Gefühl, etwas Verrücktes zu tun.

Sie schloss für einen Moment die Augen, atmete tief durch, dann öffnete sie sie wieder und packte mit zitternder Hand den leuchtend roten Griff des Hebels.

Und zog.

Sterne und Monde begannen sich vor ihren Augen zu drehen, die Farben verschwammen. Dann setzte ein ohrenbetäubendes Klingeln ein. Angesichts dieses absurden Krawalls musste sie lächeln. Ein geradezu verträumter Ausdruck, während die Formen sich drehten und immer weiterdrehten.

Genauso ist im Augenblick dein Leben, dachte sie gedankenverloren. *Es dreht sich schnell und schneller. Wann wird es aufhören, sich zu drehen? Welche Richtung wird es nehmen?*

Ihr Lächeln wurde noch breiter, als die Sterne und Monde nach und nach klickend auf ihren Platz fielen. Sie waren so hübsch anzusehen. Allein das war es wert gewesen. Zu wissen, dass sie es gewagt hatte.

Klick, klick, klick, glitzernde Sterne, glühende Monde. Als sie vor ihren Augen verschwammen, blinzelte sie verärgert. Sie wollte nichts verpassen, jede Bewegung sehen, jedes Geräusch hören. So hübsch, dachte sie noch einmal und stützte sich mit der Hand an dem Automaten ab, als sie zu schwanken begann.

Sie fühlte das kühle Metall, und schlagartig hörte das Schwanken auf. Und dann explodierte die Welt.

Alarmsirenen heulten und ließen sie erschrocken einen Schritt zurücktaumeln. Über dem Automaten begannen grellbunte Lichter einen verrückten Tanz, und eine Kriegstrommel schlug an. Pfiffe schrillten, Glocken schlugen. Die Leute um sie herum begannen zu schreien und zu drängeln.

Was hatte sie getan? Himmel, was hatte sie getan?

»He, Wahnsinn! Sie haben ihn geknackt!« Irgendjemand packte sie bei den Schultern und wirbelte sie im Kreis herum. Sie bekam keine Luft mehr, versuchte sich loszureißen, hatte nicht die Kraft dazu.

Alle drängelten und schubsten, zerrten an ihr, schrien Worte, die sie nicht verstand. Gesichter verschwammen vor ihren Augen, Leute drängelten, bis sie mit dem Rücken an den Automaten wie gefangen und eingekreist dastand.

Mac drängte sich durch die johlende Menschenmenge, schob die Gratulanten aus dem Weg. Dann sah er sie. Eine winzige Person, die kaum alt genug aussah, um ein Casino betreten zu dürfen. Ihr dunkelblondes Haar war kurz und katastrophal geschnitten. Ihr Gesicht war lustig wie das eines Kobolds, mit großen rehbraunen Augen und bleich wie Wachs.

Ihr Baumwollhemd und ihre Hose sahen aus, als ob sie darin geschlafen und die Nacht irgendwo in der Wüste verbracht hätte.

Nicht zugedröhnt, entschied er, als er sie am Arm nahm und ihr Zittern spürte. Sie hatte Angst.

Darcy scheute zurück, blickte an dem Fremden hoch. Und sah den Indianerhäuptling, sah Kraft und Herausforderung und Entschlossenheit. Entweder rettet er dich, dachte sie, oder er gibt dir den Rest.

»Ich wollte nicht … ich habe doch nur … Was habe ich getan?«

Mac legte den Kopf schräg und lächelte leicht. Nicht gerade clever, entschied er, aber harmlos. »Sie haben den Jackpot geknackt«, erklärte er ihr.

»Oh, na dann«, hauchte sie und fiel in Ohnmacht.

Unter ihrer Wange war etwas wundervoll Glattes. Seide … oder Satin, dachte Darcy verschwommen. Das Gefühl von Seide an ihrer Haut hatte sie schon immer geliebt. Einmal hatte sie einen ganzen Gehaltsscheck für eine Seidenbluse ausgegeben. Cremeweiß, mit winzigen goldenen Knöpfen in Herzform. Sie hatte zwei Wochen lang auf ihr Mittagessen verzichten müssen, aber jedes Mal, wenn sie die Bluse übergestreift hatte, war es ihr die Sache wert gewesen.

Sie seufzte bei der Erinnerung.

»Kommen Sie, wachen Sie endlich auf.«

»Was?« Sie blinzelte ein paarmal und versuchte sich auf den hellen Lichtschein über sich zu konzentrieren.

»Hier, probieren Sie's damit.« Mac schob ihr eine Hand unter den Kopf, hob ihn an und hielt ihr ein Glas Wasser an die Lippen.

»Was?«

»Sie wiederholen sich. Trinken Sie einen Schluck Wasser.«

»Ja, gut.« Sie nippte gehorsam und betrachtete die sonnengebräunte Hand mit den schlanken Fingern, die das Glas hielten. Sie lag auf einem Bett, so viel wurde ihr jetzt klar, einem überdimensionalen Bett mit einem seidenen Bettüberwurf. Und über ihr an der Decke hing ein riesiger Spiegel. »Ach du meine Güte.« Dann entdeckte sie Mac. »Ich dachte, Sie seien der Indianerhäuptling.«

»Fast ins Schwarze getroffen.« Er stellte das Glas beiseite, dann setzte er sich auf die Bettkante und sah zu seiner Belustigung, dass sie sofort ein Stück von ihm wegrutschte. »Mac Blade. Ich leite den Laden hier.«

»Darcy. Ich heiße Darcy Wallace. Wie komme ich hierher?«

»Mir erschien es hier besser, als Sie auf dem Boden des Casinos liegen zu lassen. Sie sind ohnmächtig geworden.«

»Ohnmächtig?« Zutiefst verlegen schloss sie wieder die Augen. »Es tut mir schrecklich leid, bitte entschuldigen Sie.«

»Es ist keine ungewöhnliche Reaktion für jemanden, der fast zwei Millionen Dollar gewinnt.«

Sie riss die Augen auf. »Entschuldigen Sie. Ich bin immer noch ein bisschen durcheinander. Sagten Sie eben, ich hätte fast zwei Millionen Dollar gewonnen?«

»Sie haben Ihr Geld in den Automaten gesteckt, den Hebel gezogen und gewonnen.« Sie war bleich wie eine Wand, wie er bemerkte. »Wir regeln den Papierkram, wenn Sie sich ein bisschen besser fühlen. Möchten Sie, dass ich einen Arzt rufe?«

»Nein, ich bin nur ... Mir geht es gut. Ich kann bloß keinen klaren Gedanken fassen. In meinem Kopf dreht sich alles.«

»Lassen Sie sich Zeit.« Ohne groß nachzudenken, schüttelte er die Kissen in ihrem Rücken auf und drückte sie dann sacht wieder zurück. »Kann ich jemanden für Sie anrufen?«

»Nein! Rufen Sie niemanden an!«

Ihr schneller heftiger Widerstand veranlasste ihn, verwundert die Stirn zu runzeln, dann aber nickte er. »Na schön. Wie Sie wollen.«

»Es gibt niemanden«, fügte sie etwas ruhiger hinzu. »Ich befinde mich auf Reisen. Mir wurde gestern Abend die Handtasche gestohlen. Und mein Wagen hat ungefähr eine Meile vor der Stadt seinen Geist aufgegeben. Ich glaube, dieses Mal ist es die Benzinpumpe.«

»Gut möglich«, murmelte er. »Wie sind Sie denn in die Stadt gekommen?«

»Zu Fuß. Ich bin gerade erst angekommen.« Das glaubte sie zumindest. Es fiel ihr schwer abzuschätzen, wie lange sie tatsächlich hier staunend herumgewandert war. »Ich hatte 9 Dollar und 37 Cents bei mir.«

»Ich verstehe.« Er war sich nicht sicher, ob sie verrückt oder eine wirklich ausgebuffte Spielerin war. Aber vielleicht war sie ja beides. »Nun, jetzt haben Sie 1.800.079 Dollar und 37 Cents.«

»Oh ... oh.« Fassungslos schlug sie die Hände vors Gesicht und brach in Tränen aus.

Es hatte zu viele Frauen in Macs Leben gegeben, als dass ihn Tränen noch übermäßig beeindrucken könnten. Er blieb ruhig sitzen und wartete, bis ihr Tränenstrom versiegt war. Ein seltsames kleines Persönchen, dachte er. Als sie ohnmächtig in seine Arme gesunken war, war sie nicht schwerer gewesen als ein Kind. Jetzt erzählte sie ihm, dass sie in der glühenden Hitze über eine Meile zu Fuß gegangen war und dann das bisschen Geld, das ihr noch verblieben war, an einen einarmigen Banditen verfüttert hatte.

Dafür musste man entweder Nerven wie Drahtseile haben oder nicht ganz richtig im Kopf sein.

Was auch immer zutraf, sie hatte einen Volltreffer gelandet. Und jetzt war sie reich und oblag – für eine Weile zumindest – seiner Verantwortung.

»Entschuldigen Sie.« Sie wischte sich ihr irgendwie charmant schmutziges Gesicht mit den Händen ab. »So bin ich normalerweise nicht. Wirklich. Ich kann es nur einfach nicht fassen.« Sie nahm das Taschentuch entgegen, das er ihr hinhielt, und putzte sich die Nase. »Ich weiß nicht, was ich jetzt machen soll.«

»Lassen Sie uns mit dem Grundlegendsten anfangen. Wann haben Sie zum letzten Mal etwas gegessen?«

»Gestern Abend«, gestand sie nach kurzem Nachdenken. »Nun, eigentlich war es ein Schokoriegel, der schon halb geschmolzen war, bevor ich ihn zu Ende essen konnte. Also zählt das wohl nicht.«

»Ich lasse Ihnen etwas zu essen kommen.« Er stand auf und blickte auf sie hinunter. »Warum nehmen Sie nicht ein heißes Bad und versuchen sich ein bisschen zu entspannen? Dann haben Sie sich bestimmt schnell wieder im Griff.«

Sie nagte an ihrer Unterlippe. »Ich habe nichts anzuziehen. Ich habe meinen Koffer im Auto gelassen. Oh! Meine Tasche! Ich hatte eine Tasche dabei.«

»Die habe ich mitgebracht.« Weil sie schon wieder bleich wurde, bückte er sich eilig und brachte die schlichte braune Einkaufstasche zum Vorschein. »Ist es die hier?«

»Ja. Ja, danke.« Sie schloss vor Erleichterung die Augen. »Ich dachte, ich hätte sie verloren. Es ist nämlich meine Arbeit.«

»Sie ist hier in Sicherheit, und dort im Schrank hängt ein Bademantel.«

Darcy räusperte sich. So nett er auch sein mochte – sie war allein mit diesem Fremden in einem sehr sinnlich ausgestatteten Schlafzimmer. »Ich weiß es zu schätzen. Aber ich sollte mir ein Zimmer nehmen. Wenn ich einen kleinen Vorschuss auf das Geld bekommen könnte, wäre ich in der Lage, mir ein Hotel suchen.«

»Stimmt mit diesem hier irgendetwas nicht?«

»Mit diesem was?«

»Mit diesem Hotel«, sagte er mit – wie er fand – bewundernswerter Geduld. »Diesem Zimmer.«

»Nein, natürlich nicht. Es ist wundervoll.«

»Dann machen Sie es sich bequem. Betrachten Sie das Zimmer für die Dauer Ihres Aufenthalts ...«

»Was? Wie bitte?« Sie setzte sich noch ein bisschen aufrechter hin. »Ich kann dieses Zimmer haben? Ich kann einfach ... hierbleiben?«

»Das ist die übliche Behandlung für Leute mit einer ausgeprägten Glückssträhne. Sie haben sich qualifiziert.«

»Wirklich?«

»Die Geschäftsleitung hofft, dass Sie einen Teil Ihres Gewinns wieder in den Topf zurückwerfen. An den Spieltischen, in den Geschäften. Das Zimmer, Ihr Essen und Ihre Getränkekosten gehen auf Kosten des Hauses.«

Sie rappelte sich von dem Bett auf. »Ich bekomme all das gratis, weil ich Geld gewonnen habe?«

Ein Grinsen blitzte in seinem Gesicht auf, schnell und nur ein ganz kleines bisschen lauernd. »Ich möchte zumindest die Chance haben, etwas davon zurückzugewinnen.«

Verflixt, sah er gut aus. Wie ein Romanheld. Dieser Gedanke schoss ihr völlig unvermittelt durch den Kopf. »Scheint fair zu sein. Vielen, vielen Dank, Mr. McBlade.«

»Nicht McBlade«, korrigierte er sie, während er die Hand nahm, die sie ihm hinhielt. »Mac. Mac Blade.«

»Oh! Ich fürchte, ich kann noch immer nicht richtig zusammenhängend denken.«

»Wenn Sie etwas gegessen und sich ausgeruht haben, werden Sie sich besser fühlen.«

»Ganz bestimmt.«

»Und morgen früh, sagen wir um zehn, unterhalten wir uns dann ein bisschen. In meinem Büro.«

»Ja, morgen früh.«

»Willkommen ins Las Vegas, Miss Wallace«, sagte er und wandte sich einer breiten Treppe zu, die hinunter in den Wohnbereich führte.

»Danke.« Mit zitternden Beinen folgte sie ihm zu dem Treppengeländer. Als sie auf den in Smaragdgrün und Saphirblau gehaltenen Wohnbereich hinunterschaute, dessen leuchtende Farben durch Möbel in schwarzem Ebenholz noch betont wurden, stockte ihr der Atem. Sie schaute ihm nach. »Mr. Blade?«

»Ja?« Er wandte sich um und schaute zu ihr hinauf. Sie sah aus wie ein verlorenes Kind.

»Was soll ich mit all dem Geld bloß machen?«

Er zeigte wieder dieses umwerfende Lächeln. »Da wird Ihnen schon etwas einfallen. Ich würde an Ihrer Stelle auf jeden Fall Buch führen über die Ausgaben.« Mit diesen Worten drückte er einen Knopf und verschwand in einem privaten Aufzug.

Als die Lifttüren zugeglitten waren, ließ Darcy sich auf den Boden sinken und schlang die Arme um die Knie. Wenn dies hier ein Traum war oder vielleicht eine Halluzination, hervorgerufen durch Stress oder einen Sonnenstich, so hoffte sie, es möge nie mehr enden.

Sie war nicht nur einfach entkommen. Sie war frei.

2. Kapitel

Die Seifenblase platzte auch am nächsten Morgen nicht. Darcy erwachte abrupt um sechs Uhr aus dem Schlaf und sah verwirrt zu ihrer Reflexion in dem Spiegel über dem Bett hoch. Vorsichtig hob sie eine Hand an die Wange, nur zum Test. Sie spürte und sah ihre Finger, folgte ihnen mit dem Blick hinauf zur Stirn und an der anderen Seite wieder hinunter.

Wie seltsam es auch sein mochte, es war real. Sie hatte sich bisher noch nie in der Horizontalen gesehen. Sie sah so ... so anders aus, fand sie, lang ausgestreckt in dem riesigen zerwühlten Bett, umgeben von einem Berg weicher Kissen. Und sie fühlte sich auch so anders. Wie viele Jahre war sie Morgen für Morgen in dem schmalen Bett aufgewacht, das seit ihrer Kindheit ihre Zuflucht gewesen war?

Dahin würde sie nie mehr zurückkehren müssen.

Allein dieser Gedanke, die Tatsache, dass sie sich nie wieder an diese unbequeme Matratze würde gewöhnen müssen, ließ eine Welle ungeheuren Glücks über ihr zusammenschwappen. So mitreißend, dass Darcy in helles Lachen ausbrach und nicht mehr aufhören konnte, bis sie außer Atem war.

Sie rollte sich quer über das breite Bett, von einem Ende zum anderen, strampelte mit den Füßen in der Luft und umarmte die Kissen. Und da das immer noch nicht reichte, begann sie auf dem Bett herumzuhüpfen.

Als sie wirklich um Luft ringen musste, ließ sie sich einfach fallen und schlang die Arme um die angezogenen Knie.

Sie trug eine seidene Pyjamajacke in einem reizvollen Rosa. Es war eins der Teile ihrer Grundausstattung, die kurz nach dem Abendessen eingetroffen war. Alles kam aus der Boutique im Erdgeschoss und war ein Geschenk des Hauses.

Sie würde sich nicht einmal Sorgen darum machen, dass der umwerfende Mac Blade ihr die Dessous gekauft hatte. Nicht, wenn es sich dabei um so wunderschöne Wäsche handelte.

Darcy sprang auf, um die Suite zu erforschen. Am Abend zuvor war sie noch so erschlagen gewesen, dass sie sich einfach wieder ins Bett gelegt hatte.

Sie griff nach einer Fernbedienung und begann wahllos Knöpfe zu drücken. Die blau schimmernden bodenlangen Vorhänge öffneten und schlossen sich wie von Geisterhand. Nachdem Darcy sie wieder aufgezogen hatte, sah sie, dass sie ein Fenster mit Blick auf ganz Las Vegas hatte.

Jetzt lag alles in gedämpftem Grau und Blau da, eingehüllt in die sanfte Morgendämmerung der Wüste, die sich gerade Bahn brach. In welchem Stockwerk werde ich hier wohl sein? fragte Darcy sich. Im zwanzigsten? Dreißigsten? War eigentlich auch egal. Darcy fühlte sich wie auf dem Gipfel der Welt.

Nachdem sie einen anderen Knopf gedrückt hatte, öffnete sich eine holzgetäfelte Wand und gab den Blick auf einen Fernseher, einen Videorekorder und eine Stereoanlage frei. Sie probierte mehrere Knöpfe durch, bis es ihr gelang, den Raum mit Musik zu füllen, dann rannte sie die Treppe nach unten.

Sie öffnete alle Vorhänge, roch an den Blumen, setzte sich in jeden Sessel und auf jedes Sofa. Sie bewunderte den Kamin und das große schneeweiße Piano. Und weil niemand da war, der ihr das Spielen verbot, setzte sie sich auf den Klavierschemel und spielte die erste Melodie, die ihr in den Sinn kam.

»›La vie en rose‹«. Darcy lachte laut und herzhaft auf.

Hinter einer glänzenden Bar entdeckte sie einen kleinen Kühlschrank und kicherte wie ein Schulmädchen, als sie sah, dass er mit zwei Flaschen Champagner bestückt war. Zu der Musik, die aus der Stereoanlage tönte, tanzte sie aus dem Wohnraum ins Bad. Dort fand sie ein Telefon und einen in die Wand eingelassenen Fernseher sowie eine Reihe hübscher Toilettenartikel, die in einer Schale aus Porzellan arrangiert waren.

Nachdem sie ihre Besichtigungstour beendet hatte, lief sie summend wieder nach oben in ihr Schlafzimmer. Das Hauptbad, das vom Schlafzimmer abging, war eine Symphonie für die Sinne, angefangen vom Whirlpool bis hin zu der hell erleuchteten Spiegelwand. Der Raum war größer als ihr ganzes Apartment. Allein hier könnte ich glücklich und zufrieden leben, dachte sie. Auf einem Regal neben der Badewanne standen üppige grüne Pflanzen.

Im angrenzenden Ankleideraum hing ein flauschiger Bademantel für sie bereit. Pantoffeln mit dem »Comanche«-Logo standen unter einem eleganten Stuhl. Auf einem kleinen Tischchen stand eine zierliche Vase mit frischen Blumen. Es war die Art von üppigem Luxus, die Darcy bisher nur aus Büchern und Zeitschriften oder Filmen kannte. Jetzt, da der erste Adrenalinstoß nachließ, fragte Darcy sich, ob hier kein Irrtum vorlag.

Wie war so etwas möglich? Die Umstände, wie sie nach ihrer langen Fahrt hierher in diese Stadt gekommen war, verwischten sich in ihrer Erinnerung. Nur einige Fetzen konnte sie klar ausmachen – die blitzenden Lichter des Automaten, ihr hämmernder Puls, das verboten attraktive Gesicht von Mac Blade.

Sie biss sich auf die Unterlippe, griff nach dem Telefon und wählte die Nummer des Zimmerservice.

»Zimmerservice. Guten Morgen, Miss Wallace.«

»Oh.« Sie sah über ihre Schulter, ob nicht vielleicht jemand sie beobachtete. »Ich wollte nur fragen, ob ich vielleicht eine Tasse Kaffee haben könnte.«

»Selbstverständlich. Frühstück auch?«

»Ja, gut.« Sie wollte nicht unbescheiden sein. »Vielleicht ein Muffin, wenn das geht.«

»Ist das alles?«

»Ja, es wäre nett.«

»Wir bringen Ihnen das Frühstück sofort hoch. Vielen Dank, Miss Wallace.«

»Keine Ursache, äh … ich danke Ihnen.«

Sobald sie aufgelegt hatte, eilte Darcy ins Schlafzimmer, schaltete die Stereoanlage aus und den Fernseher an. Vielleicht brachten sie ja in den Nachrichten etwas über eine Massenepidemie, bei der Halluzinationen auftraten.

Mac war in seinem Büro über der bunten Glitzerwelt des Casinos und streifte mit einem kurzen Blick die Überwachungsmonitore. Es waren mehr als nur ein paar Unermüdliche, die in der Nacht zuvor angefangen hatten und immer noch weitermachten. Aufreizende Abendkleider saßen Hüfte an Hüfte mit ausgewaschenen Jeans.

Zehn Uhr morgens, zehn Uhr abends – in Las Vegas machte das keinen Unterschied. Hier gab es keine Zeit, keine Kleiderordnung … und für manche auch keine Realität außer der des Glücksrads.

Mac ignorierte das Piepsen eines ankommenden Fax, nippte an seinem Kaffee und wanderte durch den Raum, während er mit seinem Vater telefonierte. Er konnte sich bestens vorstellen, dass sein Vater im Moment genau das Gleiche tat, drüben in seinem Büro in Reno.

»Ich unterhalte mich in ein paar Minuten mit ihr«, fuhr Mac fort. »Ich wollte sie erst ein bisschen zu sich kommen lassen. Sie war letzte Nacht völlig durcheinander.«

»Erzähl mir von ihr«, forderte Justin seinen Sohn auf.

»Da gibt es nicht viel zu erzählen. Bis jetzt weiß ich kaum etwas über sie. Sie ist jung.« Er ging weiter im Zimmer herum und warf ab und zu einen Blick auf die Monitore, achtete auf die Positionen der Sicherheitsleute, das Benehmen seiner Kartengeber an den Spieltischen. »Nervös. Sie wirkt fast, als ob sie auf der Flucht wäre. Hat wohl irgendwo anders Schwierigkeiten gehabt. Man merkt ihr an, dass sie hier keineswegs in ihrem Element ist.«

Er versuchte sich Darcy zu vergegenwärtigen und sich an den Klang ihrer Stimme zu erinnern.

»Ich würde sagen, sie stammt aus einer Kleinstadt im Mittleren Westen. Erinnert mich an eine Kindergärtnerin. Eine von denen, die alle Kinder abgöttisch lieben und gleichzeitig problemlos um den Finger wickeln können. Als sie ins Casino kam, war sie fast völlig abgebrannt.«

»Klingt, als sei es ihr Glückstag gewesen. Irgendjemand gewinnt immer, dann kann es genauso gut eine abgebrannte Kleinstadt-Kindergärtnerin sein.«

Mac grinste. »Sie entschuldigt sich ständig. Nervös wie ein Mäuschen in einem Katzenkloster. Irgendwie süß.« Er musste an diese großen goldbraunen Augen denken. »Und erschreckend naiv. Die Wölfe werden sie innerhalb kürzester Zeit in Stücke reißen, wenn sie keinen Beschützer findet.«

Am anderen Ende herrschte eine kurze Weile Schweigen. Dann: »Hast du vor, dich zwischen sie und die Wölfe zu stellen, Mac?«

»Nur, sie in die richtige Richtung zu lenken«, brummte Mac und lockerte die verspannten Schultern. In der Familie hatte er den Ruf, sich unweigerlich auf die Seite der Schwachen zu schlagen. »Die Presse hämmert schon an die Tür. Die Kleine braucht einen Anwalt und eine klare Linie, denn nach den Wölfen warten schon die Geier.«

Er stellte sich vor, wer alles mit Vorschlägen an sie herantreten, um Spenden bitten und Geldanlagen vorschlagen würde. Nur ein Bruchteil davon würde seriös sein, und der

Rest würde das alte Spiel spielen. Sich das Geld greifen und verschwinden.

»Halte mich auf dem Laufenden.«

»Mach ich. Wie geht's Mom?«

»Gut. Zieht heute hier irgendeine große Wohltätigkeitsshow auf. Und sie hat auch schon verlauten lassen, dass wir bei dir vorbeischauen sollen, bevor wir uns wieder Richtung Osten begeben. Nur eine kurze Stippvisite«, fügte Justin schnell hinzu. »Das Baby fehlt ihr.«

»Aha.« Mac grinste in sich hinein. Er wusste ganz genau, dass sein Vater über glühende Kohlen laufen würde, um das Enkelkind in Boston zu sehen. »Wie geht's der kleinen Anna denn?«

»Großartig, ganz großartig. Sie zahnt gerade. Gwen und Bran bekommen im Moment nicht sehr viel Schlaf.«

»Das ist der Preis, den man für das elterliche Glück zahlen muss.«

»Ja, ich hatte auch ziemlich viele durchgemachte Nächte deinetwegen, mein Sohn …«

»Tja, wie ich schon sagte«, Macs Grinsen wurde noch breiter, »wenn man sich für so etwas entscheidet …« In diesem Augenblick klopfte es schüchtern an der Tür. Mac schaute auf. »Das ist bestimmt die nervöse Elfe.«

»Wer?«

»Unsere frischgebackene Millionärin. Herein«, rief er. Dann winkte er Darcy, die zögernd auf der Schwelle stehen blieb, zu sich. »Ich ruf dich bald wieder an. Richte Mom alles Liebe von mir aus.«

»Ich bin ziemlich sicher, dass du ihr das in ein paar Tagen selbst sagen kannst.«

»Fein, also bis dann.«

Kaum hatte er aufgelegt, setzte Darcy zu einer Entschuldigung an. »Es tut mir leid. Ich wusste nicht, dass Sie telefonieren.

Ihre Assistentin, Sekretärin, was auch immer ... sie sagte mir, ich solle einfach hineingehen. Aber ich kann später wiederkommen. Wenn Sie jetzt keine Zeit haben ...«

Mac wartete geduldig, bis ihr die Worte ausgingen. Außerdem hatte er so die Möglichkeit, sie genauer zu begutachten. Erstaunlich, was eine anständige Mahlzeit und eine durchgeschlafene Nacht so alles ausmachten. Sie sah weniger zerbrechlich aus und so ... so adrett, in schlichter Bluse und Hose, die er von der Boutique am Abend zuvor zu ihrem Zimmer hatte hochschicken lassen. Aber sie war immer noch genauso nervös. »Warum setzen Sie sich nicht?«

»Ja, gut.« Sie verschränkte ihre Finger, rang sie, dann ging sie auf einen Polstersessel aus jagdgrünem Leder zu. »Ich habe mich gefragt ... ich dachte ... Sagen Sie, liegt hier vielleicht ein Irrtum vor?«

Der große Sessel ließ sie noch kleiner wirken, bei der Farbe dachte er automatisch wieder an Elfen, die auf bunten Pilzschirmen saßen. »Hm? Was denn für ein Irrtum?«

»Mich betreffend. Ich meine ... wegen des Geldes. Nachdem ich heute Morgen wieder ein bisschen klarer denken konnte, ging mir auf, dass so etwas normalerweise nicht passiert.«

»Hier schon.« Er lehnte sich mit der Hüfte lässig an die Schreibtischkante. »Sie sind doch schon einundzwanzig, oder?«

»Dreiundzwanzig. Ich werde im September vierundzwanzig. Oh, ich habe vergessen, mich bei Ihnen für die Kleider zu bedanken.« Sie befahl sich, nicht an die Unterwäsche zu denken und erst recht nicht daran, dass *er* vielleicht daran denken könnte. Trotzdem stieg ihr die Röte in die Wangen.

»Passt alles?«

»Ja.« Das Rot wurde intensiver. Der hübsche champagnerfarbene BH war mit Spitzen eingefasst und genau ihre Größe.

Sie wollte nicht spekulieren, woher er diese so genau gewusst hatte. »Perfekt.«

»Wie haben Sie geschlafen?«

»Wie ein Stein.« Jetzt lächelte sie ein bisschen. »Ich glaube, ich habe in letzter Zeit nicht besonders gut geschlafen. Ich bin ans Reisen nicht gewöhnt.«

Da verlief eine kleine Ansammlung von Sommersprossen über ihre vorwitzig aufgebogene Nase, fiel ihm auf, ein viel helleres Gold als das in ihren außergewöhnlichen Augen. Und sie duftete nach Vanille. »Woher kommen Sie?«

»Aus einer kleinen Stadt. Trader's Corner, in Kansas.«

Mittlerer Westen, dachte Mac. Richtig geschätzt. »Und was machen Sie in Trader's Corner, Kansas?«

»Ich bin ... ich war Bibliothekarin.«

Auch nur knapp daneben. »Wirklich? Warum haben Sie damit aufgehört?«

»Ich bin weggelaufen.« Sie platzte einfach damit heraus, ohne nachzudenken. Aber er hatte ein so wunderbares Lächeln, und er betrachtete sie mit einem Blick, als würde es ihn wirklich interessieren. Irgendwie hatte er sie dazu gebracht, dieses Eingeständnis zu machen.

Jetzt stieß er sich vom Schreibtisch ab und ließ sich auf der Armlehne des Sessels neben dem ihren nieder, sodass ihre Augen auf gleicher Höhe waren. »In was für Schwierigkeiten stecken Sie, Darcy?«, fragte er mit sanfter Stimme, so als wolle er ein verschrecktes Tier beruhigen.

»In keinen. Aber ich hätte welche bekommen, wenn ich geblieben wäre.« Dann riss sie die Augen auf. »Oh, ich habe nichts angestellt. Ich meine, ich bin nicht auf der Flucht vor der Polizei.«

Weil sie so übermäßig nervös war, verkniff er sich das Lachen und sagte ihr auch nicht, dass er sie nicht einmal dazu fähig hielt, im Halteverbot zu parken. »Das hatte ich auch nicht angenommen, aber normalerweise haben die Leute einen Grund, wenn sie von zu Hause weglaufen. Weiß Ihre Familie, wo Sie sich aufhalten?«

»Ich habe keine Familie. Ich habe meine Eltern vor ungefähr einem Jahr verloren.«

»Das tut mir leid.«

»Es war ein Unfall. Ein Brand. Mitten in der Nacht.« Sie machte eine hilflose Geste. »Sie sind nicht aufgewacht.«

»Es ist bestimmt schwer, damit fertigzuwerden.«

»Niemand konnte etwas tun. Sie waren tot, das Haus war weg. Alles. Ich war nicht zu Hause. Ich hatte mir erst ein paar Wochen zuvor eine eigene kleine Wohnung genommen. Nur ein paar Wochen …« Zerstreut strich sie sich die ungleichmäßigen Ponyfransen aus der Stirn.

»Und deshalb beschlossen Sie wegzugehen?«

Erst wollte sie einfach zustimmen, die Sache simpel halten. Aber das wäre nicht die Wahrheit, und außerdem war sie eine miserable Lügnerin. »Nein. Nicht direkt. Obwohl es wohl damit zu tun hat. Ich habe vor ein paar Wochen meine Stellung verloren.« Die Demütigung tat heute noch weh. »Ich hätte auch meine Wohnung aufgeben müssen. Geld war ein Problem. Meine Eltern hatten keine große Versicherung, und das Haus war noch nicht abbezahlt. Und die Rechnungen …« Sie zuckte die Schultern. »Auf jeden Fall, ohne Gehalt wäre ich nicht in der Lage gewesen, Miete zu zahlen. Selbst gespart hatte ich auch nicht viel. Ich fürchte, leider bin ich nicht sehr gut im Haushalten.«

»Geld dürfte in Zukunft kein Problem mehr für Sie sein«, erinnerte er sie. Er wollte sie wieder lächeln sehen.

»Ich verstehe immer noch nicht, wie Sie mir so einfach fast zwei Millionen Dollar geben können.«

»Sie haben diese zwei Millionen Dollar *gewonnen*. Schauen Sie.« Er nahm sie bei der Hand und zog sie so weit herum, bis sie die Monitore sehen konnte. »Die Leute gehen an die Spieltische, jede Stunde, jeden Tag. Manche gewinnen, andere verlieren. Wieder andere spielen nur zum Spaß, zu ihrem Vergnügen. Dann gibt es die, die auf den großen Gewinn hoffen. Nur ein Mal. Sie gehen auf volles Risiko oder spielen nach System.«

Sie schaute fasziniert auf die Bildschirme. Alles bewegte sich, aber stumm. Karten wurden gegeben, Chips wurden gestapelt, wurden weggezogen oder eingesammelt. »Und Sie? Gehen Sie auf volles Risiko?«

»Oh, manchmal. Und ab und zu spiele ich auch nach System.«

»Es sieht wie in einem Theater aus«, murmelte sie.

»Das ist es auch. Ohne Pause. Sagen Sie, haben Sie einen Anwalt?«

»Einen Anwalt?« Das amüsierte Interesse, das in ihren Augen aufgeleuchtet war, erlosch. »Brauche ich denn einen Anwalt?«

»Ich würde es empfehlen. Sie bekommen in Kürze sehr viel Geld. Als Erstes hält der Staat seine Hand auf. Und in dem Moment, in dem die Medien mit Ihrer Geschichte voll sind, werden Sie entdecken, dass Sie Freunde haben, von denen Sie noch nie gehört haben. Und man wird Ihnen todsichere Investitionen anbieten. Sie ahnen gar nicht, was da alles aus dem Gebüsch kriechen wird.«

»Medien? Presse? Fernsehen? Ach du meine Güte, nein, das kann ich nicht«, rief sie und sprang auf. »Ich werde nicht mit den Reportern reden.«

Er unterdrückte einen Seufzer. Ja, diese hier konnte dringend eine Hand gebrauchen, um ihr aus dem dunklen Wald herauszuhelfen. »Junge, verwaiste, sich in Geldnöten befindende Bibliothekarin aus Kansas spaziert ins ›Comanche‹ von Vegas und steckt ihren letzten Dollar ...«

»Es war nicht mein letzter«, korrigierte sie ihn.

»Aber Ihr vorletzter. ›… steckt ihren letzten Dollar in den einarmigen Banditen und gewinnt 1,8 Millionen Dollar.‹ Herzchen, die Presse wird sich die Finger nach einer Schlagzeile wie dieser lecken.«

Natürlich hatte er recht. Sie wusste es ja selbst. Eine wunderbare Story, eine, wie sie sie selbst gern geschrieben hätte. »Ich will aber nicht, dass das bekannt wird. Auch in Trader's Corner gibt es Zeitungen und Fernsehen.«

»Kleinstadtmädchen macht das große Glück«, sagte er, ohne sie aus den Augen zu lassen. Und plötzlich bemerkte er, dass da noch etwas anderes war, das diese Panik in ihren Blick gebracht hatte. »Man wird wahrscheinlich sogar eine Straße nach Ihnen benennen«, warf er lässig dahin.

»Ich will nicht, dass sie es erfahren. Ich habe Ihnen nicht alles erzählt.« Da sie nur darauf hoffen konnte, dass er ihr helfen würde, setzte sie sich wieder. »Ich habe Ihnen den Hauptgrund für mein Weggehen nicht erzählt«, gestand sie. »Es gibt da einen Mann. Gerald Peterson. Seine Familie ist in Kansas sehr einflussreich. Sie besitzen viel Grund und mehrere Unternehmen. Gerald wollte mich aus irgendeinem Grund unbedingt heiraten. Er bestand darauf.«

»Auch in Kansas sind die Frauen doch frei, um Nein sagen zu können, oder?«

»Ja, natürlich.« Es hörte sich so einfach an, wie er es sagte. Wahrscheinlich hielt er sie für eine dumme Gans. »Aber Gerald bekommt immer, was er will.«

»Und er will Sie«, vermutete Mac.

»Na ja. Ja. Zumindest scheint er sich das einzubilden. Meine Eltern waren natürlich hocherfreut, dass er sich für mich interessierte. Ich meine, wer würde schon auf die Idee kommen, dass sich ein Mann wie er für mich interessieren könnte?«

»Soll das ein Scherz sein?«

Sie blinzelte. »Was?«

»Geschenkt.« Er machte eine wegwerfende Handbewegung. »Dann wollte Gerald Sie also heiraten, und wenn ich Sie recht verstanden habe, wollten Sie das aber nicht. Und dann?«

»Vor ein paar Monaten willigte ich ein. Es schien das einzig Logische zu sein, weil er ja sowieso davon überzeugt war, dass ich irgendwann Ja sagen würde. Und ein Nein überhört Gerald grundsätzlich. Muss genetisch bedingt sein.« Verlegen schaute sie auf ihre Hände. »In eine Heirat mit ihm einzuwilligen war schwach und dumm, und ich bereute es auf der Stelle. Aber natürlich weigerte er sich, mir zuzuhören, als ich versuchte, ihm das zu sagen. Und dann war da noch diese Geschichte mit dem Ring«, fügte sie mit einem Seufzer hinzu.

Fasziniert und amüsiert legte Mac den Kopf schräg. »Die Geschichte mit dem Ring?«

»Na ja, es war eigentlich albern. Ich wollte keinen Brillantverlobungsring. Ich wollte etwas anderes, etwas Ausgefallenes. Aber er hörte natürlich wieder nicht auf mich. Ich bekam einen zweikarätigen Brillanten, den er als eine gute Geldanlage anpries.« Sie schloss die Augen. »Ich hatte eigentlich nichts von Geldanlagen hören wollen.«

»Nein«, murmelte Mac, »das kann ich mir auch nicht vorstellen.«

»Ich hatte eigentlich nichts Romantisches erwartet. Na ja … vielleicht schon, aber ich wusste, dass da nichts kommen würde.« Darcy sah an ihm vorbei ins Leere. »Und ich hätte mich damit abfinden sollen.«

»Warum?«

»Weil alle sagten, wie viel Glück ich hätte. Aber ich fühlte mich nicht glücklich, ich fühlte mich erdrückt, eingezwängt, wie in der Falle. Er war mir sehr böse, als ich ihm den Ring zurückgab. Er sprach kaum ein Wort, aber er kochte vor Wut. Und dann, plötzlich, war er völlig ruhig und sagte nur, er habe keinen Zweifel daran, dass ich bald wieder zu Verstand kommen würde. Und dann würden wir einfach vergessen, was passiert war. Zwei Wochen später verlor ich meine Anstellung.«

Sie zwang sich, Mac anzuschauen. Wie sie mit einiger Verwunderung registrierte, hörte er ihr zu. Wer hörte denn heutzutage noch wirklich zu? »Man redete von Einsparungen«, fuhr sie fort. »Ich war so schockiert, dass ich eine Weile brauchte, um herauszubekommen, dass er dahintersteckte. Die Bibliothek ist eine Stiftung der Petersons. Und dann wurde mir auch noch die Wohnung gekündigt. Und wem gehörte das Apartmenthaus? Auch den Petersons. Er wollte dafür sorgen, dass ich zu ihm zurückgekrochen komme.«

»Also, für mich hört sich das so an, als hätten Sie ihm einen kräftigen Tritt in den Hintern verpasst. Nicht so kräftig, wie er es verdient hätte, aber immerhin.«

»Er wird sich gedemütigt fühlen und sehr, sehr wütend sein. Ich möchte nicht, dass er erfährt, wo ich mich aufhalte. Ich habe Angst vor ihm.«

Etwas Neues und Eisiges flackerte in Macs Augen auf. »Hat er Sie geschlagen?«

»Nein, nein, das nicht«, wehrte sie ab. »Gerald hat es nicht nötig, körperliche Gewalt anzuwenden, wenn Einschüchterung doch so gut funktioniert. Er will mich nur, weil er es nicht erträgt, zurückgewiesen zu werden. Er liebt mich nicht wirklich. Ich passe einfach nur in sein Bild von einer Ehefrau. Adrett, ruhig, gut ausgebildet, und ich weiß, wie ich mich zu benehmen habe.«

»Sie würden sich besser fühlen, wenn Sie sich ihm gestellt hätten und offen gewesen wären.«

»Ja, wahrscheinlich.« Darcy senkte den Blick. »Ich fürchte, das schaffe ich nicht.«

Mac überlegte einen Moment. »Wir werden unser Bestes versuchen, um Ihren Namen da herauszulassen. Die Presse dürfte sich eigentlich für eine Weile mit der geheimnisvollen Frau zufriedengeben. Aber es wird nicht von Dauer sein, Darcy.«

»Je länger, desto besser.«

»Kommen wir zum Wesentlichen. Ich kann Ihnen das Geld noch nicht auszahlen, weil Sie sich bis jetzt nicht ausweisen können, und das macht die Sache heikel. Sie brauchen Papiere, Geburtsurkunde, Führerschein, solche Sachen. Womit wir wieder bei einem Anwalt wären.«

»Ich kenne keinen. Nur die Kanzlei, die die Angelegenheiten meiner Eltern geregelt hat, aber an die möchte ich mich nicht wenden.«

»Das ist verständlich für eine Frau, die ein neues Leben beginnen will.«

Langsam erschien ein Lächeln auf ihrem Gesicht. »Ja, das ist genau das, was ich tue. Ich möchte Bücher schreiben«, gestand sie.

»Wirklich? Was denn für welche?«

»Liebesgeschichten, Abenteuerromane.« Sie lachte hell auf und lehnte sich zurück. »Wunderbare Geschichten über Menschen, die erstaunliche Dinge aus Liebe tun. Ich nehme an, das klingt verrückt.«

»Überhaupt nicht. Für mich klingt es sehr verständlich. Sie waren Bibliothekarin, also müssen Sie Bücher lieben. Warum sollten Sie dann keine Bücher schreiben?«

Sie starrte ihn erst entgeistert an, dann begannen ihre Augen wunderschön zu leuchten. »Sie sind der erste Mensch, der das sagt. Gerald war entsetzt über die Vorstellung, dass ich überhaupt mit dem Gedanken gespielt habe. Und dann auch noch Liebesromane.«

»Gerald ist ein Idiot«, meinte Mac nur abschätzig. »Das haben wir doch bereits festgestellt. Sie sollten sich jetzt einen Laptop kaufen und an die Arbeit gehen.«

Wieder konnte sie ihn nur anstarren. Mit einer Hand griff sie sich an die Kehle. »Ja, das könnte ich wohl, oder?« Dann schüttelte sie den Kopf, als ihr Tränen in die Augen traten. »Nein, damit will ich gar nicht erst wieder anfangen. Es ist nur ... dass ein Leben sich so sehr von einer Minute auf die andere verändern kann. Das Schlimmste und das Beste, einfach so, innerhalb eines Wimpernschlags.«

»Bis jetzt halten Sie sich doch ganz gut. Dann schaffen Sie den Rest auch.« Er erhob sich, wobei ihm der überraschte Blick entging, den sie ihm zuwarf. Noch nie hatte jemand ein solch selbstverständliches Vertrauen in sie gesetzt. »Ich bin mir nicht sicher, ob es wirklich korrekt wäre, aber wenn Sie möchten, kann ich meinen Onkel anrufen. Er ist Anwalt. Sie können ihm vertrauen.«

»Ich würde es zu schätzen wissen. Mr. Blade, ich bin Ihnen so dankbar für ...«

»Mac«, unterbrach er sie. »Wann immer ich einer Frau annähernd zwei Millionen Dollar überlasse, bestehe ich darauf, beim Vornamen genannt zu werden.«

Das Lachen brach aus ihr heraus, doch sie hielt sich augenblicklich die Hand vor den Mund. »Entschuldigung. Es klingt nur so verrückt, wenn man es hört. Zwei Millionen Dollar.«

»Wirklich eine höchst amüsante Zahl«, meinte er trocken, und ihr Lachen erstarb umgehend.

»Ich habe bisher ... ich meine, ich habe bis jetzt noch gar nicht daran gedacht, was das für Sie, für dieses Casino bedeutet. Sie müssen mir nicht alles auf einen Schlag bezahlen«, sagte sie. »Sie können es mir auch in Raten geben oder so.«

Impulsiv beugte er sich zu ihr herunter und legte die Hand

unter ihr Kinn. »Sie sind wirklich unheimlich putzig, Darcy aus Kansas, wissen Sie das eigentlich?«

Ihr Kopf war leer. Seine Stimme war so warm, seine Augen so blau, seine Hand so stark. Ihr Herz machte einen Satz. »Was haben Sie gesagt? Entschuldigung?«

Er fuhr mit dem Daumen an ihrem Kinn entlang. Ein Elfengesicht, dachte er gedankenverloren, ertappte sich dabei und ließ die Hand sinken. Das ist verbotenes Gebiet, Mac, warnte er sich und trat zurück.

»Das Haus setzt nie Geld aufs Spiel, das zu verlieren es sich nicht leisten kann. Und mein Großvater braucht diese Operation nicht wirklich.«

»Um Himmels willen!«

»War nur ein Scherz.« Er brach in lautes Gelächter aus. Sie war wirklich zu süß. »Sie lassen sich zu leicht auf den Arm nehmen. Viel zu leicht.« Sie werden sie bei lebendigem Leibe auffressen, dachte er. »Und jetzt tun Sie sich selbst einen Gefallen, und verhalten Sie sich unauffällig, bis mein Onkel Ihre Angelegenheiten in die Wege geleitet hat. Ich strecke Ihnen bis dahin ein bisschen Bargeld vor.«

Er ging hinter seinen Schreibtisch und öffnete eine Schublade. »Zweitausend sollten für den Anfang reichen. Die Geschäfte im Hotel sind angewiesen, Ihnen Kredit zu gewähren. Ich kann mir denken, dass Sie sich erst einmal um Ihren Wagen kümmern wollen.« Geübt zählte er ihr Hunderter, dann Fünfziger auf den Tisch.

»Das Atmen fällt mir etwas schwer«, sagte Darcy matt. »Entschuldigen Sie mich für einen Moment.«

Mac sah alarmiert auf, als sie den Kopf zwischen die Knie nahm.

»Es geht gleich wieder«, murmelte sie, als sie seine Hand auf ihrem Rücken spürte. »Tut mir leid. Ich mache Ihnen schrecklich viele Probleme.«

143

»Nein, aber ich würde es entschieden vorziehen, wenn Sie nicht wieder in Ohnmacht fielen.«

»Ich falle nicht in Ohnmacht. Mir war nur für einen Moment ein bisschen schwindlig.« Als das Telefon läutete, zuckte sie zusammen, dann richtete sie sich kerzengerade auf. »Ich stehle Ihnen Ihre Zeit.«

»Bleiben Sie sitzen.« Er griff nach dem Telefon. »Deb, sagen Sie wem auch immer, dass ich zurückrufe.« Er legte wieder auf, kniff die Augen zusammen und war ehrlich erleichtert, als er sah, dass die Farbe in ihre Wangen zurückgekehrt war. »Besser?«

»Ja. Es tut mir leid.«

»Hören Sie auf, sich ständig zu entschuldigen. Das ist eine wirklich lästige Angewohnheit von Ihnen.«

»Es tut mir …« Sie presste die Lippen aufeinander und räusperte sich.

»Gut.« Er griff nach dem Stapel Banknoten und reichte ihn ihr. »Gehen Sie einkaufen«, schlug er ihr vor. »Gehen Sie ins Casino. Lassen Sie sich eine Massage oder eine Gesichtsmaske verpassen, setzen Sie sich an den Pool. Amüsieren Sie sich. Essen Sie heute mit mir zu Abend.« Das hatte er nicht sagen wollen, es war ihm einfach so herausgerutscht, und er hatte keine Ahnung, wieso.

»Oh.« Er sah sie mit gerunzelter Stirn an, was sie nur noch mehr verwirrte. »Ja, das würde ich gern.« Betreten stand sie auf und steckte die Geldscheine in ihre Hosentasche. Sie hatte die hübsche Handtasche, die ihr aus der Boutique hochgesandt worden war, nicht mitgebracht, aus dem einfachen Grund, weil sie nichts besaß, was sie hätte hineintun können. »Ich weiß gar nicht, was ich als Erstes machen soll.«

»Das spielt keine Rolle, wenn Sie nur alles machen.«

»Das ist eine wunderbare Einstellung.« Sie konnte sich nicht zurückhalten, sie strahlte ihn an. »Und jetzt werde ich

Sie nicht mehr länger von Ihrer Arbeit abhalten.« Sie wandte sich ab, um zur Tür zu gehen, aber er überholte sie und öffnete sie ihr. Sie schaute ihn wieder an, suchte nach Worten. »Sie haben mein Leben gerettet. Ich weiß, dass das theatralisch klingt, aber so empfinde ich es.«

»Sie haben es selbst gerettet. Jetzt passen Sie gut darauf auf.«

»Das werde ich.« Sie streckte ihm die Hand hin, und weil er nicht widerstehen konnte, zog er sie an seine Lippen.

»Wir sehen uns dann später.«

»Ja. Später.«

Mac schloss die Tür, schob die Hände in die Hosentaschen und starrte ins Leere. Darcy, die Bibliothekarin aus Kansas, dachte er. Nicht sein Typ. Absolut nicht. Dieses merkwürdige Gefühl, das er in ihrer Gegenwart verspürte, war nur besorgtes Interesse, wie er sich versicherte. Fast brüderlich.

Fast.

Es musste an den Augen liegen. Ja, das war es. Wie sollte ein Mann solchen großen Rehaugen auch widerstehen können? Und dann war da noch dieses unsichere Zögern in ihrer Stimme, direkt gefolgt von den kleinen Begeisterungsausbrüchen, und diese unglaubliche Zartheit und Wärme, nicht aufdringlich oder überladen, sondern einfach nur unschuldig, wie er vermutete.

Was ihn wieder an den Ausgangspunkt zurückbrachte. Nicht sein Typ. Frauen waren sehr viel sicherer, wenn sie wussten, wie das Spiel gespielt wurde. Und Darcy Wallace aus Kansas hatte nicht einmal den Hauch einer Ahnung.

Nun, er konnte ihr ja wohl nicht gut das Geld in die Hand drücken und sie anschließend der hungrigen Meute zum Fraß vorwerfen, oder?

Er würde ihr nur einen kleinen Schubs in die richtige Richtung geben und sich dann von ihr verabschieden.

Nachdem er diesen Entschluss gefällt hatte, ging er zu seinem Schreibtisch zurück und griff nach dem Telefonhörer. »Deb, verbinden Sie mich mit Caine MacGregors Büro in Boston.«

3. Kapitel

Es war eine andere Welt. Vielleicht sogar ein anderer Planet. Und sie, Darcy, war jetzt eine andere Frau, als sie unsicher die glitzernde Boutique betrat.

Die Darcy Wallace, die sich so oft die Nase an den Schaufenstern exklusiver Boutiquen wie dieser hier platt gedrückt hatte, stand jetzt in einer. Und sie konnte sich leisten, was immer sie wollte. Diese tolle Jacke zum Beispiel, mit der wunderbaren Perlenstickerei – sie wagte nicht einmal, die Jacke anzufassen –, oder dieses elegante Kleid aus fließender elfenbeinfarbener Seide.

Sie könnte sie haben, beide Teile. Alle Teile. Denn die Welt hatte sich gedreht und stand Kopf, und Darcy war herausgeschüttelt worden und saß jetzt ganz obenauf.

Sie machte noch einen Schritt weiter in den Verkaufsraum hinein, wagte einen Blick in die lange Glasvitrine. Glitzernde Kleinode lagen darin. Wunderschöne Belanglosigkeiten, prunkender Putz für Ohren und Finger und Handgelenke. Sie hatte sich schon immer gewünscht, solches Glitzerwerk zu tragen.

Seltsam, aber bei Geralds Verlobungsring hatte sie das nie empfunden, selbst dann nicht, als sie den Ring am Finger getragen hatte. Seinen Ring, wie ihr jetzt bewusst wurde. Das war es. Denn dieser Ring hatte nie wirklich ihr gehört.

»Kann ich Ihnen helfen?«

Darcy zuckte erschreckt zusammen und wäre fast schuldbewusst von der Auslage zurückgewichen. Unsicher schaute sie auf. »Ich weiß nicht.«

Die Frau hinter dem Tresen lächelte nachsichtig. »Suchen Sie etwas Besonderes?«

»Alles hier scheint etwas Besonderes zu sein.«

Das Lächeln wurde noch wärmer. »Freut mich, dass Sie so denken. Wir sind sehr stolz auf unsere kleine Kollektion. Wenn Sie möchten, helfe ich Ihnen gerne, aber Sie können sich auch gern allein umsehen.«

»Um genau zu sein ... ich habe heute Abend eine Verabredung zum Abendessen und nichts anzuziehen.«

»Es ist immer dasselbe, nicht wahr?«

»Ich meine, wortwörtlich nichts.« Als die Verkäuferin von diesem Geständnis nicht im Mindesten schockiert zu sein schien, fasste Darcy sich ein Herz und fuhr fort: »Ich schätze, ich brauche ein Kleid.«

»Dachten Sie an etwas Elegantes, oder soll es eher sportlich sein?«

»Ich habe keine Ahnung.« Darcy ließ ihren Blick über die Abendkleider und Cocktailkostüme schweifen. »Er hat nichts gesagt.«

»Abendessen allein zu zweit?«

»Ja. Oh.« Sie drehte sich zu der Frau um. »Es ist kein Rendezvous, falls Sie das meinen.«

Die Angestellte legte den Kopf schräg. »Ein Geschäftsessen?«

»Sozusagen. Nehme ich jedenfalls an.« Nervös schob Darcy sich das Haar aus der Stirn. »Ja, das muss es wohl sein.«

»Ist er attraktiv?«

Darcy verdrehte die Augen. »Das beschreibt ihn nicht annähernd.«

»Sind Sie interessiert?«

»Eine Frau müsste blind oder tot sein ... Aber es ist nicht diese Art Treffen.«

»Vielleicht wird ja doch noch was daraus. Dann schauen wir mal.« Die Lippen gespitzt, musterte die Verkäuferin Darcy. »Feminin, aber nicht verspielt, sexy, aber nicht aufdringlich. Ich denke, ich habe da ein paar Sachen, die Ihnen gefallen könnten.«

Die Verkäuferin hieß Myra Proctor. Sie arbeitete seit fünf Jahren in der »Dusk to Dawn«-Boutique, seit sie und ihr Mann von Los Angeles nach Las Vegas gezogen waren. Er arbeitete im Bankwesen, und sie war im Einzelhandel tätig, seit sie denken konnte. Sie hatten zwei Kinder, einen Jungen und ein Mädchen. Das Mädchen war eben dreizehn geworden und würde garantiert dafür sorgen, dass ihre Mutter verfrüht graue Haare bekam. Obwohl Myras Haare im Moment rostrot waren.

Das alles hatte Darcy erfahren, weil sie gefragt hatte. Und ihre Fragen halfen ihr, sich zu entspannen, während Myra Kleider herantrug und wieder wegräumte.

Ein Cocktailkleid, eine strassbesetzte Jacke, eine Abendhandtasche und ein paar glitzernde Ohrringe später gab Myra Darcy einen sanften Schubs in Richtung Schönheitssalon.

»Fragen Sie nach Charles«, riet Myra. »Sagen Sie ihm, dass ich Sie geschickt habe. Er ist ein Genie.«

»Was ist denn mit Ihrem Haar passiert?«, fragte Charles entsetzt, als Darcy es sich in dem gepolsterten Chromstuhl bequem gemacht hatte. »Ein Arbeitsunfall? Ein Chemieunglück? Eine chronische Krankheit? Mäuse?«

Darcy krümmte sich vor Verlegenheit unter dem weißen Cape, das man ihr umgelegt hatte. »Ich fürchte, ich bin dafür verantwortlich. Ich habe es mir selbst geschnitten.«

»Würden Sie sich auch selbst den Blinddarm herausnehmen?«

Sie konnte nur betreten mit den Schultern zucken, während er sie streng mit zusammengezogenen dunklen Augenbrauen musterte. »Nein. Nein, das würde ich nicht.«

»Ihr Haar ist ein Teil Ihres Körpers und verlangt professionelle Behandlung.«

»Ich weiß. Sie haben recht.« Es kitzelte in ihrer Kehle, und Darcy schluckte. Es war keineswegs angebracht, jetzt in Gekicher auszubrechen, auch wenn es nur ein Zeichen von Unsicherheit war. Sie lächelte entschuldigend. »Es war ein Impuls, ein rebellischer Akt, genau genommen.«

»Wogegen?« Er ließ seine Finger in ihr Haar gleiten, zupfte und kämmte und knetete. »Gegen eine gute Frisur?«

»Nein. Nun, da war dieser Mann … und er hat mir ständig gesagt, wie ich mein Haar tragen sollte, wie es frisiert sein sollte. Und das hat mich so wütend gemacht, dass ich einfach zur Schere gegriffen habe.«

»War dieser Mann etwa Ihr Friseur?«

»Oh nein. Ein Geschäftsmann.«

»Ha! Dann hatte er kein Recht, Ihnen vorzuschreiben, wie Sie Ihr Haar zu tragen haben. Das war sehr mutig von Ihnen, es einfach abzuschneiden. Dumm, aber mutig. Wenn Sie das nächste Mal rebellieren wollen, gehen Sie zu einem Profi.«

»Das werde ich.« Sie seufzte. »Glauben Sie, Sie können noch etwas retten?«

»Mein liebes Kind, ich habe schon viele Wunder vollbracht.« Er schnippte mit den Fingern. »Waschen«, befahl er seiner Angestellten und wandte sich ab.

Darcy hatte sich nie mehr verwöhnt gefühlt in ihrem Leben. Es war einfach wunderbar, sich zurückzulehnen, sich das Haar waschen und den Kopf massieren zu lassen. Selbst als sie wieder in Charles' Stuhl saß, spürte sie nichts von der Nervosität, die normalerweise mit einem Haarschnitt einherging.

»Sie brauchen unbedingt eine Maniküre«, stellte Charles etwas später fest. »Sheila, schieben Sie noch eine Maniküre und eine Pediküre dazwischen für … Wie war doch gleich Ihr Name, meine Liebe?«

»Darcy. Eine Pediküre?« Die Vorstellung, sich die Fußnägel lackieren zu lassen, war geradezu exotisch.

»Hmm. Und Sie hören auf der Stelle damit auf, an Ihren Fingernägeln herumzuknabbern.«

Zu Tode beschämt versteckte Darcy schnell ihre Hände unter dem Umhang. »Es ist eine schreckliche Angewohnheit.«

»Sehr unschön. Aber Sie können sich glücklich schätzen. Sie haben dichtes, gesundes Haar. Eine hübsche Farbe. Die lassen wir, wie sie ist.« Er teilte eine Strähne ab, nahm sie zwischen zwei Finger und schnitt. »Wie pflegen Sie Ihr Gesicht?«

»Normalerweise benutzte ich eine Feuchtigkeitscreme, aber die habe ich verloren.« Verlegen rieb sie sich über die Nase.

»Die Sommersprossen sind charmant. Die lassen Sie auch so.«

»Aber ich möchte lieber ...«

»Nehmen Sie schon wieder das Skalpell zur Hand?«, fragte er mit einer tadelnd hochgezogenen Augenbraue. Seine Miene wurde nachgiebiger, als sie hastig den Kopf schüttelte. »Um Ihr Gesicht kümmere ich mich selbst. Wenn es Ihnen hinterher nicht gefällt, brauchen Sie nichts zu bezahlen. Wenn es Ihnen gefällt, müssen Sie nicht nur bezahlen, sondern auch die Produkte kaufen.«

Noch eine Wette, dachte Darcy. Aber vielleicht hatte sie ja wirklich eine Glückssträhne. »Abgemacht.«

»Das ist die richtige Einstellung. Und jetzt ...« Er drückte ihren Kopf zur Seite und schnitt wieder. »Erzählen Sie mir von Ihrem Liebesleben.«

»Ich habe keins.«

»Sie werden bald eins haben.« Er zwinkerte ihr zu. »Meine Arbeit verfehlt nie ihre Wirkung.«

Um drei kehrte Darcy in ihre Suite zurück. Sie war bis oben-hin bepackt mit Einkäufen und schwebte dennoch mindestens zehn Zentimeter über dem Erdboden. Kaum hatte sie ihre Suite betreten, ließ sie ihre Einkaufstüten auf die Couch fallen und eilte zum Spiegel. Myra hatte recht gehabt. Charles war ein Genie. Ihre Frisur wirkte kess, fast weltgewandt. Ihr Haar war jetzt noch kürzer, als sie es selbst zu schneiden gewagt hatte, und wirkte frisch und frech.

Der Pony hing ihr nicht mehr in die Augen, sondern fiel in spitz zulaufenden Strähnen in die Stirn. Und ihr Gesicht ... War es nicht erstaunlich, was man mit diesen Tuben und Quasten und Pudern alles anstellen konnte? In eine atemberaubende Schönheit hatte sie sich nicht verwandelt, aber Darcy hoffte doch, dass sie zumindest als »hübsch« durchgehen würde.

»Ich bin *fast* hübsch«, sagte sie lächelnd zu ihrem Spiegelbild. »Ja, doch. Oh, die Ohrringe!« Sie wirbelte auf dem Absatz herum und eilte zu ihren Einkäufen zurück, malte sich schon aus, wie der glitzernde Schmuck ihr neues Gesicht ergänzen würde.

Dann sah sie das rote Lämpchen des Anrufbeantworters an ihrem Telefon aufblinken.

Niemand wusste doch, wo sie war! Wie konnte sie angerufen werden, wenn niemand ihren Aufenthaltsort kannte? Die Presse? Nein, hoffte sie und rang die Hände. Mac hatte versprochen, ihren Namen zurückzuhalten. Er hatte es versprochen.

Trotzdem klopfte ihr das Herz bis zum Hals, als sie auf den Knopf drückte. Es waren zwei Nachrichten auf dem Band. Die erste war von Macs Assistentin. Sie teilte ihr mit, dass Mr. Blade sie um halb acht zum Essen abholen würde. Sollte es nicht passen, möge sie sich bitte zwecks Terminänderung melden.

»Um halb acht«, flüsterte Darcy träumerisch. »Halb acht ist perfekt.«

Die zweite Nachricht stammte von Caine MacGregor, der sich als Macs Onkel vorstellte und sie bat, sich bei Gelegenheit mit ihm in Verbindung zu setzen.

Sie zögerte. Im Grunde hatte sie gar keine rechte Lust, sich mit den Realitäten auseinanderzusetzen. Es war doch ein so schöner Traum, so romantisch und eigentlich unglaublich. Doch sie war dazu erzogen worden, Anrufe sofort zu beantworten. Also zog sie sich den Stuhl unter dem Schreibtisch heraus und wählte die Nummer in Boston.

Als Darcy ihre Tür öffnete, stand Mac mit einer einzelnen weißen Rose in der Hand vor ihr. Was für sie ein weiteres kleines Wunder war. Er sah aus wie der Held in einer ihrer Geschichten, die sie seit Jahren heimlich in ihr Notizbuch schrieb. Groß, dunkel, männlich elegant und atemberaubend gut aussehend, mit einem Hauch von Verwegenheit, die verhinderte, dass er zu glatt wirkte.

Das Wunder war, dass er überhaupt da war, mit der Rose, und sie anlächelte.

Ein Gedanke allerdings hatte sie seit dem Anruf nach Boston nicht mehr losgelassen.

»Caine MacGregor ist Ihr Onkel.«

»Ja.«

»Er war der Generalstaatsanwalt.«

»Stimmt.« Sanft drückte Mac ihr die Rose in die Hand.

»Und Alan MacGregor war Präsident.«

»Ja, das habe ich mir auch sagen lassen. Wollen Sie mich nicht hereinbitten?«

»Oh ... ja ... natürlich. Aber ich meine, er war der Präsident der Vereinigten Staaten«, wiederholte sie betont, so als hätte er sie nicht richtig verstanden. »Ihr Onkel. Acht Jahre lang.«

»Sie haben die Geschichtsprüfung bestanden.« Mac schloss die Tür hinter sich und musterte sie eingehend mit anerkennendem Blick. »Sie sehen toll aus.«

»Ich ... wirklich?« Verlegen wegen des Kompliments schaute sie an sich herab und strich mit einer Hand über das kupferfarbene Cocktailkleid, das kürzer, enger und mit Sicherheit wagemutiger war als alle Garderobe, die sie je besessen hatte. »Myra aus der Boutique hat es ausgesucht. Sie meinte, ich brauche lebendige Farben.«

»Myra hat einen exzellenten Geschmack.« *Sie verdient eine Gehaltserhöhung.* Mac machte sich in Gedanken eine Notiz. »Drehen Sie sich mal.«

»Drehen ...« Ihr Lachen klang geschmeichelt und befangen, während sie eine langsame Drehung vollführte.

Eine ansehnliche Gehaltserhöhung, fügte er der Notiz hinzu, als der ausgestellte Rock um erstaunlich entzückende Beine wirbelte. »Da sind gar keine.«

»Keine was?« Unsicher legte Darcy die Hand auf den Magen.

»Keine Flügel. Ich hatte eigentlich erwartet, Elfenflügel zu sehen.«

Erleichtert lachte sie auf. »So wie der heutige Tag verlaufen ist, wäre ich nicht überrascht, wenn mir welche gewachsen wären.«

»Warum trinken wir nicht einen Schluck, bevor wir zum Essen gehen? Dann können Sie mir erzählen, wie Sie Ihren Tag verbracht haben.«

Er ging zur Bar und nahm eine Flasche Champagner aus dem Kühlschrank. Sie liebte es, seine Bewegungen zu verfolgen. Er besaß diese fast animalische Eleganz, von der sie bis jetzt nur gelesen hatte, dass es sie geben sollte. Geschmeidig und selbstsicher – und ein bisschen gefährlich. Aber es jetzt mit eigenen Augen zu sehen ... Sie seufzte. Das war viel besser.

»Charles hat mir die Haare geschnitten«, begann sie, erregt von dem beschwingten »Plopp« des knallenden Korkens.

»Charles?«

»Unten im Salon.«

»Ah, der Charles.« Mac nahm zwei Champagnerflöten aus dem Regal und schenkte ein. »Meine Gäste zittern vor ihm, aber sie gehen dennoch immer wieder in seinen Salon.«

»Ich hatte schon Angst, er wirft mich gleich wieder raus, wenn er sieht, was ich gemacht habe.« Sie zupfte an ihren kurzen Haaren. »Aber er hat sich meiner erbarmt. Er ist ein Mensch mit sehr genauen Vorstellungen.«

Mac musterte ihre Frisur, hielt ihr ein Glas hin und schaute ihr dann in die Augen. »Ich würde sagen, er hat die Elfenflügel bei Ihnen gesehen.«

»Ich habe strikte Anweisung, eine Schere nur noch zum Schneiden von Papier zur Hand zu nehmen. Und sollte ich weiterhin an meinen Nägel knabbern, erwartet mich eine Strafe. Ich habe mich gar nicht getraut zu fragen, welche. Oh, das schmeckt wundervoll«, murmelte sie, nachdem sie einen Schluck getrunken hatte. Sie schloss die Augen und nippte noch einmal an ihrem Glas. »Da fragt man sich doch, wie jemand überhaupt je etwas anderes trinken kann.«

Die pure sinnliche Freude auf ihrem Gesicht beschleunigte Macs Puls. Ein verlorenes Kind im Wald. Es war wohl besser, auf der anderen Seite der Bar stehen zu bleiben. »Und was haben Sie sonst noch so gemacht?«

»Oh, im Salon habe ich eine Ewigkeit verbracht. Charles hat noch mehr gefunden, was seiner Meinung nach unverzichtbar ist. Ich bekam sogar eine Pediküre.« In ihren Augen tanzten Fünkchen. »Ich hatte ja keine Ahnung, was für ein wunderbares Gefühl es ist, wenn einem die Füße massiert werden. Sheila hat pfundweise Creme einmassiert. In meine Hände auch. Fühlen Sie mal.«

Er nahm die Hand, die sie ihm in aller Unschuld hinstreckte. Eine kleine schmale Hand, die Haut so glatt wie die eines Kindes. Er musste sich zurückhalten, um diese Hand nicht an den Mund zu ziehen. »Sehr hübsch.«

»Ja, nicht wahr?« Darcy lächelte glücklich. »Charles sagte, ich bräuchte eine Ganzkörpermassage und irgendeine Art Schlammbad und … ach, ich weiß gar nicht mehr genau. Er schrieb es alles auf und schickte mich dann zu Alice in die Bäderabteilung. Sie macht die Termine. Ich muss morgen früh um zehn dort sein, nachdem ich im Fitnessstudio trainiert habe, weil er glaubt, dass ich meine Muskulatur auch vernachlässige. Charles ist sehr streng. Kann ich noch einen Schluck haben?«

»Aber ja.« In Mac entspann sich ein kleiner Krieg zwischen Belustigung und verwirrendem Verlangen, während er ihr nachschenkte.

»Es ist wirklich wundervoll hier. Es gibt einfach alles. Hinter jeder Ecke erwartet einen eine neue Überraschung. Fast so, als würde man in einem Schloss leben.« Beglückt schloss sie die Augen, während sie trank. »Ich wollte immer in einem Schloss leben. Ich wäre die verwunschene Prinzessin, und der Prinz würde kommen und den bösen Drachen zähmen … Ich habe es immer verabscheut, wenn die Drachen im Märchen getötet wurden. Sie sind solch großartige Geschöpfe. Wie auch immer, der Prinz würde kommen, den Bann brechen, und dann würde das ganze Schloss wieder zum Leben erwachen. Farben und Musik und Tanz. Und jeder würde glücklich sein bis ans Ende ihrer Tage …«

Sie hielt inne und lachte über sich selbst.

»Der Champagner steigt mir zu Kopf. Dabei wollte ich über etwas ganz anderes mit Ihnen reden. Ihr Onkel …«

»Darüber unterhalten wir uns beim Essen.« Er nahm ihr das Glas aus der Hand, stellte es ab und reichte ihr das kleine Abendtäschchen.

Als er neben ihr zum Aufzug ging, warf sie ihm einen Blick von der Seite zu. »Kann ich beim Essen noch mehr Champagner haben?«

Jetzt musste er lachen. »Darling, Sie können alles haben, was Ihr Herz begehrt.«

»Man stelle sich vor!« Mit einem glücklichen Seufzer lehnte sie sich an die kühle Glaswand.

Er drückte den Knopf für das Drehrestaurant im obersten Stockwerk. Sie hat sich Parfüm zugelegt, dachte er, etwas Frisches, Leichtes. Der Duft passte perfekt zu ihr. Er entschied, dass seine Hände am besten in den Hosentaschen aufgehoben waren. »Haben Sie heute schon Ihr Glück im Casino versucht?«

»Nein. Da war so viel anderes zu tun. Ich habe mich ein bisschen umgeschaut, aber ich wusste gar nicht, wo ich anfangen sollte.«

»Ich denke, Sie haben schon sehr gut angefangen.«

Sie strahlte ihn an, während die Fahrstuhltüren auseinanderglitten. »Ja, nicht wahr?«

Er führte sie durch ein kleines, mit Palmen geschmücktes Foyer in ein von Kerzenlicht erhelltes Restaurant, das rundum Glaswände hatte.

»Guten Abend, Mr. Blade. Madam.« Der Maître machte eine Verbeugung.

»Die Dame trinkt gern Champagner, Steven.«

»Natürlich. Sofort.«

»Es muss aufregend sein, hier zu leben«, meinte Darcy. »Es ist eine ganz eigene Welt. Sie mögen es hier, nicht wahr?«

»Sehr. Ich bin schon mit Würfeln in der einen und einem Kartendeck in der anderen Hand auf die Welt gekommen. Meine Mutter und mein Vater haben sich am Blackjack-Tisch kennengelernt. Sie arbeitete als Kartengeberin auf einem Luxusdampfer, und er hat sich auf den ersten Blick in sie verliebt.«

»Eine Bordromanze.« Der Gedanke daran ließ Darcy aufseufzen. »Sie war schön.«

»Ja, sie ist schön.«

»Und er ist bestimmt dunkel und gut aussehend und vielleicht ein bisschen gefährlich.«

»Mehr als nur ein bisschen. Meine Mutter liebt es zu spielen.«

»Und sie gewannen beide.« Darcy schürzte versonnen die Lippen. »Sie haben eine große Familie.«

»Unüberschaubar groß.«

»Einzelkinder wie ich sind ständig eifersüchtig auf große, unüberschaubare Familien. Ich wette, Sie sind niemals einsam.«

»Nein.« Aber sie muss einsam gewesen sein, das spürte er. Er nickte, als der Getränkekellner ihm die Champagnerflasche hinhielt, um das Etikett zu lesen.

Darcy fand das Ritual aufregend und achtete auf jede Einzelheit. Das elegante Herumwirbeln des weißen Tuches, die behutsamen Handbewegungen des Kellners, das gedämpfte Knallen des Korkens. Auf Macs Zeichen hin wurde eine kleine Menge Champagner in Darcys Glas eingeschenkt, damit sie kostete.

»Es schmeckt wundervoll. Als tränke man Gold.«

Das trug ihr ein erfreutes Lächeln des Getränkekellners ein, bevor er die Flasche in den mit Eis gefüllten Champagnerkübel bettete.

»So.« Mac stieß mit ihr an. »Sie haben also mit meinem Onkel gesprochen.«

»Ja, ja, mir war ja nicht klar … erst als ich den Anruf machte. Caine MacGregor! Natürlich fing ich erst mal an zu stottern.« Sie verzog das Gesicht, aber dann perlte ein kleines Lachen aus ihrer Kehle. »Er war wirklich sehr geduldig mit mir. Der Generalstaatsanwalt der Vereinigten Staaten – mein

Anwalt! Er sagte, er würde sich um alle Papiere kümmern. Er schien nicht davon auszugehen, dass es sehr lange dauert.«

»Die MacGregors verstehen es, die Dinge zu beschleunigen.«

»Ich habe schon so viel über Ihre Familie gelesen.« Darcy nahm gedankenverloren die in Leder gebundene Speisekarte entgegen. »Ihr Großvater ist eine lebende Legende.«

»Das hört er gern. Aber eigentlich ist er eher ein Original. Eine Persönlichkeit. Sie würden ihn mögen.«

»Wirklich? Wie ist er denn?«

Wie sollte man Daniel MacGregor beschreiben? »Riesig, laut, kühn. Ein Schotte, der mit eigener Hände Arbeit, viel Schweiß und noch mehr Gerissenheit ein Imperium aus dem Boden gestampft hat. Er raucht heimlich Zigarren – vielmehr lässt meine Großmutter ihn glauben, dass er sie heimlich raucht. Er würde Ihnen beim Poker das Fell über die Ohren ziehen, niemand blufft besser als er. Er hat ein erstaunliches Herz, groß, stark und weich. Seine Familie ist sein Ein und Alles.«

»Sie lieben ihn.«

»Sehr.« Und weil er überzeugt war, ihr würde die Geschichte gefallen, erzählte er ihr, wie ein junger, forscher Daniel MacGregor nach Boston gekommen war, um sich eine Frau zu suchen, sein Augenmerk auf Anna Whitfield gerichtet und nicht aufgehört hatte, um sie zu werben, bis sie ihm ihr Herz schenkte.

»Sie muss sehr mutig gewesen sein, sich damals für eine Karriere als Ärztin zu entscheiden. Es gab doch so viele Vorurteile.«

»Ja, sie ist wirklich eine außergewöhnliche Frau.«

»Haben Sie Brüder? Schwestern?«

»Einen Bruder, zwei Schwestern. Unzählige Cousins und Cousinen, Neffen, Nichten. Wenn wir alle zusammenkommen, ist es wie in einer Irrenanstalt.«

Darcy lachte auf. »Aber Sie würden es um keinen Preis der Welt anders wollen.«

»Nein, niemals.«

Sie öffnete ihre Speisekarte. »Ich habe mich immer gefragt, wie es wohl sein muss, in einer … Ach du meine Güte. Schauen Sie sich das bloß alles an. Wie soll sich da ein Mensch entscheiden können?«

»Was mögen Sie denn am liebsten?«

Sie schaute auf, ihre goldenen Augen glitzerten. »Alles.«

Darcy probierte, so viel sie nur konnte. Ententerrine, verschiedene Wildgemüse, Lachsschnittchen mit Kaviar. Unfähig zu widerstehen, häufte Mac ein bisschen von seinem gefüllten Hummer auf seine Gabel und hielt ihr diese an den Mund. Mit geschlossenen Augen rieb sie sanft die Lippen aneinander, während sie genüsslich seufzte. Und sein Blut begann zu sieden.

Er war nie einer Frau begegnet, die so genussfähig war, die alles Neue so freudig aufnahm und sich daran ergötzte. Im Bett würde sie wahrscheinlich unglaublich sein. Aufnahmebereit, willig, jede Berührung genießend, jeden Geschmack, jede Liebkosung auskostend.

Er konnte es sich genau vorstellen – viel zu genau –, die kleinen Seufzer und das leise Murmeln … das Erwachen ihrer Lust.

Jetzt gab sie einen dieser leisen Seufzer von sich, während sie unendlich langsam die Lider wieder öffnete. »Es ist wundervoll. Alles ist wundervoll.«

Es floss durch sie hindurch, durch ihren Geist und ihren Körper – das weiche Licht, die köstlichen Düfte, der prickelnde Champagner … und sein Gesicht. Erst jetzt fiel ihr auf, dass sie sich nach vorn gelehnt hatte.

»Sie sind so attraktiv. Sie haben ein so ausdrucksstarkes Gesicht. Ich liebe es, Ihr Gesicht anzuschauen.«

Aus dem Mund einer anderen Frau wäre das eine Einladung gewesen. Aus ihrem war es, wie Mac sich ermahnte, eine Mischung aus Weinseligkeit und Naivität. »Woher kommen Sie?«

»Aus Kansas.« Sie lächelte. »Aber das meinten Sie nicht, stimmt's? Ich habe keine Finesse«, gestand sie. »Und wenn ich entspannt bin, neige ich dazu, einfach zu sagen, was mir in den Kopf kommt. Normalerweise bin ich in Gesellschaft von Männern nervös. Ich weiß dann nie, was ich sagen soll.«

Er hob eine Augenbraue. »Ich mache Sie offensichtlich nicht nervös. Damit versetzen Sie meinem Ego aber einen Schlag, von dem es sich nur schwer erholen wird.«

Sie kicherte und schüttelte den Kopf. »Von Männern wie Ihnen träumen Frauen ihr ganzes Leben. Aber Sie machen mich nicht nervös, weil ich weiß, dass Sie mich nicht in dieser Weise betrachten.«

»Nein?«

»Männer denken generell nicht so von mir.« Sie gestikulierte mit ihrem Glas, bevor sie einen Schluck trank. »Männer fühlen sich nicht schnell angezogen von Frauen, die nicht sonderlich attraktiv sind. Schlanke Blondinen«, fuhr sie fort, während sie einen Blick auf seinen Hummer warf und mit sich rang, ob sie es wagen konnte, Mac um einen weiteren Bissen zu bitten. »Üppige Brünette, feurige Rotschöpfe. Auf sie richtet sich die männliche Aufmerksamkeit, was nur natürlich ist. Attraktive Männer fühlen sich immer zu attraktiven Frauen hingezogen. Zumindest anfänglich.«

»Sie scheinen sich sehr genaue Gedanken über dieses Thema gemacht zu haben.«

»Ich beobachte gern Menschen und wie sie miteinander umgehen und aufeinander reagieren.«

»Vielleicht haben Sie nicht genau genug hingeschaut. Ich finde Sie sehr anziehend.« Er beobachtete, wie sie überrascht blinzelte, während er ein bisschen näher rückte. »Erfrischend und hübsch«, murmelte er und gab dem Impuls nach, seine Hand an ihren schlanken Hals zu legen.

Er bemerkte, wie ihr Blick zu seinen Lippen huschte und ebenso rasch wieder zu seinen Augen zurückkehrte. Er hörte, wie sie fast unmerklich nach Luft schnappte, und sah, wie ihre Lippen zitterten. Es war so verlockend, diese geringe Distanz zu überbrücken, den Kreis zu schließen, den sie beschrieben hatte. Aber sie zitterte wie ein gefangener Vogel unter seiner Hand.

»Und?«, fragte er leise. »Sind Sie jetzt nervös?«

Sie konnte nur stumm mit dem Kopf nicken. Fast schon spürte sie seinen Mund auf ihren Lippen. Er würde entschlossen sein und heiß und sehr erfahren. Seine Finger an ihrem Hals streichelten sanft die Haut und hatten damit etwas Wildes, Ursprüngliches in ihr zum Leben erweckt. Darcy spürte, wie es durch ihren ganzen Körper fuhr und ihren Puls zum Rasen brachte.

Das aufglimmende Verstehen, das Aufflackern von Panik in ihren Augen veranlasste Mac dazu, nur ihren Nacken leicht zu drücken und die Hand dann sinken zu lassen. »Sie sollten nie einen Spieler herausfordern, Darcy. Lust auf Dessert?«

»Dessert? Nein, ich glaube, das schaffe ich nicht.« Nicht, wenn ihr Magen völlig verkrampft war und ihre Finger so zitterten, dass sie kaum eine Gabel würde halten können.

Mac lächelte träge. »Wollen Sie Ihr Glück versuchen?« Als sie schluckte, fügte er hinzu: »An den Tischen.«

»Oh … ja. Ich denke, schon.«

»Was soll ich spielen?«, fragte sie ihn, während sie gemeinsam das lärmende, hell erleuchtete Casino betraten.

»Ihre Wahl.«

»Tja …« Darcy kaute an ihrer Lippe und bemühte sich zu ignorieren, dass Macs Hand immer noch in ihrer Rückenmulde lag. Es half auch nicht, sich immer wieder zu ermahnen, dass sie nicht das geringste Recht hatte, sich in dieser Richtung Hoffnung zu machen. »Vielleicht Blackjack. Da muss man doch nur addieren, oder?«

Er fuhr sich mit der Zunge über die Lippen. »Nun, das ist nur ein Teil. Sie spielen am besten am Fünfer-Tisch«, entschied er. »Bis Sie Ihren Rhythmus gefunden haben.« Er führte sie zu einem freien Stuhl einem Kartengeber gegenüber, von dem er wusste, dass dieser im Umgang mit Neulingen geduldig und freundlich war. »Mit wie viel wollen Sie einsteigen?«

»Zwanzig?«

»Zwanzigtausend ist ein bisschen viel für einen Anfänger.«

Sie klappte erschreckt den Mund auf, dann lachte sie. »Ich meinte, Dollar. Zwanzig Dollar.«

»Zwanzig Dollar«, wiederholte Mac matt. »Na schön, wenn Sie glauben, dass die Aufregung nicht zu viel für Sie wird.«

Als er nach seiner Brieftasche griff, schüttelte sie den Kopf. »Nein, ich habe selbst etwas bei mir.« Sie kramte einen Zwanziger aus ihrer Abendhandtasche. »So kommt es mir mehr wie mein eigenes vor.«

»Es ist Ihres«, erinnerte er sie. »Und bei zwanzig bekomme ich nicht gerade viel davon zurück.«

»Ich könnte gewinnen.« Sie rutschte auf den freien Stuhl neben einem korpulenten älteren Herrn in einem karierten Jackett. »Gewinnen Sie?«, fragte sie ihren Nachbarn.

Er trank von seinem Bier und blinzelte ihr zu. »Im Moment stehe ich mit fünfzig im Plus, aber dieser Junge hier«, er deutete auf den Geber, »ist eine harte Nuss.«

»Und doch kommen Sie immer wieder an meinen Tisch zurück, Mr. Renoke«, erwiderte der Geber fröhlich. »Muss an meinem guten Aussehen liegen.«

Renoke schnaubte gutmütig und klopfte auf seine Karten. »Geben Sie mir noch eine, was Niedriges.«

Der Geber drehte eine Vier um. »Ihr Wunsch ist mir Befehl.«

»Na also.« Renoke deutete mit der Hand an, dass er mit neunzehn genug hatte. Als der Geber bei achtzehn hielt, klopfte Renoke Darcy auf die Schulter. »Sie bringen mir Glück.«

»Das freut mich. Ich würde auch gern ein wenig spielen.«

»Zwanzig wechseln«, verkündete der Geber und schob den Schein in den Schlitz einer durchsichtigen Plastikbox.

Darcy stapelte ihre vier Fünfdollarchips fein säuberlich vor sich auf. »Wo muss ich setzen?«

»Legen Sie einen Chip auf die Linie dort«, erklärte Mac ihr.

Die Karten waren rasch verteilt. Sie bekam eine Sechs und eine Acht, und der Geber deckte eine Zehn auf.

»Was mache ich jetzt?«

»Nehmen Sie noch eine.«

Sie legte den Kopf schräg und schaute Mac an. »Aber bis jetzt schlage ich ihn, mit einer Zehn wäre ich jedoch drüber, stimmt's?«

»Die Chancen stehen gut, dass seine umgedrehte Karte höher als zwei ist. Riskieren Sie's.«

»Oh. Ich nehme noch eine.« Sie zog eine Zehn, dann runzelte sie die Stirn. »Ich habe verloren.«

»Aber Sie haben korrekt verloren«, meinte der Kartengeber mit einem Grinsen.

Sie verlor noch zwei weitere Male »korrekt« und schob dann mit vor Konzentration zusammengezogenen Augenbrauen ihren letzten Chip auf die Linie. Und bekam auf einen Schlag einundzwanzig. »Ich musste nicht mal was dafür tun.«

Sie setzte sich vergnügt bequemer auf ihren Stuhl und warf Mac einen entschuldigenden Blick zu. »Ich glaube, ich spiele für eine Weile nicht korrekt, einfach nur um zu sehen, was passiert.«

»Es ist Ihr Spiel.«

Mit einiger Überraschung beobachtete er, wie sie gegen alle Logik spielte und ihr kleiner Stapel Chips auf zehn anwuchs, auf drei zusammenschrumpfte, wieder wuchs. Sie plauderte angeregt mit Renoke, ließ sich von seinen beiden Söhnen erzählen, die aufs College gingen, und stapelte weiter ihre Chips.

Wenn sie zwanzig einsetzt, ist sie bei zweihundert, überlegte Mac. Die Frau war ein Naturtalent.

Er fing den Blick eines Gebers an einem der anderen Tische auf, ein Signal, dass Schwierigkeiten im Anzug waren. »Ich bin gleich wieder zurück«, entschuldigte er sich bei Darcy und drückte leicht ihre Schulter.

Die Problemquelle war nicht schwer auszumachen. Der Mann auf dem ersten Stuhl war bei seinen drei letzten Hundertdollarchips angekommen. Mac schätzte ihn auf ungefähr vierzig, er war angetrunken und zudem ein schlechter Verlierer.

»Wenn Sie nicht sauber geben können, sollte man Sie feuern.« Der Mann richtete den Zeigefinger auf den Geber, während die anderen Gäste von ihren Stühlen glitten und sich unauffällig davonmachten. »Ich habe nur eine Hand von zehn gewonnen. Und diese kleine Schlampe, die vor Ihnen hier stand, war auch nicht viel besser. Ich will endlich was sehen.« Er ließ seine Faust auf den Tisch niedersausen.

»Gibt es Probleme?« Mac trat an den Tisch.

»Verschwinden Sie. Das hier geht Sie verdammt noch mal nichts an«, knurrte der Mann.

»Und ob es mich etwas angeht!« Ein knappes Signal, und schon standen seine Sicherheitsleute bereit. »Ich bin Blade, und es ist mein Laden.«

»Ach ja?« Der Mann leerte sein Glas. »Dann lassen Sie sich von mir sagen, Ihr Laden ist hundsmiserabel. Ihre Geber bilden sich ein, so clever zu sein, aber ich kann's genau sehen.« Das Glas landete mit lautem Knall wieder auf dem Tisch. »Haben mir schon drei Riesen aus der Tasche gezogen. Ich weiß doch, wenn man mich betrügt.«

Macs Stimme blieb kühl und sachlich. »Wenn Sie eine offizielle Beschwerde einreichen wollen, können Sie das gerne machen. In meinem Büro.«

»Dazu muss ich nicht in Ihr stinkendes Büro gehen.« Mit einer wütenden Bewegung wischte der Mann das Glas vom Tisch. »Ich will hier und sofort Satisfaktion.«

Mac hob die Hand, um die beiden Sicherheitsleute aufzuhalten, die sich schnell näherten. »Die werden Sie nicht bekommen. Ich schlage vor, Sie wechseln Ihre restlichen Chips ein und verlassen unser Casino.«

»Sie werfen mich raus?!« Der Mann schob sich mit dem Stuhl vom Tisch weg und sprang auf. Er schwankte schon, aber er war groß und massig und hatte die Fäuste kampfbereit geballt. »Das wagen Sie nicht!«

Etwas blitzte in Macs Augen auf, etwas Eiskaltes, Bedrohliches. »Wollen Sie wetten?«

Der Mann zitterte vor Rage. Aber betrunken oder nicht, die kalte Wut in den Augen seines Gegenübers konnte er erkennen. »Ach, zur Hölle! Ich hätte es besser wissen müssen, dass man einem so billigen indianischen Loch nicht vertrauen kann.«

Macs Arm schoss vor, er packte den betrunkenen Mann am Hemdskragen und hob ihn auf die Zehenspitzen. »Halten Sie sich in Zukunft von meinem Casino fern.« Seine Stimme war eiskalt und blieb gefährlich leise. »Sollte ich Sie hier noch ein einziges Mal sehen, werden Sie das Gebäude nicht aufrecht stehend verlassen. Begleiten Sie diesen … Gentleman zur

Wechselkasse«, wies Mac seine Leute an. »Und dann bringen Sie ihn zur Tür.«

»Ja, Sir.«

»Dreckiges Halbblut!«, schrie der Mann, als er zur Kasse eskortiert wurde.

Macs Kopf ruckte herum, als eine Hand sich von hinten auf seine Schulter legte. Instinktiv wich Darcy einen Schritt zurück, zurück vor der eiskalten Wut, die sie in seinem Gesicht las. Hastig nahm sie ihre Hand fort.

»Es tut mir so leid. Was für ein schrecklicher Mann!«

»Wo der herkommt, gibt es noch viele von der gleichen Sorte.«

Sollte er sie je mit diesem Blick ansehen, würde sie in tausend kleine Teilchen zerspringen, das wusste sie. »Das sollte aber nicht so sein.« Sie bückte sich und begann die Glasscherben aufzuheben. Doch Mac griff nach ihrer Hand und zog sie hoch.

»Was machen Sie da?«, knurrte er.

»Ich wollte nur …«

»Lassen Sie das.« Sein Temperament stand kurz davor, auszubrechen, und so klang die Anordnung wie ein Peitschenhieb. »Sie gehören nicht hierher«, murmelte er dann gepresst und zog sie an den Tischen und der immer noch gaffenden Menge vorbei. »Das hier ist kein verdammtes Schloss. Leute wie dieser Mann lauern hier in jeder Ecke.«

»Ja, aber …« Er schritt so energisch aus, dass sie rennen musste, um mit ihm mithalten zu können.

»Sie sollten schleunigst nach Kansas zurückkehren und sich in Ihrer Bibliothek verstecken.«

»Ich will aber nicht wieder zurück nach Kansas.«

Er zerrte sie in den Aufzug und drückte den Knopf für das Stockwerk, auf dem ihre Suite lag. »Die werden Sie mit einem Biss verschlingen. Ich habe es ja eben fast selbst getan.«

»Ich verstehe nicht ...«

»Genau das ist es ja.« Er drehte sich abrupt zu ihr um. Frustration, Abscheu vor sich selbst und Wut kämpften in ihm. Ihre Augen waren riesengroß aufgerissen, ihre Unterlippe begann zu zittern. »Genau das ist es«, wiederholte er und rang um Beherrschung. »Ich muss wieder nach unten und mich um die Sache kümmern. Sie bleiben hier.«

»Aber ...«

»Sie bleiben hier oben«, wiederholte er, jedes einzelne Wort hervorpressend. Dann gab er ihr einen leichten Schubs, damit sie aus dem Aufzug in ihre Suite ging, bevor er etwas ganz und gar Idiotisches tun konnte. Wie zum Beispiel, sie zu küssen. »Sie regen mich auf«, brummte er, als sie ihn verständnislos ansah. »Sie fangen wirklich an, mich aufzuregen.«

Sie starrten sich regungslos an, bis die Aufzugtüren zuglitten.

4. Kapitel

Am nächsten Morgen nahm Darcy ihren Termin in der Bäderabteilung wahr, obwohl ihr eigentlich gar nicht der Sinn danach stand. Sie war nicht bei der Sache. Selbst nach einer
Reihe von Prozeduren mit exotischen Seesalzen und Massage-
öölen und Gesichtsmasken hob sich ihre Laune nicht.

Er wollte, dass sie Las Vegas verließ, und sie wusste wirklich nicht, wohin sie gehen sollte.

Es machte auch keinen Unterschied, dass sie, sobald die
Sache mit den Papieren geregelt war, an all die wunderbaren
Orte gehen konnte, von denen sie bisher nur gelesen und immer geträumt hatte. Sie wollte hierbleiben, an diesem aufregenden Ort mit seinen glanzvollen Lichtern und dem Trubel
und den Menschenmassen mitten in der Wüste.

Sie wollte wieder spielen, Champagner trinken und sich
noch mehr glitzernde Ohrringe kaufen. Sie wollte nur noch
ein wenig mehr Zeit in der Gesellschaft von Männern mit
bronzefarbenen Gesichtern verbringen, die sie behandelten,
als sei sie der Aufmerksamkeit wert.

Doch mehr als irgendetwas anderes wollte sie noch ein paar
verzauberte Tage mit Mac verbringen, bevor der gläserne
Schuh ihr nicht mehr passen würde. Sie wollte sehen, wie er
sie fasziniert anstarrte. Wenn er sie aus diesen wundervollen
blauen Augen anblickte, hatte sie das Gefühl, dass sie ihn
wirklich interessierte. Sie hatte nie mit einem anderen Mann
so reden können, wie sie mit ihm redete. Ohne sich unzuläng-
lich und töricht vorzukommen.

Aber sie hatte schon viel zu viel von seiner kostbaren Zeit in Anspruch genommen, sie war ihm im Weg. Sie hatte es schon immer besser verstanden, sich in eine Ecke zurückzuziehen und die anderen beim Leben zu beobachten. Und das Geld machte keinen anderen Menschen aus ihr. Ein elegantes Kleid, ein neuer Haarschnitt – es war nur Fassade. Darunter war sie noch immer unbeholfen und durchschnittlich.

»Es wird Ihnen gefallen.«

Darcy versuchte ihre trübsinnige Stimmung abzuschütteln und schaute die Masseurin an. Sie hatte ihren Namen vergessen, was Darcys Meinung nach ebenso unhöflich war, als wäre sie gar nicht erst zu dem Termin erschienen. Mit dem Rücken flach auf einem erhöhten Tisch liegend, las sie hastig das kleine Namensschildchen am Revers des pinkfarbenen Kittels.

»Glauben Sie, Angie?«

»Absolut.«

Zu Darcys Entsetzen schob Angie das dünne Laken nach unten und begann warmen braunen Schlamm auf ihre Brüste zu streichen. »Oh!«

»Zu warm?«

»Nein, nein.« Sie würde nicht rot werden, nein, das würde sie nicht. »Wofür ist das?«

»Um Ihre Haut unwiderstehlich zu machen.«

»Die Stellen, wo Sie es auftragen, wird sowieso niemand zu Gesicht bekommen«, erwiderte Darcy trocken, und Angie lachte.

»He, wir sind hier in Vegas. Sie können jederzeit Glück haben.«

»Vielleicht haben Sie recht.« Darcy schloss die Augen und ließ sich verwöhnen.

Kaum hatte sie mit ihrer neuen unwiderstehlichen Haut ihre Suite betreten, als der Türsummer ertönte. Sie zuckte zusammen. Als sie öffnete und Mac vor sich stehen sah, verschlug es ihr einen Moment lang die Sprache.

»Haben Sie eine Minute Zeit für mich?«, fragte er und kam herein, als sie lediglich nickte. »Ich muss gleich wieder weg. Ich wollte Ihnen nur Bescheid sagen, dass die Presse angebissen hat. Das mit der geheimnisvollen Frau scheint ihnen fürs Erste zu gefallen. Doch früher oder später wird etwas durchsickern. Sie müssen darauf vorbereitet sein.«

»Ich gehe nicht nach Kansas zurück.« Das brach so heftig, so verärgert aus ihr heraus, dass es sie beide überraschte.

Mac hob eine Augenbraue. »Das sagten Sie bereits.«

»Ich habe noch genug von Ihrem Vorschuss übrig, um mir irgendwo anders ein Hotelzimmer nehmen zu können.«

»Und das möchten Sie, weil …?«

»Weil Sie sagten, dass ich hier nicht sein sollte.«

»Ich glaube nicht, dass ich das gesagt habe.« Aber dann fiel ihm ein, wie aufgewühlt er am Abend zuvor gewesen war. »Jedenfalls habe ich es so nicht gemeint.« Ärgerlich über sich selbst fuhr er sich mit einer Hand durchs Haar. »Darcy …«

»Ich weiß, ich habe viel von Ihrer Zeit verschwendet. Sie fühlen sich verantwortlich für mich, aber das müssen Sie nicht. Ich komme sehr gut allein klar. Ich bleibe einfach hier oben und schreibe. Das habe ich auch gestern Abend gemacht, nachdem …«

Er hob eine Hand, um ihren Redefluss zu stoppen. »Es tut mir leid. Ich habe mich gestern Abend wohl ziemlich danebenbenommen. Ich habe mich über diesen Idioten geärgert und es an Ihnen ausgelassen.« Er steckte die Hand in die Hosentaschen. »Aber dadurch ist mir klar geworden, dass Sie nicht hier sein sollten. Und auf gar keinen Fall allein im Casino umherlaufen sollten.«

Sie war schon fast zur Versöhnung bereit gewesen, doch dann musste er den Satz so beenden. »Sie halten mich für dumm und naiv«, empörte sie sich.

»Ich halte Sie keineswegs für dumm.«

Ihre Augen blitzten auf und verwandelten sich in pures Gold. »Dann eben nur naiv. Vielleicht ein bisschen unfähig und ganz bestimmt zu …« Sie suchte nach einem passenden Wort. »Zu weltfremd, um in dieser großen, bösen Stadt allein zurechtzukommen.«

Wieder diese hochgezogene Augenbraue, die sie zugleich ärgerlich und aufregend fand. »Sie waren es doch, die ohne Handtasche und Kleidung und mit weniger als zehn Dollar in die Stadt kam, oder?«

»Na und? Immerhin bin ich jetzt hier.«

»Ein Punkt für Sie«, murmelte er.

»Und gestern Abend war bestimmt nicht das erste Mal, dass ich einen bösartigen Betrunkenen gesehen habe. In Kansas haben wir reichlich Betrunkene.«

»Ich sehe ein, dass ich mich geirrt habe.« Er musste sich mächtig Mühe geben, um nicht zu grinsen.

»Sie brauchen sich nicht verpflichtet zu fühlen, sich um mich zu kümmern, als wäre ich irgendein ausgesetztes Hündchen. Es gibt absolut keinen Grund, warum Sie sich Sorgen um mich machen sollten.«

»Ich habe nicht gesagt, dass ich mir Sorgen um Sie mache. Ich habe gesagt, dass Sie mich aufregen.«

»Das ist doch das Gleiche.«

»Es ist etwas völlig anderes.«

»Wieso?«

Er musterte sie eingehend. Ihre Wangen hatten Farbe bekommen, ihre Augen waren dunkel und glänzend. Da lag nicht nur Wut in ihrem Blick, wie ihm klar wurde, sondern auch verletzter Stolz. Und dafür war eindeutig er verantwortlich. Er seufzte.

»Sie lassen mir wirklich keine Wahl. Sie regen mich auf«, wiederholte er und legte seine Hände auf ihre Schultern. »Weil ...« Er ließ die Hände über ihre Arme hinunter zu ihren Hüften wandern. Sah, wie sie überrascht die Lippen öffnete, kurz bevor er seine auf ihren Mund legte.

Die Welt geriet aus den Fugen. Jeder klare Gedanke in ihrem Kopf verflüchtigte sich im selben Augenblick. Sie war hoffnungslos verloren. Sein Mund fühlte sich genauso an, wie sie es sich vorgestellt hatte. Heiß und stark und erfahren. Und jetzt lag er auf ihrem. Farben erstrahlten und verschwammen wieder. Ungeahnte Empfindungen breiteten sich in ihrem Körper aus. Sie klammerte sich an ihn, um nicht das Gleichgewicht zu verlieren.

Er konnte den Druck ihrer Finger durch sein Jackett spüren, ein Signal ihrer Ängstlichkeit, obwohl sie ihm verlangend die Lippen öffnete. Ihre Nervosität und Hingabe – eine gefährliche Mischung, noch verstärkt durch die kleinen Laute, die sie ausstieß – bewirkten, dass in ihm der Wunsch nach mehr erwachte. Nach viel mehr, als er erwartet hatte.

Die Flammen, die er entfacht hatte, rasten durch ihn hindurch wie eine Feuersbrunst und verlangten danach, gelöscht zu werden – auf seine Art. Hier und jetzt und gründlich. Sie war erregt und er auch. Wie unschuldig auch immer, war sie doch kein Kind mehr. Und er wollte sie. Gott, wie er sie begehrte!

Ihre Augen blieben geschlossen, als er den Kuss beendete. Er beobachtete, wie sie sich mit der Zunge über ihre schön geschwungene Oberlippe fuhr, dann die Lippen zusammenpresste, wie jemand, der einen besonders köstlichen Geschmack festhalten wollte. Als ihre Lider zu flattern begannen, spürte er die glühende Hitze in seinen Lenden.

Verdammt, er wollte sie nehmen, sie sich einverleiben, verschlingen, mit einer einzigen gierigen Bewegung, bis sie nur noch aus Seufzern bestand.

Ihre Augen waren dunkel und verhangen, als sie ihn jetzt ansah. Ihre Wangen glühten. Er sah, wie sie schluckte. »Warum …?« Sie rang zu sehr nach Atem, um ruhig sprechen zu können. »Warum hast du das getan?«

Sei behutsam mit ihr, ermahnte er sich. »Weil ich es wollte. Schlimm?«

»Nein«, antwortete sie nach einer Weile mit feierlichem Ernst. »Ich glaube, nicht.«

»Gut. Weil ich nämlich noch nicht fertig bin.« Er legte seine Arme wieder um sie und zog sie an sich. Ihre natürliche Art erregte ihn zutiefst, aber er durfte nicht vergessen, dass sie bestimmt noch unschuldig war. Er musste sich beherrschen. Besser noch, er hörte ganz auf.

»Darcy, du bist eine gefährliche Frau«, flüsterte er und legte seine Stirn an ihre.

Sie riss die Augen auf. »Ich?«

Der Schock, der in ihrer Stimme mitschwang, tat nichts, um dieses Ziehen in seinem Leib zu mildern. Ein schlechtes Zeichen. Denn das Ziehen war nicht einfach nur ein Signal von Lust, sondern ganz spezifisch Lust auf sie, Darcy. Sehr klar, sehr deutlich und völlig unangebracht. »Tödlich«, murmelte er. Dann trat er einen Schritt zurück.

Aber er ließ seine Hände auf ihren Schultern liegen, war nicht in der Lage, den Kontakt ganz abzubrechen. Sie suchte in seinem Gesicht, die großen goldenen Augen immer noch verhangen von diesem ersten Kuss, die Lippen anmutig geschürzt in Erwartung des nächsten.

»Hast du je einen Liebhaber gehabt?«

Sie blinzelte, dann senkte sie den Blick und starrte auf einen Knopf seines Hemdes. Ein schwarzes Seidenhemd, das sich weich und warm unter ihrer Handfläche angefühlt hatte. Sie wollte es wieder berühren. Wollte ihn wieder berühren. »Nicht direkt.«

»Trotz der unzähligen Möglichkeiten und Spielarten ist und bleibt Sex doch eigentlich ein sehr genau umrissenes Gebiet.«

Darcy hatte das bestimmte Gefühl, dass er nicht vorhatte, sie noch einmal zu küssen. Sexuelle Frustration war ebenfalls eine neue, aber keineswegs angenehme Empfindung. Eingeschnappt schaute sie mit gerunzelter Stirn in sein Gesicht. »Aber ich weiß, was Sex ist.«

Nein, dachte er, das weißt du nicht. Sie hatte nicht die leiseste Ahnung, was er mit ihr anstellen wollte. Wenn sie es wüsste, würde sie höchstwahrscheinlich davonrennen, so weit ihre hübschen Beine sie tragen würden. »Du kennst mich nicht, Darcy. Und auch die Spielregeln kennst du nicht.«

»Ich bin lernfähig«, sagte sie versuchsweise.

»Manche Dinge sollte man besser nicht lernen.« Er drückte leicht ihre Schultern, als das Telefon zu läuten begann. »Geh nur.«

Sie drehte sich auf dem Absatz um, ging zum Schreibtisch und griff nach dem Hörer. »Ja? Hallo?«

»Wer ist denn da?«

Die Frage war in einem solchen Befehlston gestellt, dass sie wie aus der Pistole geschossen antwortete: »Hier ist Darcy Wallace.«

»Wallace? Wallace? Stammen Sie womöglich von William Wallace ab, dem schottischen Volkshelden?«

»Ähm ... ja ...« Verwirrt fuhr sie sich mit der Hand durchs Haar. »Er war ein Vorfahre väterlicherseits.«

»Gutes Blut. Hervorragende Erbmasse. Sie können stolz auf Ihr Erbe sein, Mädchen. Darcy, so heißen Sie doch, nicht wahr? Und sind Sie verheiratet, Darcy Wallace?«

»Nein, bin ich nicht. Ich ...« Sie zügelte ihre Auskunftsbereitschaft. »Entschuldigung, wer spricht da eigentlich?«

»Hier ist Daniel MacGregor, und ich freue mich, Ihre Bekanntschaft zu machen.«

Sie schnappte nach Luft. Schloss den Mund, öffnete ihn wieder. »Oh, Mr. MacGregor. Wie geht es Ihnen?«

»Prächtig, ganz prächtig, Darcy Wallace. Man hat mir gesagt, dass ich meinen Enkel bei Ihnen finden kann.«

»Ja, er ist hier.« Natürlich war er hier, ihre Lippen prickelten ja noch von seinem Kuss. »Ähm ... möchten Sie mit ihm sprechen?«

»Das wäre nett. Sie haben eine hübsche, klare Stimme. Wie alt sind Sie denn?«

»Dreiundzwanzig.«

»Ich wette, Sie sind ein kerngesundes, gut gewachsenes Mädchen.«

Fassungslos nickte sie. »Ja, ich bin gesund.« Sie blinzelte Mac nur verwirrt an, als der ihr auch schon fluchend den Hörer aus der Hand riss.

»Soll ich vielleicht ihr Gebiss für dich überprüfen, Grandpa?«

»Ah, da bist du ja.« Nicht die geringste Spur von Verlegenheit oder Reue klang in der Stimme am anderen Ende. »Deine Sekretärin hat mich durchgestellt. Natürlich hätte ich nicht so lange in der Leitung hängen müssen, wenn mein ältester Enkel sich mal die Mühe machen und von allein anrufen würde. Du solltest dich wirklich bei deiner Großmutter melden. Sie fühlt sich sträflich vernachlässigt.«

Der alte Trick. Mac seufzte. »Es ist keine Woche her, seit ich dich und Grandma angerufen habe.«

»In unserem Alter ist eine Woche ein ganzes Leben, Junge.«

»Unsinn.« Gegen seinen Willen musste Mac lächeln. »Ihr beide lebt ewig.«

»So haben wir es zumindest vor. Also, wie ich von deiner Mutter höre – die sich zumindest die Mühe macht, ab und zu anzurufen –, hast du 1,8 Millionen verloren.«

Mac warf Darcy einen Blick zu. »Mal gewinnt man, mal verliert man.«

»Wie wahr, wie wahr. Und war das eben das Mädel, das dich um dieses hübsche Sümmchen erleichtert hat?«

»Ja.«

»Eine Wallace. Gute, klare Stimme, beste Manieren. Ist sie hübsch?«

Mac setzte sich mit einer Hüfte auf den Schreibtisch. Er kannte seinen Großvater genau. »Geht so, wenn man über den Buckel und den Silberblick hinwegsieht.« Angelegentlich schlug er den Notizblock auf, während das dröhnende Gelächter seines Großvaters an sein Ohr drang.

»Dann ist sie also hübsch. Und du hast ein Auge auf sie geworfen, ja?«

Mac hob den Blick von den eng beschriebenen Seiten und sah zu Darcy hinüber, die ans Fenster getreten war. Ihr Haar glänzte in der Sonne. Die Hände hielt sie gefaltet vor sich. Sie sah bezaubernd aus, wie eine zarte Wildblume in der erbarmungslosen Hitze der Wüste.

»Nein«, sagte er schließlich entschieden, auch um sich selbst zu überzeugen. »Das habe ich nicht.«

»Und warum nicht? Hast du vor, dein Leben als Single zu beschließen? Ein Mann in deinem Alter braucht eine Frau. Du solltest wirklich langsam daran denken, eine Familie zu gründen.«

Und während Daniel über Verantwortung, Pflichten und den Erhalt des Familiennamens losdonnerte, legte Mac den Kopf schräg und las eine Seite. Der Text handelte von einer Frau, die allein im Dunkeln an einem Fenster saß und die Lichter der Stadt draußen beobachtete. Das Gefühl von Einsamkeit, das durchschimmerte, war herzzerreißend.

Gedankenversunken schloss er den Block wieder und sah zurück zu Darcy, die zum Fenster auf die Stadt hinausblickte.

»Aber es macht mir doch so viel Spaß, die Showgirls alle durchzuprobieren, Grandpa«, entgegnete er, als Daniel endlich einmal Luft holte.

Daraufhin herrschte kurze Zeit Schweigen. Dann ertönte ein röhrendes Lachen. »Du hattest schon immer ein loses Mundwerk. Du fehlst mir, Robbie.«

Daniel war der Einzige, der Mac bei seinem Namen aus der Kindheit nannte – und er tat es selten. Aber der Liebe konnte man nicht entfliehen, dachte Mac. »Du fehlst mir auch. Ihr fehlt mir alle«, sagte er sanft.

»Nun, wenn du es irgendwann mal schaffen würdest, dich von deinen Showgirls loszureißen, könntest du deine arme alte Großmutter besuchen.«

Ganz offensichtlich war Anna MacGregor nicht in Hörweite, sonst hätte Daniel es nie gewagt, die Wörter »alt«, »arm« und »Großmutter« zu benutzen. »Sag ihr, dass ich sie lieb habe.«

»Das werde ich tun, obwohl sie es vorziehen würde, wenn du es ihr selbst sagst. Gib mir noch mal das Mädel.«

»Nein.«

»Kein Respekt«, brummte Daniel. »Ich hätte dir als Junge richtig den Hintern versohlen sollen.«

»Zu spät.« Mac grinste. »Benimm dich, Grandpa. Ich melde mich bald wieder.«

»Na, das will ich auch hoffen.«

Mac blieb sitzen, nachdem er den Hörer aufgelegt hatte. »Ich entschuldige mich vielmals für das Verhör des MacGregors.«

»Schon gut.« Darcy blieb mit dem Rücken zu ihm stehen und schaute auf die sonnenbeschienenen Wolkenkratzer hinaus. »Er klingt imposant.«

»Harte Schale, weicher Kern.«

»Hmm.« Es war nicht ihre Absicht gewesen zu lauschen, aber wie hätte sie überhören können, was Mac gesagt hatte?

Der liebevolle Unterton in seiner Stimme hatte sie gerührt. Und seine Worte hatten bewirkt, dass sie wieder einen klaren Kopf bekommen hatte.

Showgirls. Natürlich zogen ihn die langen Beine und die schönen Körper an. Er hatte sie nur aus Neugierde geküsst, vermutete sie. Aber dafür, dass er all diese in ihr schlummernden Gefühle geweckt hatte, ohne die sie bis jetzt sehr zufrieden gelebt hatte, sollte er in der Hölle schmoren.

»Irgendwie bin ich von dem eigentlichen Grund meines Kommens abgelenkt worden.« Er wartete darauf, dass sie sich zu ihm umdrehte. Oberflächlich betrachtet wirkte sie völlig gelassen, aber Mac konnte sie einfach nicht nur oberflächlich ansehen. Er spürte den Drang, tiefer zu blicken, und bei genauerem Hinsehen offenbarte sich in diesen goldenen Augen Wut und Verletztheit. »Jetzt bist du verärgert.«

»Nein, ich bin irritiert, aber nicht verärgert. Was war denn nun der Grund deines Kommens?«, wechselte sie dann kühl das Thema.

Dieser leichte Sarkasmus überraschte ihn und brachte ihn immerhin dazu, sich vom Schreibtisch zu erheben und die Hände in die Taschen zu stecken. »Die Presse. Ich weiß, du möchtest nicht, dass dein Name bekannt wird. Wir werden mit Nachfragen geradezu überschwemmt. Bis jetzt kann ich sie dir noch vom Hals halten, aber es ist absehbar, dass irgendwann etwas durchsickert, Darcy. Im Hotel arbeiten Hunderte von Angestellten, und mehrere davon kennen deinen Namen. Früher oder später wird einer von denen auf einen Reporter treffen.«

»Wahrscheinlich hast du recht.« Vielleicht sollte sie ihm sogar dankbar sein, dass er ihr etwas anderes bot, worüber sie sich Sorgen machen konnte. »Bestimmt hältst du mich für einen Feigling, weil ich nicht möchte, dass Gerald erfährt, wo ich mich aufhalte.«

»Nein, ich denke, das ist deine Sache.«

»Ich bin ein Feigling.« Sie sagte es trotzig und reckte herausfordernd ihr Kinn, was ihre Worte Lügen strafte. »Ich gebe lieber nach, als dass ich mich streite. Laufe lieber davon, anstatt mich dem Kampf zu stellen. Deswegen bin ich ja hier, nicht wahr? Mit dir, auf dem besten Wege, reich zu sein. Feigheit lohnt sich also für mich.«

»Er kann dir nicht wehtun, Darcy.«

»Und ob er das kann!« Sie seufzte müde. »Worte verletzen. Man bekommt blaue Flecken auf der Seele. Ich würde lieber eine Ohrfeige in Kauf nehmen, statt mit Worten verletzt zu werden.« Dann schüttelte sie den Kopf. »Nun, was geschehen ist, ist geschehen. Wie lange, glaubst du, dauert es noch, bis mein Name bekannt wird?«

»Einen Tag, vielleicht zwei.«

»Dann sollte ich das Beste draus machen. Danke, dass du mir Bescheid gesagt hast. Bestimmt hast du zu tun. Ich möchte dich nicht länger aufhalten.«

»Wirfst du mich raus?«

Sie brachte ein dünnes Lächeln zustande. »Wir beide wissen, wie beschäftigt zu bist. Und ich brauche keinen Babysitter.«

»Na schön.« An der Tür blieb er stehen und drehte sich um. »Ich wollte dich noch einmal küssen.« Er bemerkte, wie ihr Blick argwöhnisch über sein Gesicht huschte. »Aber dann dachte ich mir, dass es vielleicht nicht gut sein könnte für dich – und für mich auch nicht.«

Ihr Herz kam ins Stolpern. »Vielleicht habe ich es ja satt, mir zu überlegen, was gut für mich ist, und will einfach mal was riskieren.«

In seinen Augen flackerte etwas auf, was sie erschauern ließ. »Hohes Risiko, niedrige Gewinnchancen. Zu riskant für einen Anfänger, Darcy aus Kansas. Die erste Spielregel lautet, dass man nie etwas aufs Spiel setzen darf, was man sich nicht leisten kann zu verlieren.«

»Wer sagt denn, dass ich verlieren werde?«, murmelte sie leise, als er die Tür hinter sich geschlossen hatte.

Sie blieb den Rest des Tages für sich und schrieb eifrig an ihrem Manuskript. Die Werkstatt, die ihr Auto abgeschleppt hatte, rief an, um ihr zu sagen, dass es repariert sei. Spontan fragte sie den Mechaniker, ob er jemanden kenne, der vielleicht Interesse daran hätte, es zu kaufen. Sie war fertig damit, ebenso wie mit allem anderen – mit Ausnahme ihrer Notizbücher –, was sie aus Trader's Corner mitgebracht hatte.

Als der Mechaniker ihr einen Tausender anbot, nahm sie, ohne zu zögern, an und machte sich dann zu Fuß auf den Weg in die Werkstatt, um den Kaufvertrag zu unterschreiben.

Bei Darcys Rückkehr stand auf ihrem Schreibtisch ein hypermodernes flaches Notebook, dem ein kurzes Schreiben beigefügt war, aus dem hervorging, dass das Hotel es ihr für die Dauer ihres Aufenthalts zur Verfügung stellte. Aufgeregt untersuchte Darcy den Computer und experimentierte damit herum. Dann setzte sie sich hin, um ihre handschriftlichen Notizen einzugeben.

Sie vergaß das Abendessen und arbeitete bis in den späten Abend hinein. Irgendwann jedoch verschwamm ihr alles vor den Augen, und ihre Finger schmerzten. Ihr Magen meldete sich lautstark. Es war eine große Versuchung, nach dem Telefonhörer zu greifen und sich etwas aufs Zimmer zu bestellen. Sich zu verstecken.

Stattdessen griff sie nach ihrer Handtasche und straffte die Schultern. Sie würde ausgehen, beschloss sie. Erst wollte sie etwas essen, vielleicht ein Glas Wein dazu.

Und dann, bei Gott, würde sie spielen.

An den Tischen drängten sich die Menschen, die Luft war stickig von dem vielen Rauch und Parfüm, als Darcy das Casino betrat. Sie wollte beobachten, Menschen und Situationen studieren. »Man muss sich seine Gewinnchancen ausrechnen«, hatte Mac gesagt. Die Spielregeln lernen. Genau das würde sie jetzt tun. Diese Welt hier gefiel ihr, das Schrille, das Risiko.

Sie schlenderte durch den Saal und blieb lange genug an einem Blackjack-Tisch stehen, um zu sehen, wie ein hemdsärmliger Mann mit einer dünnen Zigarre zwischen den Zähnen fünftausend Dollar verlor, ohne mit der Wimper zu zucken.

Erstaunlich.

Sie schaute zu, wie sich das Rouletterad drehte, wie die kleine silberne Kugel spielerisch hüpfte. Sah Chips-Stapel kommen und gehen. Gerade oder Ungerade. Schwarz oder Rot.

Faszinierend.

Im Hintergrund ertönte das nie endende Piepsen, Pfeifen und Klimpern der Automaten. Blinkende Lämpchen flammten auf. Jackpot. Sie studierte die Technik einer älteren Dame, die, auf einen Gehstock gestützt, die Maschine beschwor. Und einen erfreuten Aufschrei ausstieß, als Vierteldollarmünzen in den metallenen Auffangkorb fielen.

»Fünfzig Dollar«, triumphierte die alte Dame mit einem zufriedenen Lächeln. »Wurde auch Zeit, dass das Ding mal was ausspuckt.«

»Glückwunsch. Das ist Poker, oder?«

»Richtig. Stehe jetzt hier schon seit zwei Stunden, aber langsam komme ich in Fahrt.« Die alte Dame klopfte mit ihrem Gehstock gegen den Automaten und drückte erneut auf den roten Knopf. »Dann lass uns mal weitermachen, Herzchen.«

Es sieht aus, als macht es Spaß, dachte Darcy. Einfach und unkompliziert und ein hervorragender Ort, um einen Anfang zu machen. Sie ging die Automatenreihe entlang, bis sie einen freien Automaten fand, und setzte sich auf den Stuhl. Nachdem sie die Bedienungsanleitung gelesen hatte, schob sie einen Zwanziger in den Schlitz. Dann drückte sie auf den Knopf und strahlte, als ihre Karten ausgeteilt wurden.

Mac beobachtete sie in seinem Büro auf dem Monitor. Er konnte nur den Kopf schütteln. Sie spielte katastrophal schlecht, nur mit einer Hand. Wenn sie gewinnen wollte, musste sie einen Vierer spielen. Und jetzt behielt sie auch noch ihre beiden Könige, anstatt auf Straightflush zu spielen.

Es war erschreckend offensichtlich, dass sie noch nie in ihrem Leben Poker gespielt hatte. Nun, er würde sie im Auge behalten und dafür sorgen, dass sie nicht mehr als ein paar Hunderter verlor.

Er schaute zur Tür, weil es klopfte. Dann lächelte er erfreut, als seine Mutter den Kopf hereinsteckte.

»Hallo, Hübscher.«

»Hallo, schöne Frau.« Er drückte sie fest an sich und gab ihr einen Kuss auf die Wange. »Ich habe dich erst in ein oder zwei Tagen erwartet.«

»Wir waren früher fertig.« Sie umrahmte sein Gesicht mit den Händen und lächelte ihn an. »Und ich wollte meinen Sohn sehen.«

»Wo ist Dad?«

»Er wird gleich hier sein. Er ist in der Lobby aufgehalten worden, also habe ich ihn sich selbst überlassen.«

Mac lachte und küsste sie noch einmal. Sie war so schön, mit unglaublich sanfter Haut, Augen von einem außergewöhnlichen Lavendelblau und einem makellosen Gesicht, das wohl nie alt werden würde. »Geschieht ihm recht. Komm, setz dich. Ich hole dir etwas zu trinken.«

»Ich hätte gern ein Glas Wein. Es war ein langer Tag.« Serena ließ sich in einem der Ledersessel nieder und streckte die langen Beine aus. »Ich habe heute Morgen mit Caine gesprochen. Er hat mir erzählt, dass er die Papiere für diese Frau, die den großen Automaten leer geräumt hat, fertig hat. Die Presse ist voll mit Geschichten über Madame X«, fügte sie hinzu.

Mit einem kurzen Auflachen goss Mac seiner Mutter ein Glas ihres Lieblingsweins ein. »Ich kann mir keine Bezeichnung vorstellen, die weniger auf sie passen würde.«

»Wirklich? Wie ist sie denn?«

»Bilde dir selbst ein Urteil.« Er deutete auf den Monitor. »Die Kleine mit den kurzen Haaren in der blauen Bluse am Pokerautomaten.«

Serena beugte sich vor und nahm einen Schluck von ihrem Weißwein, während sie auf den Monitor schaute. Sie zog die Stirn kraus, als Darcy zwei Achter behielt und den besten Teil eines Flushs wegwarf. »Eine große Spielerin ist sie wohl nicht, was?«

»Absolut grün.«

Serenas Spielerherz erwärmte sich, als Darcy noch zwei Achten zog. »Aber ein Glückskind. Und hübsch ist sie auch. Stimmt es, dass sie völlig abgebrannt war, als sie hier reinkam?«

»Bis auf ihren letzten Dollar.«

»Na, dann hat sie ja wirklich Glück gehabt.« Serena hob ihr Glas und prostete dem Monitor zu. »Ich freue mich darauf, sie kennenzulernen. Oh, gut, jetzt gibt ihr irgendwer ein bisschen Nachhilfeunterricht.«

»Was?« Mac warf einen alarmierten Blick auf den Monitor und sah, wie ein Mann sich auf dem Stuhl neben Darcy niederließ. Er sah das schnelle flirtende Grinsen, sah, wie seine Hand flüchtig Darcys Schulter streifte. Und Darcys großäugiges, freundliches Lächeln. »Mistkerl!«

Mac war schon halb bei der Tür, bevor Serena aufspringen konnte. »Mac?«

»Ich muss runter.«

»Aber warum …?«

Als ihr Sohn davonstürmte, beschloss Serena, dass es nur einen Weg gab, um das Warum herauszufinden. Sie stellte ihr Glas ab und eilte hinter ihm her.

5. Kapitel

Wie nett und freundlich die Leute hier alle sind, fand Darcy. Und so hilfsbereit, dachte sie, während sie den attraktiven Mann mit dem Stetson, der sich neben sie gesetzt hatte, anlächelte.

Er hieß Jake und kam aus Dallas, was sie, wie er sagte, praktisch zu Nachbarn machte.

»Ich kenne mich mit diesem Spiel überhaupt nicht aus«, vertraute sie ihm an, und seine himmelblauen Augen lachten sie an.

»Als ob ich es gerochen hätte, Süße. Wenn man alles rausholen will, muss man bei jeder Hand den Maximaleinsatz geben.«

»Gut, wenn Sie meinen.« Darcy drückte gehorsam den Guthabenknopf, dann ließ sie sich Karten geben. »Ich habe zwei Dreier, die behalte ich.«

»Na ja, das kann man machen.« Jake legte eine Hand über ihre, bevor sie den Knopf drücken konnte, mit dem sie dem Automaten zu verstehen gab, dass sie die Karten behalten wollte. »Aber Sie sind doch auf den Royal Straightflush aus, oder? Das ist der Hauptgewinn. Sie haben ein Ass, eine Dame und den Herzbuben. Mit zwei Dreiern gewinnen Sie nichts. Selbst mit dreien wären Sie einfach nur weiter im Spiel.«

Sie nagte an ihrer Unterlippe. »Dann soll ich die Dreier also wegwerfen?«

»Wenn Sie schon spielen, sollten Sie auch richtig spielen.« Er blinzelte ihr zu.

»Stimmt.« Sie runzelte die Augenbrauen und warf die Dreier weg. Sie bekam dafür ein Ass und eine Fünf. »Oje, das nützt mir gar nichts.« Sie erinnerte sich daran, was der Kartengeber am Blackjack-Tisch zu ihr gesagt hatte, und wandte sich mit einem Lächeln zu Jake um. »Aber ich habe korrekt verloren.«

»Sie sagen es.« Sie ist ein wirklich niedlicher Knopf, dachte er, zart wie ein Gänseblümchen und leicht zu pflücken, wie es scheint. Bezaubert lehnte er sich etwas näher zu ihr hinüber. »Was halten Sie davon, wenn ich Ihnen einen ausgebe und Ihnen dabei erkläre, wie man Poker spielt?«

»Die Dame ist bereits vergeben.« Mac trat hinter Darcy und legte ihr nicht allzu sanft und besitzergreifend eine Hand auf die Schulter.

Darcy fuhr herum. »Mac?« Er hatte wieder diesen frostigen Blick, der allerdings nicht ihr, sondern ihrem neuen Freund aus Dallas galt. »Äh ... das ist Jake. Er bringt mir gerade bei, wie man am Automaten pokert.«

»Das sehe ich. Die Lady gehört zu mir.«

Jake fuhr sich mit der Zunge über die Zähne. Und nach kurzem Überlegen beschloss er, dass er ebendiese lieber behalten wollte. »Entschuldigung, Kumpel. Ich wusste nicht, dass ich jemandem in die Quere komme.« Er stand auf und tippte sich an den Hut. »Und Sie sollten immer den Royal Flush im Auge haben.«

»Ja, danke.« Darcy streckte Jake die Hand hin und bemerkte verwundert, dass Jake erst zu Mac sah, bevor er die dargebotene Hand schüttelte.

»War mir ein Vergnügen«, sagte Jake noch, bevor er von dannen stiefelte.

»Ich habe es falsch gemacht ...«, begann Darcy. Weiter kam sie nicht.

»Habe ich dir nicht gesagt, dass du dich spätabends nicht

allein hier herumtreiben sollst?« Die Tatsache, dass Mac ganz ruhig und leise sprach, verbarg nicht die Wut hinter seinen Worten. Im Gegenteil, es betonte sie noch.

»Das ist doch albern.« Am liebsten wäre Darcy ängstlich zurückgewichen, aber sie riss sich zusammen. »Du kannst nicht von mir erwarten, dass ich den ganzen Abend in meinem Zimmer sitze. Ich war doch nur …«

»Genau das ist es. Du sitzt kaum zehn Minuten an einem Automaten, und schon wirst du angemacht.«

»Er hat mich nicht angemacht. Er hat mir nur erklärt, wie man spielt.«

Seine Meinung dazu äußerte Mac mit einem deftigen Fluch. Was Darcy immerhin an ihr Rückgrat erinnerte. »Hör auf, mich zu beschimpfen.«

»Ich habe nicht dich beschimpft, sondern ganz allgemein geflucht.« Mit einer Hand an ihrem Ellbogen zog er sie unsanft vom Stuhl hoch. »Dieser Cowboy wollte dir doch nicht aus purer Großzügigkeit einen Drink spendieren. Der wollte dich betrunken machen, und glaub mir, das wäre ihm bei dir nicht schwergefallen.«

Sie begann zu zittern, sowohl aus Angst als auch aus Wut. »Und selbst wenn, geht das nur mich allein etwas an«, erwiderte sie trotzig.

»Irrtum. Es ist mein Casino, also geht es mich auch etwas an.«

Sie schnaubte ärgerlich und versuchte seine Hand abzuschütteln, aber es gelang ihr nicht. »Lass mich sofort los. Das brauche ich nicht. Würde ich einen Mann wollen, der mich herumkommandiert, hätte ich gleich in Kansas bleiben können.«

Ein dünnes überhebliches Lächeln huschte über sein Gesicht. »Du bist aber nicht mehr in Kansas.«

»Diese Feststellung ist ebenso geistlos wie unnötig. Lass

mich los. Ich gehe. Hier gibt es genügend andere Casinos, wo ich spielen und Leute kennenlernen kann, ohne vom Management belästigt zu werden.«

»Du willst spielen?« Zu ihrem Entsetzen – und, Himmel hilf, es erregte sie auch! – drückte er sie mit dem Rücken gegen den Automaten und funkelte sie mit mörderischem Blick an. »Du willst Leute kennenlernen?«

»Mac?« Serena, die genug gesehen hatte, kam mit einem strahlenden Lächeln auf die beiden zu. »Möchtest du mich nicht vorstellen?«

Er wandte den Kopf und starrte seine Mutter an. Er hatte sie völlig vergessen. Und den Ausdruck in ihren Augen kannte er auch. Er kam sich vor, als wäre er wieder zwölf.

»Natürlich.« Mit müheloser Gewandtheit, die sowohl seinen Ärger als auch seine Verlegenheit kaschierte, gab er Darcys Arm frei. »Serena MacGregor-Blade, Darcy Wallace. Darcy, meine Mutter.«

»Oh.« Längst nicht so geschickt wie Mac versuchte Darcy zu überspielen, wie peinlich ihr die Situation war. »Mrs. Blade. Wie geht es Ihnen?«

»Ich freue mich ja so, Sie kennenzulernen. Ich bin gerade in der Stadt angekommen und habe Mac schon nach Ihnen gefragt.« Noch immer lächelnd, legte sie Darcy einen Arm um die Schultern. »Aber jetzt kann ich Sie ja selbst fragen. Wir nehmen einen Drink, Mac«, fügte sie mit einem Blick über ihre Schulter hinzu, während sie Darcy mit sich zog. »Wir sind in der Silver Lounge. Sag deinem Vater Bescheid, wo ich bin, ja?«

»Ja, sicher, na klar«, murmelte Mac. Anstatt dem Automaten einen Tritt zu versetzen – wonach er sich fühlte –, drückte Mac den Geldrückgabeknopf, um Darcy ihren Einsatz zurückzugeben.

In einer ruhigen Ecke der Cocktaillounge mit glänzenden Silbertischen und tiefschwarzen Polstersesseln spielte Darcy nervös mit dem Stiel ihres Weinglases. Sie wagte nicht, davon zu trinken.

Mit einem hatte Mac wahrscheinlich recht – sie vertrug nicht viel Alkohol.

»Mrs. Blade, es tut mir schrecklich leid.«

»Wirklich?« Serena lehnte sich entspannt zurück und musterte die junge Frau, die ihr gegenübersaß. Aus der Nähe sah sie noch hübscher aus, so zart, fast überirdisch. Große unschuldige Augen, ein Puppenmund, nervöse Hände.

Nicht der Typ, den ihr Sohn sonst überhaupt anschaute. Sie wusste, dass er normalerweise große, schlanke Frauen bevorzugte. Sie kannte ihn außerdem gut genug, um zu wissen, dass er selten, nur äußerst selten wegen einer Frau die Beherrschung verlor.

»Mac hatte mich gebeten, abends nicht allein ins Casino zu gehen.«

Serena hob eine Augenbraue. »Ich wüsste nicht, was er für ein Recht dazu hätte.«

»Nein, schon … aber … er ist so nett zu mir gewesen.«

»Freut mich, das zu hören.«

»Ich meine, er hat mich nur um diese eine Sache gebeten. Verständlich, dass er jetzt verärgert ist.«

»Verständlich ist seine Verärgerung nur deshalb, weil sonst immer jeder nach seiner Pfeife tanzt.« Serena musterte Darcy über den Rand ihres Weinglases hinweg. »Aber das sollte Sie nicht betreffen.«

»Er fühlt sich für mich verantwortlich.«

Sie sagte es in einem so traurig bedrückten Ton, dass Serena sich ein Lachen verkneifen musste. Ihr schwante, dass ihr Sohn ein bisschen mehr als nur Verantwortung fühlte. »Er ist ein sehr verantwortungsbewusster Mensch. Aber auch das sollte nicht Ihr Problem sein. Jetzt jedoch müssen Sie mir alles erzählen.« Sie lehnte sich vertraulich vor. »Bisher habe ich es nur aus zweiter Hand erfahren, entweder das, was Mac meinem Mann erzählt hat, oder aus den Zeitungen. Ich möchte die ganze Geschichte hören, direkt von Ihnen.«

»Ich weiß gar nicht, wo ich beginnen soll.«

»Oh, am Anfang.«

»Also.« Darcy betrachtete ihr Weinglas, dann riskierte sie doch einen Schluck. »Es kam alles nur, weil ich Gerald nicht heiraten wollte.«

»Wirklich?« Erfreut rückte Serena näher. »Und wer ist Gerald?«

Eine Stunde später war Serena von Darcy vollends bezaubert, komplett eingenommen und verspürte geradezu mütterliche Gefühle für die junge Frau. Sie beschloss, ihre Stippvisite um ein paar Tage zu verlängern, und nahm Darcys Hand in ihre beiden. »Ich finde Sie ungeheuer mutig.«

»Ich komme mir gar nicht mutig vor. Noch nie war jemand so nett zu mir wie Mac, und ich habe ihn so wütend gemacht. Mrs. Blade ...«

»Nennen Sie mich Serena«, fiel Macs Mutter ihr ins Wort. »Vor allem, weil ich vorhabe, Ihnen einen unerbetenen Rat zu geben.«

»Ich weiß jeden Rat zu schätzen.«

»Verändern Sie nichts.« Jetzt drückte Serena Darcys Hand. »Mac wird damit schon klarkommen, das verspreche ich Ihnen. Bleiben Sie genau so, wie Sie sind, und genießen Sie es.«

»Ich fühle mich zu ihm hingezogen.« Darcy krümmte sich verlegen, als sie mit gerunzelter Stirn auf ihr leeres Glas blickte. »Ich hätte den Wein nicht trinken sollen. Ich hätte das nicht sagen sollen. Sie sind schließlich seine Mutter.«

»Ja, das bin ich, und deshalb wäre ich beleidigt, würden Sie ihn nicht attraktiv finden. Ich halte meinen Sohn nämlich für einen äußerst attraktiven jungen Mann.«

»Ja, natürlich, aber …« Darcy brach ab und hob den Blick, dann weiteten sich ihre Augen. »Oh.« Sie starrte den Mann an, der an ihren Tisch getreten war. »Sie sind der Kriegerhäuptling«, brachte sie atemlos hervor.

Justin Blade lächelte ihr strahlend zu und setzte sich neben seine Frau auf das Sofa. »Und Sie müssen Darcy sein.«

»Er sieht Ihnen so ähnlich. Entschuldigen Sie, ich wollte Sie nicht anstarren.«

»An dem Tag, an dem es mir etwas ausmacht, von einer hübschen jungen Frau angestarrt zu werden, hört das Leben für mich auf, lebenswert zu sein.« Justin legte seiner Frau einen Arm um die Schultern. Er war ein großer, schlanker Mann mit schwarzem, von silbernen Strähnen durchzogenem Haar und durchdringend grünen Augen. Diese grünen Augen begutachteten Darcy jetzt sowohl interessiert als auch anerkennend.

»Jetzt weiß ich wenigstens, was Mac mit den Elfenflügeln meinte. Herzlichen Glückwunsch zu Ihrem Gewinn, Darcy.«

»Danke. Aber irgendwie scheint es mir immer noch nicht real zu sein.« Darcy ließ den Blick durch die Silver Lounge schweifen. »Alles erscheint mir unwirklich.«

»Haben Sie schon Pläne, was Sie mit Ihrem neuen Reichtum anfangen wollen? Außer uns die Chance zu geben, Ihnen das Geld wieder abzuknöpfen, meine ich.«

Jetzt breitete sich auf ihrem Gesicht ein strahlendes Lächeln aus. »Oh, er ist genau wie Sie. Um ehrlich zu sein, jedes Mal, wenn ich spiele, scheine ich noch ein bisschen mehr zu gewinnen.« Sie bemühte sich ernsthaft, betreten zu klingen, doch das Kichern, das sich nicht zurückhalten ließ, ruinierte den Eindruck. »Aber etwas Geld habe ich immerhin schon dagelassen … in den Boutiquen und Salons.«

»Endlich mal eine Frau, die mir aus der Seele spricht«, erklärte Serena. »Wir haben wundervolle Geschäfte hier.«

»Und alle machen auch jedes Mal einen Hofknicks, wenn sie dich sehen.« Justin ließ verspielt eine von Serenas Haarsträhnen durch seine Finger gleiten.

Bei diesem Anblick wurde Darcy klar, dass sie bei ihren Eltern nie eine solche Vertrautheit oder kleine Zärtlichkeit gesehen hatte. Und diese Erkenntnis machte sie unglaublich traurig.

»Möchten die Damen noch ein Gläschen?« Noch während er fragte, gab Justin der Kellnerin ein Zeichen.

»Für mich nicht, danke. Ich sollte nach oben gehen. Ich wollte mich morgen eigentlich nach einem neuen Auto umsehen.«

»Möchten Sie, dass ich Sie begleite?«

»Gern, wenn Sie Lust haben.« Darcy lächelte Serena zögernd an, während sie sich erhob.

»Es würde mir einen Riesenspaß machen. Rufen Sie einfach in meinem Zimmer an, wenn Sie aufbrechen möchten.«

»Ja, gut. Es hat mich gefreut, Sie beide kennenzulernen. Gute Nacht.«

Justin wartete, bis Darcy außer Hörweite war, dann schaute er seine Frau fragend an. »Was geht dir im Kopf herum, Serena?«

»Viele interessante Dinge.« Sie drehte den Kopf und streifte mit ihren Lippen flüchtig seinen Mund.

»Als da wären?«

»Nun, unser Erstgeborener hätte fast einen Cowboy zusammengeschlagen, weil der sich erlaubt hat, ein bisschen mit unserer Elfe aus Kansas zu flirten.«

»Noch einen Wein für meine Frau, Carol, und ein Bier für mich«, bestellte Justin bei der Kellnerin, bevor er sich wieder Serena zuwandte. »Du übertreibst. Duncan ist derjenige, der sich wegen einer hübschen Frau auf Schlägereien einlässt, aber nicht Mac.«

»Ich übertreibe keineswegs. Er hatte schon die Zähne gebleckt, Blade«, murmelte sie. »Ich hab's in seinen Augen gesehen, er wäre dem armen Mann glatt an die Gurgel gegangen. Ich glaube, es hat unseren Sohn ernsthaft erwischt.«

»Erwischt?« Bei dem Wort musste Justin lachen. »Erklär mir, was du mit ›ernsthaft‹ meinst.«

»Justin.« Sie streichelte seine Wange. »Mac ist fast dreißig. Irgendwann musste es schließlich passieren.«

»Sie ist nicht sein Typ.«

»Genau.« Sie spürte die Tränen in ihren Augen brennen und schnüffelte. »Sie ist ganz und gar nicht sein Typ. Deshalb ist sie ja perfekt für ihn.« Entschlossen blinzelte sie die Tränen fort. »Und wenn nicht, werde ich es in Kürze herausgefunden haben.«

»Serena, du hörst dich verdächtig an wie dein Vater.«

»So ein Unsinn.« Die Beleidigung trocknete die Tränen sofort. »Ich habe nicht die geringste Absicht, zu manipulieren oder im Hintergrund die Fäden zu ziehen oder Menschen wie Schachfiguren auf dem Brett herumzuschieben.« Sie warf ihr Haar zurück. »Ich werde mich lediglich …«

»Einmischen.«

»Aber ganz diskret.« Sie lächelte ihn verführerisch an. »Du bist äußerst attraktiv, weißt du das?« Serena schob ihre Finger in Justins Haar. »Warum nehmen wir diese Drinks nicht mit nach oben in unsere Suite, Häuptling, und feiern noch ein bisschen?«

»Du versuchst nur, mich abzulenken.«

»Stimmt.« Ihr Lächeln wurde sinnlich, selbstsicher. »Und? Funktioniert es?«

Justin nahm sie bei der Hand und stand auf. »Ja.« Er küsste ihre Fingerspitzen. »Wie immer.«

Normalerweise schlief Mac von drei Uhr nachts bis neun Uhr in der Frühe. Während dieser Zeit konnte er das Casino ruhigen Gewissens der Obhut seiner Angestellten überlassen. Den Vormittag verbrachte er in aller Regel mit dem anfallenden Papierkram, Bestellungen und Personalangelegenheiten.

Er hatte die Stelle des Geschäftsführers des »Comanche« mit vierundzwanzig übernommen und seither dem Casino eine ganz eigene Atmosphäre gegeben. An der Oberfläche ein freundliches, turbulentes Haus, immer in Bewegung und voller Trubel. Unter diesem Lack jedoch straff durchorganisiert und auf Profit ausgerichtet.

Da er selbst einer von den Leuten war, die jede Karte beim Blackjack im Kopf mitzählten, erkannte er einen solchen Spieler innerhalb kürzester Zeit. Er wusste, wann er es durchgehen lassen konnte und wann und wie er einen solchen Casino-Gast an den nächsten Tisch lotsen musste. Bei den Angestellten wurde Freundlichkeit und absolute Ehrlichkeit vorausgesetzt. Jene, die diesen Anforderungen entsprachen, wurden belohnt, solche, die sich nicht daran hielten, gefeuert.

Eine zweite Chance gab es nicht.

Sein Vater hatte das »Comanche« im Schweiße seines Angesichts aufgebaut und es in ein glitzerndes Schmuckstück in der Wüste verwandelt. Mac hatte die Verantwortung, diesen Glanz zu bewahren. Und er nahm seine Verantwortungen grundsätzlich sehr ernst.

»Das erste Halbjahr sieht gut aus.« Justin lehnte sich in seinem Stuhl zurück, nahm die Lesebrille ab, die er mit Inbrunst verabscheute, und reichte Mac den Computerausdruck zurück. »Der Reingewinn beträgt ungefähr fünf Prozent mehr als im letzten Jahr.«

»Sechs«, korrigierte Mac mit einem Grinsen. »Und ein Viertel, um genau zu sein.«

»Den Kopf für Zahlen hast du von deiner Mutter geerbt.«

»Ich lebe für Zahlen. Wo ist Mom übrigens? Ich dachte, sie wollte an dieser Besprechung teilnehmen.«

»Sie ist mit Darcy unterwegs.«

Mac ließ die Personalakte sinken, die er gerade zur Hand genommen hatte. »Mit Darcy?«

»Die beiden machen einen Einkaufsbummel. Eine wirklich erfrischende junge Frau.« Justins Gesicht war so ausdruckslos, als ob er drei Asse auf der Hand hätte. »Fällt schwer, es zu bedauern, dass wir ihr einen siebenstelligen Betrag aushändigen müssen.«

»Ja.« Mac ertappte sich dabei, dass er mit den Fingern auf dem Aktenordner herumtrommelte. »Die Presse drängt auf den Namen. Ich habe sechs Angestellte, die nichts anderes als Telefondienst machen.«

»Selbst ohne Namen – die Publicity ist enorm. Es kann dem Geschäft nicht schaden.«

»Ja. Die Zimmerbuchungen sind in den letzten Tagen beträchtlich gestiegen. An dem Automaten, an dem sie gewonnen hat, wurde um dreißig Prozent mehr gespielt.«

»Wenn ihre Geschichte erst richtig bekannt wird und einem dieses hübsche Gesicht auf jeder Zeitung im ganzen Land begegnet, werden sie alle nur so hierherströmen.«

»Ich habe noch drei zusätzliche Sicherheitskräfte eingestellt. Außerdem würde ich gern Janice Hawber zur Oberaufsicht befördern.«

»Du kennst dein Personal.« Justin nahm eine schlanke Zigarre aus seiner Brusttasche. »Wenn wir Glück haben, profitieren wir sogar noch an anderen Standorten von dieser Geschichte.« Als Mac den Aktenordner aufschlug, wedelte Justin mit der Zigarre und produzierte eine Rauchspirale. »Lass uns jetzt damit Schluss machen. Was ist eigentlich mit der langbeinigen Brünetten passiert, die auf Baccarat und Brandy stand?«

»Pamela?« Seinem Vater entging aber auch wirklich nichts.

»Ich glaube, sie spielt jetzt Baccarat und trinkt ihren Brandy drüben im ›Mirage‹.«

»Schade. Sie verlieh den Tischen einen ... so angenehmen Glanz.«

»Sie war auf der Suche nach einem reichen Ehemann. Ich fand es ehrlich gesagt besser, mich aus der Affäre zu ziehen, bevor die Sache zu eng werden konnte.«

»Aha. Triffst du dich jetzt mit jemand anders?« Als Mac seinen Vater erstaunt ansah, grinste Justin. »Ich versuche nur, auf dem Laufenden zu bleiben. Duncan wechselt seine Partnerinnen so häufig, dass ich sie einfach nummeriere. Das macht es leichter.«

»Duncan jongliert mit Frauen wie mit Äpfeln.« Mac schüttelte leicht den Kopf über seinen Bruder. »Ich finde es weniger anstrengend, mich mit jeweils nur einer zu beschäftigen. Aber nein, ich bin im Moment solo. Du kannst Grandpa berichten, dass sein ältester Enkel seine Pflicht, sich fortzupflanzen, noch immer vernachlässigt.«

Justin gluckste vergnügt und zog an seiner Zigarre. »Man sollte doch meinen, dass vier Enkelkinder ihn zufriedenstellen sollten – für eine Weile zumindest.«

»Der Große MacGregor wird nicht ruhen, bis er auch den Letzten von uns unter die Haube gebracht hat und sich im Kreise seiner Urenkel sonnen kann.« Mac rollte gereizt die Schultern. »Er könnte sich wenigstens jemand anders aussuchen, den er bearbeitet. D. C. zum Beispiel.«

»Er bearbeitet D. C. doch.« Justin grinste. »Alan hat mir erzählt, dass der Große MacGregor ihn mittlerweile so aufs Korn nimmt, dass der Junge sich in seine Höhle mit den Farben und Pinseln zurückgezogen und geschworen hat, schon aus reinem Trotz Junggeselle zu bleiben. Also zieht Daniel zu Ian weiter, und der lächelt charmant, sagt zu allem Ja und Amen und lässt den Alten einen guten Mann sein.«

»Vielleicht sollte ich ihre Namen beim nächsten Telefonat unauffällig einfließen lassen. Als reine Selbsterhaltungsmaßnahme. Damit der Große MacGregor seine Aufmerksamkeit eine Weile auf die anderen richtet.«

Die Tür wurde aufgerissen. »Wenn man vom Teufel spricht«, brummte Mac in sich hinein, während er sich erhob.

Der Große MacGregor stand in der Tür und grinste breit. Seine wallende weiße Mähne umrahmte ein kantiges Gesicht mit leuchtend blauen Augen und einem schneeweißen Bart. Ein Baum von einem Mann, der jetzt mit seiner Hand, mächtig wie eine Bärentatze, Justin einen kräftigen Schlag auf den Rücken versetzte.

»Gib mir eine dieser erbärmlichen Zigarren«, dröhnte er und fing dann Mac in einer Umarmung ein, die jedem Grizzly Ehre gemacht hätte. »Schenk mir einen Scotch ein, Junge. Wenn ein Mann kreuz und quer durchs Land fliegt, bekommt er Durst.«

»Du hattest schon im Flieger einen Scotch.« Caine MacGregor betrat hinter Daniel das Büro. »Du alter Charmeur hast ihn der Stewardess abgeluchst, als ich gerade mal nicht aufgepasst habe. Wenn Mom das herausfindet, kannst du dich auf was gefasst machen.«

»Was sie nicht weiß, macht sie nicht heiß.« Daniel ließ sich mit einem zufriedenen Seufzer in einen Sessel sinken und sah sich um. »Also, was ist nun mit der Zigarre?«

Da er die Regeln kannte und Anna MacGregors Rache fürchtete, wandte Justin sich an seinen Schwager. »Hat Anna ihn dir aufgehalst?«

»Ha!« Daniel stieß mit seinem Stock, den er sowohl als Stütze, vor allem aber als wirkungsvolles Showrequisit benutzte, polternd auf den Boden.

»Er wollte nicht zu Hause bleiben. Ich soll euch ihre besten Grüße und ihr Mitleid ausrichten. Schön, euch zu sehen.«

Caine umarmte Justin und Mac herzlich. »Wo treibt sich Rena herum?«

»Einkaufen«, berichtete Justin ihm. »Aber sie müsste eigentlich bald zurück sein.«

»Gib mir endlich eine verdammte Zigarre«, befahl Daniel mit finsterem Gesicht und stieß nochmals mit dem Gehstock zu. »Und wo ist das Mädel, das dir das Fell über die Ohren gezogen hat? Ich will sie kennenlernen.«

Mac drehte sich zu seinem Großvater um. »Imposant«, hatte Darcy gesagt. So wie es aussah, würde sie selbst herausfinden können, *wie* imposant er war.

Ganz schwindlig vor Aufregung, mit hochroten Wangen und beladen wie ein Packesel betrat Darcy ihre Suite. Serena, die ebenso viele Einkaufstüten und Schachteln schleppte, folgte ihr auf dem Fuß.

»Oh, das hat Spaß gemacht.« Mit einem Seufzer ließ Serena alles auf den Boden fallen und warf sich in einen Sessel. »Meine Füße bringen mich um. Das ist immer ein sicheres Zeichen, dass der Einkaufsbummel ein Erfolg war.«

»Ich erinnere mich nicht mal mehr daran, was ich alles gekauft habe. Ich weiß nicht, was über mich gekommen ist.«

»Ich bin ein entsetzlich schlechter Einfluss.«

»Sie sind wundervoll.« Es war einer von diesen unvergesslichen Tagen in Darcys Leben gewesen. Serena hatte sie von Laden zu Laden geschleift. Und Darcy hatte unzählige Blusen und Röcke und Kleider vor Serenas kritischem Auge vorgeführt. »Sie wissen alles über Mode.«

»Diese Liebe dauert schon mein ganzes Leben. Und jetzt gehen Sie rasch nach oben und ziehen dieses gelbe Sommerkleid an. Mit den weißen Sandaletten und den kleinen goldenen Ohrringen. Ich muss es einfach noch mal an Ihnen sehen.« Sie sprang wieder auf und gab Darcy einen sanften Schubs in Richtung Treppe. »Tun Sie mir den Gefallen, bitte.

Ich bestelle uns derweil einen kühlen Drink. Den haben wir uns verdient.«

Schon halb auf der Treppe, blieb Darcy noch einmal stehen und drehte sich um. »Es war einer der schönsten Tage meines Lebens. Obwohl ich nicht glaube, dass ich es über mich bringe, diesen Sportwagen zu kaufen. Er ist so schrecklich unpraktisch.«

»Darüber machen wir uns später Gedanken.« Vor sich hin summend ging Serena zum Telefon, um den Zimmerservice anzurufen.

Das Kind verzehrt sich nach ein bisschen Aufmerksamkeit, dachte sie. Es war so leicht zu sehen und so deutlich zwischen den Zeilen herauszuhören gewesen, als Darcy über ihre Kindheit gesprochen hatte. Serena bezweifelte, das jemals jemand mit ihr spontan einen Einkaufsbummel gemacht hatte. Oder zusammen mit ihr über winzige Dessous gekichert hatte. Oder ihr gesagt hatte, wie hübsch sie in dem gelben Kleid aussah.

Ihr Herz schmerzte, wenn sie daran dachte, wie perplex Darcy ausgesehen hatte, als sie sie zu der Wahl der Ohrringe lachend und mit einer Umarmung beglückwünscht hatte. Und den sehnsüchtigen Blick in Darcys Augen, mit dem sie den kleinen blauen Flitzer angeschaut hatte, bevor sie ihre Aufmerksamkeit dann auf den praktischen und nüchternen Mittelklassewagen gelenkt hatte. Wie Serena das sah, hatte es in Darcys jungem Leben bisher viel zu viel Nüchternheit und viel zu wenig Spaß gegeben.

Und das, so beschloss sie, würde sich ändern.

Als das Telefon klingelte, rief Darcy von oben: »Oh, könnten Sie vielleicht …? Ich bin noch nicht …«

»Ich gehe ran.« Serena griff nach dem Hörer. »Miss Wallace' Suite.« Ihre Augen begannen zu glitzern. »Ja, allerdings. Wir sind zurück.«

Mit rasantem Tempo gingen ihre Gedanken in eine Richtung, die den Großen MacGregor mit stolzgeschwellter Brust zurückgelassen hätten. »Warum machen wir es nicht hier? Ich denke, hier fühlt sie sich wohler. Ja, jetzt passt es. Wir sehen uns in einer Minute.«

Immer noch summend schlenderte Serena zum Fuß der Treppe. »Brauchen Sie Hilfe?«

»Nein. Es sind nur so viele Tüten und Schachteln. Ich musste das Kleid erst mal finden.«

»Lassen Sie sich Zeit. Das war Justin am Telefon. Es macht Ihnen doch nichts aus, wenn wir hier ein bisschen über geschäftliche Dinge reden, oder?«

»Nein.«

»Gut. Ich lasse uns jetzt etwas zu trinken kommen.« Champagner, entschied sie.

Zehn Minuten später war Darcy gerade auf der Treppe, als die Türen des Aufzugs auseinanderglitten. Die dunklen volltönenden Männerstimmen ließen sie wie angewurzelt stehen bleiben.

Dann sah sie nur Mac.

Serena beobachtete, wie sich der Blick ihres Sohnes mit Darcys Blick traf, sie sah, wie sich beide Augenpaare verdunkelten, als der Moment andauerte. Jetzt war sie sich sicher.

»Da ist ja mein Mädchen!« Daniel riss seine Tochter an sich. »Du rufst deine Mutter einfach zu selten an«, schalt er sie. »Sie verzehrt sich vor Sehnsucht.«

»Ich verbringe eine Menge Zeit damit, meinen Kindern auf den Wecker zu fallen.« Sie küsste ihn herzhaft auf beide Wangen, dann umarmte sie ihren Bruder. »Wie geht es dir? Wie geht es Diana? Was machen die Kinder?«

»Es geht allen gut. Diana steckt mitten in einem Fall und konnte nicht weg. Sie wird bestimmt enttäuscht sein, dass sie dich verpasst hat.«

»Na, dann wollen wir mal sehen.« Daniel lehnte sich auf seinen Stock und musterte die junge Frau, die unbeweglich wie eine Statue auf der Treppe stand. »Sie sind ja wirklich nur eine halbe Portion. Kommen Sie nach unten, damit ich Sie besser sehen kann.«

»Er beißt nur selten.« Mac ging zum Fuß der Treppe, wo er stehen blieb und Darcy die Hand entgegenstreckte.

Sie hatte weiche Knie, und da sie wusste, dass ihre Finger zitterten, tat sie, als sähe sie Macs Hand nicht. Doch er ergriff die ihre trotzdem und drückte aufmunternd ihre Finger.

»Darcy Wallace. Der Große MacGregor.«

Sie befürchtete, keinen Ton herauszubekommen. Er war so groß und sah so wild aus, mit buschigen weißen Brauen, die jetzt dicht über den blauen Augen zusammengezogen waren. »Ich freue mich, Sie kennenzulernen, Mr. MacGregor.«

Für einen Moment behielt er seine finstere Miene noch bei, dann lächelte er so breit und warm, dass sie blinzeln musste. »Hübsch wie ein Sonnenstrahl«, stellte er dann fest und tätschelte behutsam ihre Wange. »Und winzig und zart wie eine Elfe.«

Jetzt lächelte auch sie. »Das scheint Ihnen nur so, weil Sie so riesig sind. Hätte William von Schottland mehr Männer wie Sie gehabt, hätte er gewonnen.«

Daniel lachte dröhnend auf und zwinkerte ihr zu. »Also, das ist ein Mädel! Kommen Sie, Kindchen, setzen Sie sich zu mir, und erzählen Sie mir etwas von sich.«

»Du kannst sie später verhören. Ich bin Caine MacGregor.«

Darcy richtete ihren Blick auf den großen Mann mit den blonden, grau melierten Haaren und den leuchtend blauen Augen. »Ja, ich weiß. Himmel, ich bin so nervös.« Sie rang die Hände. »In der Schule haben wir über Sie geredet. Jeder war sicher, Sie würden für das Präsidentenamt kandidieren.«

»Die Politik überlasse ich lieber Alan. Ich bin nur ein An-walt. Ihr Anwalt«, fügte er hinzu, nahm ihren Arm und führte sie zu einem Stuhl etwas abseits. »Möchten Sie, dass ich Ihnen diesen lärmenden Haufen vom Hals schaffe, während wir uns unterhalten?«

»Oh, nein, bitte.« Sie sah in die Runde, und ihr Blick kam auf Macs Gesicht zu ruhen. »Alle hier sind doch Beteiligte.«

»Na schön, wie Sie meinen.« Er setzte sich und öffnete sei-nen Aktenkoffer. »Ich habe Ihre Geburtsurkunde, Ihren Füh-rerschein und eine Kopie des Polizeiprotokolls über den Diebstahl Ihrer Handtasche von letzter Woche. Da brauchen Sie sich wahrscheinlich keine großen Hoffnungen zu machen, dass Sie etwas zurückerhalten.«

Sie schaute die Papiere an, die er ihr reichte. »Das ist wohl auch nicht mehr wichtig. Wie haben Sie das alles bloß so schnell geschafft?«

»Beziehungen«, erwiderte er schlicht. »Ich habe Kopien Ihrer Steuerrückerstattung der letzten zwei Jahre. Hier sind einige Formulare, die Sie ausfüllen und unterschreiben müssen.«

»Gut.« Sie bemühte sich, nicht hilflos auf den Papierwust zu starren, den er zutage förderte. »Wo soll ich anfangen?«

»Ich erkläre es Ihnen Schritt für Schritt. Wir gehen alles gemeinsam durch.« Er schaute auf. »Habt ihr denn nichts Besseres zu tun?«, fragte er seine Familie.

»Nein.« Daniel suchte sich einen Platz. »Kann ein Mann hier etwas zu trinken bekommen, solange dieses legale Zeugs da erledigt wird?«

»Ich habe Drinks bestellt.« Um ihn zu beruhigen, setzte Serena sich auf die Armlehne zu ihm und begann von den neuesten Fortschritten ihrer Enkelkinder zu berichten.

Darcy hörte Caine aufmerksam zu und füllte dann ein Formular nach dem anderen aus. Bei der Adresse zögerte sie einen Moment, dann schrieb sie die Anschrift des Hotels in die Spalte. Als Caine nichts einwandte, entspannte sie sich ein wenig.

»Mit dem neuen Ausweis können Sie auch Ihre Kreditkarten beantragen«, teilte Caine ihr mit. »Sie haben keine Bankverbindung angegeben.«

»Eine Bank?«

»Der Transfer Ihres Gewinns erfolgt bargeldlos. Der Riesenscheck, den Mac Ihnen überreichen wird, ist nur ein PR-Gag für die Öffentlichkeit. Publicity für das ›Comanche‹. Möchten Sie, dass Mac es auf Ihr Konto in Kansas einzahlt?«

»Nein«, wehrte sie hastig ab, sprach aber nicht weiter.

»Und wohin soll er es Ihnen dann überweisen, Darcy?«, drängte Caine behutsam.

»Ich weiß nicht. Vielleicht kann es ja auf derselben Bank bleiben. Hier?«

»Kein Problem. Ihnen ist klar, dass das Finanzamt als Erstes seinen Anteil abziehen wird?«

Sie nickte und setzte ihre Unterschrift unter das letzte Formular. Aus den Augenwinkeln sah sie, dass Mac zur Tür ging, um den Zimmerkellner hereinzulassen.

Mac trug eine schwarze Hose und ein weißes Hemd. Beide Stoffe wirkten weich und fließend, und sie fragte sich, wie es sich wohl anfühlen würde, wenn sie mit den Fingerspitzen darüberfahren würde. Über Macs Brust ...

»Sie werden finanziellen Rat brauchen.«

»Wie?« Errötend und sich tadelnd, weil sie mit ihren Gedanken woanders gewesen war, schaute sie Caine an. »Entschuldigen Sie.«

»Ab morgen früh werden Sie im Besitz einer großen Geldsumme sein. Sie werden einen Finanzberater brauchen.«

»Können Sie das nicht machen?«

»Ich kann Ihnen ein paar grundlegende Ratschläge und ein paar Tipps für den Anfang geben. Aber danach brauchen Sie jemanden, der genauer Bescheid weiß. Ich kann Ihnen mehrere Leute empfehlen.«

»Dafür wäre ich Ihnen sehr dankbar.«

»So, das war's dann auch schon.« Er lehnte sich zurück. »Wir eröffnen Ihnen ein Konto, auf das wir das Geld überweisen. Das ist alles.«

»Einfach so?«

»Einfach so.«

»Oh.« Darcy presste eine Hand auf den Magen, weil ihr plötzlich leicht flau wurde. »Du meine Güte.« Wieder suchte sie nach Macs Blick, hoffte darauf, er würde ihr dabei helfen können, was sie jetzt tun sollte, was sie sagen sollte. Doch er sah sie nur an, mit undurchdringlichem Blick und nicht zu deutender Miene.

Mit einem ungeduldigen leisen Schnauben, das ihrem Sohn galt, erhob Serena sich. »Ich würde sagen, das schreit danach, begossen zu werden. Mac, Liebling, öffne den Champagner. Darcy, Sie bekommen das erste Glas.«

»Es ist so nett von Ihnen, von Ihnen allen ...« Sie fuhr erschrocken zusammen, als der Korken knallte.

»Ich habe nie fast zwei Millionen an jemanden verloren, der mir sympathischer war.« Justin nahm Mac das Glas aus der Hand und brachte es Darcy. »Genießen Sie es.«

Ihr Magen beruhigte sich wieder, der Druck fiel von ihr ab. »Danke«, hauchte sie verwirrt.

»Herzlichen Glückwunsch.« Caine umfasste ihre Finger mit beiden Händen.

Dann prosteten ihr alle zu und redeten durcheinander. Sie wurde umarmt und von jedem geküsst. Mit einer auffälligen Ausnahme – Mac. Er fuhr ihr nur sanft mit einem Finger über die Wange.

Nach viel Gelächter fing man an, sich über Zeit und Ort eines Essens im Kreise der Familie zu streiten, das sie, wie Darcy zu ihrem Erschrecken feststellte, mit größter Selbstverständlichkeit einschloss. Serena legte ihr ganz ungezwungen einen Arm um die Schultern, während sie Caine zurechtwies, was für ein Banause er doch sei, eine solche Gelegenheit bei einer Pizza feiern zu wollen.

Ihre Gefühle überwältigten Darcy, schnürten ihr den Hals zu und brannten ihr in den Augen. Sie hörte, wie ihr Atem immer rasselnder ging, spürte, wie ihr das Luftholen immer schwerer fiel.

»Entschuldigen Sie mich«, brachte sie mühsam heraus, bevor sie zur Treppe eilte. Das plötzliche Verstummen des allgemeinen Lachens und Geplauders dröhnte laut in ihren Ohren. Sie rannte nach oben und schloss sich im Badezimmer ein. Dort drehte sie mit fliegenden Händen alle Wasserhähne auf, sodass das Rauschen des Wassers ihr Schluchzen übertönte.

Dann setzte sie sich auf den Boden und weinte hemmungslos wie ein kleines Kind.

6. Kapitel

Als Darcy wieder aus dem Bad kam, war es in der Suite still. Sie wusste nicht, ob sie erleichtert sein oder vor Scham im Boden versinken sollte, als ihr klar wurde, dass man sie allein gelassen hatte.

Sie würde sich bei allen für ihr plötzliches Verschwinden entschuldigen müssen. Aber so hatte sie erst einmal etwas Zeit gewonnen, um sich zu beruhigen.

Sie schaute sich im Schlafzimmer um und ließ ihren Blick über die Schachteln und glänzenden Einkaufstüten gleiten. Am vernünftigsten wäre es wohl, erst einmal alles wegzuräumen und einzusortieren. Damit könnte sie zumindest einen Bereich ihres Lebens in Ordnung bringen.

Sie packte gerade eine neue Bluse aus, als sie Schritte auf der Treppe hörte.

»Ist alles in Ordnung mit dir?« Mac stand vor ihr.

»Ja. Ich dachte, alle wären weg.«

»Ich bin geblieben«, entgegnete er schlicht und kam auf sie zu. Er blickte auf die Bluse, die sie mit verkrampften Fingern an ihre Brust gepresst hielt. »Hübsche Farbe.«

»Oh ... ja. Deine Mutter hat sie ausgesucht.« Sie kam sich albern vor und zwang sich, den Griff zu lockern und die Bluse in den Schrank zu hängen. »Es war so unhöflich von mir, einfach wegzulaufen. Ich werde mich entschuldigen müssen.«

»Dafür gibt es keinen Grund.«

»Natürlich gibt es den.« Die Bluse akkurat auf den Bügel zu hängen schien plötzlich von ungeheurer Wichtigkeit. »Es

war nur, weil plötzlich alles auf mich einzustürmen schien.«
Sie kam zurück und packte eine Hose aus, wiederholte die
Prozedur mit dem Aufhängen.

»Das ist durchaus verständlich, Darcy. Es ist viel Geld. Es
wird dein Leben verändern.«

»Das Geld?« Abwesend warf sie ihm einen Blick zu, dann
wedelte sie mit den Händen in der Luft. »Nun ja, ich denke,
das Geld ist ein Teil davon.«

Er legte den Kopf schräg. »Was denn sonst noch?«

Sie nahm eine Schachtel auf, legte sie wieder ab und ging
zum Fenster. Es war immer noch ein seltsames Gefühl, hier
zu stehen und eine Welt, die sie gerade erst zu erkunden begann, zu ihren Füßen ausgebreitet liegen zu sehen.

»Deine Familie ist so ... so überwältigend schön. Du ahnst
wahrscheinlich gar nicht, was du da besitzt. Das kannst du
auch nicht. Sie waren schon immer deine Familie, wie solltest
du es da wissen?«

Sie blickte auf die blinkenden Lichter der Casinos auf der
anderen Straßenseite. Gewinnen, gewinnen, gewinnen, schienen sie zu signalisieren.

Dabei ist es doch gar nicht so schwierig zu gewinnen,
dachte sie. Nur unendlich viel schwerer, diesen Preis dann
auch halten zu können.

»Ich bin eine Beobachterin«, sagte sie. »Ich kann gut beobachten, deshalb will ich ja auch niederschreiben, was ich sehe.
Was ich fühle oder erlebe.« Sie schlang die Arme um sich und
drehte sich zu ihm um. »Ich habe deine Familie beobachtet.«

Sie sieht so bezaubernd aus, dachte er. *Und verloren.* »Und
was hast du gesehen?«

»Deinen Vater, wie er zärtlich mit dem Haar deiner Mutter
spielte, als wir gestern zusammen in der Lounge saßen.« Sie
erkannte die Verwirrung in seinen Augen und lächelte. »Für
dich ist das normal, du bist daran gewöhnt, dass sie sich be-

rühren, deshalb fällt es dir gar nicht mehr auf. Er hat den Arm um sie geschlungen, und sie hat sich an ihn gelehnt ...« Darcy schloss voller Sehnsucht die Augen und legte sich eine Hand auf das Herz. »... sich an ihn geschmiegt, in dem Wissen, genau dorthin zu gehören. Und dann hat er mit einer Strähne ihres Haars gespielt, während er mit ihr sprach. Es war wunderschön anzusehen. Wie dieses kleine Licht in ihre Augen trat, als er es tat.« Sie öffnete die Augen wieder und lächelte. »Bei meinen Eltern habe ich so etwas nie gesehen. Ich glaube schon, dass sie sich geliebt haben, aber sie haben sich nie auf diese so wunderbar selbstverständliche Art berührt. Manche Menschen tun das einfach nicht. Oder sie können es auch nicht.« Sie seufzte und schüttelte den Kopf. »Ich rede wirres Zeug.«

Jetzt konnte er es auch sehen, nachdem sie es beschrieben, es in Worte gefasst hatte. Und ja, sie hatte recht. Für ihn gehörte es so sehr zum normalen Leben, zu seiner Familie, dass es ihm wirklich nicht mehr auffiel. »Nein, im Gegenteil, es ist überhaupt nicht wirr.«

»Und da ist noch so viel mehr. Als sie vorhin alle hier drinnen waren ... da gehörtest du auch wieder dazu, sodass es dir kaum bewusst sein kann. Die Art, wie dein Großvater deine Mutter umarmt hat, so fest. Für diesen Augenblick war sie der Mittelpunkt seines Lebens und umgekehrt. Und dann saß sie neben ihm auf der Armlehne, er hatte die Hand auf ihr Knie gelegt, so ganz selbstverständlich. Es war wunderschön mit anzusehen«, sagte Darcy leise. »Wie deine Mutter und dein Onkel sich über das Familiendinner gestritten und gefrotzelt haben. All die Blicke und Gesten und Bemerkungen, das Lachen von Menschen, die einander genau kennen, die einander lieben.«

»Ja, natürlich lieben wir uns.« Mac sah, dass ihre Augen in Tränen schwammen, und streckte die Hand aus, um ihr übers Haar zu streichen. »Was ist denn, Darcy?«

»Sie waren so freundlich zu mir. Ich nehme Geld von ihnen, eine Menge Geld, aber alle stoßen mit Champagner auf mich an und gratulieren mir. Deine Mutter legte den Arm um meine Schultern.« Der Gedanke daran ließ ihre Stimme brüchig werden. »Es klingt lächerlich, ich weiß, aber wenn ich mich nicht ganz schnell nach oben verdrückt hätte, wäre ich ihr um den Hals gefallen und hätte wie ein Schlosshund losgeheult. Sie hätte mich wahrscheinlich für völlig verrückt gehalten.«

Einsam. Hatte er sie für einsam gehalten? Jetzt verstand er, dass das Wort nicht annähernd beschrieb, was sie empfinden musste. »Sie hätte gedacht, dass du in den Arm genommen werden willst.« Er legte jetzt seinen Arm um Darcy und spürte, wie sie leise erbebte. »Komm, nimm mich auch in den Arm. Es ist okay.«

Er zog sie näher an sich heran und legte seine Wange an ihr Haar. Er konnte ihr Zögern spüren, den Kampf der Gefühle, der in ihrem Innern tobte und sie regungslos dastehen ließ. Dann legte sie ihre Arme um ihn und umschlang ihn fest. Sie stieß schwer den Atem aus, und es klang wie ein Seufzer.

»In unserer Familie berührt man sich ständig irgendwie«, erklärte er. »Du würdest niemanden schockieren, wenn du ihm um den Hals fällst.«

Es fühlte sich so gut an – seine harte Brust, der rhythmische Schlag seines Herzens … Sie schloss die Augen und genoss das Gefühl von Geborgenheit, als er ihr mit der Hand über den Rücken streichelte. »Es ist mir nur so fremd. Alles hier. Sie alle. Und du. Besonders du.«

Ihre Stimme war jetzt leise und rau. Er spürte ihr Haar sanft an seiner Wange, nahm ihren zarten Duft wahr. Zuneigung, ermahnte er sich, als sie ihren zierlichen weichen Körper an ihn schmiegte, nicht Lust. *Sie braucht Freundschaft, keine Leidenschaft.*

Doch dann drehte sie den Kopf, so als wolle sie den Duft seiner Haut am Hals erschnuppern, und Verlangen meldete sich in ihm.

»Ist es jetzt besser?« Er wollte sich von ihr lösen, doch sie hielt sich an ihm fest. Seine Lippen strichen hauchzart über ihre Schläfe, verweilten dort für eine Sekunde. Er ließ sich von ihr halten und sagte sich, dass er es nur tat, weil sie es brauchte.

»Hmm.«

Das Kleid hatte dünne Träger, die sich über der glatten Haut ihres Rückens kreuzten. Mit den Fingern tastete er darüber. Sie schmiegte sich an ihn, eine Bewegung, die ihm durch und durch ging.

Er vergaß seinen Vorsatz, nur zärtlich zu sein. Sie drängte sich an ihn. Sein Kuss verlangte Hingabe, und sie verweigerte sie ihm nicht. Ihr Körper erbebte unter seiner Liebkosung.

Darcy war ganz schwindlig vor Verlangen. Seine Stärke, die Kraft dieser Arme, die er besitzergreifend um sie geschlungen hatte, erregten sie ungeheuer.

Das ist Begehren, dachte sie wild. Jetzt spürte sie es, endlich, endlich. Das hämmernde Herz, den rasenden Puls, die aufsteigende Hitzewelle.

Mit den Händen fuhr er über ihren Rücken und die Wölbung ihres Pos. Zwei vor Leidenschaft glühende Körper pressten sich aneinander. Er stellte sich vor, wie er in sie eindrang, sie ganz ausfüllte und sich in ihr bewegte, bis das Verlangen in ihnen beiden explodierte …

Er hielt sich gerade noch zurück, als seine Hände schon nach den dünnen Trägern ihres Kleides gefasst hatten. Er schaute ihr in ihre weit geöffneten Augen, die noch immer verschwollen waren vom Weinen.

Er ließ sie so abrupt los, dass sie taumelte. »Du bist so verdammt vertrauensselig.« Die Worte trafen sie wie Ohrfeigen, doch die Verachtung in ihnen galt ihm selbst. »Es ist ein Wunder, dass du allein auch nur einen Tag überlebt hast.«

Gott, oh Gott, war alles, was sie denken konnte. Seit wann brannte Blut so heiß? Sie fragte sich, wieso sie noch nicht in Flammen aufgegangen war. Sie legte die Finger an den Mund und strich vorsichtig darüber. Ihre Lippen prickelten immer noch vor Verlangen. »Ich weiß, dass du mir nicht wehtun wirst.«

Er war kurz davor gewesen, so knapp davor, ihr die Kleider vom Leib zu reißen und sie rücksichtslos zu nehmen. Und sie stand einfach nur da und schaute ihn aus diesen großen Augen an, in denen sich Begehren widerspiegelte und – schlimmer, viel schlimmer noch – Vertrauen.

»Du kennst mich nicht, und du kennst das Spiel nicht.« Er stieß die Wort grob aus, hoffte damit, sie und sich zu schützen. »Deshalb rate ich dir, spiel nie gegen das Haus. Das Haus gewinnt am Ende immer.«

Sie konnte kaum atmen. »Ich war es aber, die gewonnen hat.«

Seine Augen blitzten auf. »Dann bleib«, forderte er sie heraus. »Dann bekomme ich mein Geld eben zurück. Und mehr. Mehr, als du bereit bist zu verlieren. Also, überleg's dir besser.«

Er legte unsanft seine Hand an ihren Nacken, hoffte, sie würde vor ihm zurückscheuen. Denn wenn sie sich vor ihm fürchten würde, würde er sich von all den Dingen abhalten können, die er mit ihr tun wollte. »Renn. Nimm das Geld und renn weg, so schnell du kannst. Kauf dir ein Häuschen mit einem hübschen Zaun, einem Kombi in der Einfahrt und einem netten Gärtchen. Meine Welt ist nicht die deine.«

Fast wäre sie unter seinen Worten erschauert. Aber das wäre der Beweis für ihn, dass er recht hatte. »Es gefällt mir hier.«

Er verzog die Lippen zu einem abfälligen Lächeln. »Schätzchen, du weißt ja nicht einmal, wo du bist.«

»Ich bin bei dir.« Und das, so wurde ihr mit erregender Deutlichkeit klar, war genau das, was sie wollte.

»Du willst dich also auf ein Spiel mit mir einlassen, kleine Darcy aus Kansas? Das erste Blatt, das ausgeteilt wird, und du bist ruiniert.«

»Du machst mir keine Angst.«

»Ach nein?« Er sollte es aber. Und er würde es tun, zu ihrem eigenen Besten. »Du wagst es ja nicht mal, irgendeinen Idioten bei dir zu Hause wissen zu lassen, wo du bist. Du schleichst dich lieber bei Nacht und Nebel davon, anstatt ihm entgegenzutreten. Und du glaubst, mit einem erfahrenen Zocker mithalten zu können?« Mit einem kurzen Auflachen ließ er sie los und wandte sich zum Gehen. »Höchst unwahrscheinlich.«

Seine Worte waren wie schallende Ohrfeigen. Sie zuckte zusammen, hatte sich jedoch sofort wieder im Griff. »Du hast recht.«

Er blieb am Treppenabsatz stehen und drehte sich noch einmal um. Sie stand immer noch am Fenster, die Arme um sich geschlungen, eine funkelnde Leidenschaft in den Augen, die ihrer verschreckten Körperhaltung widersprach. Er wünschte sich sehnlichst, sie in den Arm zu nehmen und festzuhalten. Aber nicht nur, weil sie es brauchte, wurde ihm mit plötzlicher Panik klar. Sondern weil er es brauchte!

Darcy atmete schwer aus, es klang fast wie eine kleine Explosion. »Du hast völlig recht. Wie machen wir es?«

Bei den Bildern, die ihm unvermittelt durch den Kopf schossen, musste er sich am Geländer festhalten. »Wie bitte? Was?«

»Wie informieren wir die Presse? Gibst du einfach meinen Namen bekannt, oder muss da so etwas wie eine Pressekonferenz organisiert werden?«

Die Mischung aus Scham über sich selbst und Verwirrung war absolut tödlich. Mac brauchte einen Moment, bevor er sich wieder gefasst hatte. Er rieb sich mit der Hand über das Gesicht. »Darcy, es gibt keinen Grund, irgendetwas zu überstürzen.«

»Warum noch warten?« Sie streckte den Rücken durch. »Du hast selbst gesagt, dass es früher oder später durchsickert. Es ist mir lieber, ich habe es selbst in der Hand. Außerdem kann ich kaum Respekt von dir erwarten, wenn ich mich weiterhin nur verstecke.«

»Das hier hat nichts mit mir zu tun. Es ist höchste Zeit, dass du an dich selbst denkst.«

»Das tue ich doch. Hier geht es doch um mich.« Seltsam, indem sie die Worte aussprach, wurde ihr klar, dass es stimmte. Und das war unendlich beruhigend. »Es geht darum, dass ich endlich Stellung beziehe und mich nicht mehr herumschubsen lasse. Ich mag vielleicht kein erfahrener Zocker sein, Mac, aber ich bin bereit, mit den Karten, die ich bekommen habe, zu spielen.«

Sie drehte sich um und ging zum Telefon. »Willst du die Presse anrufen, oder soll ich es tun?«

Er wartete. Wartete darauf, dass sie einen Rückzieher machen würde. Doch ihr Blick blieb fest, ihr Kinn entschlossen vorgereckt. Ohne etwas zu sagen, kam er zu ihr, nahm ihr den Hörer aus der Hand und wählte.

»Hier ist Blade. Ich möchte Sie bitten, eine Pressekonferenz einzuberufen. Wir nehmen die Nevada Suite. In einer Stunde.«

»Ich habe sie dazu gedrängt.« Mac, die Hände in den Hosentaschen, stand hinten im Personaleingang der Nevada Suite und beobachtete, wie Caine die entschlossene Darcy für die Pressekonferenz instruierte.

»Du hast ihr eine Atempause verschafft«, korrigierte Serena. »Wenn du nicht gewesen wärst, hätte sich die Meute schon vor Tagen auf sie gestürzt. Ohne die Möglichkeit, sich darauf vorzubereiten.« Sie tätschelte den Arm ihres Sohnes. »Und ohne einen der besten Anwälte des Landes an ihrer Seite.«

»Sie ist noch nicht so weit.«

»Ich denke, du unterschätzt sie.«

»Du hast sie nicht vor einer Stunde gesehen.«

»Nein.« Und obwohl Serena sich fragte, was zwischen ihrem Sohn und Darcy vorgefallen sein mochte, zügelte sie ihre Neugier und stellte die Frage nicht. »Aber ich sehe sie jetzt. Und ich sage dir, sie ist bereit.«

Serena hakte sich bei Mac unter und musterte die junge Frau, die Caine aufmerksam zuhörte. Darcy hatte einen weißen Bolero über das sonnengelbe Kleid angezogen. Sehr geschickt, entschied Serena. Schlicht und frisch. Das Mädchen war zwar ein bisschen blass, wirkte aber gefasst.

»Sie wird über sich selbst überrascht sein«, murmelte Serena. Und du auch, fügte sie in Gedanken hinzu. »Caine wird bei ihr bleiben und ihr helfen … und wir sind ja auch alle noch da, zu ihrer Verstärkung.«

Justin schlüpfte zu der schweren Tür herein, nickte seinem Sohn zu und legte seiner Frau leicht eine Hand auf die Schulter. »Wir sind so weit. Die Leute werden langsam unruhig. Willst du, dass ich die Ankündigung übernehme?«

»Ich mache das.« Mac beobachtete, wie seine Mutter ihre Hand auf die seines Vaters legte. Ihr liebevoller Umgang miteinander wirkte so selbstverständlich, dass es ihm noch nie aufgefallen war. Bis Darcy gekommen war.

»Ich glaube, ich weiß gar nicht, was ich an euch habe.« Er legte eine Hand auf die verschlungenen Hände seiner Eltern.

Justin sah seinem Sohn mit gerunzelter Stirn nach, wie er zu Darcy hinüberging. »Was sollte das denn jetzt?«

»Ich bin mir nicht sicher.« Serena lächelte nachdenklich. »Aber es hat mir gefallen. Komm, gehen wir den Großen MacGregor ablenken, damit er Darcy nicht womöglich noch durcheinanderbringt.«

Darcy hatte panische Angst. Sämtliche von Caines Instruktionen hatten sich bereits zu einem völligen Wirrwarr in ihrem Kopf vermischt. Nur ihr Stolz nagelte sie an ihrem Platz fest, auch wenn sie am liebsten die Beine in die Hand genommen hätte und davongerannt wäre.

Ihr Herz trommelte wild, als Mac auf sie zukam.

»Alles klar?«

Es war an der Zeit, mit dem Davonlaufen aufzuhören. »Ja.«

»Ich gehe jetzt rein und gebe ihnen einen kurzen Überblick. Dann kommst du und beantwortest ein paar Fragen. Das ist alles.«

Er hätte ihr genauso gut sagen können, sie solle einen Stepptanz vorführen und gleichzeitig mit brennenden Fackeln jonglieren, aber sie nickte. »Dein Onkel hat mir erklärt, wie es abläuft.«

»Das Mädchen ist doch nicht blöd«, bellte Daniel. »Sie kann für sich selbst sprechen. Habe ich recht, Kindchen?«

Die leuchtend blauen Augen erwarteten Selbstvertrauen. »Wir werden es gleich wissen.« Sie straffte die Schultern und ging zur Seitentür, um in den Saal zu spähen. »Ach du meine Güte, so viele Leute.« Der Magen sackte ihr in die Kniekehlen. »Nun.« Sie trat wieder zurück. »Ob nun einer oder Hunderte, das bleibt gleich.«

»Beantworte keine Frage, die du nicht beantworten willst«, sagte Mac kurz angebunden. Dann ging er nach draußen.

Als er ans Podium trat, wurde es im Saal sofort still. Darcy registrierte seine selbstbewussten Bewegungen, als er sich vorbeugte und mit klarer Stimme in das Mikrofon sprach. Als leises Gelächter in der versammelten Reportermenge aufklang, blinzelte Darcy verdutzt.

Sie hatte die Worte nicht mitbekommen, nur den Tonfall. Aber es war klar, dass Mac irgendeine scherzhafte Bemerkung gemacht hatte. Er versuchte eine entspannte und gelassene Atmosphäre im Saal herzustellen.

Es fällt ihm so leicht, dachte sie. *Mit Fremden zu reden, sich auf sie einzustellen, spontan und freundlich zu sein und dabei immer die Kontrolle zu behalten.* Dieses Meer von fremden Gesichtern machte ihn nicht nervös, die losgefeuerten Fragen brachten ihn nicht aus dem Konzept.

»Alles okay?« Caine trat hinter sie und legte beruhigend eine Hand auf ihren Rücken.

Sie atmete tief durch. »Ja, alles okay.«

Alle Gesichter wandten sich ihr zu, als sie den Saal betrat. Kameras klickten, während Fotografen sich um die besten Blickwinkel drängelten. Fernsehkameras surrten und zoomten sich ihr Gesicht heran. Kaum stand sie hinter dem Mikrofon, prasselte ein Hagel von Fragen auf sie nieder.

»Ich …« Ihre Stimme dröhnte in ihren Ohren. »Ich bin Darcy Wallace. Ich … äh …« Sie räusperte sich und kramte in dem Gedankenwirrwarr in ihrem Kopf nach einem zusammenhängenden Satz. »Ich habe den Jackpot geknackt.«

Wieder erhob sich Gelächter, begleitet von beifälligem Applaus. Und die Fragen prasselten viel zu schnell auf sie hernieder, um sich voneinander trennen zu lassen.

»Wo kommen Sie her?«

»Wie fühlen Sie sich?«

»Was machen Sie in Las Vegas?«

»Was passierte, als …?«

Warum? Wie? Wo?

»Entschuldigen Sie.« Ihre Stimme bebte ganz leicht, aber als Mac zu ihr trat, schüttelte sie entschieden den Kopf. Sie würde es ganz allein durchstehen. Ohne sich zum Narren zu machen.

»Entschuldigen Sie«, wiederholte sie, »ich habe vorher noch nie mit Reportern gesprochen, deshalb weiß ich jetzt wirklich nicht, was ich mit diesen vielen Fragen machen soll. Vielleicht ist es besser, ich erzähle Ihnen einfach, was passiert ist.«

So war es viel leichter. Es war, als ob sie eine Geschichte erzählte. Während sie sprach, wurde ihre Stimme fester, und ihre Finger, mit denen sie den Rand des Podiums umklammerte, entspannten sich.

»Was haben Sie als Erstes gemacht, nachdem Ihnen klar geworden war, dass Sie gewonnen hatten?«

»Sie meinen, nachdem ich aus meiner Ohnmacht erwacht war?« Das aufbrandende Gelächter veranlasste sie zu einem Lächeln. »Mr. Blade stellte mir eine Suite zur Verfügung. In diesem Hotel gibt es wirklich ganz wundervolle Zimmer. Mit Kamin, einem Piano und unendlich vielen Blumen. Ich glaube, am ersten Tag habe ich das alles gar nicht so richtig wahrgenommen. Erst am nächsten Tag begriff ich, was geschehen war. Dann kaufte ich mir als Erstes ein neues Kleid.«

»Das Mädel hat eine ganz bezaubernde Art«, bemerkte Daniel.

»Sie wickelt sie ein.« Serena strahlte wohlgefällig. »Sie weiß gar nicht, wie charmant sie ist.«

»Unser Junge ist ja auch völlig hingerissen.« Daniel zwinkerte seiner Tochter zu, als sie ihn strafend anblickte. »Sieh dir doch nur an, wie er um sie herumscharwenzelt und sie nicht aus den Augen lässt. So als würde er sie in dem Moment auf die Arme nehmen und davontragen, sobald einer von denen ihr zu nahe kommt. Er ist bis über beide Ohren verliebt.«

Serena war noch nicht bereit, ihrem Vater die Genugtuung ihrer Zustimmung zu gönnen. »Sie kennen sich erst seit ein paar Tagen.«

Daniel schnaubte nur und lehnte sich zu ihr hinüber. »Und wie lange hat es gedauert, bis du dem da aufgefallen bist?«, flüsterte er ihr ins Ohr und zeigte mit der Schulter auf Justin.

»Etwas weniger Zeit, als ich brauchte, um herauszufinden, dass du uns praktisch verkuppelt hast.«

»Ihr seid jetzt dreißig Jahre verheiratet, richtig?« Ohne auch nur das geringste Anzeichen von Reue grinste Daniel zufrieden. »Nein, es ist nicht nötig, dass du mir dankst«, wehrte er großspurig ab und tätschelte ihre Wange. »Ein Mann muss sich schließlich um seine Familie kümmern. Sie werden hübsche Babys machen, meinst du nicht, Rena?«

Sie seufzte nur. »Versuch wenigstens, ein bisschen Fingerspitzengefühl an den Tag zu legen.«

»Fingerspitzengefühl ist mein zweiter Vorname«, versicherte Daniel zwinkernd.

»Gute Arbeit«, lobte Caine und nahm Darcy in den Arm, sobald die Tür sich hinter ihnen geschlossen hatte.

»Es war längst nicht so schlimm, wie ich befürchtet hatte.« Unendliche Erleichterung ergriff von ihr Besitz. »Und jetzt ist es vorbei.«

»Nein, es fängt erst an«, stellte Caine richtig, was er jedoch sofort bereute, als er den alarmierten Ausdruck in ihren Rehaugen sah. »Nun, Mac wird sie noch eine Weile beschäftigen und sich um den Rest kümmern«, fügte er eilig hinzu.

»Aber ich habe ihnen doch schon alles gesagt.«

»Sie wollen immer noch mehr wissen. Sie sollten sich also auf Dutzende von Anfragen für Interviews und Fototermine gefasst machen. Auf Angebote für Ihre Lebensgeschichte.«

»Meine Lebensgeschichte?« Darüber konnte sie immerhin lachen. »Noch vor ein paar Tagen hatte ich ja kaum ein Leben.«

»Und genau dieser Kontrast wird das Feuer nur noch mehr schüren. Die Klatschpresse wird es bis zum Letzten ausschlachten wollen, also machen Sie sich darauf gefasst, bald irgendwo zu lesen, dass ein Außerirdischer in einem Ufo Ihnen eingegeben hat, nach Vegas zu kommen.«

Noch während sie lachte, führte er sie eilig zum Aufzug. Er wollte sie nicht beunruhigen oder ihre Freude dämpfen, aber er wusste, dass sie vorbereitet sein musste.

»Jetzt werden auch die Anrufe kommen mit den todsicheren Investitionsmöglichkeiten und den astronomischen Renditen. Finanzberater, ob nun seriöse oder selbst ernannte, werden vor Ihrer Schwelle kampieren. Die Stiefschwester des Cousins Ihres Banknachbarn aus der ersten Grundschulklasse wird Sie um einen Kredit anpumpen.«

»Das müsste dann Patty Anderson sein«, improvisierte Darcy mit einem schwachen Lächeln. »Ich habe sie sowieso nie gemocht.«

»Braves Mädchen. Tun Sie sich selbst einen Gefallen, und gehen Sie zwei Tage lang nicht ans Telefon. Oder noch besser, Mac soll alle Ihre Anrufe an die Rezeption umleiten, bis die Wogen sich ein wenig geglättet haben.«

»Das ist ja wieder wie Weglaufen.«

»Nein, es ist Selbstschutz, und es geht hier darum, die Kontrolle zu behalten. Wenn Sie Interviews geben wollen, stellen Sie die Bedingungen. Und wenn Sie ein bisschen Klarheit darüber haben, was Sie mit Ihrem Geld tun wollen, nehmen Sie mit einem Anlageberater Kontakt auf. Was auch immer Sie tun, Sie geben den Ton an.«

»Ich treffe die Entscheidungen«, erklärte Darcy fest, als sie vor der Tür zu ihrer Suite angelangt waren.

»Richtig. Und falls Sie noch irgendwelche Fragen haben sollten, rufen Sie mich an. Morgen werde ich noch hier sein, danach können Sie mich in Boston erreichen.«

»Ich weiß gar nicht, wie ich Ihnen danken soll.«

»Machen Sie sich eine schöne Zeit, und genießen Sie es.« Er gab ihr die Hand. »Und nie vergessen, wie viel Spaß es gemacht hat, sich ein neues Kleid zu kaufen.«

»Es simpel und schlicht halten, meinen Sie.« Darcy hatte verstanden.

»Genau. Also dann …« Er beugte sich vor und küsste sie auf die Wange. »Wir sehen uns später.«

Nachdem sie allein war, setzte Darcy sich erst einmal hin. Es simpel und schlicht zu halten würde gar nicht so einfach werden. Sie war jetzt eine reiche Frau, überall bekannt …

Das Lämpchen des Anrufbeantworters an ihrem Telefon blinkte, und das Telefon begann zu läuten. Caines Rat beherzigend, ließ sie es klingeln, wartete, bis es aufgehört hatte, und legte dann den Hörer daneben.

Problem gelöst, dachte sie, zumindest fürs Erste.

Aber sie hatte viel größere Probleme, die mit ihrem plötzlichen Reichtum nichts zu tun hatten.

Sie hatte sich verliebt, und es hatte nicht den geringsten Zweck, es zu leugnen oder dagegen anzugehen. Ihre Gefühle waren etwas, worüber das sie sich immer klar gewesen war.

Sie hatte sich oft gefragt, wie es wohl sein mochte, wenn man sein Herz verlor. Die himmelhoch jauchzende Aufregung, die Angst vor dem Verlust. Sie hatte sich auch oft gefragt, wie der Mann wohl sein würde, nach dem sie sich sehnen würde. Wie würden sie wohl als Paar zusammen sein? Denn in ihren Träumen liebte dieser Mann sie ebenso, wie sie ihn liebte.

Doch das hier war kein romantischer Traum. Mac zu lieben war auf geradezu brutale Weise real, und das körperliche

Verlangen, das sie verspürte, war so viel stärker und schmerzhafter, als sie es sich je auszumalen vermocht hatte.

Sie begehrte ihn, sie wollte ihn berühren, ihn schmecken, wollte das Versprechen dieses leidenschaftlichen Kusses erfüllen. Das Wissen, begehrt zu werden, sollte sie erfüllen und sie erschauern lassen, oh, und wie sehr wollte sie sich in diesen Emotionen verlieren!

Und ebenso sehr wollte sie sich ganz eng an ihn schmiegen in dem Wissen, willkommen zu sein. Erwartet zu werden. Sie wollte diese ganz bestimmten Blicke mit ihm tauschen, die nur Menschen tauschten, die einander wirklich kannten und die diese Blicke wie zärtliche Worte benutzten.

Sie wollte, dass ihre Liebe erwidert wurde.

Das war keine einfache Angelegenheit.

Aber irgendetwas an ihr weckte sein Verlangen, und das allein war schon ein Wunder. Wenn er sie begehrte, gab es vielleicht eine hauchdünne Chance auf mehr. Es war nicht weniger unmöglich als die Chance, einen Hebel zu ziehen und zwei Millionen Dollar zu gewinnen.

Etwas getröstet kuschelte sie sich aufs Sofa, legte ihren Kopf auf das große weiche Kissen und schloss die Augen.

Sie träumte von langbeinigen Showgirls in glitzernden knappen Kostümen mit wippenden bunten Federn. Sie stand mitten unter ihnen, viel zu klein und unscheinbar, um überhaupt aufzufallen. Ein brauner Spatz unter schillernden Paradiesvögeln.

Lange Beine flogen gestreckt nach oben, geschmeidige Körper drehten und streckten sich verführerisch, und sie stolperte linkisch und tollpatschig über die Bühne. Sie konnte nicht mithalten, niemals. Sosehr sie sich auch bemühte, sie würde immer zurückliegen.

Mac stand da und beobachtete sie, ein kleines amüsiertes Lächeln auf den Lippen. Schönheiten umkreisten ihn, tanzten um ihn herum, lächelten verheißungsvoll, lockten ihn, sich eine von ihnen auszusuchen.

Sein Blick kam auf ihrem Gesicht zu liegen, als sie vor ihm stand. *Wo kommst du denn her? Du gehörst nicht hierhin.*

Aber ich will bleiben.

Er tätschelte nur ihre Wange und schob sie in die andere Richtung. *Schau, dass du weiterkommst, Darcy aus Kansas. Das hier ist kein Ort für dich. Du weißt ja nicht einmal, wo du bist.*

Doch, das weiß ich. Und es könnte der richtige Ort für mich werden. Der Ort, an dem ich sein will.

Und dann war Gerald plötzlich da. Er griff nach ihrer Hand und zog sie fort. Auf seinem Gesicht stand dieses ungeduldige, missbilligende Stirnrunzeln, das sie so verabscheute.

Es ist Zeit, mit diesem Unsinn aufzuhören. Wenn du weiterhin darauf bestehst, dich für etwas auszugeben, was du nicht bist, wirst du dich nur zum Narren machen. Ich habe es satt, darauf zu warten, dass du wieder Vernunft annimmst. Wir gehen nach Hause.

»Ich gehe nicht zurück.« Sie murmelte es, während sie aus den Tiefen ihres Traums auftauchte. »Ich gehe nicht zurück«, sagte sie jetzt entschlossener, öffnete die Augen und sah, dass es mittlerweile dunkel geworden war.

Sie blieb noch einen Moment liegen und befahl dem Traum und der Trauer und Enttäuschung, die er mit sich gebracht hatte, sich zu verflüchtigen.

»Ich bleibe hier.« Sie schlang ihren Arm um das Kissen. »Egal, was passiert.«

7. Kapitel

Darcy wohnte nun schon seit fast einer Woche im »Comanche« und war erstaunt, wie viel es in dem Hotel noch immer zu erforschen gab.

Sie hatte sich das atemberaubende Reitturnier angeschaut, das zweimal am Tag im Amphitheater aufgeführt wurde, wo reinrassige Pferde und tollkühne Reiter in authentischer Komantschen-Tracht atemberaubende Kunststücke vorführten.

Sie war um den verschwenderisch ausgestatteten Swimmingpool, abgeschirmt durch Palmen und hohe Farne und gespeist durch einen künstlichen Wasserfall, herumgewandert und hatte die Finger in das kühle klare Wasser gehalten. Sie hatte sich in der Bäderabteilung und im Schönheitssalon verwöhnen lassen, fast die Hälfte der Boutiquen abgegrast, aber bis jetzt hatte sie noch nicht die Zeit gefunden, sich auch nur eines der drei Theater anzuschauen oder durch die vielen Ballsäle und Konferenzräume zu spazieren.

Je länger sie Gast im »Comanche« war, desto größer schien es zu werden.

Als sich jetzt die Aufzugtüren zum Dachgarten hin öffneten, betrat sie eine mit üppigen Palmen und exotischen Schlingpflanzen bewachsene Oase. Das Licht der Morgensonne glitzerte im kristallklaren blauen Wasser des Pools wie funkelnde Diamanten.

Für die Sonnenanbeter gab es Liegen und Stühle in den Hotelfarben Smaragdgrün und Saphirblau. Und wer den

Schatten der Sonne vorzog, konnte es sich unter einem Sonnenschirm bequem machen.

An einem der Glastische unter einem grün-blau gestreiften Sonnenschirm saß Daniel MacGregor. Er erhob sich, als er sie kommen sah, und Darcy war erneut von der Vitalität des Mannes beeindruckt.

»Vielen Dank, dass Sie sich Zeit für mich genommen haben, Mr. MacGregor.«

Er winkte ab und zog ihr galant einen Stuhl zurecht. »Wenn eine hübsche Frau mich um ein Treffen unter vier Augen bittet, müsste ich schon ein Narr sein, um abzulehnen.« Er nahm seinen Platz auf der anderen Seite des Tisches wieder ein. Gleich darauf erschien ein Kellner mit einer Kaffeekanne. »Möchten Sie Frühstück, Kindchen?«

»Nein.« Sie lächelte unsicher. »Ich bin so nervös, ich glaube, ich würde keinen Bissen runterkriegen.«

»Dann ist ein ordentliches Frühstück genau das Richtige. Sie müssen etwas Fleisch auf die Rippen kriegen, Mädchen. Bringen Sie uns beiden Schinken und Eier auf Toast«, sagte er an den Kellner gewandt.

»Sofort, Mr. MacGregor.«

Und so, überlegte Darcy, während der Kellner davoneilte, reagierte wohl jeder im Einzugsbereich von Daniel MacGregor. Sofort, hieß es da nur, und dann beeilte man sich, um es zu erledigen.

»So.« Er griff nach seiner Tasse. »Erst werden Sie mal was essen, danach fühlen Sie sich bestimmt schon sehr viel ruhiger. Ist ja kein Wunder, dass Sie etwas überreizt sind. Immerhin hat sich bei Ihnen in kurzer Zeit sehr viel verändert. Ich hoffe, mein Enkel kümmert sich ordentlich um Sie?«

»Oh ja. Er ist wunderbar. Sie alle sind wunderbar.«

»Aber der Boden unter Ihren Füßen scheint immer noch ein bisschen zu schwanken, was?«

»Ja.« Sie atmete tief durch, erleichtert über sein Verständnis. »Es ist alles so … aufregend und neu. Ich fühle mich, als wäre ich mitten in einem Roman gelandet, von dem ich nicht weiß, wie er ausgeht.«

»Was Sie nicht daran hindern sollte, das Kapitel, in dem Sie sich gerade befinden, zu genießen.«

»Nein, das tue ich auch.« Verlegen hob sie eine Hand und fingerte an den goldenen Spiralen, die an ihren Ohrläppchen baumelten. »Aber ich muss trotzdem darüber nachdenken, was passiert, wenn ich eine Seite umblättere. Ich kann schließlich nicht ewig nur neue Kleider und Ohrringe kaufen und für den Moment leben. Geld bedeutet eine Verantwortung, nicht wahr?«

Er lehnte sich mit geschürzten Lippen in seinen Stuhl zurück, um sie zu betrachten. Sie mochte ja zierlich sein, aber ihr Verstand war messerscharf. Realistisch und zugleich offen für Neues. Umso besser, dachte er. Die Frau seines Enkels sollte schon Geist mitbringen und kein oberflächliches Püppchen sein. »So ist es«, bestätigte er und lächelte sie an.

Das Lächeln verwirrte sie. Es war so … verschlagen. Und in diesen blauen Augen schienen Geheimnisse aufzuleuchten. Ein bisschen verlegen griff sie nach ihrer Kaffeetasse. Dass sie normalerweise Milch hinzugab, hatte sie gänzlich vergessen. »Auf meinem Anrufbeantworter waren heute Morgen Dutzende von Anrufen.«

»Das war zu erwarten.«

»Ja, ich weiß. Mac hat es mir schon prophezeit, aber ich habe nicht gedacht, dass es so viele sein würden. Reporter …« Sie lachte leise. »Namen, die ich nur aus Zeitungen kenne, Leute, die ich im Fernsehen gesehen habe – sie alle wollen plötzlich mit mir reden. Dabei habe ich doch gar nichts getan. Es ist ja nicht so, als hätte ich die endgültige

Kur gegen die Grippe gefunden oder Vierlinge zur Welt gebracht.«

Daniel riss die Augenbrauen hoch. »Kommen Mehrlingsgeburten häufiger in Ihrer Familie vor?«

»Nein.«

»Schade«, murmelte er. Zwillinge wären wirklich nicht schlecht gewesen. Aber er beließ es dabei, vor allem, weil Darcy ihn so verständnislos anschaute. »Für Sie ist ein Traum in Erfüllung gegangen, den jeder Mensch träumt. Sie sind über Nacht reich geworden. Außerdem sind Sie jung und hübsch, kommen aus einer Kleinstadt im Mittleren Westen und waren bis auf den letzten Dollar abgebrannt. Es ist eine gute Story. Die Leute sehen Sie und hoffen darauf, dass es ihnen eines Tages ebenso ergehen könnte.«

»Ja, wahrscheinlich. Also ist es nur fair, wenn ich darüber rede und …« Sie brach ab, als in diesem Augenblick der Kellner mit zwei Riesentellern an ihren Tisch trat.

Daniel widmete sich seiner Portion mit Gusto. »Essen Sie, Mädchen. Sie müssen Energie tanken.«

Darcy nahm ihre Gabel in die Hand. »Ich wusste gar nicht, dass man hier oben auch essen kann.«

Daniel grinste. »Kann man normalerweise nicht. In der Regel gibt es hier nur Getränke. Aber es ist gut, wenn man die Regeln dann und wann bricht. Sie wollten ein Gespräch unter vier Augen«, erinnerte er sie. »Und hier kommen morgens nicht so viele Leute herauf. Die Restaurants dagegen sind um diese Zeit gerappelt voll.«

»Es gibt insgesamt sechs Restaurants«, sagte sie jetzt voller Staunen. »Ich habe nur im Hotelführer davon gelesen. Man stelle sich vor – sechs! Und vier Swimmingpools.«

»Nun, die Menschen müssen essen, und manche lassen sich gern am Pool sehen, wenn sie nicht gerade beim Glücksspiel sind.«

»Ich kann es noch immer nicht fassen, wie riesig dieser Hotelkomplex ist. Theater und Lounges, die Open-Air-Bühne. Es ist der reinste Irrgarten.«

»Und alle Wege führen zurück ins Casino. Das ist durchaus kein Zufall«, fügte er mit einem listigen Augenzwinkern hinzu. »Was immer man in einem solchen Hotel sonst noch treibt, Spielen ist die Hauptsache.«

»Auf jeden Fall ist es wunderschön und unglaublich aufregend. Und man kommt hierher nach oben und kann die ganze Wüste überblicken. Ich liebe diesen Ausblick.«

»Genau deshalb gibt es ja auch keine Fenster im Casino. Damit man nicht abgelenkt wird.« Er warf ihr ein durchtriebenes Lächeln zu. »Aber jetzt sollten Sie ordentlich frühstücken und nach einer Ruhepause ein paar Bahnen schwimmen. Ich schwimme fast jeden Tag. Das hält mich jung.«

Es ist mehr als das, dachte Darcy. Es waren seine Energie, seine rege Anteilnahme am Leben, die Freude an der Herausforderung, die ihn jung erhielten. Sie zählte auf diese Anteilnahme und diese Freude an der Herausforderung. »Hm, Mr. MacGregor, Caine hat mir eine Namensliste gegeben. Anlageberater, Börsenmakler und so.«

Daniel schnaubte zustimmend, und da niemand da war, um ihn davon abzuhalten, streute er großzügig Salz auf seine Eier. »Man muss sein Kapital schützen.«

»So sehe ich das auch. Vor allem, da ein Großteil der Anrufe auf meinem Anrufbeantworter von Leuten stammt, die mit mir über Geldanlagen sprechen wollen. Einer bot mir sogar an, mich nach Los Angeles fliegen zu lassen und mich im ›Beverly Wilshire‹ unterzubringen.« Mit gerunzelter Stirn strich sie Butter auf ihren Toast. »Aber keiner von all diesen Leuten stand auf der Liste, die Ihr Sohn mir gab.«

»Das überrascht mich nicht.«

»Ich habe mir die Namen aufgeschrieben. Ich habe beide

Listen dabei. Meinen Sie, Sie könnten vielleicht einen kurzen Blick darauf werfen? Ich weiß, Ihr Sohn zieht es vor, mir eine größere Auswahl zur Verfügung zu stellen, aber ehrlich gesagt wäre es mir lieber, wenn man mir eine genauere Richtung raten könnte.«

»Lassen Sie mal sehen.« Daniel zog seine Brille hervor und setzte sie auf, während Darcy die Listen aus ihrer Tasche herauskramte. »Ha! Halbseidenes, unseriöses Gesindel! Aasgeier!« Nach einem kurzen Blick warf er die erste Liste auf den Tisch. »Davon lassen Sie mal besser die Finger, Kindchen.«

Sie nickte. »Das dachte ich mir schon. Das waren die Leute, die mich angerufen haben. Und das hier ist die Liste, die Ihr Sohn mir gab.«

Er trommelte mit den Fingern auf dem Tisch, während er die zweite Liste überflog. »Der Junge lernt dazu.« Zufrieden mit den Namen, die Caine ihr genannt hatte, kratzte Daniel sich den Bart. »Alle von denen würden sich sehr gut für Ihre Zwecke eignen. Am besten vereinbaren Sie mit dem Geschäftsführer jeder Firma einen Termin, um sich einen Eindruck zu verschaffen. Lassen Sie sich umwerben, und dann vertrauen Sie auf Ihren Bauch.«

Auf den vertraute sie schon, aber noch war sie nicht bereit, Daniel offen zu sagen, was sie im Sinn hatte. »Ich hatte noch nie viel Geld und musste mich bisher auch noch nie um mehr kümmern als darum, wie ich mit meinem monatlichen Gehaltsscheck auskomme. Gestern Nacht habe ich mir vorzustellen versucht, wie fast zwei Millionen Dollar wohl aussehen mögen. Und selbst nach dem Steuerabzug ist es immer noch eine zu große Summe, als dass es mir gelingen wollte.«

Daniel goss sich eine zweite Tasse Kaffee ein. Anna würde ihm an die Gurgel springen, sähe sie, wie viel Koffein er hier in sich hineingoss. »Erzählen Sie mir, was Sie sich von Ihrem Geld erwarten.«

Was sie von dem Geld erwartete, fragte er, nicht, was sie damit tun wollte. »Zeit«, erwiderte sie prompt. »So viel Zeit, dass ich das tun kann, was ich schon immer tun wollte. Ich wollte schon immer schreiben, und immer musste ich mir die Zeit dafür stehlen. Ich wünsche mir die Zeit, mein Buch fertig schreiben zu können, und dann die Zeit, das nächste anzufangen«, berichtete sie mit einem Lächeln. »Weil ich Schriftstellerin werden will, und es gibt nur einen Weg, um das zu erreichen – schreiben.«

»Können Sie das gut?«

»Ja. Es ist das Einzige, was ich je wirklich gut konnte und wobei ich mich sicher fühle. Ich brauche nur noch ein paar Wochen, um das Buch zu beenden, an dem ich gerade arbeite.«

»Mit Ihrem Geld können Sie sich mehr als ein paar Wochen kaufen.«

»Ich weiß. Aber ein bisschen Spaß möchte ich auch haben.« Ihre Augen glitzerten, als sie sich vorbeugte. »Mir wird langsam klar, dass ich in meinem Leben bisher noch nicht sonderlich viel Spaß hatte. Das wird sich ab sofort ändern.« Sie lachte und lehnte sich wieder zurück. »Geld allein macht nicht glücklich, aber es bietet einem zumindest die Möglichkeit herauszufinden, wie es ist, glücklich zu sein. Und ich werde es herausfinden, Mr. MacGregor.«

»Das hört sich doch recht vernünftig an.«

»Ja, das denke ich auch. Ich nehme Glück nicht als selbstverständlich hin«, sagte sie leise. »Und ich will es auch nicht verschwenden.«

Er legte seine große Hand auf ihre. »Waren Sie so unglücklich im Leben?«

»In mancher Hinsicht schon.« Sie bewegte nervös ihre Schultern. »Aber jetzt habe ich die Möglichkeit, allein Entscheidungen zu treffen. Und das macht einen riesigen Unterschied in meinem Leben. Deshalb bin ich fest entschlossen, richtige und gute Entscheidungen zu treffen.«

»Ich bin sicher, das werden Sie.« Er drückte ihre Finger. »Sie haben ja schon damit angefangen.«

»Ich will das Geld gut anlegen. Und ich möchte etwas davon zurückgeben.«

»Meinem Enkel?«

»Oh.« Sie lachte wieder und stützte die Ellbogen auf den Tisch. »Dem Casino. Ja, in der Tat. Das gehört schließlich auch mit zu dem Spaß, oder? Aber eigentlich möchte ich eine Spende an einen Literaturfonds machen, denke ich. Das passt doch, oder?«

»Aye.« Er tätschelte ihre Wange. »Das passt. Das haben Sie sich gut überlegt.«

»Ich weiß nur nicht, wie ich am besten vorgehen soll. Ich dachte, Sie könnten mir vielleicht dabei helfen.«

»Ich würde mich freuen, Ihnen helfen zu können.« Als der Kellner kam, um die Teller abzuräumen, winkte Daniel ab. »Lassen Sie ihren stehen«, ordnete er an. »Sie hat noch nicht genug gegessen. Also«, fuhr er fort, während der Kellner und Darcy resignierte Blicke tauschten, »Sie haben jetzt Ihre Zeit, Ihre freien Entscheidungen, und einen Teil von dem Geld haben Sie bereits zurückgegeben. Solange Sie nicht planen, es mit vollen Händen auszugeben – und das kann ich mir nicht vorstellen, denn Sie scheinen mir keine Närrin zu sein –, bleibt Ihnen immer noch ein nettes Sümmchen. Und was erwarten Sie sich davon?«

Sie kaute an ihrer Lippe und rutschte auf dem Stuhl vor. »Mehr«, antwortete sie und blinzelte, als er den Kopf zurückwarf und dröhnend loslachte.

»Das Kind hat tatsächlich einen Kopf auf den Schultern! Ich wusste es.«

»Ich weiß, es hört sich gierig an, aber …«

»Nein, es hört sich vernünftig an«, korrigierte er. »Warum

sollten Sie weniger wollen? Je mehr, desto besser. Sie wollen Ihr Geld für sich arbeiten lassen. Ich würde Sie eine Närrin schimpfen, würden Sie das nicht wollen.«

»Mr. MacGregor.« Sie holte tief Atem und wagte den Sprung ins kalte Wasser. »Ich möchte, dass Sie mein Geld für mich anlegen.«

Er kniff die Augen zusammen. »So? Und warum, wenn ich fragen darf?«

»Weil mir scheint, dass ich eine Idiotin wäre, wenn ich mich mit weniger als mit dem Besten zufriedengeben würde.«

Die Augen immer noch verengt, musterte er sie, bis ihr das Blut in die Wangen schoss. Davon überzeugt, zu weit gegangen zu sein, begann sie sich stotternd zu entschuldigen.

Und dann verzog der Mund unter dem weißen Bart sich zu einem breiten Lächeln. »Wir sind alle keine Schwachköpfe, richtig, Mädchen?«

»Nein, Sir.«

»Nun denn.« Mit von der Herausforderung funkelnden Augen drehte er an dem goldenen Griff seines Spazierstocks. Der Griff klappte zurück, und Daniel zog eine dicke Zigarre daraus hervor, die er sich in den Mund steckte, feierlich anzündete und deren Rauch er nach den ersten Zügen genießerisch in die Luft blies.

»Ich weiß, es ist wahrscheinlich eine ganze Menge zu viel verlangt, Mr. MacGregor, aber ...«

»Daniel«, korrigierte er mit einem breiten Grinsen. »Wir sind schließlich jetzt Geschäftspartner, nicht wahr? Kommen Sie, essen Sie auf«, befahl er. »Ich habe da schon ein paar Ideen, wie Sie Ihr ›Mehr‹ bekommen können. Sind Sie eine Spielernatur, kleines Mädchen?«

Ihr war so wunderbar leicht zumute, sie schwebte auf einer Wolke. Herzhaft biss sie in eine Speckscheibe. »Sieht aus, als wäre ich eine.«

Mac hatte alle Händevoll zu tun. Die Medien hatten einen Riesenzirkus veranstaltet und zogen alle Register in dem Versuch, an Darcy heranzukommen. Ständig riefen irgendwelche Reporter an und baten um Interview-Termine und persönliche Angaben.

Nationale und Lokalpresse brachten ähnlich lautende Schlagzeilen: »Darcy aus Kansas findet den Topf voll Gold am Ende des Regenbogens«, »Der letzte Dollar brachte ihr die Million«, »Von der Bibliothekarin zur Millionärin – Darcy knackt den Jackpot«.

Normalerweise hätte ihn das amüsiert, und die Publicity für das »Comanche« war einfach unbezahlbar. Die Zahl der Zimmerreservierungen war raketenartig in die Höhe geschossen, und Mac zweifelte nicht daran, dass der Spielbetrieb voll ausgelastet sein würde, solange diese Story im Umlauf war.

Nur gut, dass er diese Ablenkung hatte. Sonst hätte er nämlich an nichts anderes gedacht als an eine kleine Frau mit großen Augen und einem scheuen Lächeln.

Dabei hatte er keineswegs vor, eine ernsthafte Beziehung einzugehen. Schon gar nicht mit einer unschuldigen und naiven Frau, die nicht einmal den Unterschied zwischen einem »Straight« und einem »Flush« kannte.

Er hielt sich eigentlich für einen recht disziplinierten Mann, der seine primitiven Instinkte zu kontrollieren verstand und Versuchungen durchaus zu widerstehen wusste. Er spielte nicht mit der Liebe wie sein Bruder Duncan. Aber er wischte die Liebe auch nicht wie seine Schwester Amelia beiseite wie eine lästige Fliege. Und ganz bestimmt hatte er an diesem Punkt in seinem Leben nicht das geringste Bedürfnis, sich endgültig niederzulassen und eine Familie zu gründen wie seine Schwester Gwen.

Natürlich, irgendwann würde die Liebe sich schon einstellen, wenn die Zeit reif war und die Chancen gut standen, alle Chips einzufahren.

Er wollte das haben, was seine Eltern hatten. Vielleicht war ihm wirklich nicht klar gewesen, welches Band zwischen den beiden bestand, bis Darcy ihn darauf hingewiesen hatte. Aber er hatte die beiden schon immer als Maßstab genommen, wenn es um Beziehungen ging.

Sicherlich war das der Grund, warum er bisher jeder langfristigen Beziehung aus dem Weg gegangen war.

Er mochte Frauen, aber sich weiter als bis zu einem bestimmten Punkt mit ihnen einzulassen führte zu Komplikationen. Und Komplikationen wiederum führten unweigerlich dazu, dass man sich gegenseitig verletzte. Er hatte immer besonderen Wert darauf gelegt, keine der Frauen zu verletzen, die für eine gewisse Zeitspanne zu seinem Leben gehört hatten.

Das war eine seiner Regeln. Die er nicht vorhatte zu brechen.

Was Darcy Wallace anbelangte, so war er überzeugt, dass jeder bei dieser Wette nur verlieren konnte. Sie war zu unerfahren, verletzlich.

Deshalb würde er auch die Finger von ihr lassen. Freundschaft, mehr nicht, befahl er sich selbst. Ihr unter die Armen greifen, bis sie festen Boden unter den Füßen hatte, nicht mehr.

Dann betrat er den Dachgarten und sah sie. Sie saß an einem der Tische, die großen Elfenaugen aufmerksam auf seinen Großvater gerichtet. Die beiden steckten die Köpfe zusammen wie Verschwörer, und Mac überlegte, was zum Teufel die beiden wohl miteinander zu besprechen hatten.

Sie sah so … so zerbrechlich aus, so zierlich, mit diesen schlanken ringlosen Fingern, die Hände brav gefaltet wie ein Schulmädchen. Unter dem Tisch wippte sie mit einer Sandalette, die sie von ihrem Fuß gelöst hatte, die Zehennägel schimmerten in einem sanften Rosa.

Als ihm unwillkürlich das Bild vor Augen trat, wie er an diesen hübschen Zehen knabbern und sich dann mit dem Mund an diesem wohlgeformten Bein hinaufarbeiten würde, fluchte Mac unter angehaltenem Atem.

Lust war etwas, was er normalerweise akzeptierte und auch genoss, aber jetzt trieb sie ihn halb in den Wahnsinn.

Die Irritation stand noch immer in seinen Augen, als er durch die Palmen an den Tisch trat.

Daniel lehnte sich zurück und strahlte ihn an. »Na, mein Junge, möchtest du eine Tasse Kaffee?«

»Könnte nicht schaden.« Mac kannte seinen Großvater, und genau deshalb traute er ihm keinen Zentimeter weit über den Weg. Er schnappte sich einen Stuhl, setzte sich rittlings darauf und musterte argwöhnisch Daniels fröhliche Miene. »Was geht hier vor?«

»Was soll schon vorgehen? Ich frühstücke mit diesem hübschen jungen Ding, was du übrigens auch tun würdest, wenn du nur einen Funken Grips im Kopf hättest.«

»Ich muss ein Casino leiten«, entgegnete Mac kurz angebunden. Er richtete einen forschenden Blick auf Darcy. »Hast du genügend Schlaf bekommen können?«

»Ja, ausreichend, danke.« Sie zuckte zusammen, als Daniel mit der Faust auf den Tisch schlug.

»Herr im Himmel! Junge, ist das eine Art, eine Frau am Morgen zu begrüßen? Warum sagst du ihr nicht, wie hübsch sie aussieht? Oder lädst sie ein, heute Abend eine kleine Spritztour im Mondschein mit dir zu machen?«

»Heute Abend arbeite ich«, erwiderte Mac geduldig.

»Der Tag, an dem ein MacGregor keine Zeit für eine schöne Frau findet, ist ein trauriger Tag. Ein wirklich trauriger Tag. Sie würden sich heute Abend doch sicher viel lieber die Sterne über der Wüste ansehen, nicht wahr, Mädchen?«

»Nun ... ich ... schon, aber ...«

»Da hast du's!« Wieder landete die große Faust auf dem Tisch. »Und wirst du nun was unternehmen, Junge, oder muss ich mich deinetwegen schämen?«

Mac griff nach der Zigarre, die im Aschenbecher vor sich hin qualmte. Er betrachtete sie eingehend und drehte sie nachdenklich zwischen den Fingern. »Und was ist das?« Er hob die Augenbrauen und lächelte seinen Großvater wissend an. »Die ist doch nicht etwa von dir, Grandpa, oder?«

Daniel wich seinem Blick aus. »Ich weiß nicht, wovon du sprichst. Also, jetzt …«

»Grandma wäre gar nicht begeistert, wenn sie erfahren sollte, dass du hinter ihrem Rücken heimlich Zigarren rauchst.« Mac tippte lässig die Asche ab. »Nein, bestimmt nicht.«

»Sie gehört mir«, platzte Darcy heraus, und beide Männer fuhren herum und starrten sie an.

»Dir also, ja?«, fragte Mac mit zuckersüßer Stimme.

»Ja. Na und?« Darcy zuckte mit der Schulter und hoffte, damit selbstsicher zu wirken.

»Aha …« Macs Zähne blitzten auf, als er zu grinsen begann. »Dann solltest du sie aber auch genießen«, meinte er und hielt ihr die Zigarre hin.

Die Herausforderung in seinem Blick ließ ihr keine Wahl. Trotzig nahm sie die Zigarre und paffte. Ihr wurde sofort schwindlig, die Kehle schnürte sich ihr zu, aber sie schaffte es, das Husten zu unterdrücken. »Sehr mild.« Sie keuchte und schnappte nach Luft, als sie sich an dem Rauch verschluckte. Tränen traten ihr in die Augen, als sie noch einmal an der Zigarre zog.

Mac musste sich zusammennehmen, um sie nicht auf seinen Schoß zu ziehen und ihr den Rücken zu reiben. »Ja, man sieht's. Willst du einen Brandy dazu?«

»Nicht vor dem Mittagessen.« Sie hustete doch und spürte, wie sich ihr Magen zu drehen anfing. »Dein Großvater …«, sie hustete wieder und blinzelte die Tränen fort, »… und ich haben über geschäftliche Dinge gesprochen.«

»Lasst euch durch mich nicht aufhalten. Isst du das noch?« Mac nahm sich ein Stück von ihrem Schinken. Ihre Gesichtsfarbe hatte sich derweil in ein äußerst apartes Grün verwandelt. »Leg das hin, Darling, bevor du wieder in Ohnmacht fällst.«

»Ich fühle mich bestens.«

»Na, Sie sind mir vielleicht eine, Darcy.« Daniel erhob sich und schaute sie bewundernd an. Er griff ihr Kinn, hob es an und küsste sie voll auf den Mund. »So, ich werde jetzt dieses Geschäft ankurbeln, von dem wir eben gesprochen haben.« Er warf seinem Enkel einen drohenden Blick zu. »Mach mir keine Schande, Robbie.«

»Wer ist Robbie?«, erkundigte sich Darcy, nachdem Daniel davongeschlendert war. Ihr war immer noch schwindlig.

»Das bin ich, nur für ihn und nur gelegentlich.«

»Oh.« Sie lächelte. »Wie nett.«

»Du wirst dich noch umbringen«, brummte Mac und nahm ihr die Zigarre aus den Fingern. »Ich hätte nicht erwartet, dass du es wirklich tust.«

Sie lehnte sich in den Stuhl zurück und ließ den Kopf in den Nacken fallen. »Ich weiß nicht, was du meinst.« Alles drehte sich vor ihren Augen.

Seufzend nahm Mac ihr Wasserglas und hielt es ihr an die Lippen. »Glaubst du ernsthaft, ich hätte ihn verpetzt? Komm, trink einen Schluck, von dem Rauch ist dir übel geworden.«

»So schlimm ist es gar nicht. Eigentlich gefällt es mir sogar.« Sie drehte den Kopf und lächelte. »Du hättest es also nicht erzählt? Das mit der Zigarre, meine ich.«

»Es hätte sowieso nichts geändert. Meine Großmutter weiß, dass er jede Gelegenheit nutzt, um heimlich zu rauchen.«

»Ich wünschte, er wäre mein Großvater. Für mich ist er der wundervollste Mann der Welt.«

»Er mag dich auch. Geht es jetzt wieder?«

»Doch, mir geht's gut.« Darcy blickte auf den Zigarrenstummel, der im Aschenbecher qualmte. »Vielleicht fange ich sogar wirklich an zu rauchen.« Doch vorerst begnügte sie sich lieber mit einem Schluck Wasser. »Er hätte dich nicht aufziehen dürfen. Ich meine, das mit dem Ausflug.«

Mac drückte die Zigarre aus. »Er hat beschlossen, dass du die geeignete Frau für mich bist.«

»Oh.« Sie dachte einen Moment darüber nach, und bei der Vorstellung wurde ihr ganz warm ums Herz. »Wirklich?«

»Der Herzenswunsch des Großen MacGregors ist es, alle seine Enkelkinder verheiratet zu sehen, damit sie dann ein Kind nach dem anderen in die Welt setzen. Und je mehr er bei der Realisierung dieses Wunsches mitmischen kann, desto besser. Er hat es tatsächlich arrangiert, dass meine Schwester und zwei meiner Cousinen die Männer kennenlernen, die er für sie ausgesucht hatte.«

»Und wie ist es ausgegangen?«

»Es hat funktioniert. Was es jetzt nur noch schwieriger macht, ihn unter Kontrolle zu halten. Er meint, er hat jetzt die Zügel fest in der Hand. Und im Moment ...«, Mac legte den Kopf schräg und musterte Darcy eindringlich, »... hat er beschlossen, dass du zu mir passt.«

»Ich verstehe.« Sie nahm an, dass das Triumphgefühl, das sich in ihr meldete, völlig unangebracht war. Trotzdem konnte sie sich ein Lächeln nicht verkneifen. »Ich fühle mich geschmeichelt.«

»Das solltest du auch. Ich bin immerhin der älteste Enkel, und er ist sehr pingelig, was die Familie anbelangt.«

»Aber es ärgert dich.«

»In gewisser Hinsicht schon«, räumte er ein. »Sosehr ich

ihn auch liebe, habe ich doch nicht die Absicht, mich von ihm in seinen großen Plan einbauen zu lassen. Ich entschuldige mich für ihn, wenn er dich heute hierher bestellt hat, um dir irgendwelche Rosinen in den Kopf zu setzen, aber ich denke überhaupt nicht ans Heiraten.«

Ihre Augen wurden groß und dunkel. »Wie bitte?«

»Als ich zufällig erfuhr, dass ihr beide hier oben sitzt, hatte ich gleich den Verdacht, dass er versucht, ein Samenkorn einzupflanzen.«

Die Wärme, die sie gerade noch erfüllt hatte, verwandelte sich in Eis. »Und jemand wie ich wäre für eine solche Idee nur zu empfänglich, nicht wahr?«

Sie sprach so leise, so gefasst, dass ihm die Spitze völlig entging.

»Er kann nichts dafür. Und dass du auch noch Wallace heißt, ist natürlich das Tüpfelchen auf dem i. Gutes schottisches Blut«, ahmte er den rollenden Akzent nach. »Ihm musst du ja wie maßgeschneidert vorkommen, um meine Kinder zu gebären.«

»Aber da du dem Heiratsmarkt nicht zur Verfügung stehst, dachtest du, es sei nur fair, die zarten Keime, die er in meinen leicht zu beeinflussenden Kopf gesetzt hat, mit Stumpf und Stiel gleich wieder auszureißen.«

Jetzt hörte er den kalten Unterton doch heraus. »So ungefähr«, räumte er vorsichtig ein. »Darcy ...«

»Du arroganter, eingebildeter, absolut *unverschämter* Kerl!« Sie sprang so abrupt auf, dass der Tisch wackelte. Das Wasserglas fiel um, rollte über den Tischrand und zerschellte auf den Fliesen, während Darcy mit geballten Fäusten dastand und vor Wut zitterte. »Ich bin wahrlich nicht das oberflächliche und naive Dummchen, für das du mich offensichtlich hältst.«

»So meinte ich das doch gar nicht.« Mehr als nur beunruhigt stand er auf. »Wirklich nicht.«

»Wage es nicht, mir zu sagen, was du *nicht* gemeint hast. Ich weiß, dass man mich allgemein für leicht herumzukommandieren hält. Du bist nicht der erste Mann, dem dieser Irrtum unterläuft, aber ich schwöre, dass du der letzte bist. Ich weiß sehr gut, dass du mich nicht willst.«

»Ich habe nie gesagt …«

»Glaubst du, ich weiß nicht, dass ich nicht dein Typ bin?« Wütend schob sie den Stuhl an den Tisch zurück und schickte damit das nächste Glas zu Boden. »Du bevorzugst langbeinige Showgirls mit ausladender Oberweite und ellenlangen Haaren.«

»Was? Wie kommst du denn jetzt darauf?«

Das hatte sie aus ihrem Traum von letzter Nacht, aber das würde sie ihm natürlich nicht sagen. »Ich mache mir keine falschen Hoffnungen auf dich. Nur weil ich mit dir geschlafen hätte, will ich dich noch lange nicht vor den Altar zerren. Wenn ich auf eine Ehe aus wäre, hätte ich auch bleiben können, wo ich war.«

Seiner Meinung nach sah sie immer noch aus wie eine Elfe. Allerdings wie eine, die einen unvorsichtigen Mann jederzeit in einen blökenden Esel verwandeln würde. »Bevor du noch mehr Gläser zerbrichst, erlaube mir, mich zu entschuldigen. Ich wollte nur nicht, dass mein Großvater dich in eine unangenehme Lage bringt.«

»Das hast du viel besser geschafft als er.« Darcy kochte vor Wut und Scham. »Es überrascht dich vielleicht zu hören, dass ich es war, die Daniel um ein Treffen gebeten hat, und – auch wenn es dein überdimensionales Ego verletzen mag – es hatte nichts, aber auch nicht das Geringste mit dir zu tun. Wir hatten eine geschäftliche Besprechung«, fügte sie höchst würdevoll hinzu.

»Geschäftlich?« Er blinzelte gegen die Sonne. »Was denn für ein Geschäft?«

»Ich glaube nicht, dass dich das irgendetwas angehen würde«, erklärte sie kalt. »Aber da du sowieso keine Ruhe geben wirst, bis du etwas darüber in Erfahrung gebracht hast, werde ich es dir sagen. Daniel hat sich bereit erklärt, mein Geld für mich anzulegen.«

Fasziniert schob Mac die Hände in die Taschen und wippte auf den Absätzen. »Du hast ihn gebeten, sich um dein Vermögen zu kümmern?«

»Gibt es einen Grund, warum ich es nicht hätte tun sollen?«

»Du hättest gar nichts Besseres tun können«, sagte er lächelnd und hoffte, dass sie sich ein wenig abregen würde.

»Richtig.«

Und er hätte gar nichts Schlimmeres tun können ...

»Darcy ...«

»Ich will deine Entschuldigung nicht«, unterbrach sie ihn frostig. »Weder deine erbärmlichen Ausreden noch deine jämmerlichen Begründungen.« Sie schnappte sich ihre Handtasche. »Die Gläser kannst du mir in Rechnung stellen.«

Er zuckte unwillkürlich zusammen, als sie davonrauschte und sich ihren Weg durch die Palmen bahnte.

Da bin ich ja mit beiden Füßen ins Fettnäpfchen gesprungen, so richtig mit Anlauf, dachte er zerknirscht, während er die Scherben auf dem Boden betrachtete. Da wieder herauszukommen würde das erste Problem sein.

Das zweite Problem war viel schwieriger zu lösen.

Wie sollte er damit umgehen, dass die Frau, die ihm gerade fast den Kopf abgerissen hatte, ihn total faszinierte?

8. Kapitel

Die nächsten beiden Tage konzentrierte sich Darcy auf ihre Schriftstellerei. Zum ersten Mal in ihrem Leben konnte sie tun, was sie wollte und wann sie es wollte. Wenn sie Lust hatte, bis drei Uhr morgens zu arbeiten, und dann bis zum Mittag schlief, gab es niemanden, der ihr Verhalten kritisierte. Dinner um Mitternacht? Warum nicht?

Es war jetzt ihr Leben, und während dieser ersten ungestümen Stunden wurde ihr klar, dass sie es endlich auch lebte.

Sie würde Daniel vermissen. Er war am Vortag abgereist mit dem Versprechen, die Investitionen, die er für sie getätigt hatte, gut im Auge zu behalten. Und er hatte sie zu sich nach Hause, nach Hyannis Port, eingeladen.

Darcy beabsichtigte, seine Einladung anzunehmen. Sie hatte die MacGregors ins Herz geschlossen. Sie waren freundliche, großherzige und angenehme Menschen ... auch wenn ein Mitglied des Clans arrogant, verletzend und nervenaufreibend war.

Er bildete sich doch tatsächlich ein, mit Blumen die ganze Sache ungeschehen zu machen. Sie schnaubte leise, während sie ihren Blick über das üppige Blumenarrangement aus drei Dutzend weißen Rosen schweifen ließ, das sie auf ihren Schreibtisch hatte stellen lassen.

Ebenso hatte sie sich geweigert, das hübsche Körbchen mit Gänseblümchen zur Kenntnis zu nehmen, das jetzt auf der Glaskonsole im Bad stand.

Die Rosen waren zuerst gekommen. Kaum eine Stunde

nach der Auseinandersetzung mit Mac hatte der Zimmerservice an ihre Tür geklopft und ihr die Blumen gebracht. Auf der beiliegenden Karte hatte eine galante Entschuldigung gestanden, auf die sie in keiner Weise reagiert hatte.

Die Gänseblümchen waren am nächsten Tag gekommen, mit der Bitte, sie möge ihn anrufen, wenn sie einen Moment Zeit hätte. Sie hatte diese Bitte ignoriert – genauso wie sein nachdrückliches Klopfen an der Tür gestern Abend.

Heute Morgen waren dann Strelitzien und Hibiskus geliefert worden, mit einer wesentlich markigeren Forderung. *Verdammt, Darcy. Mach die Tür auf.*

Mit einem kurzen bitteren Auflachen wandte sie sich ihrer Arbeit zu. Sie würde die Tür *nicht* öffnen, weder die ihres Zimmers noch die ihres Herzens. Es war nicht nur einfach unpassend und peinlich, dass sie sich in ihn verliebt hatte, es war … mal wieder typisch.

Kleine hilflose Frau trifft gewandten, faszinierend aussehenden Mann und sinkt ihm schmachtend zu Füßen.

Nun, sie stand wieder gerade, oder? Und selbst wenn er ihr eine ganze Blumenwiese schenkte und Bände von Briefen – es würde nichts ändern.

Sie hatte ihre Richtung gefunden. Sobald sie den Entwurf ihres Buches fertig hatte, würde sie einen Immobilienmakler aufsuchen. Sie hatte vor, sich ein Haus zu kaufen – etwas Großes aus sandfarbenem Stein, mit Blick auf die von majestätischen Bergen eingerahmte, geheimnisvolle Wüste. Und ein Swimmingpool musste dabei sein. Und Oberlichter. Sie hatte schon immer Oberlichter haben wollen.

Die Entscheidung, sich hier niederzulassen, hatte nichts mit Mac zu tun. Ihr gefiel es hier. Sie liebte den heißen Wind, die endlose Wüste, das pulsierende Leben und das Versprechen, das in der Luft lag. Las Vegas war eine schnell wachsende Stadt und eine der lebenswertesten im ganzen Staat.

Zumindest stand es so in der Hotelbroschüre. Warum also sollte sie nicht hier leben?

Als das Telefon klingelte, warf sie nur einen finsteren Blick darauf. Wenn es Mac war, der dachte, dass sie auch nur im Mindesten daran interessiert sei, mit ihm zu sprechen, sollte er das nur ruhig weiterdenken. Sie ignorierte das Klingeln, lockerte die Schultern und tauchte wieder in ihre Geschichte ab.

Mac wanderte rastlos in seinem Büro auf und ab, während seine Mutter den Computerausdruck der Reservierungen für die nächsten sechs Monate überflog. »Das sind ja recht ansehnliche Aussichten.«

»Hmm.« Er konnte sich nicht konzentrieren, und das machte ihn wütend.

Er hatte sie doch nur bezüglich der Neigung seines Großvaters zu Verschwörungen und Intrigen warnen wollen. Zu ihrem eigenen Besten. Er hatte sich wiederholt entschuldigt. Und sie besaß nicht einmal so viel Anstand, es zu registrieren.

Er war nah daran gewesen, seinen Hauptschlüssel zu ihrem privaten Aufzug zu benutzen. Und das wäre ein unverzeihliches Eindringen in ihre Privatsphäre gewesen und zudem ein Verstoß gegen die grundlegenden Regeln des »Comanche«.

Was zum Teufel trieb sie den ganzen Tag in dieser Suite? Seit jenem Frühstück auf dem Dach hatte sie sich zu keiner Mahlzeit mehr blicken lassen. Sie hatte auch weder das Casino betreten noch eine von den Lounges.

Schmollen. Das tat sie. Das war so … so unattraktiv. Und deshalb schmollte er auch.

»Geschieht mir ganz recht«, brummte er in sich hinein. »Ich hätte eben von Anfang an die Finger von ihr lassen sollen.«

»Was?« Serena warf ihm einen Blick zu, dann schüttelte sie den Kopf. »Mac, was ist los?« Sie wusste ganz genau, dass sie während der letzten Stunde nur einen Bruchteil der Aufmerksamkeit ihres Sohnes gehabt hatte.

»Nichts. Willst du den Plan für die Shows ansehen?«

Serena wedelte mit dem Stapel Seiten, den sie in der Hand hielt. »Ich sehe ihn mir bereits an.«

»Oh ... ja, natürlich.« Mit gerunzelter Stirn starrte er wieder aus dem Fenster.

Seufzend legte Serena die Unterlagen beiseite. »Du kannst mir genauso gut jetzt sofort erzählen, was dich so aufregt. Denn ich werde nicht eher Ruhe geben, bis du es mir sagst.«

»Wer hätte gedacht, dass sie so bockig sein kann?« Die Worte brachen aus ihm heraus, und er drehte sich abrupt zu seiner Mutter um. »Wenn sie so stur sein kann, wieso ist sie dann angeblich so herumgeschubst worden?«

Serena summte leise vor sich hin, schlug die Beine übereinander und lehnte sich zurück. Mac regte sich nie über Frauen auf. Das war ein gutes Zeichen. »Ich nehme an, du sprichst von Darcy.«

»Natürlich spreche ich von Darcy.« Frustration blitzte in seinem Blick auf. »Ich würde wirklich gern wissen, was sie da Tag und Nacht in dieser verdammten Suite treibt.«

»Schreiben.«

»Was soll das heißen, schreiben?«

»Ihr Buch«, erwiderte Serena geduldig. »Sie versucht den ersten Entwurf ihres Buches abzuschließen. Sie will ihn fertig haben, bevor sie anfängt, die Agenten abzuklappern.«

»Woher weißt du das?«

»Weil sie es mir erzählt hat. Wir haben gestern Nachmittag in ihrer Suite zusammen Tee getrunken.«

Übermenschliche Anstrengung war nötig, um den Mund nicht offen stehen zu lassen. »Sie hat dich reingelassen?«

»Natürlich hat sie mich reingelassen. Ich habe ihr ein Päuschen abgeschwatzt. Sie ist eine überaus disziplinierte junge Frau und fest entschlossen, dieses Buch zu schreiben. Und sie ist sehr talentiert.«

»Talentiert?«

»Ich habe sie überredet, mich ein paar Seiten des Buches lesen zu lassen, das sie letztes Jahr beendet hat.« Serena lächelte anerkennend. »Ich war beeindruckt. Es ist höchst amüsant. Überrascht dich das?«

»Nein.« Und das war wirklich so. »Dann arbeitet sie also. Das ist aber kein Grund, unhöflich zu sein.«

»Unhöflich? Darcy?«

»Ich habe es satt, wie Luft behandelt zu werden«, brummte er.

»Sie spricht nicht mit dir? Was hast du angestellt?«

Mac warf seiner Mutter einen beleidigten Blick zu. »Wie kommst du darauf, dass ich etwas angestellt haben könnte?«

»Liebling.« Sie erhob sich und kam zu ihm herüber. »Sosehr ich dich auch liebe, bist du doch ein Mann. Also raus mit der Sprache. Womit hast du sie gegen dich aufgebracht?«

»Ich habe nur versucht, ihr den Großen MacGregor zu erklären. Ich kam dazu, als sie mit zusammengesteckten Köpfen dasaßen, und Grandpa fing an, auf mich einzureden, warum ich nicht eine Spritztour im Mondschein mit ihr mache. Na, du kennst ihn ja.«

»Ja, allerdings.« Daniel »Fingerspitzengefühl« MacGregor, dachte sie mit einem stillen Seufzer. »Und wie genau hast du ihr das zu erklären versucht?«

»Ich habe ihr gesagt, dass es ihm ein Herzensanliegen ist, alle seine Enkel verheiratet zu sehen, und dass er es jetzt anscheinend auf mich abgesehen habe. Ich entschuldigte mich für ihn und erklärte ihr, dass ich mich nicht mit Heiratsabsichten trage und dass sie ihn nicht zu ernst nehmen darf.«

Serena betrachtete ihren Erstgeborenen entsetzt. »Und dabei warst du mal so ein intelligentes Kind.«

»Ich habe dabei doch nur an sie gedacht«, erwiderte er. »Ich dachte, er würde sie aufhetzen. Woher hätte ich wissen sollen, dass sie ihn wegen ihrer Finanzangelegenheiten um eine Unterredung gebeten hatte? Ich gebe ja zu, dass ich ins Fettnäpfchen getreten bin.« Er stopfte die Hände in die Hosentaschen. »Deshalb habe ich mich ja mehrere Male entschuldigt. Habe ihr Blumen geschickt, sie angerufen ... nicht dass sie überhaupt an dieses verdammte Telefon geht. Was zum Teufel soll ich denn noch tun? Zu Kreuze kriechen?«

»Würde dir vielleicht mal ganz guttun«, murmelte Serena und lachte dann, als er sie wütend anzischte. »Mac.« Sanft nahm sie sein Gesicht in ihre Hände. »Warum bist du so aufgebracht darüber? Empfindest du etwas für sie?«

»Es ist mir nicht egal, was mit ihr passiert. Sie ist hier hereingestolpert wie ein Kriegsflüchtling, um Himmels willen. Sie braucht jemanden, der sich um sie kümmert.«

Serena ließ ihn nicht aus den Augen. »Dann sind es also ... brüderliche Gefühle, die du für sie hegst?«

Er zögerte einen Moment zu lang. »So sollte es sein.«

»Und, ist es so?«

»Ich weiß es nicht.«

Liebevoll fuhr sie ihm mit den Fingern durchs Haar. »Vielleicht solltest du es herausfinden.«

»Wie denn? Sie redet doch nicht mit mir.«

»Ein Mann, in dessen Adern MacGregor- und Blade-Blut fließt, lässt sich doch von einer abgeschlossenen Tür nicht lange aufhalten.« Sie lächelte und küsste ihn dann herzhaft. »Ich setze mein Geld auf dich.«

Darcy hielt die Augen geschlossen und versuchte sich die Szene vorzustellen, bevor sie die Worte in die Tasten des

Computers fließen ließ. Jetzt, endlich, würden ihre beiden Hauptfiguren zueinanderfinden, auch wenn überall Gefahren lauerten. Sie konnten dieser ursprünglichen wilden Anziehungskraft nicht mehr widerstehen, das Verlangen, das durch ihre Adern floss, ließ sich nicht mehr verleugnen. Es musste passieren. Jetzt.

Das Zimmer war kalt und roch nach Feuchtigkeit, die das prasselnde Feuer im Kamin noch nicht hatte vertreiben können. Das fahle Licht des Wintermondes stahl sich durch die Fenster.

Er würde sie berühren. Auf welche Art? Wie? Ein leichtes Streicheln mit den Fingerknöcheln über die Wange? Dann würde ihr der Atem in der Kehle stocken, ihre Lippen würden zittern. Würde sie die Wärme seines Körpers fühlen, wenn er sie zu sich heranzog? Was würde ihr letzter Gedanke sein in jenen Sekunden, bevor er den Kopf neigen und ihren Mund in Besitz nehmen würde?

Wilde Leidenschaft, dachte Darcy. Und ihre Heldin würde diese Wildheit willkommen heißen.

Mit geschlossenen Augen ließ Darcy sich die Worte durch den Kopf gehen und dann auf den hellen Bildschirm fließen. Das Läuten des Telefons drang so plötzlich und unerwartet in ihre eisig kalte Jagdhütte in den Bergen, dass sie, ohne zu überlegen, nach dem Hörer griff und abnahm.

»Ja, hallo?«

»Darcy.« Die tiefe Stimme war ernst, klang unüberhörbar wütend und nur allzu vertraut.

»Gerald!« Die leidenschaftliche Szene vor ihren Augen zerstob abrupt und wurde durch Unruhe ersetzt. »Äh, wie geht es dir?«

»Was glaubst du wohl, wie es mir geht? Du hast mir eine Menge Scherereien verursacht.«

»Das tut mir leid.« Die Entschuldigung kam automatisch.

Darcy krümmte sich innerlich, sobald die Worte heraus waren.

»Es ist mir schleierhaft, was du dir dabei gedacht hast. Wir werden darüber reden. Sag mir deine Zimmernummer.«

»Meine Zimmernummer?« Plötzlich stieg Panik in ihr auf. »Wo bist du?«

»Ich bin in der Lobby dieses lächerlichen Hotels, in dem du abgestiegen bist. Das ist ja nun wirklich der unpassendste Ort, den man sich vorstellen kann. Allerdings habe ich nach deinem Verhalten in letzter Zeit auch nichts anderes erwartet. Doch das werden wir schnellstens wieder in Ordnung bringen. Deine Zimmernummer, Darcy.«

Ihr Zimmer? Ihr sicherer Hafen. Nein, nein, sie konnte nicht zulassen, dass er in ihr Refugium eindrang. »Ich ... ich komme runter«, entgegnete sie eilig. »In der Nähe des Wasserfalls ist eine Sitzecke. Links vom Empfang. Kannst du sie sehen?«

»Sie ist kaum zu übersehen. Und trödle nicht.«

»Nein, nein, bin gleich unten.«

Sie legte auf, stieß sich vom Schreibtisch ab. Verzweiflung wollte über sie kommen und wurde entschlossen zurückgedrängt. Er kann mich zu nichts zwingen, was ich nicht tun will, erinnerte sie sich. Hier hatte er nichts zu sagen, hatte keine Macht. Im Grunde hatte er nichts, wenn sie ihm nichts gab.

Aber trotzdem zitterten ihre Finger, als sie ihre Handtasche aufnahm, und ihre Knie waren weich, als sie zum Aufzug ging.

Die Lobby war voller Menschen. Familien und Touristen wanderten zum künstlichen See, um eine Münze hineinzuwerfen, oder gingen Richtung Amphitheater, um sich die Liveshow anzusehen. Gäste kamen an und reisten ab. Andere, die das Klingeln der Münzen anzog, bahnten sich ihren Weg ins Casino.

Gerald saß in einem der Sessel in der Nähe des Pools. Sein dunkler Anzug hatte keine einzige noch so kleine Falte. Auf seinem harten attraktiven Gesicht lag nicht einmal der Anflug eines Lächelns, während er dem turbulenten Treiben um sich herum zuschaute.

Er sieht nach Erfolg aus, dachte Darcy, so völlig distanziert und unberührt von diesem chaotischen Trubel um ihn herum. Kalt. Es war diese Kälte in ihm, die sie immer zu Tode geängstigt hatte.

Er wandte den Kopf, als sie näher kam. Noch während er seinen Blick mit einer Mischung aus Überraschung und Missbilligung über ihre hellgrünen Shorts und die pfirsichfarbene Bluse gleiten ließ, stand er auf, um sie zu begrüßen.

Manieren, dachte sie. Er hatte immer ausgezeichnete Manieren gehabt.

»Ich nehme an, du hast eine Erklärung für das alles.« Er deutete auf einen Sessel.

Eine Geste, mit der er die Kontrolle an sich reißen wollte. *Setz dich, Darcy.* Und sie hatte immer brav gehorcht.

Dieses Mal blieb sie stehen. »Ich habe beschlossen umzuziehen.«

»Mach dich doch nicht lächerlich.« Er wischte ihre Bemerkung mit einer unmerklichen Handbewegung zur Seite und zog sie am Arm auf den Sessel hinunter. »Ist dir eigentlich klar, in was für eine peinliche Lage du mich gebracht hast? Sich einfach mitten in der Nacht wegzuschleichen!«

»Ich habe mich nicht weggeschlichen.« Doch, natürlich hatte sie das getan.

Er hob nur ganz leicht eine Augenbraue. Wie ein Erwachsener, der zu einem Kind spricht, dachte sie. »Du bist weggegangen, ohne auch nur ein einziges Wort zu hinterlassen. Was einen erschreckenden Mangel an Verantwortungsbewusstsein zeigt. Doch auch hier hätte ich nichts anderes erwarten sollen.

So völlig ohne Planung eine Reise zu unternehmen. Was wolltest du damit erreichen?«

Entkommen, dachte sie. *Abenteuer finden. Leben.* Sie legte die verschränkten Finger in den Schoß und bemühte sich, ruhig zu sprechen. »Das ist keine Reise. Ich habe Trader's Corner verlassen. Mich hielt dort nichts mehr.«

»Dort bist du zu Hause.«

»Nicht mehr.«

»Benimm dich nicht unvernünftiger, als du bist. Ist dir eigentlich klar, in was für eine Lage du mich gebracht hast? Ich muss feststellen, dass meine Verlobte sich bei Nacht und Nebel ...«

»Ich bin nicht deine Verlobte, Gerald. Ich habe unsere Verlobung schon vor einer ganzen Weile gelöst.«

Er zuckte nicht mal mit der Wimper. »Und ich bin mehr als geduldig gewesen. Ich habe dir Zeit gelassen, dich zu beruhigen und wieder zur Vernunft zu kommen. Und das habe ich nun davon. Las Vegas, um Himmels willen!« Er zupfte sich die Bügelfalte gerade und beugte sich dann vor. »Du hast dich ins Gerede gebracht. Die Leute klatschen über dich. Und das wirft ein schlechtes Bild auf mich. Du bist in jeder Zeitung abgebildet. Eine billige Schlagzeile.«

»Ich habe fast zwei Millionen Dollar gewonnen. Das ist eine Nachricht wert.«

»Beim Glücksspiel.« Er schnaubte verächtlich, dann lehnte er sich wieder zurück. »Ich kümmere mich selbstverständlich um die Presse. Das Medieninteresse wird sicherlich bald nachlassen. Man muss das Augenmerk eben mehr auf das Positive lenken, das Anrüchige herunterspielen.«

»Anrüchig? Ich habe Geld in einen Spielautomaten gesteckt und den Jackpot gewonnen. Was ist daran anrüchig?«

Er bedachte sie mit einem herablassenden Blick. »Ich habe auch nicht erwartet, dass du das verstehst. Immerhin kommt dir deine Unschuld zugute. Ich werde veranlassen, dass das Geld überwiesen wird ...«

»Nein!« Sie spürte ihren Herzschlag bis hinauf in ihre Kehle.

»Du wirst es ja wohl kaum in Nevada lassen wollen. Mein Börsenmakler wird es vernünftig anlegen. Wir werden dafür sorgen, dass du von den Zinsen eine nette regelmäßige Unterstützung bekommst.«

Unterstützung. Das Wort dröhnte in ihrem Kopf. Wie ein Kind, das Taschengeld bekam und bei dem man darauf achten musste, dass es das Geld auch sorgsam ausgab. »Das Geld ist bereits investiert. Mr. MacGregor, Daniel MacGregor, kümmert sich darum.«

In seinen Augen spiegelte sich Entsetzen wider, er griff nach ihrer Hand. »Um Himmels willen, Darcy, erzähl mir jetzt bitte nicht, dass du einem Fremden über eine Million Dollar anvertraut hast.«

»Er ist kein Fremder. Und um genau zu sein, ist es jetzt gerade unter einer Million. Da waren die Steuern und Lebenshaltungskosten abzuziehen.«

»Wie kann man nur so schwachsinnig sein?« Gerald wurde laut, Wut flackerte in seinen Augen auf, und Darcy wich vor ihm zurück. »Zähl doch mal zwei und zwei zusammen, das sieht doch selbst der Dümmste. MacGregor hat natürlich ein Interesse an seinem Hotel. Und jetzt hat er *dein* Geld, das du *seinem* Hotel abgenommen hast.«

»Ich bin nicht schwachsinnig«, entgegnete Darcy mit ruhiger Stimme. »Und Daniel MacGregor ist kein Dieb.«

»Mein Anwalt wird sofort die Papiere aufsetzen, um das Geld – oder was immer davon noch übrig ist – zu überweisen. Wir werden uns beeilen müssen.« Er sah auf seine Uhr. »Ich muss ihn wohl zu Hause anrufen. Unangenehm, aber es lässt sich nicht vermeiden. Geh jetzt nach oben, und packe deine Sachen zusammen. Je eher ich nach Hause komme, desto mehr Chancen habe ich, das Schlimmste zu verhindern.«

»Bist du eigentlich wegen des Geldes oder meinetwegen gekommen, Gerald?« Sie wollte ihre Hand aus seiner zurückziehen, gab aber auf. Es hatte keinen Zweck, körperlich würde sie nie gegen ihn ankommen. Also konzentrierte sie ihre Bemühungen und ihre Wut auf das Verbale. »Ich hätte eigentlich erwartet, dass du mich nur anrufst und mir befiehlst zurückzukommen, nachdem du erst herausgefunden hast, wo ich bin. Es erstaunt mich, dass du dir die Mühe gemacht hast, persönlich zu kommen. Das muss doch deinen ganzen Terminkalender durcheinandergebracht haben. Ich hätte angenommen, dass du dir deiner so sicher bist, dass du dir einbildest, nur mit den Fingern schnippen zu müssen, und schon komme ich zu dir zurückgekrochen.«

»Für solchen Unsinn habe ich im Moment keine Zeit, Darcy. Geh jetzt packen, und zieh dir etwas Passendes für die Reise an.«

»Ich gehe nirgendwohin.«

Grob packte Gerald sie beim Arm. »Tu, was dir gesagt wird. Sofort. Ich werde es nicht dulden, dass du mir in aller Öffentlichkeit eine Szene machst.«

»Dann verschwinde, ehe ich dir eine liefere.«

In diesem Augenblick spürte sie eine Hand auf ihrer Schulter. Noch ehe er sprach, wusste sie, dass es Mac war.

»Gibt es hier ein Problem?«

»Nein.« Sie schaute ihn nicht an, sie konnte es nicht. »Gerald, das ist Mac Blade. Er ist der Geschäftsführer des ›Comanche‹. Mac, Gerald wollte gerade gehen.«

»Einen schönen Tag noch, Gerald«, wünschte Mac in gefährlich mildem Ton. »Ich glaube, die Dame hätte gern ihren Arm zurück.«

»Weder Darcy noch ich haben um Ihre Einmischung gebeten.«

Mac trat einen Schritt vor und stand nun genau vor Gerald. »Ich habe noch gar nicht angefangen, mich einzumischen, aber ich würde es liebend gern tun.« Sein Lächeln war tödlich. »Um ehrlich zu sein, ich freue mich geradezu darauf.«

»Tu's nicht.« Mehr wütend als ängstlich drängte sich Darcy zwischen die beiden. »Ich bin sehr gut in der Lage, meine Probleme allein in den Griff zu bekommen.«

»Ist es das, worauf du aus bist, Darcy?« Geralds Stimme bebte vor Empörung, als er sie mit einem vernichtenden Blick bedachte. »Dich verführen zu lassen von diesem ... von dieser Person? Wiegst du dich womöglich in dem irrigen Glauben, dass er mehr von dir wollen könnte, als dir das Geld wieder aus der Tasche zu ziehen, das du ihm abgenommen hast, und nebenbei noch ein bisschen billigen Sex?«

Sie spürte die Bewegung, wusste instinktiv, dass Mac sich zum Sprung bereit machte, wirbelte herum und legte Mac beide Hände auf die Arme. »Tu es nicht, Mac. Bitte!« Sie konnte das Zittern seiner Muskeln unter ihren Fingern spüren. »Das bringt doch nichts. Bitte, Mac.«

Sie ignorierte die Neugier der Umstehenden, die sich alle bemühten, so zu tun, als würden sie gar nicht hinsehen. Und Darcy wusste, dass sie jetzt allein für sich einstehen musste. Sonst würde sie es niemals schaffen.

»Gerald, was ich tue und mit wem ich es tue, hat mit dir absolut nichts zu tun. Ich entschuldige mich dafür, dass ich deinen Antrag angenommen habe. Es war ein Fehler, den ich versucht habe geradezubiegen, aber du hast dich ja stets geweigert, mir zuzuhören. Ansonsten gibt es nichts, wofür ich mich entschuldigen müsste.«

Sie holte tief Luft, um sich zu beruhigen, während sie bemerkte, wie sein Gesicht kalt und hart wie Stein wurde. Er wollte sie schlagen, wurde ihr klar, und es überraschte sie nicht einmal. Hätte sie nicht den Mut gefunden, um zu fliehen, hätte sie außer seinen schneidenden Worten wohl irgendwann auch seine Fäuste zu spüren bekommen. Denn früher oder später hätte ihm Einschüchterung nicht mehr gereicht.

Und diese Erkenntnis gab ihr die Kraft, die Sache endgültig zu Ende zu bringen.

»Du hast mich manipuliert und herumkommandiert, weil du es konntest. Deshalb wolltest du mich auch heiraten, anfangs zumindest. Dann hast du auf einer Heirat bestanden, weil du einfach nicht akzeptieren konntest, dass ein kleines Nichts wie ich dich ablehnte. Du hättest allen die gelöste Verlobung erklären müssen.«

Seine Miene war eiskalt. »Ich werde mir nicht anhören, wie du unsere persönlichen Angelegenheiten in aller Öffentlichkeit ausbreitest.«

»Es steht dir frei, jederzeit zu gehen. Du kamst hierher, weil ich plötzlich ein kleines Nichts mit viel Geld bin. Das erhöht das Risiko ... und der ganze Presserummel tut ein Übriges. Ich bin sicher, irgendein pfiffiger Reporter wird herausfinden, dass wir mal verlobt waren. Das mag peinlich für dich werden, aber es ist nicht zu ändern. Und ich sage dir jetzt in aller Deutlichkeit, dass du mich oder mein Geld niemals in die Finger bekommen wirst. Dass ich nie wieder zurückkommen werde. Ich lebe jetzt hier, und ich mag es hier. Dich mag ich nicht, und mir wird langsam klar, dass ich dich auch nie gemocht habe.«

Er trat abrupt einen Schritt zurück. »Und mir wird klar, dass du nicht der Mensch bist, für den ich dich gehalten habe.«

»Ich kann dir gar nicht sagen, wie glücklich mich das macht, Gerald«, sagte sie leise. »Und jetzt fahr nach Hause.«

Er musterte sie und Mac mit der gleichen Verachtung. »So wie ich das sehe, passt ihr zwei bestens zusammen. Und an diesen Ort. Solltest du gegenüber der Presse in irgendeinem Zusammenhang meinen Namen erwähnen, würde ich mich gezwungen sehen, rechtliche Schritte einzuleiten.«

»Keine Sorge«, murmelte Darcy, während er davonging. »Ich habe deinen Namen bereits vergessen.«

»Gut gemacht.« Unfähig zu widerstehen, neigte Mac den Kopf und drückte ihr einen Kuss auf die Stirn.

Sie schloss die Augen. »Es ist endlich vorbei. Danke für deine Hilfe.«

»Du hast sie gar nicht gebraucht.« Doch jetzt begann sie im Nachhinein zu zittern. »Erlaube mir, dass ich dich nach oben bringe.«

»Ich kenne den Weg.«

»Darcy.« Er sah sie eindringlich an. Sie war noch ein wenig blass von der Aufregung. »Du hast mir nicht die Befriedigung gegeben, ihm die Fassade zu polieren. Du schuldest mir etwas.«

Irgendwie brachte sie ein Lächeln zustande. »Also schön. Ich bezahle meine Schulden immer.«

Er hielt den Arm um ihre Schultern gelegt, während er mit ihr zum Aufzug ging. Instinktiv rieb er ihr unablässig über den Arm, um sie zu beruhigen. »Hast du meine Blumen bekommen?«

»Ja, sie sind sehr hübsch. Danke.« Sie klang jetzt schnippisch, was ihn wiederum nur beruhigte.

Er benutzte den Hauptschlüssel, um den Lift zu ihrer Etage zu rufen. »Meine Mutter hat mir erzählt, dass du arbeitest.«

»Das stimmt.«

»Also hast du meine Anrufe und meine Karten nicht beantwortet, weil du mit Schreiben beschäftigt warst, und nicht, weil du sauer auf mich bist.«

Sie wand sich unruhig. »Ich bin nicht nachtragend. Normalerweise.«

»Aber bei mir machst du eine Ausnahme.«

»Schon möglich.«

»Nun gut. Du hast jetzt zwei Möglichkeiten. Entweder du kannst mir verzeihen, dass ich, ich glaube, es war ›arrogant‹ und ›unverschämt‹, wie du es genannt hast, war, oder ich sehe mich gezwungen, meine Frustration an Gerald auszulassen.«

»Das würdest du nicht tun.«

»Oh doch.« Er lächelte drohend. »Das würde ich.«

Sie starrte ihn immer noch regungslos an, selbst als die Aufzugtüren aufglitten. »Das würdest du wirklich, nicht wahr?«, wurde ihr mit einer Art entsetztem Entzücken bewusst. »Aber so etwas ist nie eine Lösung.«

»Mag sein. Aber es würde mir immensen Spaß machen. Also, bittest du mich jetzt herein, oder muss ich Gerald suchen gehen?«

Sie schüttelte seinen Arm von ihrer Schulter ab und gab sich größte Mühe, nicht zufrieden dreinzuschauen. »Tritt ein. Wahrscheinlich bin ich sowieso zu aufgewühlt, um arbeiten zu können.«

»Danke.« Mac warf einen Blick auf ihren Schreibtisch. »Wie kommst du voran?«

»Sehr gut.«

»Meine Mutter hat gesagt, dass du ihr ein paar Seiten zum Lesen gegeben hast.«

»Es war praktisch unmöglich, ihr den Wunsch abzuschlagen. Möchtest du etwas trinken? Kaffee?«

»Nein, im Moment nicht. Lässt du mich auch mal einen Blick draufwerfen?«

»Wenn es veröffentlicht ist, kannst du es ganz lesen.«

Er löste seinen Blick von ihrem Schreibtisch und schaute ihr ins Gesicht. Ihre Wangen hatten wieder Farbe, was ihn erleichterte. Unten in der Lobby hatte sie so blass und zerbrechlich ausgesehen. »Ich könnte es dir auch schwer machen,

mir meinen Wunsch abzuschlagen. Aber du bist im Augenblick ein bisschen zu zittrig, deshalb werde ich warten.«

»Es ist nur eine Schockreaktion.« Sie umfasste beide Ellbogen mit den Händen. »Ich hatte Angst, als er anrief.«

»Aber du bist nach unten gegangen, um mit ihm zu reden.«

»Es musste sein.«

»Du hättest mich anrufen können. Du hättest ihm nicht
allein gegenübertreten müssen.«

»Doch, das musste ich. Ich musste wissen, dass ich es kann.
Jetzt, im Nachhinein, erscheint es mir albern und dumm, dass
ich mich je von ihm habe einschüchtern lassen. Irgendwie ist
er erbärmlich.« Das war ihr vorher nie klar gewesen. Im
Grunde war dieser Mann eine bemitleidenswerte Gestalt.
»Trotzdem, hätte ich mich nicht von ihm einschüchtern lassen, wäre ich niemals hergekommen. Ich hätte dich nie kennengelernt. Wahrscheinlich muss ich dankbar dafür sein.« Sie
presste die Handflächen zusammen. »Ich danke dir dafür,
dass du ihn nicht zusammengeschlagen hast, obwohl er dich
so beleidigt hat.«

Er wandte den Blick nicht von ihr. »Meinetwegen hätte ich
ihn nicht verprügelt.«

In ihre Augen trat ein warmes Leuchten. »Als du kamst,
wusste ich, dass alles gut wird. Dass ich es schaffe. Und ich
hatte keine Angst mehr. Er dachte, wir hätten … ich war froh,
dass er es dachte, weil ich ihm nie erlaubt habe, mich anzufassen. Und er denkt, du hättest es getan.«

Er wusste, es war ein Fehler, zu ihr hinüberzugehen. Für
sie beide war es ein viel zu großes Risiko. »Das wird ihn dann
wohl noch eine ganze Weile beschäftigen. Das ist fast so gut
wie Verprügeln.«

Die Wärme, die sie erfüllte, war fast schmerzhaft. »Ich bin
froh, dass du da warst.«

»Ich auch. Sind wir jetzt wieder Freunde?«

Er streichelte ihre Wange, und ihre Kehle war plötzlich wie zugeschnürt. »Willst du, dass wir das sind?«

Ihre Augen waren groß und dunkel. Sie öffnete leicht die Lippen, voller Erwartung, einladend. Und unwiderstehlich. »Nicht ganz«, murmelte er und näherte sich ihrem Mund.

Jetzt wusste sie, was der letzte Gedanke in jenen Sekunden war, bevor Lippen sich trafen. Ungestüme, leidenschaftliche Bilderfetzen, so verworren, dass man sie nicht beschreiben konnte. Darcy reckte sich auf die Zehenspitzen, schmiegte sich an ihn und klammerte sich an seine Schultern, um sich dann in das Meer aus explodierenden Farben und Bildern fallen zu lassen.

Ihr Mund war so verlangend, so weich, so warm, so hingebungsvoll. Mac wollte mehr davon. Ihr Körper war zierlich, flehend und bereit. Er wollte ihn ganz. Das Verlangen war übermäßig, rau, Urgewalt, und er musste sich zwingen, um nicht die Selbstbeherrschung zu verlieren.

»Darcy ...« Er wollte sich von ihr zu lösen, schwor sich, dass er es tun würde, aber sie hatte ihre Arme um seinen Hals geschlungen und hielt ihn fest.

»Bitte.« Ihre Stimme war rau und bebte vor Dringlichkeit. »Oh bitte. Berühre mich.«

Die geflüsterte Bitte war so verführerisch wie das Rascheln schwarzer Seide. Begehren durchflutete ihn, dröhnte in seinem Kopf, zerrte in seinen Lenden. »Berühren wäre nicht genug.«

»Du kannst alles bekommen.« Sie würde in dem Verlangen ertrinken, das wusste sie. »Liebe mich.« Ihre Stimme klang beinahe verzweifelt, während sie sein Gesicht mit heißen Küssen bedeckte. »Trag mich ins Bett.«

Es war Forderung und Angebot zugleich, und alles in ihm reagierte darauf. »Ich will dich.« Er riss sich von ihren Lippen los und presste seinen Mund an ihren Hals. »Es ist verrückt, wie sehr ich dich will.«

»Ich will nicht vernünftig sein. Und ich will nicht, dass du vernünftig bist. Lass uns verrückt sein. Nur ein einziges Mal. Komm zu mir.«

Das Rouletterad drehte sich also. Und Mac hielt es nicht an. Mit einem Schwung hob er sie auf seine Arme und sah, wie ihre Augen sich in pures Gold zu verwandeln schienen. Sie wog kaum mehr als ein Kind, und das erschreckte ihn. »Ich will dir nicht wehtun.«

»Das ist mir gleich.«

Aber ihm nicht. Er erstickte ihren sehnsüchtigen Seufzer mit einem Kuss und trug sie vorsichtig die Treppe hinauf. »Schon als ich dich das erste Mal hier herauftrug, fragte ich mich, was ich mit dir machen sollte. Wer ist sie? Woher kommt sie?« Er legte sie aufs Bett und fuhr mit dem Finger über ihren schlanken Hals. »Was soll ich mit ihr anfangen? Ich weiß es noch immer nicht.«

»Als ich aufwachte und dich sah, dachte ich, es sei ein Traum.« Darcy hob eine Hand und streichelte seine Wange. »Manchmal denke ich das immer noch.«

Er presste den Mund in ihre Handfläche. »Ich höre jederzeit auf, sobald du mich darum bittest.« Wieder nahm er ihre Lippen in Besitz, verlor sich in dem Spiel. »Aber, um Himmels willen, bitte mich nicht darum!«

Wie könnte sie? Warum sollte sie es, wenn in ihr Lust und Vergnügen aufbrodelten? Das seidene Laken an ihrem Rücken war so wunderbar kühl, während seine Hände Feuer in ihrem Körper zu entzünden begannen. Er küsste sie mit einem Ungestüm, als würde er von ihr trinken, als könne er nicht genug von ihr bekommen. Niemals hatte sie sich mehr begehrt gefühlt.

Er ließ seine Finger über ihren Körper gleiten, als ob sie etwas ganz Besonderes für ihn sei. Und als er eine Hand um ihre Brust schloss und sie sanft knetete, verflüchtigte sich jeder andere Gedanke aus ihrem Kopf.

Sie gab sich seinen Zärtlichkeiten mit ihrer ganzen Leidenschaft hin und bog sich ihm entgegen. Langsam, befahl er sich, ganz langsam und vorsichtig. Er ließ sie all ihre Gedanken vergessen, als er ihre Bluse öffnete und begann, ihre warme glatte Haut zu erkunden.

Sie erbebte unter seinen Händen, was ihn über alle Maßen erregte. Jedes Zucken ihrer Muskeln war ein Wunder, das ausgekundschaftet und bewahrt werden musste. Er wollte das Gefühl ihrer seidigen Haut bewahren, den Geschmack ihres Mundes auskosten.

Er zog sie hoch und knabberte zärtlich an ihrer Unterlippe, während er ihre Bluse zur Seite schob.

Zögernd streckte sie die Hand nach seinem Hemd aus. Sie wollte ihn berühren, sehen. Wissen. Langsam knöpfte sie sein Hemd auf und legte schließlich ihre zarten Hände an seine muskulöse Brust. Voller Verlangen beugte sie sich vor und presste ihre Lippen auf seine Schulter.

Er spürte den heftigen Drang, sie auf der Stelle zu nehmen, doch stattdessen umrahmte er ihr Gesicht mit den Händen, schaute ihr tief in die Augen und nahm ihren Anblick in sich auf. Ohne ihren Blick loszulassen, in dem sich Überraschung und Lust widerspiegelten, schob er ihren BH beiseite, legte seine Hände auf ihre Brüste und fuhr mit den Daumen über ihre Knospen, die unter seiner Berührung vor Erregung fest wurden.

Dann drückte er sie sanft aufs Bett zurück und begann, an einer ihrer Knospen zu saugen.

Es war, als würde sie von einer flammenden Woge überschwemmt. Zwischen ihren Beinen pochte das Feuer des Begehrens. Sie hörte ihr eigenes Seufzen, als sie ihm die Arme ganz fest um den Hals schlang und sich an ihn presste.

»Langsam.« Er war sich nicht sicher, ob er sie oder sich selbst beruhigen wollte. Aber die Rastlosigkeit, mit der sie sich unter ihm bewegte, ließ seine Beherrschung immer schwächer werden.

Er rollte mit ihr übers Bett, zog die Tagesdecke zur Seite und versank mit ihr in dem weichen Kissenberg. Er zog ihr die Shorts herunter und warf sie zu Boden. Dann wandte er sich der letzten trennenden Barriere zu, dem hauchdünnen Dreieck aus rosafarbener Spitze.

»Oh ...« Verlangend bog sie ihm ihre Hüften entgegen. »Ich kann nicht länger ...«

Dann fuhr er mit einem Finger unter das Spitzendreieck.

Sie verspürte einen köstlichen Druck und musste nach Atem ringen. Hitze flammte in ihrem Schoß auf wie ein Feuerball. Seine Berührung verwandelte sich in ein Feuerwerk der Lust, das eine kleine Ewigkeit zu dauern schien.

Dann entspannte sich ihr Körper. Die Hand, mit der sie seine Schulter umklammert hatte, glitt an seinem Arm nach unten und blieb auf dem zerwühlten Laken liegen.

Heiß, dachte er, und seine Hände waren völlig ruhig, als er das Spitzenhöschen über ihre Schenkel nach unten schob. Feucht. Bereit. Er spürte, wie sein Herz hämmerte.

Dann hob sie langsam die schweren Lider und sah ihn aus goldverhangenen Augen an. »Ich habe noch nie ...«

»Ich weiß.« Er war der Erste, und dieses Wissen steigerte seine Erregung noch, sein Verlangen, sie zu besitzen. »Komm«, murmelte er und zog sie ganz eng an sich. Sie wölbte sich ihm verlangend entgegen, als er behutsam in sie eindrang.

Er hielt inne, als er auf einen Widerstand traf. »Warte.« Langsam und vorsichtig bewegte er sich weiter, wobei er ganz fest ihre Hand hielt.

Sie spürte, dass sie sich einem weiterem atemberaubenden Höhepunkt näherte. Der kurze Schmerz war ein Schock, angereichert mit Verlangen, sodass sich beides untrennbar vermischte. Dann war sie offen für ihn und nahm ihn in sich auf.

Das explosive Gemisch aus Bewegung und Verzauberung schleuderte sie empor auf einer Welle der Lust, die lange nicht umzuschlagen schien. Nur langsam, ganz langsam glitt sie wieder herab, zurück in die Realität.

Dort ruhte sie sich aus, mit Mac über sich und in sich. Sie schlang ihre Arme und Beine fest um ihn und seufzte glücklich seinen Namen.

9. Kapitel

Darcy konnte den schweren exotischen Duft des Gestecks aus tropischen Blumen auf ihrer Frisierkommode riechen. Das Sonnenlicht ergoss sich durch die Fenster und schien ihr warm aufs Gesicht.

Wenn sie ihre Augen geschlossen hielt, sah sie sich selbst in einem üppigen Urwald, paradiesisch nackt, eng umschlungen und immer noch vereinigt mit ihrem Geliebten daliegend. So wie jetzt mit Mac.

Ihr Geliebter! Wie herrlich das klang.

Sie wiederholte das Wort in Gedanken wieder und wieder, während sie den Kopf drehte, um ihm einen Kuss auf den Hals zu pressen. Und als er sich bewegte, umschlang sie ihn noch fester.

»Musst du dich bewegen?«

Sein Verstand schien sich nicht klären zu wollen. Allein Darcy füllte seinen Kopf aus, so wie er sie ausfüllte. »Du bist so zierlich.«

»Ich trainiere.« Sie knabberte an seinem Hals, wollte diesen Geschmack immer und immer wieder kosten. »Ich bekomme schon Bizeps.«

Mac musste lächeln. Er zog sich gerade weit genug von ihr zurück, um mit zwei Fingern ihren schlanken Oberarm zu fassen. »Wow!«

Darcy lachte. »Na schön, fast. Aber in ein paar Wochen wird mich niemand mehr schmächtig nennen können.«

»Du bist nicht schmächtig. Du bist schlank und grazil«,

murmelte er, abgelenkt durch das Gefühl, das ihre zarte Haut auf seinen Lippen hinterließ.

Sie betrachtete sein Gesicht, fasziniert von der Konzentration, die sich darauf widerspiegelte, als er ihren Arm liebkoste. Ahnte er überhaupt, was dieses Streicheln mit ihr anstellte? Unmöglich. Und er konnte auch nicht wissen, was die Aussicht, dass dieser wunderbare Mann zumindest für eine kleine Weile ihr gehören würde, für sie bedeutete.

Lag es an ihrer Liebe für ihn, dass ihr Liebesspiel so berauschend gewesen war? Daran, dass es ihr erstes Mal gewesen war? Dass sie es sich nicht vorstellen konnte, je wieder mit einem anderen Mann so nahe, so vertraut zu sein?

Was auch immer der Grund sein mochte, sie würde nie vergessen, was er ihr geschenkt hatte. Und sie hoffte, dass sie ihm etwas wiedergegeben hatte, das er nicht vergessen würde, dass er nie vergessen würde, was eben zwischen ihnen geschehen war.

»Ich muss dich etwas fragen.« Ihr Lächeln war ein wenig verlegen. »Ich weiß, es ist vielleicht blöd, aber … na ja, ich muss es einfach wissen.«

Er stützte sich auf den Ellbogen und sah sie alarmiert an. Er hatte Angst davor, sie könnte ihn fragen, was er fühlte, was er wollte, wohin dies hier führen würde. Da er Schwierigkeiten hatte, das hier überhaupt selbst zu verstehen, hatte er auch keine Vorstellung, wie es weitergehen sollte.

»War ich … war es?« Wie drückte man so etwas aus? »War es okay für dich?«, fragte sie schließlich.

Die Anspannung fiel von ihm ab. »Darcy.« Überschwemmt von einer Welle der Zärtlichkeit, suchte er ihren Mund und gab ihr einen langen tiefen Kuss. »Was denkst du wohl?«

»Ich war ab einem bestimmten Punkt einfach nicht mehr in der Lage zu denken.« Mit verlorenem Blick sah sie ihn an.

»In meinem Kopf wirbelte alles durcheinander. Ich habe mir immer vorgestellt, ich würde mich hinterher an alle Einzelheiten erinnern können, Schritt für Schritt. Aber ich konnte nicht aufpassen. Es gab einfach zu viel zu fühlen.«

»Manchmal wird das Denken überbewertet.« Er hauchte ihr kleine Küsse auf Stirn und Augenlider.

»Schon wenn du das tust, verflüchtigt sich jeder zusammenhängende Gedanke aus meinem Kopf.« Zärtlich streichelte sie über seinen Rücken, während sie sich von einem weiteren Kuss davontragen ließ. »Und wenn du anfängst, mich zu berühren, wird alles so ... heiß.«

Er seufzte an ihrem Mund. »Du musst auch auf nichts aufpassen«, flüsterte er. »Lass mich dich einfach nur lieben.«

Ihr Atem ging immer schneller, und sie erzitterte bei jeder seiner kraftvollen Bewegungen.

Dann, völlig unerwartet und überwältigend, erreichten sie gemeinsam den Höhepunkt und erbebten unter dem herrlichen Schauer der Erfüllung.

Später, als Darcy allein war, ging ihr Blick hinauf in den Spiegel über ihrem Bett. Ihre Augen weiteten sich vor Erstaunen bei dem Bild, das sich ihr von sich selbst bot: das zerzauste Haar, das glühende Gesicht, der nackte hingegossene Körper in den zerwühlten Kissen.

Konnte das Darcy Wallace sein? Die pflichtbewusste Tochter, die gewissenhafte Bibliothekarin, die schüchterne junge Frau aus der Provinz?

Sie sah so ... so reif aus, fand sie. Selbstbewusst. Und äußerst befriedigt. Als das Lächeln über ihr Gesicht huschte, fragte sie sich, ob sie wohl beim nächsten Mal, wenn Mac sie liebte, den Mut haben würde, über sich in den Spiegel zu schauen.

Beim nächsten Mal.

In überschäumender Freude umarmte Darcy ein Kissen und rollte sich übers Bett. Mac wollte sie! Die Gründe dafür waren ihr egal, wichtig war nur, dass es so war. In seinem Abschiedskuss hatte ein Versprechen gelegen. Er hatte sie gefragt, ob sie Lust hätte, zu einem späten Abendessen in sein Büro zu kommen.

Er wollte sie. Begehrte sie.

War es denn so unmöglich, dass sie einen Weg finden würde, damit er sie auch weiterhin wollte? Und einen Weg, um sein Begehren in Liebe zu verwandeln?

Es würde ein Glücksspiel werden. Denn sie würde das Risiko eingehen und aufs Spiel setzen müssen, was sie bisher gewonnen hatte, in der Hoffnung auf einen größeren Gewinn. Denn Mac hatte recht gehabt. Mit dem, was er da oben auf der Dachterrasse gesagt hatte, hatte er voll ins Schwarze getroffen. Ja, sie wollte eine Ehe und eine Familie und Beständigkeit. Sie wollte Kinder. Sie wollte ihm diese Liebe schenken, die sich wie eine Sturmflut aus ihrem Herzen ergoss.

Und ein Mal in ihrem Leben wollte sie sich geliebt fühlen, wiedergeliebt werden. Nicht diese lauwarme Zuneigung aus Pflichtgefühl, sondern ungestüme und gefährliche Liebe, die aus Lust und Leidenschaft und blindem Verlangen erwuchs.

Die Art Liebe, die verletzen konnte, dachte sie jetzt und kniff die Augen fest zu. Die Art, die dauerte, die wuchs und in der es wie bei einer Achterbahnfahrt auf und ab ging.

Sie wollte alles. Und sie wollte es mit Mac Blade.

Wie konnte sie sein Herz gewinnen? Sie seufzte ein bisschen und schmiegte sich noch tiefer in die Kissen, während ihre Glieder langsam schwer wurden. Sie würde es herausfinden, nahm sie sich vor.

Gewinnen konnte sie auf jeden Fall nur, wenn sie spielte. Und sie hatte im Moment eine Glückssträhne.

Darcy trug die mit Strass besetzte Jacke, in die sie sich an ihrem ersten Tag im Hotel verliebt hatte. Darunter ein gewagtes kleines Etwas in knalligem Rot. Die Jacke verlieh ihr Selbstsicherheit.

In dem Kleid fühlte sie sich verrucht.

Sie beschloss, ihr Glück wieder am Blackjack-Tisch zu versuchen, vielleicht konnte sie hier ja ihre Kenntnisse vertiefen und es zu ihrem persönlichen Spiel machen. Wenn sie schon in Las Vegas wohnen würde – und das würde sie – und eine Beziehung mit einem Casinomanager unterhielt, worauf sie hoffte, musste sie sich zumindest in einem Spiel auskennen.

Für die Münzautomaten brauchte man kein Talent, das hatte sie selbst ja bewiesen. Roulette erschien ihr ein wenig monoton, und Würfeln … nun, das sah zwar aufregend aus, aber irgendwie verlor sie da immer zu leicht den Überblick.

Karten dagegen waren klar und faszinierend zugleich.

Sie wanderte eine Weile umher und genoss es, die Leute einfach nur zu beobachten. An den Tischen drängten sich die Menschen, Karten wurden blitzschnell ausgeteilt und wieder eingesammelt. Sie spielte gerade mit dem Gedanken, sich an einem der Tische niederzulassen und sich an einem Spiel zu beteiligen, als Serena neben ihr auftauchte.

»Schön, dass Sie beschlossen haben, wieder ein bisschen auszugehen.« Serena musterte Darcys Aufmachung. »Gibt es etwas zu feiern?«

»Äh …« Darcy spürte, wie ihr die Röte ins Gesicht schoss. Sie konnte Macs Mutter schließlich schlecht sagen, dass sie es auf ihre Art feierte, mit Mac geschlafen zu haben. »Ich wollte mich nur ein bisschen hübsch machen. Ich habe diese ganzen Sachen gekauft und laufe doch nur immer in Shorts oder Hosen herum.«

»Ich weiß, wie Sie sich fühlen. Nichts ist erhebender für die Seele als ein tolles Kleid. Und Ihr Kleid ist toll.«

»Danke. Finden Sie es nicht zu ... rot?«

»Überhaupt nicht. Wollen Sie Ihr Glück hier versuchen?«

»Ich dachte gerade darüber nach.« Darcy kaute an ihrer Lippe. »Ich hasse es, mich an einen Tisch zu setzen, an dem jeder weiß, was er tut. Es muss sehr ärgerlich sein, wenn plötzlich ein Anfänger den Ablauf des Spiels verzögert.«

»Das gehört zum Spiel dazu. Und wenn Sie sich an die Fünfer- und Zehner-Tische halten, werden Sie meistens auf Leute treffen, die gern bereit sind, Ihnen ein bisschen auf die Sprünge zu helfen.«

»Sie waren Kartengeberin.«

»Ja. Und eine gute.«

»Würden Sie es mir beibringen?«

»Zu geben?«

»Zu spielen«, erwiderte Darcy bestimmt. »Und zu gewinnen.«

»Nun ...« Auf Serenas Gesicht erschien ein breites Lächeln. »Suchen Sie uns in der Bar einen Tisch. Ich bin gleich bei Ihnen.«

»Teilen Sie Ihre Siebener auf.«

Aufmerksam befolgte Darcy Serenas Instruktionen und legte die beiden Siebener, die sie bekommen hatte, nebeneinander auf den Tisch in der Lounge. »Und das ist besser so? Nicht schwieriger, weil ich jetzt zwei Hände habe, auf die ich achten muss?«

Serena grinste nur. »Halten Sie Ihren Einsatz bei der zweiten Hand verdeckt.« Sie teilte Darcy die nächsten Karten aus. »Mit Drei auf Zehn auf Ihrer ersten Hand, mit der Sechs auf Dreizehn auf Ihrer zweiten. Der Geber deckt eine Acht auf, was tun Sie?«

»Okay.« Darcy wischte sich die feuchten Handflächen an ihrem Knie ab. »Ich verdopple den Einsatz meiner ersten

Hand, dann nehme ich noch eine Karte.« Sie zählte die Erdnüsse ab, dann tippte sie mit einem Finger auf ihre Karten. »Eine Drei ... dreizehn. Ich muss noch eine nehmen.«

»Mit einer Sechs auf Neunzehn. Halten Sie die Neunzehn?«

»Auf jeden Fall. Und jetzt den hier.« Sie tippte mit dem Finger auf den zweiten Stapel und zuckte zusammen, als sie auf den König schaute, den sie gezogen hatte. »Na ja, immerhin ging es schnell.«

»Erledigt mit dreiundzwanzig.« Serena schob die Nüsse und die Karten zusammen. Dann bediente sie sich selbst aus dem umgedrehten Kartenstapel. »Der Geber hat elf ... vierzehn ... und ist mit vierundzwanzig erledigt.«

»Dann habe ich mit der ersten Hand gewonnen, aber weil ich den Einsatz verdoppelt habe, ist es so, als hätte ich zweimal gewonnen. Das ist gut.«

»Langsam kommen Sie dahinter. Wenn Sie jetzt das Haus reizen wollen, lassen Sie Ihren Einsatz für das nächste Spiel einfach stehen.«

Darcy schaute auf ihr Erdnusshäufchen. »Es ist eine Menge. Zwanzig auf einer Hand.«

»Zweitausend.« Serena zwinkerte ihr zu. »Hatte ich vergessen zu erwähnen, dass eine Nuss für einen Hunderter steht?«

»Du meine Güte, und ich habe mir gerade ein Dutzend davon in den Mund geschoben. Also gut, machen wir weiter.«

»Ist das Spiel offen, meine Damen?«

Serena bot ihrem Ehemann den Mund für einen Kuss dar. »Kümmere dich um deinen Einsatz, dann bekommst du auch einen Stuhl.«

Er schnappte sich eine Schale mit Salzbrezeln von einem Nachbartisch. »Das dürfte für ein paar Spiele reichen.«

»Tausenddollarchips. Wir haben einen Berufszocker dazubekommen.« Serena rieb sich die Hände. »Wunderbar.«

Als Mac sie eine halbe Stunde später fand, saß Darcy fröhlich neben seinem Vater vor einem nachlässig aufgehäuften Berg aus Nüssen und Salzbrezeln. »Es war nicht anzunehmen, dass Sie mit siebzehn gewinnen, wenn der Geber eine Zwei aufdeckt. Warum haben Sie trotzdem gewonnen?«

»Er zählt die Karten.« Mac zog sich einen Stuhl heraus und setzte sich zwischen seine Eltern. »Wir sehen Kartenzähler hier nicht sehr gern. Wir bitten sie höflich, ihr Geld anderswo einzusetzen.«

»Ich habe dir das Kartenzählen beigebracht, noch bevor du Fahrrad fahren konntest«, erinnerte Justin seinen Sohn.

Mac grinste breit. »Genau deshalb erkenne ich sie ja auch immer gleich.«

»Dein Vater hat immer noch das gleiche geschickte Händchen wie zu der Zeit, als er mit mir um einen Nachtspaziergang auf Deck gewettet hat.«

»Oh.« Darcy seufzte auf. »Das ist so romantisch.«

»Serena war damals ganz anderer Ansicht.« Justin lächelte seiner Frau verführerisch zu. »Aber ich habe sie eines Besseren belehrt.«

»Ich hielt dich damals für arrogant, gefährlich und unverschämt. Tue ich heute noch.« Serena nippte an ihrem Wein. »Aber inzwischen habe ich gelernt, es zu lieben.«

»Seid ihr zwei hier, um zu flirten oder Karten zu spielen?«, hielt Mac ihnen vor.

»Sie können beides gleichzeitig«, warf Darcy ein. »Ich habe sie beobachtet.«

»Und? Hast du bis jetzt schon etwas gelernt?«

»Wer nicht wagt, der nicht gewinnt«, antwortete sie vieldeutig.

»Ich habe mir zwei Stunden freigenommen.« Mac sagte es in die Runde, aber sein Blick war auf Darcy gerichtet, als er aufstand und ihr eine Hand hinhielt. »Wir sehen uns morgen«, sagte er zu seinen Eltern, dann zog er Darcy auf die Füße. »Komm, lass uns ausgehen.«

»Ausgehen?«

»Es gibt in Vegas noch mehr als das ›Comanche‹.«

»Gute Nacht«, rief sie Macs Eltern über die Schulter zu, während Mac sie schon hinter sich herzog.

Justin sog an seiner Zigarre und tippte nachdenklich die Asche ab. »Der Junge hängt am Haken«, stellte er sachlich fest.

Sobald sie auf die Straße getreten waren, wurde Darcy klar, dass sie seit ihrer Ankunft nach Sonnenuntergang das Hotel noch nie verlassen hatte. Die vielen bunten Lichter blendeten, der Verkehr war hektisch.

»Es ist so … viel«, stellte sie fest.

»Und es gibt immer noch mehr. Der Strip ist nur ein paar Häuserblocks lang und ein paar Häuserblocks breit, aber man kann das Geld auf Schritt und Tritt riechen. Spielen ist hier zwar die Hauptsache, aber es gibt noch viel mehr. Kirmes, Zirkus und Karussells.« Mac drehte sich zu den beiden weißen Türmen des »Comanche« um. »Vor fünf Jahren haben wir einen Komplex mit tausend Zimmern angebaut. Wir könnten noch einmal tausend hinzufügen, und trotzdem wären wir ausgebucht.«

»Es ist eine große Verantwortung, so ein riesiges Unternehmen zu führen.«

»Mir gefällt's.«

»Was? Die Herausforderung?«, fragte sie. »Oder die Macht? Oder die Aufregung?«

»Alles.« Er nahm ihre Hand und trat einen Schritt zurück. Jetzt erst nahm er den Anblick ihrer glitzernden Jacke und die Einladung ihres roten Kleides wahr. »Ich hätte mir mehr als zwei Stunden stehlen sollen. Du musst endlich mal ein bisschen was von der Stadt sehen.«

»Zwei Stunden sind wunderbar. Wohin gehen wir?«

»Für eine Mondscheinfahrt in die Berge reicht es nicht, aber ich kann dich auf einen Spaziergang durch einen Tunnel voller Fantasien mitnehmen.«

Sie gingen zu Fuß über die Freemont, wo alles voller Menschen und bunter Lichter war. Die ganze Umgebung war ein einziges Farbenmeer, und das nie verstummende Klacken der Spielautomaten vermittelte das Gefühl, auf einem riesigen Jahrmarkt zu sein. Darcy genoss die Musik und spazierte mit Mac Hand in Hand durch die vergnügungssüchtige Menschenmenge.

Sie kauften sich Eis und lachten unbeschwert.

Obwohl Darcy beim schwindelerregenden Anblick der Achterbahn nach Luft schnappte, blieb ihr angesichts der wortlosen Herausforderung, die in Macs Augen lag, nichts anderes übrig, als einzusteigen.

»Ich bin noch nie in meinem Leben Achterbahn gefahren.«

»Dann machst du deine erste Fahrt mit einem Champion.«

»Schiffsschaukel und Riesenrad schon, aber ...« Sie unterbrach sich. »Glaubst du, dass sie sicher ist?«

»Fast jeder, der einsteigt, steigt auch wieder aus. Die Chancen stehen gut.«

Als der Wagen die erste Steigung hinaufzuklettern begann, klammerte sie sich an ihm fest. »Ich möchte dich küssen«, sagte Mac und legte eine Hand an ihre Wange.

»Ja, gut, aber das hättest du am Boden auch tun können.« Sie hob ihm ihr Gesicht entgegen, das sie an seiner Schulter vergraben hatte.

»Noch nicht«, murmelte er, legte aber beide Hände an ihre Wangen. »Noch einen Moment ...«

Sie lächelte ihn beruhigt an. »So schlimm ist es gar nicht. Ich wusste ja nicht, dass wir so langsam fahren.«

In diesem Augenblick rasten sie jedoch so schnell kopfüber in die Tiefe, dass sich ihr der Magen umdrehte und ihr vor Angst die Kehle eng wurde.

»Jetzt!« Hungrig küsste er sie, während sie über den Rand der Welt hinausgeschleudert wurden.

Darcy konnte nicht atmen. Sie hatte nicht einmal genug Luft, um zu schreien. Sie flogen, schossen wie eine Rakete bergauf, stürzten hinab, rasten ins Leere und wurden durchgeschüttelt, während sein Kuss ein ungekanntes Feuer in ihr entfachte.

Tempo, Lichter, Schreie. Und diese Feuersbrunst, die sich nicht eindämmen ließ. Schwindlig, atemlos, hilflos gefangen in dieser Zwickmühle aus Angst und Verlangen klammerte sie sich an ihn.

Und gab ihm, was er wollte – wilde, bedingungslose Kapitulation.

In ihrem Kopf drehte sich immer noch alles, als die Bahn abrupt zum Stillstand kam. Und immer noch hatte Darcy die Finger in sein Jackett verkrallt. »Himmel!« Das Wort kam wie eine Explosion über ihre Lippen. »So etwas habe ich noch nie erlebt.« Sie schüttelte sich leicht. »Können wir das noch mal machen?«

Ein strahlendes Grinsen breitete sich auf seinem Gesicht aus. »Absolut.«

Als sie wieder auf der Straße standen, fühlte sie sich wie beschwipst. »Oh, war das wundervoll! In meinem Kopf dreht sich alles.« Sie lachte, als er ihr stützend den Arm um die Taille legte. »Bestimmt werde ich die nächsten Stunden nur unsicher taumeln können.«

»Dann wird dir nichts anderes übrig bleiben, als dich auf mich zu stützen, was Teil meines Plans war.«

Lachend legte sie den Kopf in den Nacken, um das Feuerwerk am Himmel zu betrachten. Strahlende Farben ergossen sich über das dunkle Firmament. »Hier ist alles so hell, so bunt, so lebendig. Es gibt nichts, was zu hoch oder zu groß oder zu schnell sein könnte.« Sie drehte sich zu ihm hin. »Nichts ist hier unmöglich.« Sie schlang die Arme um seinen Hals und küsste ihn leidenschaftlich. »Ich will alles tun. Ich will alles zweimal tun, dann das Beste auswählen und es noch mal tun.«

Er fuhr ihr mit der Hand unter die Jacke und entdeckte zu seiner Freude, dass das Kleid rückenfrei war. »Wir haben noch ein bisschen Zeit, bevor ich zurückmuss. Wozu hast du noch Lust?«

»Tja ...« Ihre Augen glitzerten im Neonlicht. »Ich habe mich schon immer gefragt, wie es wohl in einem dieser Lokale sein mag, wo die Frauen oben ohne tanzen und sich um diese Stangen drehen.«

»Niemals. In so einen Schuppen kommst du mir nicht.«

»Ich habe schon früher nackte Frauen gesehen.«

»Ich sagte Nein.«

»Na schön.« Sie zuckte beiläufig mit einer Schulter und fiel an seiner Seite in seinen Schritt mit ein. »Dann gehe ich eben ein anderes Mal allein.«

Er warf ihr einen Seitenblick zu und kniff die Augen zusammen, aber sie lächelte ihn nur unbeschwert an. Er war ein ungeschlagener Experte, wenn es um einen Bluff ging, deshalb wusste er auch, wenn der andere ein besseres Blatt auf der Hand hielt. »Also gut. Zehn Minuten – und keine Sekunde länger«, willigte er murmelnd ein. »Und du sagst kein Wort, solange wir da drinnen sind.«

»Zehn Minuten sind gut.« Erfreut über ihren Sieg hängte sie sich bei ihm ein.

»Diese Patriotin war ja ein richtiger Schlangenmensch.« Um eine weitere Erfahrung reicher, rauschte Darcy vor Mac schwungvoll in dessen Büro. »Ich meine die mit der winzigen Flagge über ihrem ...«

»Ich weiß, welche du meinst.« Jedes Mal, wenn er einigermaßen zu wissen glaubte, wo er mit ihr dran war, überraschte sie ihn immer wieder aufs Neue. Sie war nicht im Mindesten peinlich berührt oder schockiert gewesen, sondern regelrecht begeistert.

»Wie die sich um diese Stange gewickelt hat ... Die Mädchen müssen doch stundenlang trainieren. Und diese absolute Muskelkontrolle, einfach phänomenal.«

»Ich kann es noch immer nicht glauben, dass ich mich von dir habe breitschlagen lassen, dich in so einen Laden mitzunehmen.«

»Ich konnte es ja nicht wissen.«

»Das ist offensichtlich.«

»Nein, ich meinte, über dich.« Darcy setzte sich auf die Armlehne eines Sessels. Mac war bereits bei den Monitoren und überprüfte das Casino.

»Was ist mit mir?«

»Hinter dieser eleganten, weltmännischen Fassade bist du im Grunde deines Herzens richtig altmodisch und stockkonservativ.«

Er starrte sie an, nicht sicher, ob er amüsiert oder beleidigt sein sollte. »Hast du Hunger?«, fragte er daher nur.

»Nicht wirklich.« Sie konnte einfach nicht still sitzen und wanderte aufgeregt im Zimmer auf und ab. »Es war wirklich wunderschön. Es war der unglaublichste Tag in meinem Leben – und ich habe in letzter Zeit wirklich ein paar unglaubliche Tage gehabt. Ich bin noch völlig aufgewühlt.« Sie schlang die Arme um sich. »Ich glaube nicht, dass es da noch Raum für Essen gibt.«

Ihre Jacke fing das Licht auf und warf es schillernd zurück. Aber es war ihr Gesicht – es schien immer ihr Gesicht zu sein –, das seinen Blick festhielt. »Vielleicht ein Glas Champagner?«

Sie lachte, ein wunderbar warmer, heller Laut. »Für Champagner ist immer Platz. Man stelle sich vor, dass ich so etwas überhaupt sagen kann. Jede Minute geschieht ein neues kleines Wunder.«

Er holte eine Flasche aus dem Kühlschrank und schaute Darcy an, während er den Korken knallen ließ. Ihre Augen, ihre Wangen und Lippen glühten. Alles an ihr schien zu pulsieren vor Energie und ungetrübter Lebensfreude.

Es zu sehen, es zu fühlen erregte ihn, erfüllte ihn mit Zufriedenheit und machte ihn gleichzeitig nervös. Bleib bei mir, schien sie zu sagen. Und bei ihr zu sein, auf einer belebten Straße, in einem zerwühlten Bett, in einem von Kerzen erhellten Restaurant, schien plötzlich ungemütlich wichtig für ihn geworden zu sein. Wie sollte er den Blick von ihr wenden können, wenn sie so vor Leben strahlte?

»Es gefällt mir, wenn du so glücklich aussiehst.«

»Dann musst du ja auch einen netten Abend haben, denn ich war noch nie so glücklich.« Sie nahm ihr Glas entgegen und drehte sich einmal im Kreis, während sie einen Schluck nahm. »Kann ich noch ein bisschen bei dir bleiben und die Leute beobachten?«, fragte sie und deutete auf die Überwachungsmonitore.

Wusste sie wirklich nicht, welche Wirkung sie auf ihn ausübte? »Bleib, solange du willst.«

»Erzählst du mir, wonach du Ausschau hältst, wenn du die Monitore überwachst? Ich sehe einfach nur Menschen.«

»Ärger, der sich anbahnen könnte, Tricks, Zeichen.«

»Zeichen?«

»Jeder benutzt sie, hat sie. Gesten, Angewohnheiten, die einem sagen, was in den Köpfen vorgeht.« Er lächelte sie an. »Du zum Beispiel verschränkst die Finger, wenn du nervös bist. Das hält dich davon ab, an den Nägeln zu knabbern. Du neigst deinen Kopf leicht nach links, wenn du konzentriert nachdenkst.«

»Oh. So wie du deine Hände in die Taschen schiebst, wenn du frustriert bist – damit du nicht auf jemanden losgehst.«

Er hob eine Augenbraue. »Ja, genau so.«

»Es ist leicht, wenn man nur ein paar Leute beobachtet, aber da unten sind so viele.« Sie deutete auf die Monitore. »Wie kann dir da überhaupt etwas auffallen?«

»Man lernt mit der Zeit, worauf man achten muss. Diese Monitore sind nur zur Unterstützung da.« Er trat hinter sie und legte ihr eine Hand auf die Schulter, um mit ihr zusammen das Geschehen auf den Bildschirmen zu verfolgen. »Der Erste in unserer Verteidigungslinie ist der Geber. Dann die Leute von der Spielaufsicht. Schließlich der Sicherheitsdienst. Und über allem schwebt das elektronische Auge. Diese Bildschirme hier sind noch gar nichts. Wir haben einen Kontrollraum mit Hunderten von Monitoren. Das Personal dort behält die Leute bis in den hintersten Winkel des Casinos im Auge. Wenn sie einen Zinker entdecken …«

»Einen was?«

»Einen Falschspieler, der noch zwei Karten im Ärmel hat. Kartenbetrug und gezinkte Würfel sind ein großes Problem. Wir denken schon über elektronische Leibesvisitation nach.«

Elektronische Leibesvisitation, dachte sie. Falschspieler, aus dem Ärmel gezauberte Spielkarten, gezinkte Würfel. Wäre das nicht ein faszinierender Hintergrund für ein Buch? »Was passiert, wenn jemand beim Betrug erwischt wird?«

»Wir werfen ihn vor die Tür.«

»Das ist alles?«

»Niemand von ihnen verlässt das Haus mit unserem Geld.«

Die Kälte in seiner Stimme veranlasste Darcy, ihn anzuschauen. »Darauf wette ich«, murmelte sie.

»Wir sind ein sauberes Casino. Die Kameras helfen dabei, die ganze Sache ehrlich zu halten. Trotzdem besteht immer ein Risiko für das Haus. Es ist nicht schwer, im ›Comanche‹

Geld zu gewinnen, allerdings wird man es nicht lange behalten können.«

»Weil man immer weiterspielen will.« Ein System, das sie nur allzu gut verstand. Es war schwer aufzuhören, wenn die Aussicht auf mehr lockte.

»Und je länger man spielt, desto mehr bekommt das Haus zurück.«

»Aber das ist es doch wert, oder nicht? Wenn man dabei Spaß hat, wenn man glücklich dabei ist.«

»Solange man weiß, worauf man sich einlässt.« Er zog sie zu sich herum und sah, dass auch sie es wusste. Sie redeten nicht mehr über Roulettetische und Münzautomaten.

»Das Risiko ist doch das, was den Reiz ausmacht.« Ihr Herz begann zu rasen, als Mac ihr das Glas abnahm und es abstellte. »Das und dieser Hauch von Sündhaftigkeit. Man kann sich schnell daran gewöhnen.«

»Und warum sollte man nach einem Vorgeschmack aufhören, wenn man alles haben kann, nicht wahr?« Sein Blick wanderte über ihr Gesicht, verweilte auf ihrem Mund und glitt dann weiter nach unten. »Zieh deine Jacke aus.«

»Wir sind in deinem Büro«, gab sie zu bedenken.

Sein Lächeln war träge, verführerisch und gefährlich. »Ich wollte dich hier, schon am ersten Tag, als du mein Büro betreten hast. Jetzt werde ich dich hier haben. Zieh die Jacke aus.«

Wie gebannt ließ Darcy ihre Jacke über ihre Schultern gleiten und warf sie achtlos über eine Sessellehne. Als ihr auffiel, dass sie die Finger verschränken wollte, hielt sie die Hände bewusst an den Seiten. Was ihn lächeln ließ.

»Es stört mich nicht, dass du nervös bist. Im Gegenteil, es gefällt mir. Es erregt mich zu wissen, dass dir die Sache nicht ganz geheuer ist. Aber sobald ich dich berühre, bist du bereit zu geben.« Er streckte die Hand aus, um mit dem kecken roten Träger auf ihrer Schulter zu spielen. Das Kleid schmiegte sich eng um jede zarte Rundung. »Was trägst du darunter, Darcy?«

»Fast nichts«, antwortete sie mit bebender Stimme.

Etwas in seinen Augen blitzte auf. »Dieses Mal will ich nicht sanft und zärtlich sein, Darcy. Wirst du es riskieren?«

Sie nickte, hätte es ausgesprochen, wenn er sie nicht schon an sich gezogen und ihren Mund stürmisch in Besitz genommen hätte. Sein Kuss war so heiß und verlangend, dass sie sich nur verwundert fragen konnte, was Mac für sie fühlen mochte.

Dann zog er sie zu Boden, eine Erfahrung, die sie nach Luft schnappen ließ. Fieberhaft strich er mit den Händen über ihren Körper, hitzig, fordernd, und alles, woran sie denken konnte, war eine Achterbahnfahrt, schnell und erregend und mitreißend. In diesem wunderbaren Rausch zerrte sie ungeduldig an seinem Jackett, riss an seinem Hemd, während ihr Herzschlag in ihren Ohren dröhnte und immer nur das eine Wort zu schreien schien: schneller, schneller …

Sie stöhnte auf, als er ihr das Kleid abstreifte, und dieser Laut verwandelte sein Blut in heiße Lava. Er liebkoste ihre kleinen festen Brüste mit Mund und Händen, bis sie die Finger in seinem Haar verkrallte und sich lustvoll unter ihm wand. Sein eigener Atem kam keuchend, als er sie an den Hüften packte und sie sich entgegenhob.

Als er in sie eindrang, hatte sie das Gefühl, in dem Feuer, das er in ihr entfachte, zu verglühen. Der Höhepunkt, von dem sie überschwemmt wurde, war wie eine riesige heiße Welle, die sie erfasste und unter sich begrub. Und als sie glaubte, dass es da nichts mehr geben könnte, riss er sie mit sich über den nächsten Klippenrand.

Sie lag selig und erschöpft da, ließ den Kopf in den Nacken fallen, während er sich seine restlichen Kleider auszog.

»Bleib bei mir.« Er murmelte es, während er ihren Hals, ihre Schultern mit glühenden Küssen überschüttete. Er legte sich auf den Rücken und zog sie über sich, bis sie ihn in ihren glühenden Schoß aufnahm und samtweich umschloss.

Er spürte, wie ihr Begehren von Neuem erwachte. »Nimm dir, was du willst.« Er ließ seine Hände an ihrem Körper hinaufgleiten und umfasste ihre Brüste.

Sie bewegte sich bereits auf ihm, unfähig, stillzuhalten. Da war ein Gefühl von Macht, eine unbändige Energie, die nach Bewegung schrie.

Er erschauerte heftig unter ihr und umfasste ihre Hüften fest mit beiden Händen. Und sie wurde von einer neuen Welle der Erregung überschwemmt, bog sich zurück und wusste, dass sie ihn mit sich nahm.

Bleib bei mir, hatte er verlangt. Sie wollte nichts lieber als das.

10. Kapitel

Das Telefon weckte Darcy um fünf nach neun. Sie dachte schlaftrunken daran, dass die Zeit ihrer geregelten Arbeitstage von neun bis fünf vorbei war. Erst gegen vier Uhr morgens war die Erschöpfung größer gewesen als das Verlangen nacheinander.

Mac war offensichtlich schon aufgestanden, sie lag allein in dem großen Bett. Wenn er gelernt hatte, mit so wenig Schlaf auszukommen, dann konnte sie das auch lernen.

Sie gähnte ausgiebig und tastete mit geschlossenen Augen nach dem Telefonhörer. »Hallo?«, murmelte sie und vergrub das Gesicht samt Hörer am Ohr wieder im Kissen.

Knappe fünfzehn Minuten später saß sie kerzengerade im Bett und starrte mit leerem Blick ins Nichts. Vielleicht hast du geträumt, dachte sie und sah auf das Telefon. Hatte sie wirklich gerade mit einem Verlag in New York telefoniert? Hatte dieser Verlag sie wirklich gebeten, das fertige Manuskript zu schicken?

Sie presste eine Hand auf ihre Brust. Ihr Herz schlug schnell, aber regelmäßig. Der kühle Lufthauch der Klimaanlage fuhr über ihre bloßen Schultern. Nein, sie war eindeutig wach. Hellwach.

Also kein Traum, dachte sie. Sie zog die Knie an und schlang die Arme darum. *Nein, absolut kein Traum.*

Die Zeitungen waren voll mit ihrer Geschichte – das hatte auch die Verlegerin erwähnt. Darcy hatte den Reportern erzählt, dass sie an einem Roman schrieb, und jetzt war das nächste Wunder passiert. Ein Verlag interessierte sich dafür.

Es ist nur wegen des Medienrummels, dachte Darcy und lehnte die Stirn an die Knie. Sie war eine Sensation, war selbst zu einer Geschichte geworden, und der Verlag interessierte sich nur für sie, weil die Öffentlichkeit sich für sie interessierte. Hier ging es gar nicht um ihre Arbeit.

Was mich also keineswegs zu einer Schriftstellerin macht, dachte sie mit einem Seufzer.

Doch was machte das schon? Sie setzte sich gerade auf und ballte die Fäuste. Immerhin hatte sie einen Fuß in der Tür. Die Chance, um zu beweisen, dass ihre Arbeit gut war. Sie würde ihr erstes Manuskript einschicken. Und die ersten Kapitel des zweiten Buches. Sie würde ihre Arbeit für sich selbst sprechen lassen.

Hastig schleuderte sie die Bettdecke beiseite, sprang aus dem Bett, warf sich einen Morgenrock über und raste die Treppe nach unten, um sich an den Computer zu setzen und die ersten beiden Kapitel zu überarbeiten.

Sie nahm sich vor, Mac nichts zu verraten und auch sonst niemandem, weil sie befürchtete, es könnte ihr womöglich Unglück bringen. Dieser Aberglaube war auch eine neue Charaktereigenschaft. Oder vielleicht eine, die sie bisher nur unterdrückt hatte.

Darcy arbeitete konzentriert den ganzen Tag, redigierte, ersetzte, strich. Polierte die Sprache, bis sie zu der Überzeugung gelangte, nichts mehr verbessern zu können.

Während sie das Manuskript ausdruckte, suchte sie sich ihre Agentenliste heraus. Wenn sie einen professionellen Eindruck machen wollte, brauchte sie auch eine angemessene Vertretung. Es war Zeit, das Risiko einzugehen. Endlich.

Was da auf ihrer Liste stand, waren jedoch nur Namen für sie. Gesichtslose Inbegriffe von Macht. Woher sollte sie wissen, auf wen sie setzen sollte? Wer von diesen Leuten, die hinter den Namen standen, würde etwas in ihr sehen, was der Mühe wert war?

Auf dem einarmigen Banditen waren nur Sterne und Monde zu sehen gewesen, erinnerte sie sich. Sie hatte schon einmal auf ihr Glück gesetzt. So schwer war es doch gar nicht, das zu wiederholen.

Einem Impuls folgend, schloss sie die Augen, beschrieb mit ihrem Finger einen Kreis in der Luft und tippte dann blind auf die Liste.

»Mal sehen, wie viel Glück du dieses Mal hast«, murmelte Darcy und griff nach dem Hörer.

Zwanzig Minuten später hatte sie einen Repräsentanten, oder zumindest das Versprechen, dass man Manuskript und weitere Probetexte ihrer Arbeit lesen und die Verhandlungen übernehmen würde, sollte der Verlag ein Angebot machen.

Äußerst zufrieden tippte Darcy ein Begleitschreiben, dann bestellte sie an der Rezeption schnell einen Kurierdienst, bevor sie es sich anders überlegen konnte.

Fast hätte sie es doch noch getan. Während der Kurierfahrer darauf wartete, dass sie den Umschlag zuklebte. Dutzende von Ausflüchten wirbelten in ihrem Kopf durcheinander.

Es war noch nicht fertig. Sie war noch nicht so weit. Das Buch musste noch gründlicher überarbeitet werden. Sie brauchte mehr Zeit. Sie überließ Fremden ihre Arbeit, in die sie Herzblut investiert hatte. Sie sollte jemanden um Rat fragen, bevor sie es einschickte. Sie könnte die Agentin anrufen mit der Ausrede, erst das zweite Buch beenden zu wollen, bevor sie das erste Manuskript einschickte.

Feigling, tadelte sie sich selbst und schob unwillkürlich ein wenig ihr Kinn vor, während sie dem Fahrer den Umschlag aushändigte. »Geht das heute noch raus?«

»Ja, Ma'am.« Er warf einen Blick auf die Adresse. »Morgen früh ist es in New York.«

»Morgen.« Sie spürte, wie ihr das Blut aus dem Gesicht wich. »Gut. Vielen Dank.« Sie gab ihm ein Trinkgeld und setzte sich, kaum dass er das Zimmer verlassen hatte, erschöpft hin.

Es war getan. Jetzt gab es kein Zurück mehr. In ein paar Tagen würde sie wissen, ob sie gut genug war. Und wenn nicht …

Das würde sie nicht ertragen. Das nicht. Solange sie sich erinnern konnte, hatte sie dies gewollt. Hatte es immer wieder hintangestellt und aufgeschoben. Jetzt gab es niemanden mehr, der ihr vorhielt, unvernünftig zu sein, der ihr streng riet, sich die eigenen Grenzen vor Augen zu halten und zu akzeptieren. Jetzt gab es keine Entschuldigungen mehr.

Etwas ruhiger richtete sie sich auf und atmete tief durch. Sie hatte ihren Einsatz gemacht, den Hebel gezogen. Jetzt konnte sie nur noch darauf warten, dass die Räder aufhörten sich zu drehen.

Als das Telefon klingelte, starrte Darcy es entsetzt an. Das ist der Verlag, dachte sie, mit einer Entschuldigung, dass alles nur ein bedauerliches Missverständnis gewesen sei.

Mit angehaltenem Atem griff sie nach dem Hörer. »Hallo?«

»Ebenfalls hallo, Mädel.«

»Daniel.« Sein Name kam fast wie ein Schluchzen heraus.

»Aye. Stimmt was nicht, Kindchen?«

»Nein, nein.« Sie presste eine Hand an die Stirn und lachte nervös auf. »Alles ist bestens. Wundervoll. Wie geht es Ihnen?«

»Prächtig wie immer.« Seine dröhnende Stimme war Beweis genug. »Ich dachte nur, ich sollte Sie wissen lassen, dass ich Ihr Geld bis auf den letzten Cent an eine Kapitalgesellschaft verloren habe.«

»Verloren?« Das Zimmer begann sich vor ihren Augen zu drehen. »Alles?«

Er brach in ein so dröhnendes Lachen aus, dass sie den Hörer ein Stück vom Ohr abhalten musste. »War nur ein kleiner Scherz, Kindchen.«

»Oh.« Sie presste eine Hand an ihr rasendes Herz. »Wirklich lustig.«

»Hat Sie ganz schön in Fahrt gebracht, was? Ich rufe Sie an, um Ihnen zu berichten, dass wir bei einem kurzfristigen Warentermingeschäft schon ein hübsches Sümmchen verdient haben.«

»Verdient? Schon?«

»Wissen Sie, beste Darcy, Sie benutzen den gleichen Tonfall bei guten Neuigkeiten wie bei schlechten. Das ist ein gutes Zeichen. Zeugt von stählernen Nerven.«

»Im Moment sind meine Nerven alles andere als stählern. Eher genau das Gegenteil.«

»Das wird schon wieder. Vielleicht sollten Sie sich noch ein bisschen Glitzerkram kaufen.«

Sie befeuchtete sich die Lippen. »Und wie viel Glitzerkram?«

Er lachte wieder. »So gefällt mir das, Mädchen. Wir haben einen schnellen Fünfziger gemacht, ohne uns nasse Füße zu holen.«

»Für fünfzig Dollar bekomme ich ein hübsches Paar Ohrringe.«

»Fünfzigtausend.«

»Tausend«, wiederholte sie, obwohl ihre Zunge über das Wort zu stolpern schien. »Machen Sie wieder Witze?«

»Kaufen Sie sich den Glitzerkram«, ordnete er an. »Geld zu verdienen ist ein netter Zeitvertreib, aber noch mehr Spaß macht es, es auszugeben. Und jetzt sagen Sie mir, wann Sie mich besuchen kommen. Meine Anna möchte Sie kennenlernen.«

»Ich komme vielleicht in ein paar Wochen an die Ost-küste ... beruflich.«

»Dann ist es ja gut. Aber Sie müssen mir versprechen, ein bisschen Zeit mitzubringen, damit Sie den Rest der Familie auch noch kennenlernen können. Oder zumindest die, die ich zusammentrommeln kann. Kinder haben die Angewohnheit, sich in alle Himmelsrichtungen zu verstreuen. Eine Schande ist das. Meine Frau sehnt sich so nach ihnen.«

»Ich werde kommen. Sie fehlen mir.«

»Sie haben ein gutes Herz, Darcy.«

»Daniel ... sagen Sie ...« Sie musste es behutsam angehen, das wusste sie, aber sie musste es angehen. »Mac hat erwähnt, dass Sie zu denken scheinen, er und ich könnten vielleicht zusammenpassen. Dass Sie, na ja ... also ... dass Sie versu-chen, in dieser Richtung ein bisschen nachzuhelfen. Samen pflanzen, sozusagen.«

»Nachhelfen also, ja? Samen pflanzen? Ha! Dem Jungen sollte man die Hammelbeine lang ziehen. Habe ich auch nur ein einziges Sterbenswörtchen gesagt? Ich frage Sie!«

»Na ja, also, nicht direkt, aber ...«

»Wieso unterstellt mir eigentlich jeder, ich würde mich hin-ter ihrem Rücken einmischen? Habe ich Sie etwa auf seinen Schoß gestoßen?«

»Nein, aber ...«

»Dabei könnten diese jungen Leute durchaus einen kräfti-gen Schubs gebrauchen, damit sie ihre Pflicht tun – und er-kennen, was das Beste für sie ist. Herumtrödeln, mehr tun sie nicht. Meine Frau hat es verdient, an ihrem Lebensabend En-kelkinder auf den Knien schaukeln zu dürfen.«

»Ja, natürlich. Es ist nur ...«

»Ganz sicher steht mir ... ihr das zu!«, verbesserte er sich eilig. »Der Junge wird nächsten Monat dreißig. Und denkt er auch nur mit einem einzigen Gedanken daran, sich zu binden und eine Familie zu gründen? Nein, tut er nicht«, donnerte Daniel weiter. »Und was ist so falsch daran, ihm ein bisschen auf die Sprünge zu helfen, wenn Sie zu ihm passen?«

»Tue ich das denn?«, murmelte sie. »Passe ich wirklich zu ihm?«

»Ich behaupte es, und wer könnte es besser wissen als ich?« Er schnaubte eingeschnappt, dann veränderte sich sein Tonfall, wurde listig und einschmeichelnd. »Er sieht gut aus, meinen Sie nicht auch?«

»Ja.«

»Gute Herkunft, kluger Kopf. Und ein gutes Herz. Verantwortungsbewusstsein. Setzt sich für Freunde und Familie ein. Ist sehr beständig. Eine Frau könnte es gar nicht besser treffen als mit meinem Robbie.«

»Ja, das sehe ich auch so.«

»Wir reden hier nicht über irgendeine Frau«, sagte Daniel mit leiser Ungeduld. »Wir reden über Sie. Sie haben doch ein Fünkchen Zuneigung für ihn übrig, Darcy-Mädchen, oder täusche ich mich da?«

Sie dachte an das Feuerwerk über der Stadt gestern Nacht. Ihr »Fünkchen« für Mac war ebenso groß und hell und strahlend. »Daniel, ich habe mich bis über beide Ohren in ihn verliebt«, gestand sie ohne Umschweife.

»Gut so!«

»Bitte, Daniel.« Sie krümmte sich bei der überschäumenden Zufriedenheit in seiner Stimme. »Ich vertraue Ihnen das nur an, weil ich es einfach jemandem erzählen muss.«

»Und warum erzählen Sie ihm das nicht?«

»Weil ich ihn nicht abschrecken will.« Da, jetzt ist es heraus, dachte sie und kaute an ihrer Lippe. Sie war nicht besser als jeder andere Ränkeschmied.

»Dann wollen Sie ihm also die Zeit lassen, Ihnen den Hof zu machen, damit er am Ende denkt, es war seine Idee.«

Sie zuckte zusammen. »Ganz so hinterhältig bin ich nun doch nicht. Es ist nur ...«

»Was ist daran hinterhältig? Solange man mit einer List die Dinge regeln kann, ist es erlaubt.«

»Möglich.« Ein kleines Lächeln ließ sich nicht zurückhalten. »Er macht sich etwas aus mir, das weiß ich. Aber ich fürchte auch, dass ein Großteil davon auf sein eben erwähntes Verantwortungsgefühl zurückzuführen ist. Ich warte darauf, dass er sich nicht mehr verantwortlich fühlt.«

»Aber warten Sie nicht zu lange.«

»Ich hoffe, das wird nicht nötig sein.« Sie lächelte. »Ein paar Ideen habe ich schon.«

Sie kaufte sich keinen Glitzerkram, sondern mietete sich ein Auto. Das mit dem Autokauf würde warten müssen, bis sie sich entschieden hatte, ob der Sportwagen oder der konservative Mittelklassewagen besser zu ihrem sich entwickelnden neuen Leben passte.

Insgeheim hoffte sie darauf, dass es der kleine Zweisitzer sein würde.

Bewaffnet mit Landkarten fing sie an, die Stadt zu erkunden, herauszufinden, was hinter dem Strip lag. Sie fuhr ins Zentrum, sah überall die großen Baukräne. Neue Hotels und Gebäude wurden errichtet, die Stadtgrenzen drängten immer weiter in die Wüste hinaus.

Sie parkte den Wagen und schlenderte durch die Einkaufszentren, stöberte in Supermärkten und Kaufhäusern, ließ das pulsierende Leben um sich herum auf sich einwirken.

Sie sah Kinder in Vorgärten spielen, Häuser, Seite an Seite gebaut in ruhigen Wohnvierteln, Schulen und Kirchen. Sie lief durch kleine Gassen und über laute Hauptstraßen. Sie betrachtete riesige Villen, deren Frontseite auf die beeindruckende Wüste und den Bergzug in der Ferne hinausging.

Und was sie sah, war ein Leben, das sie sich hier aufbauen könnte.

Auf dem Rückweg zum Wagen entdeckte sie eine Bücherei. Sie ging hinein, um sich noch mehr Informationen über die Stadt zu holen, die sie zu ihrer Heimat machen würde.

Es war bereits nach sieben, als Darcy müde, aber zufrieden in ihre Suite zurückkehrte. Im Moment wünschte sie sich nichts sehnlicher, als die Füße hochzulegen. Mit Sicherheit war sie gute zwanzig Meilen gelaufen. »Glitzerkram« hatte sie sich zwar keinen gekauft, dafür allerdings für den folgenden Tag einen Besichtigungstermin für ein Haus vereinbart.

Vielleicht würde sie schon sehr bald Hausbesitzerin sein.

»Da bist du ja.« Mac trat aus dem Lift, kaum dass die Türen aufgeglitten waren. »Ich habe mir schon Sorgen gemacht.«

»Tut mir leid. Ich war auf Entdeckungsreise.« Darcy warf ihre Handtasche beiseite und wollte gerade lächeln, doch da lag sein Mund schon auf ihrem.

Seine Erleichterung war völlig übertrieben, das wusste er. Genauso wie seine Sorge, als er sie in keiner Hotelanlage hatte finden können. »Du hättest nicht allein weggehen sollen. Du kennst dich hier doch gar nicht aus.«

Verantwortungsgefühl, dachte sie und hätte fast geseufzt. »Ich habe mir einen Stadtplan besorgt. Ich hielt es für an der Zeit, mich ein bisschen in der Stadt umzusehen.«

Sie wollte ihm schon von dem Haus erzählen, das sie am nächsten Tag besichtigen wollte, aber dann hielt sie ihre Zunge im Zaum. Diese Neuigkeit würde sie fürs Erste noch für sich behalten, genau wie die von dem Anruf, den sie aus New York erhalten hatte.

»Du warst zu lange in der Sonne.« Er fuhr ihr mit einem Finger leicht über die gerötete Nase.

»Das nächste Mal werde ich an einen Sonnenhut denken, bevor ich mich in eine einzige große Sommersprosse verwandle. Die Luft ist so heiß und staubtrocken. Für die Haut muss es tödlich sein, aber ich liebe dieses Gefühl.«

»Man trocknet leicht aus.«

»Stimmt.« Sie ging zur Bar und holte eine Flasche Mineralwasser hervor. »Ich habe viele Leute mit Wasserflaschen am Gürtel gesehen. Und noch mehr Baustellen. Männer mit Helmen, die in dreißig, sechzig Meter Höhe arbeiten. Spielautomaten in Supermärkten.«

»Du bist in einen Supermarkt gegangen?«

»Ich wollte sehen, wie es hier ist«, wich sie aus. »Dieser ganze unglaubliche Bauboom im Zentrum, und dann biegt man um eine Ecke und steht plötzlich in einem völlig ruhigen Wohnviertel, mit spielenden Kindern und Hunden im Vorgarten, und es wirkt so behaglich, so gemütlich.«

»Ich hätte dich herumgeführt, wenn du einen Ton gesagt hättest.«

»Ich wusste, dass du beschäftigt warst.«

»Jetzt bin ich nicht mehr beschäftigt. Meine Eltern haben mich rausgeworfen, mit dem strikten Befehl, mir heute Nacht freizunehmen.«

Um ihre Lippen spielte ein Lächeln. »Ich mag deine Eltern.«

»Ich auch. Komm, lass uns ein bisschen aus der Stadt rausfahren.« Er streckte ihr die Hand hin. »Irgendwo werden wir schon Mondschein finden.«

Aus der Entfernung schimmerte Vegas wie eine Fata Morgana. Die Wüste erstreckte sich um die Stadt in alle Richtungen. Der Himmel war ein klarer schwarzer See mit zahllosen Sternen und einem weißen Vollmond.

Irgendwo in der Ferne heulte ein Kojote, der klagende Laut zog durch die kühle Nachtluft.

Mac hatte das Verdeck des Wagens aufgeklappt, sodass

Darcy den Kopf gegen die Nackenstütze lehnen und sich im Glanz der Sterne verlieren konnte. Eine milde Brise kam auf und ließ Sandkörner tanzen.

»Man vergisst ganz, dass es das auch noch gibt, wenn man dort drin ist.« Darcy sah zurück zu dem Lichtermeer der Stadt. »Der Westen, wild und gefährlich und schön.«

»Weit weg von Kansas.« Er konnte sie sich dort so gut vorstellen. »Vermisst du das Grün? Die Felder?«

»Nein.« Darüber brauchte sie nicht lange nachzudenken. »Hier in dieser Landschaft liegt etwas so Kraftvolles, in den sanften Rottönen, dem verdorrten Grün und Braun. Aber du bist doch auch nicht hier aufgewachsen, oder?« Sie wandte den Kopf, um ihn anzuschauen. »Du kommst doch aus dem Osten, nicht wahr?«

»Unser Haus liegt in New Jersey, in der Nähe von Atlantic City. Meine Eltern wollten nicht, dass ihre Kinder in Hotelzimmern über einem Spielcasino aufwachsen. Aber wir haben trotzdem eine Menge Zeit im Casino verbracht. Duncan und ich haben uns oft in die Kontrolllogen über den Spieltischen geschlichen, damals, als es noch keine Kameras gab. Meine Mutter würde mir wahrscheinlich heute noch die Ohren lang ziehen, wüsste sie, dass ich ihn mit dorthin geschleppt habe.«

»Und zu Recht. Das war doch sicher gefährlich.«

»Macht das nicht den Reiz aus?« Er grinste, und zu ihrer Freude begann er abwesend mit ihrem Haar zu spielen. »Da gibt es eine Geschichte, dass einer der Kontrolleure angeblich eines Abends aus der Loge gefallen und mitten auf dem Würfeltisch gelandet sein soll.«

»Autsch! War er schwer verletzt?«

»Laut Gerücht soll einer von den Spielern seinen nächsten Einsatz direkt auf den Hintern des Mannes gesetzt haben. Ein echter Spieler lässt sich eben so leicht durch nichts ablenken.«

Sie gluckste vergnügt und kuschelte sich an seine Schulter. »Es muss eine aufregende Kindheit gewesen sein. Und warum hast du dich entschlossen, hier zu arbeiten statt im Osten?«

»Es gibt nur ein Vegas. Und keinen Grund, sich mit weniger als dem Besten zufriedenzugeben.«

Ihr Herz machte einen kleinen Sprung bei der Feststellung, die er so lässig ausgesprochen hatte. Aber sie zwang sich, es zu ignorieren. »Hat der Rest der Familie auch mit Casinos zu tun?«

»Duncan leitet eines auf einem Schaufelraddampfer. Es passt perfekt zu ihm. Ständig den Mississippi rauf und runter und dabei immer Zeit für hübsche Ladys.«

»Steht ihr euch nahe?«

»Sehr. Wir alle. Geografische Entfernungen ändern daran nichts. Gwen ist Ärztin und lebt in Boston – wie auch übrigens mehrere Cousins und Cousinen. Vor ein paar Monaten ist sie Mutter geworden. Ein Mädchen. Anna, nach meiner Großmutter. Ich muss mittlerweile zwei- oder dreihundert Fotos von ihr haben«, fügte er mit einem Lächeln hinzu. »Wenn du sie dir ansehen möchtest ...«

»Sehr gern. Du hast aber noch eine Schwester, nicht wahr? Die Jüngste.«

»Mel. Sie ist ein Energiebündel. Hat die Augen eines Engels und den rechten Schwinger eines Berufsboxers.«

»Ich kann mir gut vorstellen, dass sie bei euch beides brauchte«, kommentierte Darcy trocken. »Du hast sie sicher endlos aufgezogen.«

»Nicht mehr, als mir als dem Ältesten zustand. Außerdem habe ich ihr beigebracht, wie man zuschlägt. Meine kleine Schwester sollte keine schwächlichen Ohrfeigen verteilen.«

»Ich wette, sie sehen alle umwerfend aus. Mit Gesichtern, bei denen einem das Herz stehen bleibt, und einem Lächeln, das einen von den Füßen haut.« Sie hob den Kopf, zog die Konturen seiner Lippen mit einem Finger nach. »Und damit nicht genug, sie sind auch noch alle intelligent, selbstbewusst und kennen ihren Wert. Die Art Mensch, die einen Raum betritt, sich kurz umsieht und sich sofort sicher fühlt. Ich habe solche Menschen immer beneidet.«

»Ich dachte, die passende Beschreibung dafür sei *Arroganz*.«

»Stimmt schon, aber das muss nicht immer als negative Kritik aufgefasst werden. Habt ihr euch oft gestritten?«

»So oft wie nur möglich.«

»Bei mir zu Hause wurde nie gestritten. Es wurde erklärt und vernünftig diskutiert. Bei einem Streit hat man wenigstens die Chance zu gewinnen.«

»Was, wie mir aufgefallen ist, dir ja nicht schwerfällt.«

»Anfängerglück«, sagte sie. »Warte nur, bis ich ein bisschen mehr Übung habe. Ich werde ein richtiges Monster werden.« Sie grinste übermütig. »Ich werde lernen, rechte Haken auszuteilen, nur für den Fall, dass vernünftige Argumente nicht weiterführen.«

Sie lächelte noch, als er seine Lippen auf die ihren legte. Die Flüchtigkeit des Kusses verwandelte sich augenblicklich in Leidenschaft. Sie rutschten noch näher zusammen und verloren sich in dem Kuss.

Mac wurde mit solcher Macht von seinen Gefühlen überschwemmt, dass es ihn zornig machte. »Ich sollte dich nicht so sehr begehren.« Er schob ihren Kopf zurück, um den eigenen zu klären. Doch alles, was er klar sehen konnte, waren ihre Augen, das dunkle Gold. Und er versank in ihnen. »Es ist einfach zu viel.«

Sie erinnerte sich an seine Worte von der vergangenen Nacht und gab sie an ihn zurück. »Nimm dir, was du willst.«

»Das habe ich schon versucht. Es hat nichts genutzt.«

Die Antwort erfüllte sie mit wilder Freude. Kühn kniete sie sich auf den Sitz neben ihn und beobachtete, wie sein Blick der Bewegung ihrer Finger folgte, während sie ihre Bluse aufknöpfte. »Versuch es noch mal«, flüsterte sie.

Ich hätte sie nie anfassen dürfen! war alles, was Mac denken konnte. Weil er jetzt nicht mehr damit aufhören konnte. Er fuhr die lange schnurgerade Straße nach Vegas in zügigem Tempo zurück. Darcy schlief wie ein Kind an seiner Seite, den Kopf an seine Schulter gebettet.

Sie hatten sich auf den Vordersitzen geliebt wie hormongeplagte Teenager. Er hatte sich in ihr verloren, mit einer Inbrunst, als hinge sein Leben davon ab.

Und der Himmel möge ihm helfen, er wollte es wieder tun.

Er hatte bei ihr all seine Regeln über den Haufen geworfen. Ein Mann, der sich seinen Lebensunterhalt mit Spielen verdiente, kannte die Spielregeln und wusste, wann sie gebrochen werden konnten und wann nicht. Und er hatte kein Recht, die Regeln zu brechen, wenn er mit ihr zusammen war.

Sie war unschuldig und einsam gewesen und hatte ihm vertraut.

Er hatte sein Verlangen – und das ihre – über alles andere gestellt. Jetzt hatte er sich so in sie, in seine eigenen Wünsche und Sehnsüchte verstrickt, dass ihm jegliche Vernunft abhandengekommen war.

Er musste einen Schritt zurücktreten. So viel stand fest. Sie brauchte Raum und die Chance, die neuen Möglichkeiten, die sich ihr eröffnet hatten, auszuprobieren. Niemand hatte ihr bisher diese Chance geboten. Auch er nicht.

Er konnte sie halten, das wusste er. Sie glaubte ihn zu lieben, und er konnte dafür sorgen, dass das so blieb. Bis ihr

Glanz neben dem Neonlicht und dem ganzen Glitter zu verblassen begann, bis diese Lebenslust in ihren Augen erlöschte.

Der Versuch, Darcy zu halten, würde sie verändern und irgendwann zerbrechen. Das war ein Spiel, das er nicht spielen wollte.

Seine Zuneigung zu ihr ließ ihm nur eine Antwort. Er musste zurücktreten und ihr einen sanften Schubs in die entgegengesetzte Richtung geben. In die Richtung, die die richtige für sie war.

Und er musste es schnell tun, um ihret- genauso wie um seinetwillen.

Sie war die einzige Frau, die sich je in seine Gedanken geschlichen hatte. Er dachte zu den unmöglichsten Tages- und Nachtzeiten an sie. Und sosehr ihm das auch missfiel, die Vorstellung, dass sie eines Tages nur noch eine schwache Erinnerung für ihn sein würde, war noch viel schlimmer.

Dass sie eines Tages genauso über ihn denken würde, machte ihn schon jetzt wütend. Wenn sie in ihrem netten kleinen Häuschen irgendwo im Grünen saß, mit Kindern, die zu ihren Füßen spielten, und einem Hund, der im Garten döste, während der Ehemann auf der Heimfahrt von der Arbeit nicht annähernd ihren Zauber zu schätzen wusste.

Doch das war genau der Ort, an den sie gehörte. Dahin würde sie auch gehen, wenn er endlich den Mut zusammengenommen hatte, um die Verbindung, die sie an ihn fesselte, zu durchtrennen. Eine Verbindung, gewebt aus Dankbarkeit, dem Reiz des Neuen und Sex. Er verachtete sich dafür, dass er diese Verbindung aufrechterhalten wollte.

Es war die reine Wahrheit gewesen, als er ihr gesagt hatte, dass sie nicht in die Welt gehörte, in der er lebte. Davon war er zutiefst überzeugt. Und sie würde es ebenfalls erkennen, sobald der Glanz des Neuen ein wenig verblasst sein würde.

Unschuld und Sünde taten sich nur schwer zusammen.

Während er den Strip entlangfuhr, warf er ihr einen Blick zu und beobachtete, wie das bunte Licht der Neonreklamen über ihr Gesicht huschte. Ich werde sie gehen lassen, schwor er sich. Aber noch nicht.

Nicht sofort.

11. Kapitel

Das Haus wuchs in weichen Farben und geheimnisvollen Formen aus dem Sand empor wie ein kleines Schloss. Für Darcy war es Liebe auf den ersten Blick.

Versteckt lag es unter Palmen, und auf der großen sonnigen Terrasse wucherten Wüstenpflanzen. Das weiche Rot des Ziegeldachs betonte das kühle Elfenbein und das stumpfe Braun der Fassade. Die terrassenförmige Anlage mit ihrer Vielzahl von Dächern und Giebeln wirkte charmant.

Neben dem Haus stand ein Turm, bei dessen Anblick ihr romantisches Herz sogleich höherschlug. Sie stellte sich Prinzessinnen und Ritter vor, während ihr nüchterner Verstand sofort wusste, wie sie den perfekten Arbeitsbereich für sich daraus machen würde.

Es gehörte schon ihr, noch ehe sie es betreten hatte. Dem professionellen Verkaufsgespräch hörte sie nur mit einem Ohr zu.

Gerade mal vor drei Jahren gebaut, spezielle Wunschanfertigung. Die Familie ist wieder in den Osten gezogen. Ist gerade erst auf den Markt gekommen. Dürfte sich mit Sicherheit schnell verkaufen lassen.

»Hm« war Darcys einzige Reaktion, während sie der Maklerin den mit roten Steinplatten belegten Weg zur Haustür folgte. Sterne waren in das Glas der Tür eingraviert.

Und die Sterne waren ihr bisher hold gewesen.

Sie betrat die Eingangshalle mit den sandfarbenen Kacheln und ließ ihren Blick die hohen Wände hinauf zur Decke wandern. Oberlichter. Perfekt. Es war ein großzügiger Raum mit Wänden, die in einem hellen weichen Gelb erstrahlten. Ich werde sie so lassen, entschied sie, während ihre Absätze auf den Fliesen klackten.

Im rückwärtigen Teil des Hauses gab es noch eine zweite Terrasse, auf die man durch Atriumtüren aus hellem Holz gelangte. Alles war hell und freundlich. Ihre Augen leuchteten vor Freude auf, als ihr Blick auf das glitzernde Wasser des Swimmingpools fiel, welcher der Terrasse gegenüberlag.

Sie erlaubte der Maklerin, die Wunder der mit allen Schikanen ausgestatteten Küche anzupreisen, der eingebauten Gefriertruhe, der maßgefertigten Schränke, der Arbeitsflächen aus solidem Granit. Und war bezaubert von der gemütlichen Essnische in dem ausgestellten Bogenfenster. Das ist für eine Familie, dachte sie. Für faule Sonntage und hektische Schulmorgen, für stille Abende und eine gemütliche Tasse Tee am Nachmittag.

Hier wird es mir Spaß machen zu kochen, ging es ihr durch den Sinn, während sie ihren Blick über den Tresen, den hochmodernen Backofen und die blitzenden Herdplatten gleiten ließ. Sie war nie eine besonders einfallsreiche Köchin gewesen, aber hier würde sie ihrer Fantasie und ihrer Neugier freien Lauf lassen können.

Das Zimmer des Hausmädchens und der Wäscheraum, die von der Küche abgingen, waren mindestens so groß wie ihr ganzes Apartment in Kansas.

Ins Esszimmer würde sie einen Tisch auf Holzböcken stellen. Das würde zu dem Charakter des Raums und dem kleinen gemauerten Kamin für kühle Wüstennächte gut passen. Pastellfarben für die Wände, weiche verwaschene Töne.

Sie würde lernen, wie man Gesellschaften gab, würde lockere Dinnerpartys veranstalten und auch elegante. Laute, fröhliche Grillfeten im Garten. Ja, davon war sie überzeugt, sie würde eine gute Gastgeberin werden. Und was noch besser war, eine interessante.

Sie schaute sich jedes der vier Schlafzimmer genau an, besah sich die Aussicht und ob es ausreichend Platz gab. Sie begrüßte die Entscheidung des Bauherrn, sämtliche Räume mit Kiefernholzfußböden auszustatten. Und ebenso fanden die leuchtend bunten Kacheln in den Bädern, die zwischen die übrigen, in neutralen Farben gehaltenen eingestreut waren, ihre Zustimmung.

Ihr war klar, dass sie ungläubig die Augen aufriss, als sie die Größe des Hauptschlafzimmers sah. Es war ihr gleich. Der sich über zwei Ebenen erstreckende Raum hatte eine eigene Terrasse, einen Kamin und eine riesige Ankleidefläche mit Schränken, die groß genug waren, um darin zu wohnen. Das angrenzende Bad konnte sich durchaus mit dem Bad in der Suite im »Comanche« messen.

Durch das große Oberlicht über dem Whirlpool konnte man den blauen Wüstenhimmel sehen. Farne. Sie würde üppig wuchernde Farne in Ton- und Kupfertöpfen auf die breite Ablage hinter der Badewanne stellen. Aus jedem einzelnen Bad würde sie eine kleine Oase machen.

Der Turm war achteckig, mit großen Fenstern. Die Wände waren cremefarben, die Fliesen hatten die Farbe von Felsen. Hier würde sie sich ihr Arbeitszimmer einrichten, mit Blick auf die Wüste. Kein Schreibtisch, sondern eine lange Arbeitsplatte. Vielleicht in intensivem Blau, als Kontrast. Und mit unzähligen Schubladen und Fächern und Ablagestellen.

Sie würde sich einen neuen Computer anschaffen, Faxgerät, Kopierer. Und Papier, ganze Kartons mit blütenweißem Papier, dachte sie, fast schwindlig vor Glück.

Die andere Seite des Raums würde sie in eine kleine Sitzecke verwandeln, mit Regalen, die vom Boden bis zur Decke reichten, für Bücher und kleine Schätze.

In diesem Zimmer würde sie sitzen, Stunde um Stunde schreiben und wissen, dass sie Teil all dessen war, was sie umgab.

Die Maklerin hüllte sich bereits seit einigen Minuten in abwartendes Schweigen. Sie war lange genug im Geschäft, um zu wissen, wann sie anpreisen und wann sie sich zurückhalten musste. Die potenzielle Käuferin hat nicht gerade eine Pokermiene, dachte sie und rechnete sich bereits die ansehnliche Provision aus.

»Es ist wirklich ein wunderschönes Haus, nicht?«, fragte sie nach einer Weile. »Eine sehr ruhige, gediegene Gegend, gleichzeitig verkehrsgünstig gelegen. Genügend Möglichkeiten zum Einkaufen und doch weit genug entfernt von der Stadt.« Sie lächelte Darcy freundlich an. »Also, was meinen Sie?«

Darcy riss sich aus ihren Gedanken und schaute die Frau an. »Entschuldigen Sie, ich habe Ihren Namen vergessen.«

»Marion. Marion Baines.«

»Oh ja. Miss Baines ...«

»Marion.«

»Marion, ich weiß es zu schätzen, dass Sie sich die Zeit genommen haben, mich herumzuführen und mir alles zu zeigen.«

»Jederzeit gern.« Trotzdem erhielt sie einen kleinen Dämpfer. Vielleicht war der Verkauf ja doch nicht so sicher. »Aber möglicherweise ist es Ihnen ja ein bisschen zu groß für Ihre Bedürfnisse. Sie sagten, dass Sie alleinstehend sind.«

»Ja, ich bin alleinstehend.«

»Es erschlägt Sie vielleicht mit seiner Größe, aber das haben leer stehende Häuser oft so an sich. Sie wären überrascht, wie wohnlich es wird, wenn es erst einmal möbliert ist.«

In ihrem Kopf war es bereits perfekt möbliert. »Ich nehme es«, erklärte Darcy ohne Umschweife.

»Oh!« Marions Lächeln erstarb erst, um dann umso mehr zu strahlen. »Wundervoll. Wenn Sie nichts dagegen haben, gehen wir kurz in die Küche, um den Papierkram zu erledigen. Dann kann ich dem Verkäufer noch heute Nachmittag Ihr Angebot unterbreiten.«

»Ich sagte, ich nehme es. Ich zahle den geforderten Preis.«

»Sie … ja, nun gut.« Etwas in diesem jungen Gesicht ließ Marion zögern. Und obwohl sie sich ermahnte, den Mund zu halten und den Verkauf zum Abschluss zu bringen, konnte sie nicht anders, sie musste etwas sagen. »Miss Wallace, Darcy … Ich bin zwar damit beauftragt, die Interessen des Verkäufers zu repräsentieren, aber ich sehe auch, dass es das erste Mal ist, dass Sie eine Immobilie kaufen. Deshalb fühle ich mich verpflichtet, Sie darauf hinzuweisen, dass es normalerweise üblich ist, erst ein Angebot unterhalb des angegebenen Kaufpreises abzugeben. Der Verkäufer wird das akzeptieren, oder er hat auch das Recht, ein Gegenangebot zu machen.«

»Ja, ich weiß. Aber warum sollte er nicht bekommen, was er will?« Darcy schaute lächelnd aus dem Fenster. »Schließlich bekomme ich ja auch, was ich will.«

Es war so einfach. Ein paar Formulare mussten ausgefüllt und unterschrieben, ein Scheck ausgestellt werden. Sicheres Geld, wie man ihr sagte. Der Ausdruck gefiel ihr. Denn sie war sich sehr sicher wegen des Hauses.

Sie hörte sich alles über Hypotheken an, festgelegte Zinssätze, Zwischenfinanzierungen, eine spezielle Zusatzversicherung. Und entschied sich, es simpel zu halten. Sie zahlte bar.

Nachdem alles unter Dach und Fach war, stürmte sie zu ihrem Mietwagen, ganz aufgeregt bei dem Gedanken, dass sie in dreißig kurzen Tagen ein eigenes Zuhause haben würde.

Kaum war sie in ihrer Suite angelangt, griff sie nach dem Telefonhörer. Sie wusste, dass sie Caine anrufen musste, damit die Formalitäten erledigt werden konnten. Sie musste sich für eine Versicherung entscheiden. Sie wollte in die Stadt, um sich Möbel anzuschauen, Geschirr auszusuchen und Bettwäsche zu kaufen.

Oh, und sie hatte vergessen, die Fenster auszumessen, um passende Jalousien zu finden.

Aber zuerst wollte sie ihre aufregenden Neuigkeiten mit jemandem teilen.

»Ist Mac ... Mr. Blade zu sprechen?«, fragte sie, als Macs Assistentin an den Apparat kam. »Hier ist Darcy Wallace.«

»Hallo, Miss Wallace. Es tut mir leid, aber Mr. Blade ist in einer Besprechung. Kann ich ihm etwas ausrichten?«

»Oh ... nein danke. Wenn Sie ihm nur sagen, dass ich angerufen habe.«

Sie legte enttäuscht auf, während das Bild in ihrem Kopf, wie sie mit ihm zu dem Haus hinausfuhr und ihm erzählte, dass es ihr gehörte, langsam verblasste. Es würde warten müssen.

Also vergrub sie sich in ihre Arbeit, damit dieses Buch endlich fertig werden würde. Wenn ihre Glückssträhne anhielt und die Agentin, die sie beauftragt hatte, mehr sehen wollte, würde sie vorbereitet sein.

Nachdem zwei Stunden vergangen waren und Mac immer noch nicht zurückgerufen hatte, widerstand sie dem Drang, ein zweites Mal nach dem Hörer zu greifen. Sie machte sich Kaffee, dann verbrachte sie eine weitere Stunde damit, an einem früheren Kapitel herumzufeilen.

Als das Telefon klingelte, schreckte sie zusammen. »Hallo.«

»Mac hier. Deb sagte mir, dass du vorhin angerufen hast.«

»Ja. Ich wollte dich fragen, ob du nicht vielleicht eine Stunde Zeit für mich hast. Ich möchte dir etwas zeigen.«

Ein Zögern folgte, ein Schweigen, das sie unruhig auf dem Stuhl hin und her rutschen ließ.

»Tut mir leid. Ich hänge hier fest.« Der erste Schritt war der schwerste, sagte er sich. Sie durften sich nicht mehr sehen. »Ich werde keine Zeit dafür haben.«

»Oh. Du bist sicher sehr beschäftigt.«

»Ja. Aber wenn du irgendetwas brauchst, schicke ich dir gern den Hotelmanager rauf.«

»Nein, ich brauche nichts.« Die kühle Förmlichkeit in seiner Stimme ließ sie erschauern. »Überhaupt nichts. Es kann warten. Wenn du vielleicht morgen Zeit hast …«

»Sage ich dir Bescheid.«

»Ja, gut.«

»Ich muss jetzt Schluss machen. Bis später dann.«

Sie starrte den Telefonhörer in ihrer Hand mehrere Sekunden lang an, bevor sie ihn langsam zurücklegte. Er hatte so distanziert gewirkt, so ganz anders als sonst. Und hatte da nicht auch eine Andeutung von Ungeduld in seinem Ton mitgeklungen?

Nein, das bildete sie sich sicher nur ein. Als sie merkte, dass sie schon wieder die Hände rang, fluchte sie über sich selbst und riss die Arme weit auseinander.

Er ist nur beschäftigt, versuchte sie sich zu beruhigen. Sie hatte ihn bei seiner Arbeit unterbrochen. Und Menschen mochten es nun mal nicht, wenn sie unterbrochen wurden. Es lag nur an ihrer Enttäuschung – die albern war –, dass sie so empfindlich auf einen ganz normalen Austausch reagierte.

Er hat den ganzen gestrigen Abend mit mir verbracht, rief sie sich in Erinnerung. Er hatte sie wild und leidenschaftlich unter den Sternen geliebt. Niemand konnte eine Frau in der Nacht so sehr begehren und am nächsten Tag wie ein lästiges Insekt verscheuchen.

Natürlich konnte man. Sie presste die Finger auf die Augen. Es war naiv und dumm, so zu tun, als würde so etwas nicht vorkommen.

Aber nicht bei Mac. Er war zu warmherzig, zu ehrlich. Und sie liebte ihn viel zu sehr.

Nein, er ist einfach nur beschäftigt, wiederholte sie in Gedanken. Während der letzten zwei Wochen hatte er viel von seiner Zeit auf sie verwandt. Deshalb hatte er jetzt natürlich vieles nachzuholen, musste sich wieder aufs Geschäft konzentrieren und brauchte ein bisschen Abstand.

Und nein, sie würde auch nicht schmollen. Darcy straffte die Schultern und rückte ihren Stuhl zurecht. Sie würde sich auf ihre eigene Arbeit konzentrieren und den Abend, der lang und einsam zu werden versprach, vernünftig nutzen.

Sie arbeitete weitere sechs Stunden und erinnerte sich erst daran, das Licht einzuschalten, als ihr auffiel, dass sie im Dunkeln saß. Sie leerte die Kaffeekanne und war völlig sprachlos, als sie sah, dass sie sich mit Riesenschritten dem Ende ihres Buches näherte.

Fertig. Anfang, Mitte und Ende. Es ist vollbracht, dachte sie überglücklich. Alles steckte in diesem kleinen Apparat und konnte jederzeit auf eine flache CD gebrannt werden.

Zur Feier des Tages öffnete sie eine Flasche Champagner und trank ein ganzes Glas auf einen Zug leer. Übermütig schenkte sie sich noch einmal nach und trug das Glas zu ihrem Schreibtisch, um sich an die Überarbeitung zu machen.

Sie verbrachte die ganze Nacht an ihrem Schreibtisch und machte die halbe Flasche Champagner leer, was als Gegenmittel mehr Kaffee erforderte. So war es kein Wunder, dass sie, als sie schließlich ins Bett taumelte, in einen unruhigen, immer wieder von wirren Träumen gestörten Schlaf fiel.

Sie befand sich in dem Turm ihres neuen Hauses, allein. Allein und umgeben von Bergen von Papier und vor einem überdimensionalen Computer. Durch das Fenster konnte sie Dutzende von verschiedenen Szenen verfolgen, die abgehackt vorbeizogen wie bei einem Film, der zu schnell ablief. Partys und Leute, spielende Kinder, Paare, die kleine Zärtlichkeiten austauschten. Die Geräusche, Lachen und Musik, wurden durch das Glas, das sie umgab, gedämpft.

Auf ihr Klopfen reagierte niemand. Keiner hörte sie, keiner sah sie. Niemanden kümmerte es.

Dann war sie im Casino, am Blackjack-Tisch. Doch sie konnte nicht mehr addieren, konnte die Karten nicht mehr zusammenzählen. Wusste nicht, was sie tun sollte.

Ziehen Sie – oder steigen Sie aus. Serena, in einem eleganten Männersmoking, betrachtete sie gleichmütig. *Ziehen oder aussteigen. Sie müssen sich entscheiden und mit der Entscheidung leben.*

Sie weiß nicht, wie man spielt. Mac erschien neben ihr, tätschelte ihr den Kopf. *Du kennst die Regeln nicht, oder?*

Doch. Doch, sie kannte die Regeln. Es war nur, dass sie die Karten nicht zusammenzählen konnte. Es stand so viel auf dem Spiel. Wussten sie denn nicht, wie hoch das Risiko war?

Setze nie mehr, als du bereit bist zu verlieren, sagte Mac mit einem kühlen Lächeln zu ihr. *Das Haus gewinnt am Ende immer.*

Und dann war sie wieder allein, auf einer staubigen Landstraße in der Wüste. Sie konnte die Lichter und Farben von Las Vegas durch die flirrende Hitze erkennen, aber ganz gleich, wie schnell sie auch rannte, sie kam der Stadt nicht näher.

Eine Staubwolke wirbelte auf, hielt auf sie zu. Mac in seinem Wagen, mit offenem Verdeck, sein Haar flatterte im Fahrtwind. *Du gehst in die falsche Richtung.*

Nein. Nein, das tat sie nicht. Sie ging nach Hause.

Er streckte den Arm aus, berührte ihre Wange mit einer Nachlässigkeit, die sie zutiefst verletzte. *Du gehörst nicht hierher.*

»Doch, ich gehöre hierher!« Ihr eigener wütender Schrei weckte sie.

Sie setzte sich abrupt im Bett auf, überrascht von dem enormen Ausmaß ihrer Wut. Sie schäumte geradezu. Dann zwang sie sich, ruhig und tief zu atmen.

Die Sonne schien ihr warm und hell ins Gesicht, weil sie vergessen hatte, die Vorhänge vorzuziehen.

»Für dich gibt's nie mehr Champagner vor dem Einschlafen, Darcy«, brummte sie und rieb sich das Gesicht, so als könne sie damit die Bilder des Traums ausradieren.

Als sie sah, dass es bereits neun Uhr war, gab sie einem Impuls nach und griff nach dem Telefonhörer. Serena meldete sich nach dem zweiten Klingeln.

»Hier ist Darcy. Ich hoffe, ich rufe nicht zu früh an.«

»Nein. Justin und ich sind bereits bei der ersten Tasse Kaffee.«

»Sind Sie heute beschäftigt?«

»Wenn ich nicht will, nicht. Was haben Sie denn vor?«

Darcy blieb einen Schritt zurück und rang nervös die Hände, während sich Serena im Erdgeschoss des Hauses umschaute.

»Ich weiß, dass es ein bisschen überstürzt wirkt«, begann Darcy. »Es ist das einzige Haus, das ich besichtigt habe. Aber ich hatte ein bestimmtes Bild im Kopf, und das hier ... das hier ist noch besser.«

Serena drehte eine letzte Runde, dann lächelte sie. »Das Haus ist wundervoll. Es passt so gut zu Ihnen. Ich finde, Sie haben eine perfekte Wahl getroffen.«

»Wirklich? Wirklich?« Überglücklich schlug Darcy eine Hand vor den Mund. »Und ich hatte schon Angst, Sie würden mich für verrückt erklären.«

»An dem Wunsch, ein eigenes Haus zu besitzen, ist nichts Verrücktes. Oder in ein ausgezeichnetes Objekt zu investieren.«

»Oh, ich musste es einfach jemandem zeigen. Nachdem ich gestern den Vertrag unterschrieben hatte, fuhr ich sofort ins

Hotel zurück, weil ich es Mac zeigen wollte, aber er war beschäftigt – und … na ja …«

Sie zuckte mit den Schultern und trat zurück, sodass sie Serenas Stirnrunzeln nicht sehen konnte. Soweit Serena wusste, war ihr Sohn nicht beschäftigter als sonst gewesen. »Sie haben ihm erzählt, dass Sie sich ein Haus gekauft haben, aber er hatte nicht die Zeit, mit herzukommen?«

»Nein, ich sagte ihm nur, dass ich ihm gern etwas zeigen wolle. Vermutlich ist es ja albern, aber ich wollte, dass es eine Überraschung ist. Bitte erzählen Sie ihm nichts davon.«

»Nein, ganz bestimmt nicht. Sagen Sie, Darcy, warum haben Sie eigentlich beschlossen, sich hier in Vegas ein Haus zu kaufen?«

»Deshalb«, sagte sie wie aus der Pistole geschossen, während sie ans Fenster trat und mit einer weiten Geste über die Landschaft zeigte. »Die Wüste zieht mich an. Für manche Menschen ist es das Wasser, für andere die Berge oder große hektische Städte. Für mich ist es die Wüste. Ich wusste es nicht einmal, bis ich hier ankam.«

Glühend vor Begeisterung wandte sie sich wieder um.

»Und ich liebe den Strip, das Fantastische, die Magie. Man kann es in der Luft riechen, dass hier alles möglich ist. Und es stimmt. Jeder braucht einen Ort, von dem er denkt, dass er an diesem Ort alles erreichen kann. Selbst wenn es nur das Bewusstsein ist, dort glücklich werden zu können.«

»Ja, das finde ich auch. Und ich bin froh, dass Sie Ihren Platz gefunden haben.« Trotzdem kam Serena zu Darcy und strich ihr über das Haar. »Aber es hat auch mit Mac zu tun, oder irre ich mich?« Als Darcy nicht antwortete, lächelte Serena weich. »Meine Liebe, mir ist nicht entgangen, was Sie für ihn empfinden.«

»Ich kann nichts dagegen machen, dass ich in ihn verliebt bin.«

»Natürlich nicht. Warum sollten Sie auch? Aber ist das Haus auch für ihn, Darcy?«

»Es könnte für ihn sein«, murmelte sie. »Aber in erster Linie ist es für mich. Ich brauche ein Zuhause. Einen Ort, an den ich mich zurückziehen kann. Deshalb habe ich es gekauft. Ich weiß, dass ich von ihm nicht erwarten kann, dasselbe für mich zu empfinden, was ich für ihn empfinde. Aber ich bin bereit zu spielen. Wenn ich verliere, werde ich zumindest wissen, dass ich das Spiel gespielt habe. Dass ich nicht nur danebengestanden und zugeschaut habe.«

»Ich setze auf Sie.«

Darcy strahlte. »Ich sollte Ihnen wahrscheinlich auch gestehen, dass ich mich ebenso in Macs Familie verliebt habe.«

»Ach Liebes!« Serena umarmte sie und streichelte ihr die Wange, während sie sich daran erinnerte, dass sie schließlich keine Idioten großgezogen hatte. Mac würde schon noch zu Verstand kommen. »Zeigen Sie mir jetzt den Rest des Hauses.«

»Ja, und ich hatte gehofft, Sie würden mit mir in die Stadt kommen, um Möbel auszusuchen.«

»Ich fürchtete schon, Sie würden nie fragen.«

Darcy war froh über den Umstand, dass so viele Dinge Raum in ihrem Kopf beanspruchten. Farben, Stoffe, Lampen, Möbel. Sollte das kleinere Schlafzimmer für eine Bücherei herhalten oder doch lieber der Tagesraum im Parterre? Wollte sie einen Ficus neben der Eingangstür stehen haben oder vielleicht besser eine Palme?

Jede einzelne Entscheidung schien von monumentaler Wichtigkeit und versetzte sie in aufgeregtes Entzücken.

Und obwohl sie darauf brannte, alles Neue mit Mac zu teilen, hatten sie sich doch seit zwei Tagen nicht mehr gesehen.

Mac gab sich größte Mühe, seinen Kopf mit allen möglichen Dingen zu beschäftigen, um nicht an Darcy denken zu müssen. Zeit, so hatte er entschieden. Zeit und Abstand war es, was sie brauchten. Beide. Um sich über ihre Beziehung klar zu werden.

Er vermisste sie schrecklich.

Aber sie braucht schließlich ihre Freiheit, erinnerte er sich immer wieder. Mac tigerte ruhelos in seinem Büro auf und ab und gab es schließlich auf, arbeiten zu wollen. Sie hatte sich nicht wieder bei ihm gemeldet, und wie er durch diskrete Nachforschungen beim Personal erfahren hatte, verbrachte sie fast genauso viel Zeit außerhalb des Hotels wie in ihm.

Wahrscheinlich probiert sie ihre Elfenflügel aus, dachte er.

Etwas, was er sie nicht wirklich hatte tun lassen. Er hatte sie mehr oder weniger mitgezogen. Anfangs hatte er sich selbst damit getäuscht, dass er es als reine Hilfestellung tat, dann hatte er sich damit gerechtfertigt, dass er sie wollte.

Er wollte sie immer noch.

Sie war verloren und verletzt und hungernd nach Zuneigung in sein Leben getreten. Diesen Umstand hatte er zu seinem Vorteil ausgenutzt. Seine Motive waren im Grunde unwichtig, das Resultat blieb das gleiche.

Wahrscheinlich bildete sie sich ein, ihn zu lieben. Mehr als einmal hatte er mit dem Gedanken gespielt, auch dies für sich auszunutzen. Sie für sich zu behalten. Sicherzustellen, dass sie es so lange wie nur möglich glaubte.

Schließlich hatte sie keine Erfahrung. Kein Mann hatte sie je berührt, bevor er sie berührt hatte. Sie war aus einer beschützten, abgeschotteten Welt in ein wirbelndes, kunterbuntes Fantasieland gestolpert. Er könnte sie in dieses Fantasieland mitreißen, sie weiter herumwirbeln, dass sie nie würde klar denken können. Und sie zu der Seinen machen.

Es wäre so einfach.

Und unverzeihlich.

Ihm lag zu viel an ihr, als dass er ihr eine solche Falle stellen würde. Er durfte ihr nicht die Flügel stutzen, ihr Leben fängt gerade erst an, ermahnte er sich. Seines dagegen war bereits eingefahren.

Und dann platzte sie in sein Büro. Die Augen wirkten riesig in ihrem bleichen Gesicht. »Entschuldige. Entschuldige, ich weiß, dass du beschäftigt bist. Ich weiß, dass ich dich nicht stören sollte, aber ...«

»Was ist los? Geht es dir nicht gut? Bist du verletzt?« Er war mit wenigen Schritten bei ihr.

»Nein, nein.« Sie schüttelte heftig den Kopf, klammerte sich an sein Hemd. »Ich bin okay. Nein, ich bin nicht okay. Ich weiß nicht, was ich bin. Ich habe mein Buch verkauft! Verkauft! Oh Mac, mir ist ganz schwindlig.«

»Du hast es verkauft? Komm, atme erst mal tief durch, beruhige dich. Ja, so ist es schon besser. Und ich dachte die ganze Zeit, das Buch sei noch gar nicht fertig.«

»Das andere. Das erste Manuskript. Das vom letzten Jahr. Und sie sagt, dass sie das zweite Buch auch nehmen. Sie wollen sie beide.« Sie lehnte ihre Stirn an seine Brust. »Ich brauche einen Moment, ich kann nicht klar denken.« Abrupt hob sie den Kopf und lachte hell auf. »Das ist genau wie Sex. Vielleicht sollte ich eine Zigarette rauchen.«

»Setz dich lieber.«

»Nein, ich kann nicht still sitzen. Ich würde sofort wieder aufspringen. Sie haben das Buch gekauft. Nein, die Bücher. Ein Vertrag über zwei Bücher. Kannst du dir das vorstellen? Ich habe gewonnen. Wieder.«

»Wer hat die Bücher gekauft, Darcy? Und wie?«

»Oh, ach ja.« Sie schnappte noch einmal nach Luft. »Vor ein paar Tagen bekam ich einen Anruf von einer Verlegerin aus New York. ›Eminence Publishing‹. Sie hatte mich in den

Nachrichten gesehen und bat mich, ihr eine Leseprobe meiner Arbeit zu schicken.«

»Vor ein paar Tagen?« Enttäuschung stach zu, mit spitzer scharfer Klinge. »Du hast kein Wort davon gesagt.«

»Ich wollte warten, bis ich eine Antwort bekam. Mann, und jetzt habe ich sie!« Sie presste die Finger auf die Augen, als ihr die Tränen kamen. »Ich werde nicht weinen, nicht jetzt. Wie auch immer, ich habe mir einen Agenten besorgt. Ich meine, mir war klar, dass dieser Verlag sich nur wegen des ganzen Rummels um mich gemeldet hatte, aber immerhin bestand ja die Chance, dass ihnen meine Arbeit gefallen würde. Also habe ich eine Agentin angeheuert.«

»Telefonisch?«

»Ja.« Sein missbilligender Ton ließ sie aufseufzen. »Ich weiß, es war riskant, aber ich wollte nicht warten. Die Agentin rief mich heute Morgen zurück, um mir zu sagen, dass der Verlag ein Angebot gemacht habe, ein vernünftiges Angebot. Und dann riet sie mir, es nicht anzunehmen.«

Als würden ihr die Ereignisse jetzt erst klar, presste Darcy eine Hand auf ihren Magen. »Ich konnte es nicht fassen. Da bot sich die Chance, auf die ich mein ganzes Leben gewartet habe, und sie riet mir, Nein zu sagen.«

»Warum?«

»Genau dieselbe Frage stellte ich ihr auch. Sie sagte ...« Darcy schloss die Augen und durchlebte die Szene ein zweites Mal. »Sie sagte, ich hätte großes erzählerisches Talent, und die Geschichte sei so gut, dass der Verlag mehr dafür bezahlen müsse. Sollten sie sich stur stellen, würde sie das Buch an den Meistbietenden versteigern. Sie glaubt an mich. Also bin ich das Risiko eingegangen. Und vor zehn Minuten kauften sie beide Bücher! Ich glaube, jetzt muss ich mich doch setzen ...«

Sie fiel in einen Stuhl, wo sie regelrecht zusammensackte.

»Ich freue mich so für dich, Darcy.« Er kauerte sich vor sie hin. »Und ich bin so stolz auf dich.«

»Das habe ich mir mein ganzes Leben lang gewünscht. Niemand hat je an mich geglaubt.« Jetzt ließ sie ihren Tränen freien Lauf. »›Sei vernünftig, Darcy, bleib auf dem Teppich.‹ Und ich befolgte diese Ratschläge immer. Ich tat es, weil ich immer überzeugt war, nicht gut genug zu sein.«

»Du bist gut genug für alles«, murmelte er. »Mehr als gut.«

Sie schüttelte den Kopf. »Ich wollte es immer sein. In der Schule arbeitete ich so hart. Meine Eltern waren beide Lehrer, und ich wusste, wie wichtig es für sie war. Doch anstatt ein Sehr gut zu erreichen, brachte ich immer nur ein Gut mit nach Hause. Sie sahen sich mein Zeugnis an, und dann folgte dieser kleine leise Seufzer. Sie sagten mir, dass ich meine Sache gut gemacht hätte, aber dass ich sie noch besser machen könnte, wenn ich noch ein bisschen fleißiger wäre. Ich konnte es aber nicht besser machen. Ich gab mein Bestes, aber es war nie gut genug.«

»Sie haben sich geirrt.«

»Sie meinten es gar nicht böse, sie verstanden es einfach nur nicht.« Sie brauchte den Anker, und deshalb griff sie nach seinen beiden Händen. »Ich zeigte ihnen die Geschichten, die ich geschrieben hatte. Hoffte darauf, dass sie wenigstens ein Mal, nur ein einziges Mal, begeistert davon wären. Aber sie verstanden es einfach nicht, also habe ich aufgehört, sie ihnen zu zeigen. Und ich hörte auf, mich nach ihrer Anerkennung zu sehnen. Zumindest nach außen hin.«

Darcy seufzte und trocknete sich mit der Hand ihre Tränen. »Ich habe dieses erste Buch nicht abgeschickt, weil ich nie den Mut dazu fand. Ich denke, die Hoffnung war immer da, dass mir irgendwann irgendjemand sagen würde, ich sei gut genug. Jetzt habe ich den Mut gefunden, und plötzlich gibt es jemanden, der es mir sagt.«

»Hier.« Er zog ein Taschentuch aus seiner Hosentasche und drückte es ihr in die Hand.

»Ich bin nicht traurig.« Sie schnäuzte sich und wischte sich die Tränen ab. »Ich bin einfach nur fix und fertig. Total aufgelöst. In der letzten Zeit ist so viel passiert. Ich musste es dir einfach erzählen.«

»Ich bin froh, dass du es getan hast. Neuigkeiten wie diese können nicht warten.« Er umrahmte ihr Gesicht mit den Händen, und nach einem kleinen inneren Kampf presste er seinen Mund auf ihre Stirn statt auf ihren Mund. »Das müssen wir feiern.« Noch einen Moment ließ er seine Finger an ihrer Wange ruhen, dann stand er auf. »Wir treffen uns auf einen Drink, und dann kannst du mir von deinen Plänen erzählen.«

»Pläne?«

»Ich könnte mir vorstellen, dass du für ein paar Tage nach New York fliegen möchtest. Um den Verleger zu treffen und deine Agentin.«

»Ja, vielleicht nächste Woche.«

So bald schon. Er fühlte sich elend, als er in ihr Gesicht blickte, auf dem immer noch Tränenspuren zu sehen waren. Und wappnete sich für den Bruch. »Man wird dich hier vermissen«, bemerkte er leichthin. »Ich hoffe, wir bleiben in Kontakt und du lässt uns wissen, wo du dich niedergelassen hast.«

»Niedergelassen? Aber ... ich komme doch wieder zurück.«

»Hierher?« Er hob fragend eine Augenbraue, dann lächelte er. »Darcy, so gern wir dich auch bei uns hatten, aber du kannst unmöglich auf Dauer in einer Spielersuite leben.« Er lachte ein bisschen und setzte sich auf die Schreibtischkante. »Du bist nämlich keine Spielerin. Aber du bist mehr als herzlich eingeladen, hier zu wohnen, bis deine Pläne feststehen.«

»Entschuldige. Ich werde mir selbstverständlich ein anderes Zimmer nehmen, wenn ich zurückkomme ...«

»Darcy, du hast keinen Grund zurückzukommen.«

»Natürlich habe ich den.« Ihr Herzschlag begann in ihren Ohren zu dröhnen. »Ich lebe hier.«

»Das ›Comanche‹ ist nicht dein Zuhause. Es ist meins.« Jetzt lächelte er nicht mehr, und sein Blick war kühl und hart geworden. Es war die einzige Möglichkeit für ihn, ihren verletzten Gesichtsausdruck zu ertragen. »Es wird Zeit für dich, dein eigenes Leben zu leben, und das kannst du hier nicht. Du hast etwas wirklich Außergewöhnliches erreicht. Genieße es jetzt.«

»Du willst mich nicht mehr. Du wirfst mich nicht nur aus deinem Hotel hinaus, sondern auch aus deinem Leben.«

»Niemand wirft irgendjemanden irgendwo hinaus.«

»Nein?« Sie brachte nur ein bitteres Lachen zustande und zerknüllte das Taschentuch in ihrer Hand. »Für wie beschränkt hältst du mich eigentlich? Du gehst mir schon seit Tagen aus dem Weg. Du hast mich kaum angefasst, seit ich diesen Raum betreten habe. Und jetzt tätschelst du mir ein bisschen den Kopf und sagst mir, dass ich dir vom Hals bleiben und mir ein schönes Leben machen soll.«

»Ich möchte wirklich, dass du dir ein schönes Leben machst«, begann er.

»Solange ich es nur irgendwo anders mache«, gab sie zurück.

»Nun, das ist wirklich zu schade, weil ich mein Leben nämlich hier in Las Vegas leben werde. Ich habe ein Haus gekauft.«

Er war auf eine jämmerliche Szene vorbereitet gewesen, auf Tränen, auf Beschimpfungen. Aber darauf nicht. Er war völlig perplex. »Du hast was?«

»Ich habe ein Haus gekauft.«

»Bist du noch bei Verstand? Ein Haus? Hier? Was hast du dir dabei gedacht?«

»Ich habe an mich gedacht. Es ist mein neuer Lebensentwurf, und er gefällt mir.«

»Man kauft kein Haus, wie man sich ein neues Kleid kauft!«

»Ich bin nicht das naive Dummchen, für das du mich offensichtlich hältst. Ich weiß, wie man ein Haus ersteht, und ich habe eines gekauft.«

»Du hast keinen Grund, dir in Vegas ein Haus zu kaufen.«

»Oh, wirklich nicht?« Ihre Emotionen schlugen plötzlich so hohe Wellen, dass sie erst nach den passenden Worten suchen musste. »Gehört dir plötzlich die ganze Stadt mitsamt Umgebung? Nun, dann habe ich wohl ein kleines Plätzchen gefunden, das nicht in deinen Machtbereich fällt. Mir gefällt es hier, und ich bleibe.«

»Das Leben besteht nicht nur aus einem aufregenden Bummel über den Strip.«

»Und Vegas besteht nicht nur aus dem Strip. Es ist die am schnellsten expandierende Stadt des Landes und eine der lebenswertesten. Es gibt hier exzellente Schulen, und der Immobilienmarkt ist noch durchaus realistisch. Die Wasserversorgung stellt ein Problem dar, aber da sind bereits Schritte eingeleitet. Die Kriminalitätsrate ist im Vergleich zu anderen Großstädten erstaunlich gering, und die Stadt verfügt über enormes Potenzial für die Zukunft.« Sie hielt inne, ihre Augen funkelten. »Ich bin Schriftstellerin, ich war Bibliothekarin. Ich weiß verdammt gut, wie man eine Recherche aufzieht.«

»Ist dir bei deiner Recherche auch untergekommen, dass Las Vegas den höchsten Anteil an Prostitution, Korruption, Geldwäsche und Spielsucht hat?«

»Um genau zu sein, ja«, erwiderte sie völlig ruhig. »So etwas existiert nun mal. Vielleicht schockiert es dich, aber dessen war ich mir bewusst, bevor ich hierherkam.«

»Du hast einfach nicht gründlich genug überlegt.«

»Du irrst schon wieder. Ich habe dieses Haus nicht blind gekauft, und ich habe es auch nicht gekauft, damit ich dir ständig zu Füßen liegen kann. Ich habe es für mich gekauft«, schleuderte sie ihm wütend entgegen. »Weil ich etwas gefunden habe, was ich mir schon immer gewünscht habe. Aber keine Angst, Vegas ist groß genug. Du wirst also nicht ständig über mich stolpern.«

»He, Moment mal, verdammt«, brummte er und legte ihr eine Hand auf die Schulter. Aber sie wirbelte herum mit einem Blick, der ihm riet, sich von ihr fernzuhalten.

»Lass das. Du brauchst mich nicht zu besänftigen, und ich habe auch nicht die Absicht, dir eine Szene zu machen. Ich bin dir dankbar, und das will ich nicht vergessen. Ich werde Kontakt mit deinen Eltern und deiner Familie halten und möchte weder dich noch mich in eine Position bringen, die das erschweren würde. Aber du hast mich verletzt«, fügte sie leise hinzu. »Und das wäre nicht nötig gewesen.«

Sie ging hinaus und schloss die Tür hinter sich. Leise, aber bestimmt.

12. Kapitel

Dann stimmen wir also überein, dass wir die zwei Millionen, die Harisuki und Tanaka am Baccarat-Tisch verloren haben, nicht einfordern.« Justin saß entspannt in dem tiefen Ledersessel und gab vor, die Unaufmerksamkeit seines Sohnes nicht zu bemerken. »Damit stehen sie beim Casino mit zehn beziehungsweise zwölf Millionen in der Kreide. Wir übernehmen die Zimmerkosten, die Mahlzeiten und die Einkaufsbummel ihrer Ehefrauen in den Boutiquen. Denn sie werden zurückkommen.« Angelegentlich drehte er die Zigarre in den Fingern. »Und ihre nächsten Millionen bei uns einsetzen anstatt in einem anderen Haus. Hast du ihnen die Limousine für morgen bestellt?« Justin wartete eine Weile. »Mac?«

»Was? Ja. Ist erledigt.«

»Gut. Nachdem wir jetzt damit durch sind, kannst du mir sagen, was dich beschäftigt.«

»Nichts Bestimmtes. Möchtest du ein Bier?«

Justin nickte. »Dir musste man schon immer hinterherschnüffeln. Deine Entschlossenheit, alles allein in den Griff zu bekommen, ist bewundernswert, aber ärgerlich.« Er lächelte seinen Sohn an und nahm die Bierflasche entgegen. »Hier allerdings erübrigt sich das Schnüffeln wohl. Das Problem ist Darcy, nicht wahr?«

»Nein. Ja. Nein.« Mac stieß den Atem aus. »Sie hat ihr Buch verkauft. Genauer gesagt, ihre beiden Bücher.«

»Das ist doch wunderbar. Sie muss ganz aus dem Häuschen sein. Warum bist du es nicht?«

»Bin ich. Ich freue mich für sie. Es ist das, was sie immer wollte. Ich glaube, mir war gar nicht klar, wie sehr sie es wollte. Es gibt ihrem Leben eine ganz neue Richtung.«

»Ist es das, was dich beunruhigt? Dass sie dich nicht mehr braucht?«

»Nein. Aber jetzt kann sie mit ihrem Leben erst richtig loslegen. Das hier war nur eine Verschnaufpause für sie.«

»Wirklich? Mac, liebst du sie?«

»Das ist nicht der Punkt.«

»Es ist der einzige Punkt, der zählt.«

»Ich bin der Falsche für sie. Dieser Ort hier ist falsch für sie.« Rastlos ging er zum Fenster und schaute hinaus auf die grellen Neonlichter und die überladen schillernden Farbfontänen. »Wenn sie erst einmal die Augen öffnet, wird sie es selbst erkennen.«

»Warum bist du der Falsche für sie? Ich fand, ihr habt euch hervorragend ergänzt.«

»Ich leite ein Spielcasino. Meine Hauptarbeitszeit liegt in den Nachtstunden, wenn normale Menschen schlafen.« Mac steckte die Hände in die Hosentaschen. »Darcy hat ein behütetes Leben geführt. Nein, eines, das sie unterdrückt hat, sie zurückgehalten hat. Sie fängt eben erst an zu begreifen, wozu sie fähig ist und was sie sein und erreichen kann. Ich habe kein Recht, mich da einzumischen.«

»Du betreibst Schwarz-Weiß-Malerei. Sünder und Heilige. Und ich denke, weder das eine noch das andere passt. Du bist ein Geschäftsmann, und ein verdammt guter dazu. Sie ist eine interessante, erfrischende, begeisterungsfähige junge Frau.«

»Die erst vor ein paar Wochen hier hereingestolpert ist«, erinnerte Mac seinen Vater. »An einem Wendepunkt in ihrem Leben. Sie kann sich unmöglich über ihre Gefühle im Klaren sein.«

»Du unterschätzt sie. Aber davon mal ganz abgesehen – sind deine Gefühle nicht wichtig?«

»Ich habe mich mehr als einmal von meinen Gefühlen überrumpeln lassen. Sie ist unberührt hier angekommen.« Mac drehte sich mit düsterem Blick zu seinem Vater um. »Ich habe das geändert. Ich hätte meine Hände bei mir behalten sollen, aber ich hab's nicht getan. Weil ich es nicht konnte.«

»Jetzt bestrafst du dich selbst, weil du auch nur ein Mensch bist«, schloss Justin. »Du verweigerst dir selbst eine Beziehung, die dich glücklich macht, mit der Begründung, dass es das Beste für sie sei.«

»Sie ist geblendet«, beharrte Mac, wobei er sich fragte, warum seine Argumente alle so falsch und idiotisch klangen. »Und sie sieht nur, was sie sehen will. Sie hat sich sogar ein Haus gekauft, Herrgott noch mal!«

»Ja, ich weiß.«

»Und … Du weißt es?« Mac starrte seinen Vater an.

»Ja, sie ist mit deiner Mutter rausgefahren, nachdem sie den Kaufvertrag unterschrieben hatte. Eine gute Anlage und ein faszinierendes, äußerst interessantes Heim.«

»Es ist einfach grotesk, sich ein Haus in einer Stadt zu kaufen, in der man erst seit ein paar Wochen ist und dann auch noch die meiste Zeit in einem Hotelcasino verbracht hat. Sie lebt in einer Fantasiewelt.«

»Nein, tut sie nicht. Sie weiß ganz genau, was sie will, und ich bin überrascht, dass du das nicht siehst. Wenn du sie nicht willst, ist das allerdings eine andere Sache.«

»Aber ich kann nicht aufhören, sie zu wollen.« Es war wie ein dumpfer Schmerz, der nicht nachlassen wollte. »Ich war sicher, ich könnte es.«

»Wollen ist einfach. Ich wollte deine Mutter, direkt, als ich sie das erste Mal sah. Das kam so natürlich wie das Atmen.

Aber sie zu lieben hat mich in Angst und Schrecken versetzt. Manchmal tut es das immer noch.«

Überrascht ließ Mac sich in einen Sessel nieder. »Bei euch sieht das so einfach aus. Ihr beide scheint so ... so perfekt füreinander.«

»Liegt es daran?« Verständnisvoll legte Justin seinem Sohn eine Hand auf das Knie.

»Nein, das ist nicht das Problem. In unserer Familie funktionieren die Ehen eben. Normalerweise stehen die Chancen nicht so gut, aber bei uns klappt es.« Mac blickte auf den goldenen Ring am Finger seines Vaters. Dreißig Jahre, dachte er, und der Ring passt immer noch. Ein kleines Wunder. »Ich denke mir, der Grund dafür liegt darin, dass wir den richtigen Partner finden. Den Menschen, mit dem wir uns ergänzen.«

»Du siehst deine Mutter und mich als Paar und glaubst, es sei schon immer so gewesen. Aber das stimmt nicht. Ich war das Halbblut, das mit dem Gesetz in Konflikt geraten war, und ein Selfmademan, sie die behütete Tochter aus reichem Hause. Rechne dir aus, wie hoch da die Chancen standen, Mac.«

»Aber immerhin hattet ihr die gleiche Richtung.«

Justin lehnte sich in den Sessel zurück und kniff die Augen zusammen. »Von wegen. Wir mussten uns einen völlig neuen Pfad schlagen. Und unterwegs gab es mehr als genug Schlaglöcher und Unebenheiten.«

»Was du mir damit sagen willst, ist doch, dass ich einen Fehler gemacht habe«, murmelte Mac. »Vielleicht hast du sogar recht.« Er fuhr sich mit der Hand über das Gesicht. »Ich weiß es nicht mehr.«

»Du willst Garantien? Es gibt keine. Eine Frau zu lieben ist das riskanteste Spiel der Welt. Entweder setzt du dich selbst aufs Spiel, oder du solltest den Tisch verlassen. Allerdings kannst du dann nie gewinnen. Ist sie die Frau, die du willst?«

»Ja.«

»Ich frage dich noch einmal. Liebst du sie?«

»Ja.« Es zuzugeben verstärkte den Schmerz nur noch. »Und ja, es jagt mir eine Höllenangst ein.«

Voller Verständnis lächelte Justin. »Was gedenkst du jetzt zu tun?«

»Ich will sie zurück.« Mac stieß den Atem aus. »Ich muss sie zurückhaben.«

»Wie schlimm hast du es vermasselt?«

»Ziemlich schlimm.« Ihm wurde leicht übel, als er daran dachte, wie miserabel er gespielt hatte. »Ich habe sie praktisch vor die Tür gesetzt.«

»Dann wird es wohl einiges an Überredungskunst kosten, um sie dazu zu bringen, die Tür von ihrer Seite wieder zu öffnen.«

»Dann werde ich wohl besser gleich anfangen.« Ein neuer Energieschub vertrieb das Elend. Ein neues Blatt, dachte er. *Ganz neue Karten.* Und er würde alles setzen, was er hatte. »Ich gehe jetzt besser nach unten und versuche, mit ihr ins Reine zu kommen. Wahrscheinlich weint sie sich in ihrem Zimmer die Augen aus, wo sie doch eigentlich feiern sollte.«

»Ich fürchte, da liegst du falsch«, murmelte Justin mit einem Blick auf die Monitore.

»Bei dem Juwelier unten habe ich ein Paar hübsche Brillantohrringe gesehen.« Mac klopfte seine Tasche ab, um sich davon zu überzeugen, dass er die Codekarte für ihren Aufzug bei sich hatte. Nur für alle Fälle. »Sie sollte zur Feier ihres Buchverkaufs etwas ganz Besonderes haben.« Plötzlich wurde er nervös. »Meinst du, Ohrringe und Blumen sind übertrieben?«

Justin schnalzte nachdenklich mit der Zunge. »In einer so verfahrenen Situation ist nichts übertrieben. Aber du wirst Darcy nicht in ihrem Zimmer finden.«

»Was?«

»Sieh es dir selbst an. Monitor drei, zweiter Würfeltisch links.«

Erpicht darauf, endlich wegzukommen, warf Mac einen geistesabwesenden Blick auf den Bildschirm. Dann einen zweiten. Seine zu Tode getroffene Elfe war in ihrem roten Killerkleid mit dazu passenden Stöckelschuhen unterwegs und blies gerade auf eine Handvoll Würfel.

»Was zum Teufel treibt sie da?«

»Sie versucht, auf acht zu spielen. Fünf und drei.« Und dann grinste Justin nur noch, als er hinter sich seinen Sohn die Tür zuknallen hörte. »Und die Lady gewinnt.«

»Komm schon, Baby. Los, Püppchen. Fahr's ein.«

Der Mann neben Darcy war alt genug, um ihr Vater zu sein, deshalb störte sie sich nicht an dem kleinen Klaps, den er ihr auf den Po gab. Sie nahm es so, als würde er ihr viel Glück wünschen.

Sie schüttelte die Würfel in ihrer hohlen Hand, beugte sich über den Tisch und warf. Hochrufe brandeten auf. Geld und Chips wechselten schneller die Besitzer, als sie schauen konnte.

»Sieben! Na also.« In Siegergeste stieß sie die Faust in die Luft. Nachdem sie ihr Chipshäufchen zusammengeschoben hatte, begann sie dieses ohne Rücksicht auf Verluste wieder zu verteilen. »Dieses Mal ist es die Fünf.«

»Nun mach schon, Süße.« Der Mann zu ihrer Rechten warf einen Hunderter auf den Tisch. »Du bist echt heiß drauf.«

»Allerdings.« Sie schüttelte die Würfel, blinzelte durch den Rauch und jauchzte triumphierend auf, als die Würfel mit der Drei und der Zwei nach oben auf dem Tisch landeten.

»Ich weiß gar nicht, warum ich dachte, dieses Spiel sei so schwer.« Sie grinste, dann trank sie einen Schluck aus dem Champagnerglas, das ihr irgendjemand reichte. »Halten Sie mal bitte, ja?« Sie drückte das Glas dem alten Herrn in die Hand und griff wieder nach den Würfeln. »Mein Einsatz bleibt stehen«, sagte sie zu dem Croupier. »Gott, ich liebe es, das zu sagen!« Sie warf die Würfel auf den Tisch und tänzelte aufgeregt auf Zehn-Zentimeter-Absätzen.

Mac musste seine Ellbogen einsetzen, um sich einen Weg durch die um den Tisch versammelte Menschenmenge zu bahnen. Das Erste, was er von ihr sah, war ein kleiner knackiger Po, über dem sich knallroter Stoff spannte. Gleich nachdem sie die Würfel geworfen hatte, packte er sie am Ellbogen. Seine Worte wurden von dem Gejohle der Umstehenden übertönt.

»Was zum Teufel tust du hier?«

Stolz und trunken von ihrem Erfolg warf sie den Kopf in den Nacken. »Dir einen Tritt in den Hintern geben. Lass mich los – und geh zurück, damit ich noch ein bisschen weiter treten kann.«

Er schnappte sich ihr Handgelenk, als sie sich vorbeugte, um die Würfel wieder einzusammeln. »Tausch deine Chips ein.«

»Ganz bestimmt nicht. Ich reite gerade auf einer Glückswelle.«

»Kommen Sie schon, lassen Sie die Lady spielen.«

Bei dem Blick, den Mac dem Spieler am anderen Ende des Tisches zuwarf, hätte der eigentlich tot umfallen müssen. »Tauschen Sie ihre Chips ein«, befahl Mac dem Croupier, dann zerrte er Darcy ungeachtet des Protests der Menge mit sich.

»Du kannst mich nicht zwingen, mit dem Spielen aufzuhören, wenn ich gerade eine Glückssträhne habe.«

»Falsch. Das hier ist mein Haus, und ich kann jederzeit jeden am Spielen hindern. Der Vorteil liegt immer beim Haus.«

»Na schön.« Sie riss ihren Arm los. »Dann gehe ich eben woandershin und lasse jeden wissen, dass das Management des ›Comanche‹ es nicht durchgehen lässt, wenn jemand eine ehrliche Glückssträhne hat.«

»Darcy, komm mit nach oben. Wir müssen reden.«

»Sag mir nicht, was ich tun muss.« Sie riss sich wieder mit einem heftigen Ruck von ihm los und stellte mit grimmiger Befriedigung fest, dass sie mittlerweile Aufsehen erregten. »Ich sagte, ich würde dir keine Szene machen, also zwinge mich nicht dazu. Du kannst mich aus deinem Casino hinauswerfen, du kannst mich aus deinem Hotel hinauswerfen, aber du hast mir nicht zu sagen, was ich tun soll.«

»Ich habe dich nur gebeten mitzukommen«, setzte er mit seiner Meinung nach bewundernswerter Geduld an, »damit wir irgendwo ungestört reden können.«

»Und ich sage dir, dass ich nicht interessiert bin.«

»Gut, dann also die harte Tour.« Er hob sie hoch und warf sie sich über die Schulter. Er hatte bereits einige lange Schritte gemacht, bevor sie sich von ihrem Schock zu erholen begann und anfing, sich wie eine Raubkatze zu wehren.

»Lass mich sofort runter! So kannst du mich nicht behandeln!«

»Es war deine Entscheidung«, sagte er erbarmungslos und ignorierte die verdutzten Blicke der Gäste und des Personals, während er sie zum Aufzug schleppte.

»Ich will nicht mit dir reden. Ich habe bereits gepackt. Morgen früh bin ich weg. Lass mich los.«

»Den Teufel werde ich tun.« Erst im Aufzug stellte er sie wieder auf die Füße. »Du kannst manchmal wirklich stur sein – und ich ...« Er brach ab, als ihre Faust in seinem Magen landete. Mehr als dass er hochmütig amüsiert eine Augenbraue hochzog, bewirkte es jedoch nicht. »Daran werden wir noch arbeiten müssen.«

Darcy gestand sich ein, dass sie fürs Erste verloren hatte, und verschränkte die Arme vor der Brust. Sobald sich die Aufzugtüren zu ihrer Suite öffneten, war sie draußen. »Dies mag zwar dein Haus sein, aber dies hier ist bis morgen Mittag meine Suite, und ich will dich hier nicht haben.«

»Wir müssen ein paar Dinge geraderücken.«

»Sie stehen perfekt gerade, vielen Dank.«

»Darcy, du verstehst nicht.«

Ungestüm schüttelte sie die Hände ab, die er auf ihre Schultern gelegt hatte. »Das ist es, stimmt's? Du denkst, ich verstehe überhaupt nichts. Du hältst mich für ein naives Dummchen, das nicht auf sich selbst aufpassen kann.«

»Ich halte dich keineswegs für ein Dummchen.«

»Aber naiv auf jeden Fall, nicht wahr?«, konterte sie. »Nun, ich habe immerhin Verstand genug, um zu begreifen, dass du genug von mir hast und mich wegschiebst wie ein lästiges Kind.«

»Genug von dir?« Er fuhr sich frustriert mit der Hand durchs Haar. »Ich weiß, dass ich ein Chaos veranstaltet habe. Lass mich erklären …«

»Es gibt nichts zu erklären. Du willst mich nicht. Schön. Ich werde deshalb nicht gleich vom Dach springen.« Sie zuckte eine Schulter und wandte sich ab. »Ich bin jung, ich bin reich, vor mir liegt eine blendende Karriere. Und du bist nicht der einzige Mann auf der Welt.«

»Verdammt, jetzt warte aber mal eine Minute …«

»Du warst der erste.« Sie warf ihm einen vernichtenden Blick zu. »Das heißt nicht, dass du der letzte bleiben wirst.«

Was eigentlich genau sein Argument gewesen war. Der Grund, weshalb er so entschlossen gewesen war, sich von ihr zurückzuziehen. Aber es aus ihrem Mund zu hören, diesen herablassenden, mitleidigen Blick aus ihren Augen auf sich spüren ließ eine Wut in ihm aufflammen, die seine Vernunft vernebelte.

»Langsam reicht's, Darcy. Achte darauf, was du von dir gibst.«

»Darauf habe ich mein ganzes Leben geachtet, und ich habe es endgültig satt. Mir gefällt es, kopfüber ins Wasser zu springen. Und bis jetzt bin ich doch immer gut gelandet. Sollte das mal danebengehen, dann ist es allein mein Problem und geht niemand anderen etwas an.«

Panik schlich sich sein Rückgrat hinauf, weil er wusste, dass sie es ernst meinte. »Du weißt verdammt gut, dass du dich in mich verliebt hast.«

Ihr Herz setzte aus und erhielt einen Riss. »Etwa, weil ich mit dir geschlafen habe? Ich bitte dich.«

Und wenn ihre Worte noch so verächtlich klangen, rang sie doch unentwegt die Hände. Das reichte, um ihm zu zeigen, dass sie bluffte. »Du hättest nicht mit mir geschlafen, wenn du dich nicht in mich verliebt hättest. Wenn ich dich jetzt berühren würde, meinen Mund auf deinen pressen würde, würdest du es mir ohne Worte beweisen.«

Jegliche Abwehr brach zusammen. »Du wusstest es, und du hast es ausgenutzt.«

»Mag sein. Ich hatte eine Menge Gewissensbisse deswegen und habe eine Menge Fehler gemacht, weil ich einfach nicht darüber hinwegkam.«

»Fühlst du dich schuldig, oder bist du wütend, Mac?« Müde drehte sie sich wieder um. »Du hast mir das Herz gebrochen. Ich habe es dir auf einem Silbertablett serviert. Aber du hast es nicht einmal dankend abgelehnt, sondern einfach ignoriert.«

»Ich habe mir eingeredet, dass ich es für dich tue.«

»Für mich?« Sie lachte erstickt auf. »Wie rücksichtsvoll von dir.«

»Darcy.« Er streckte die Arme nach ihr aus, doch sie wich zurück. Er ließ die Arme wieder sinken, doch ihm war, als würde ein Messer durch seine Eingeweide schneiden. »Na gut. Ich werde dich nicht berühren, aber sieh mich wenigstens an.«

»Was willst du von mir? Willst du, dass ich sage, alles sei in Ordnung? Dass ich verstehe? Dass ich es dir nicht übel nehme?« Es kostete sie übermenschliche Anstrengung, nicht aufzuschluchzen. »Nun, es ist nicht in Ordnung, und ich verstehe nicht, aber ich bemühe mich, es dir nicht übel zu nehmen. Du bist nicht verpflichtet, das zu empfinden, was ich empfinde. Es war mein Spiel. Aber immerhin hättest du wenigstens freundlicher sein können.«

»Wenn ich auf meine Gefühle vertraut hätte, würden wir dieses Gespräch jetzt nicht führen müssen. Und hier will ich es auch nicht führen.« Ganz plötzlich hatte er die rettende Idee. »Ich möchte dein Haus sehen.«

»Was?«

»Ich würde gern dein Haus sehen. Jetzt.«

»Jetzt?« Sie fuhr sich mit der Hand über die Augen. »Es ist spät. Ich bin müde. Ich habe keinen Schlüssel.«

»Wie heißt die Maklerin? Hast du ihre Visitenkarte?«

»Ja, auf dem Schreibtisch. Aber …«

»Gut.«

Zu ihrer Verwirrung ging er zum Telefon, wählte die Nummer, und innerhalb von zwei Minuten war er mit Marion Baines per Du und ließ sich ihre Adresse geben.

»Sie wird uns die Schlüssel überlassen«, sagte Mac zu Darcy, nachdem er aufgelegt hatte. »Wir müssten es eigentlich in knapp zwanzig Minuten bis zu ihr schaffen.«

»Du bist ein einflussreicher Mann«, bemerkte sie trocken. »Aber wozu soll das gut sein?«

»Lass dich überraschen.« Er grinste herausfordernd. »Das meintest du doch mit dem Sprung ins Wasser, oder? Brauchst du eine Jacke?«

Sie lehnte ab und hätte auch abgelehnt, mit ihm zu fahren, wenn sich nicht noch der letzte kleine Rest von Stolz in ihr gemeldet hätte.

Die Fahrt verlief in tiefem Schweigen. Darcy war es nur recht so. Vielleicht würde die stille Fahrt ihre Nerven beruhigen können. Vielleicht konnten sie sich wenigstens wenn schon nicht als Freunde, so doch zumindest mit Respekt voneinander verabschieden.

Mac schien den Weg zu kennen. Er bekam den Schlüssel ohne weitere Umstände, und dann fuhren sie an den Stadtrand, wo ihr Haus lag, eine imposante Silhouette unter dem langsam abnehmenden Mond.

»Ich hätte es wissen müssen«, murmelte er. »Jetzt hast du doch noch dein Schloss gefunden.«

Fast hätte sie gelächelt. »Das war auch mein erster Gedanke, als ich es sah. Deshalb wusste ich sofort, dass es mir gehört.«

»Willst du mich nicht hereinbitten?«

»Du hast die Schlüssel«, erwiderte sie und öffnete die Wagentür.

Er wartete, bis sie um den Wagen herumgegangen war, dann hielt er ihr die Schlüssel hin. »Bitte mich herein, Darcy.«

Sie musste sich zusammennehmen, um ihm die Schlüssel nicht aus der Hand zu reißen. Aber schließlich tat er alles, um die Situation wenigstens einigermaßen erträglich zu machen. Sie nahm die Schlüssel entgegen und ging den Weg zum Haus hinauf.

»Nachts war ich noch nicht hier. Es gibt Flutlicht für das Haus und den Garten.«

Er stellte sie sich vor, hier draußen, allein, in der Nacht. »Gibt es auch eine Alarmanlage?«

»Ja, ich habe den Code.« Sie schloss die Tür auf und wandte sich direkt zu dem kleinen Kasten daneben um. Sie stellte die Alarmanlage aus, dann machte sie die Lichter an.

Er sagte nichts, sondern ging schweigend umher, genau wie seine Mutter es auch getan hatte. Aber in seinem Fall machte das Schweigen sie nervös. »Ich habe mich schon nach Möbeln umgeschaut und eine ganze Menge entdeckt, was mir gefällt.«

»Es gibt viel Platz hier.«

»Ich habe festgestellt, dass viel Platz mir gefällt.«

Er konnte sich bestens vorstellen, wie sie überall Pflanzen verteilen würde. Schöne Töpfe mit üppigem Grün und leuchtenden Blüten, die sie pflegen und hätscheln würde wie Kinder. Innen würde sie sanfte Farben benutzen, weich und beruhigend, mit einem leuchtenden Farbklecks hier und dort, um dem Ganzen Pep zu verleihen.

Es erstaunte ihn, wie genau er sich das vorstellen konnte, wie leicht es ihm gefallen war, sie in so kurzer Zeit so gut kennenzulernen.

Er schaltete die Außenbeleuchtung ein und sah das blaue Wasser des Swimmingpools und das vom Wind sanft gekräuselte Sandmeer der Wüste dahinter in hellem Licht erstrahlen.

Die Wüste war atemberaubend, kraftvoll und auf ihre Art so beruhigend wie der Nachthimmel. Vielleicht habe ich den Blick dafür verloren, überlegte er, für diese andere Seite der Welt, in der ich beschlossen habe zu leben. Und deshalb hatte er auch nicht akzeptieren wollen, dass sie hier *ihre* Welt gefunden hatte.

»Das ist es also, was du willst«, überlegte er laut.

»Ja. Das ist, was ich will.«

»Der Turm. Dort wirst du schreiben.«

Es tat ein bisschen weh, weil er es wusste. »Ja.«

»Wir haben deinen Erfolg noch gar nicht gefeiert.« Er drehte sich um. Sie stand in der Mitte des leeren Raums, die Hände verschränkt, die Augen düster. »Meine Schuld. Ich will, dass du weißt, wie sehr ich mich für dich freue. Und wie leid es mir tut, dass ich dir den Moment verdorben habe.«

Schuld, dachte sie. Er war ein zu warmherziger Mann, um sie nicht zu fühlen. »Macht nichts.«

»Doch, es macht etwas«, widersprach er. »Es macht sogar sehr viel. Ich würde es dir gern erklären. Ich möchte, dass du die Dinge aus meiner Perspektive siehst. Du bist mir buchstäblich in die Arme gefallen, als ich dich zum ersten Mal sah. Du warst allein, einsam, ein bisschen verzweifelt, sehr verletzlich und unglaublich anziehend. Ich wollte dich zu sehr, zu schnell. Ich kann Versuchungen normalerweise gut widerstehen, deshalb bin ich in dem, was ich mache, gut. Aber dir konnte ich nicht widerstehen.«

»Du hast mich nicht verführt, hast mich zu nichts gedrängt. Es war gegenseitige Anziehung.«

»Aber die Karten waren ungleich verteilt.« Er blieb vor ihr stehen, erleichtert darüber, dass sie nicht zurückwich. »Ich habe dich gewollt und dich genommen, weil ich es konnte und es brauchte, wohlwissend, dass du mehr wolltest und mehr brauchtest als ich. Aber ich hatte nicht vor, es dir zu geben.«

»Für mich war es eine Chance, die ich ergriff. Du hast mir, noch bevor wir uns geliebt hatten, klar und deutlich gesagt, dass du nicht ans Heiraten denkst. Ich bin also nicht blind mit dir ins Bett gefallen.«

Er schwieg einen Moment überrascht. »Hast du darauf gesetzt, dass ich meine Meinung doch noch ändern könnte?«

»Die Chancen, dass du dich in mich verlieben könntest, standen zwar schlecht, aber es war nicht unmöglich.« Der scharfe Unterton war wieder in ihre Stimme zurückgekehrt. »Dein Großvater findet, dass ich perfekt für dich bin. Und deine Mutter auch.«

Er verschluckte sich fast. »Du hast mit meiner Mutter gesprochen?«

»Ich habe deine Mutter sehr gern«, sagte sie heftig. »Und ich habe ein Recht darauf, mit jemandem zu reden.«

»So habe ich es nicht gemeint. Aber ich weiche vom eigentlichen Thema ab«, sagte er mit einem kleinen Aufseufzen. »So wie ich es sah, brauchtest du etwas Zeit, um dich an den Gedanken zu gewöhnen, dass du jetzt eine reiche Frau bist. Die Möglichkeiten auszuprobieren, ein bisschen Spaß zu haben, dich selbst zu verwöhnen. Also dachte ich mir, du würdest ein bisschen spielen, ein bisschen Geld ausgeben und dir die Stadt anschauen. Den Sex entdecken.«

»Und du warst der, der mich bei alldem wie ein kleines Kind bei der Hand nahm oder was? Wie beleidigend willst du eigentlich noch werden?«

»Ich versuche nicht, dich zu beleidigen. Ich versuche dir zu erklären, was ich glaubte. Und dass ich mich geirrt habe.«

»Davon, dass du dich geirrt hast, hast du bis jetzt noch keinen Ton gesagt. Vielleicht solltest du langsam damit anfangen.«

»Du kannst ganz schön kratzbürstig werden.« Er steckte die Hände in die Taschen. »Das ist mir bis jetzt noch gar nicht aufgefallen.«

»Ich habe es mir aufgespart. Bis die clevere Stadtmaus der dummen Landmaus die Tür weist und ihre Seele der ewigen Verdammnis preisgibt, nachdem sie sie ein bisschen von der Sünde hat naschen lassen. So ungefähr.«

»Sehr, sehr kratzbürstig. Du warst allein und hattest Angst, das Wasser stand dir bis zum Hals.«

»Und du hast mir den Rettungsring zugeworfen, was?«

»Hör jetzt auf damit, und halte den Mund!« Seine Geduld war am Ende. »Niemand hat dir je eine Wahl gelassen. Das hast du selbst gesagt. Niemand erlaubte dir, dich zu entwickeln, aufzublühen. Himmel, Darcy, du tust gar nichts anderes mehr als aufblühen, seit du die Gelegenheit dazu hast. Und das sollte ich dir wegnehmen? Du warst nie mit jemand anderem zusammen. Ich wollte nicht zusehen, wie du im Hotel lebst, durch das Casino wanderst und dich an mich kettest, weil du nichts anderes kennst.«

»Und das ist die Wahl, die du mir so freizügig zur Verfügung stellst? Schon seltsam, aber das ist genau die Art von Wahl, die man mir mein ganzes bisheriges Leben immer gelassen hat.«

»Ich weiß, und es tut mir leid.«

»Mir auch.« Sie legte die Hände auf seine Arme und schob ihn von sich. »Sind wir fertig?«

»Nein. Noch nicht.«

»Oh, was soll das bloß alles?« Sie drehte ihm den Rücken zu und entfernte sich von ihm, die hohen Absätze hallten laut in dem leeren Raum. »Warum wolltest du ausgerechnet jetzt das Haus sehen? Tun wir so, als wären wir Freunde? Was machen wir hier nur?«

»Ich wollte hier mit dir reden, weil es nicht mein Haus ist. Es gehört dir.« Er wartete, bis sie sich wieder zu ihm umgedreht hatte. »Das Haus hat am Ende immer den Vorteil.«

»Ich weiß nicht, wovon du redest.«

»Mein Vater hat mir heute Abend etwas gesagt, worüber ich noch nie nachgedacht hatte. Er sagte, es sei leicht zu begehren, aber es mache Angst zu lieben.« Er schaute ihr tief in die Augen. »Du machst mir Angst, Darcy, bis in mein tiefstes Inneres.« Er beobachtete, wie sie schützend die Arme um ihren Oberkörper schlang. »Wenn ich dich anschaue, werde ich verrückt vor Angst.«

»Tu das nicht. Es ist nicht fair.«

»Ich habe versucht, fair zu sein. Und alles, was ich damit erreicht habe, war, dass ich dich verletzt und mich elend gemacht habe. Aber jetzt spiele ich ein neues Spiel. Und da das Haus den Vorteil hat, kann ich es mir gar nicht erlauben, fair zu spielen. Es nutzt dir auch nichts, zurückzuweichen«, sagte er, als sie genau das tat. »Ich werde dir immer hinterherkommen. Und das hast du dir selbst zuzuschreiben.«

Er fing sie ein, fuhr mit den Händen über ihre Schultern, ihre Arme. »Du zitterst. Hast du Angst?« Er streifte mit den Lippen ihre Mundwinkel. »Das muss bedeuten, dass du mich immer noch liebst.«

Ihr Herz schlug pochend in ihrer Brust, sie konnte kaum atmen. »Ich will kein Mitleid von dir. Ich will nicht, dass …«

Der Kuss kam überraschend, war hart und fordernd. »Ist es das, was du denkst? Fühlt sich das für dich wie Mitleid an?« Erneut ergriff er von ihrem Mund Besitz. »Verflucht, Darcy, dieses Kleid bringt mich noch um den Verstand. Ich hätte jeden Mann an diesem Tisch heute Abend allein dafür, dass er dich anschaute, umbringen können. Ich werde dir noch ein ganzes Dutzend mehr in dieser Art kaufen müssen.«

»Du redest unsinniges Zeug. Ich verstehe gar nichts mehr. Ich weiß nicht, was du mir sagen willst.«

»Ich liebe dich.«

Jetzt machte ihr Herz vor Freude einen riesigen Satz. »Wirklich?«

»Ich liebe alles an dir.« Er hob ihre Hände und presste sie an seinen Mund. »Und ich bitte dich, mir trotz des hohen Risikos noch eine zweite Chance zu geben.«

Ihre Lippen zitterten, dann verzogen sie sich zu einem Lächeln. »Ich glaube grundsätzlich fest an eine zweite Chance.«

»Darauf habe ich gesetzt.« Dieses Mal küsste er sie sanft und zog sie in seine Arme. »Aber du wirst mich hier mit einziehen lassen müssen.«

»Hier?« Sie schwebte wie auf Wolken und glaubte zu träumen. »Du willst hier leben?«

»Nun, ich nehme doch an, du möchtest, dass die Kinder hier aufwachsen.«

»Kinder?« Verwirrt riss sie die Augen auf.

»Du willst doch Kinder, oder?« Er lächelte, als sie heftig mit dem Kopf nickte. »Ich liebe große Familien, schließlich komme ich aus einer. Und ich halte die Tradition in Ehren. Allerdings ... wenn wir vorhaben, zusammen Kinder zu bekommen, wirst du mich heiraten müssen.«

»Mac.« Sie brachte nicht mehr heraus als seinen Namen.

»Willst du das Risiko eingehen, Darcy?« Er presste ihre Hände an sein Herz. »Willst du auf uns setzen?«

Sein Herz unter ihren Händen schlug genauso wild und unruhig wie das ihre. »Weißt du, es ist schon ein bemerkenswerter Zufall«, sagte sie mit einem strahlenden Lächeln, »aber im Moment habe ich gerade eine unglaubliche Glückssträhne.«

Er lachte, hob sie auf seine Arme und schwenkte sie in einem weiten schwindelerregenden Kreis herum. »Ja, das habe ich mir auch schon sagen lassen.«